ELLEN HEINZELMANN

Bis dass der Tod uns scheidet

Der Markgräfler Krimi

Über den Inhalt

Daniela Crohn, eine erfolgreiche Schriftstellerin, ist nicht wirklich glücklich in ihrer Ehe. Sie und ihr Mann Philipp stritten sich zu viel und lebten sich auseinander. Und genau in einem solchen Moment der Unzufriedenheit tritt der drei Jahre jüngere Andreas in ihr Leben. Schon die Unterhaltungen über Facebook mit ihm, die ganz banal über Gott und die Zeit begannen, empfand sie als wohltuend. So wie mit Andreas konnte sie sich mit Philipp nicht unterhalten. Sie hatten das Heu eben nicht mehr auf derselben Bühne, wie man es im alemannischen Sprachgebrauch nennt, wenn man nicht mehr dieselben Interessen hat. Philipp kommt jedoch dahinter, dass seine Frau ihn betrügt und beginnt seinerseits ebenso ein Verhältnis mit einer Arbeitskollegin. Eines Tages verschwindet Philipp spurlos und Daniela gerät in den Verdacht, ihren Mann ermordet zu haben.

Die Autorin

Ellen Heinzelmann, Fachfrau für Marketing und Kommunikation, wurde 1951 im Kreis Waldshut geboren. Während ihrer langjährigen beruflichen Tätigkeit – zuletzt als Marketing- und PR-Verantwortliche in einer Organisation des öffentlichen Rechts in Basel – übersetzte sie Texte vom Deutschen ins Französische und Englische, wirkte als Dolmetscherin bei Vertragsverhandlungen in Paris. Auch wirkte sie als Lektorin und als Ghostwriterin. Die geschriebene Sprache hatte schon in früher Kindheit große Faszination auf sie ausgeübt. Nach dem Ausstieg aus dem Berufsleben, ist sie ihrer Berufung schließlich gefolgt. Mit ihrem Debütroman »Der Sohn der Kellnerin«, eine nicht alltägliche Geschichte, startete sie 2011 ihre Schriftstellerlaufbahn und nahm ihre Leser gleich mit auf eine emotionale Reise.

www.ellen-heinzelmann.de

Ellen Heinzelmann

Bis dass der Tod uns scheidet

Der Markgräfler Krimi

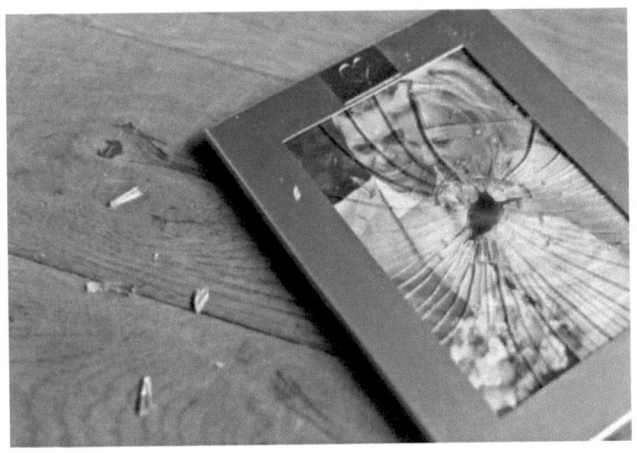

Bibliografische Information der Deutschen Nationalbibliothek

Die Deutsche Nationalbibliothek verzeichnet diese Publikation in der Deutschen Nationalbibliografie; detaillierte bibliografische Daten sind im Internet über dnb.d-nb.de abrufbar.

FSC®-zertifiziertes Papier

BoD druckt Bücher der Umwelt zuliebe auf FSC®-zertifiziertem Papier! Das heißt, dass für alle über BoD produzierten Bücher (ob Hardcover, Paperbacks oder Booklets) ausschließlich Papiere eingesetzt werden, die vom FSC zertifiziert wurden und somit aus einer verantwortungsvollen Forstwirtschaft stammen.

© 2018 Ellen Heinzelmann
Alle Rechte vorbehalten. All rights reserved.

Layout: Ellen Heinzelmann
Coveridee: Ellen Heinzelmann
Umsetzung Coveridee: Aldo Focone,
ProMedia Werbeberatung, Basel
Titelfoto/Bildmaterial: iStockPhoto
Lektorat: Dieter Heinzelmann/Sylvia Hackl

Herstellung und Verlag: Books on Demand GmbH,
Norderstedt, www.bod.de
ISBN: 978-3-7460-7513-6

Vorbemerkung der Autorin

Dieses Buch ist ein fiktives Werk, das sich jedoch zu Beginn – d.h. die Vermisstenanzeige von Daniela Crohn, deren Mann eines Tages spurlos verschwand, und ihre Verurteilung im Indizienprozess – auf tatsächliche Vorkommnisse stützt. Beamten, die den Fall damals bearbeiteten, werden sich bei der Lektüre wiedererkennen, wenn auch die Umstände die zu diesem Fall führten andere waren. Ein Oberkommissar im Ruhestand lieferte mir dankenswerterweise die Informationen zu diesem Fall, wie folgt:

›Die Gattin und die Schwester eines Mannes, der plötzlich verschwand, erstatteten eine Vermisstenanzeige. Diverse Aussagen aus dem Umfeld des Vermissten ließen die Polizei auf ein Verbrechen schließen. So stellte der Staatsanwalt einen Antrag auf Erlass einer richterlichen Durchsuchungsanordnung für die gemeinsame Wohnung des Paares. Die Untersuchung förderte Blutspuren, Haare und Hautschuppen zutage, die dem Vermissten zugeordnet werden konnten. Der Verdacht fiel auf die Ehefrau und sie wurde schließlich in einem Indizienprozess des Mordes für schuldig befunden und verurteilt.‹

Ich betone, dass alles, was die Geschichte im Zusammenhang mit diesem echten Fall umschreibt, von mir frei erfunden ist, so auch die Personen, Orte und alle Begleitumstände.

In der vorliegenden Geschichte ist die Beschuldigte, Daniela Crohn, eine bekannte Romanautorin, die im Moment einen Roman in Arbeit hat, der den nicht gerade zu ihrer Entlastung beitragenden Titel ›*Bis dass der Tod uns scheidet*‹ trägt. Die Ermittler fanden darin einen Bezug zu Daniela und ihrem Ehemann.

Die wichtigsten Personen

Daniela Crohn und Philipp Crohn
Andreas Schubert, Liebhaber von Daniela
Gisela Mahler-Crohn, Schwester von Philipp
Evelyn König, beste Freundin von Daniela
Angelina Donati, eine Tessinerin Arbeitskollegin von
   Philipp Crohn
Massimo Carlucci, Italiener, Bekannter von Angelina
Emma Sartori, Massimos Assistentin
Antonio Donati, Italiener, Cousin von Angelina,
   er machte Angelina mit Massimo bekannt.
Paolo Frattini, Italiener, Neffe von Franco Frattini,
   Kolumbien
Francesco Giordano, Italiener, der Pate in Neapel
Giulia Bianchi, Italienerin
Matteo Di Pasquale und Roberto, Freunde von Giulia
Wolfgang Bonhoff, ein Kollege des gemeinsamen Sport-
   vereins der Crohns und Ehefrau Barbara Bonhoff

Nebenpersonen
Peter Fleischmann, Ressortleiter in der FerroForm
Günter Bonhoff, Bruder von Wolfgang Bonhoff

Rechtsbeistand und privater Ermittler
Celine Endress, Rechtsanwältin
Friedhelm Kulau, Detektiv
Xaver Gresslin, Sohn von Friedhelms Frau, Helga

Ermittler / Polizei
Hauptkommissar Björn Albrecht, Dienststellenleiter
Kommissar Klaus Reiff
Polizeipsychologin Silke Brenneis

1

*D*aniela Crohn drehte sich noch einmal um. Eigentlich hätte sie gerne noch eine Runde geschlafen, es war noch ziemlich dunkel. Doch sie war einfach zu munter. Sie nahm ihr Handy vom Nachttisch, um die Uhrzeit zu sehen. Es war erst kurz vor sechs Uhr. Dabei hätten sie und Philipp heute ausschlafen können, denn es war Samstag. Sie blickte zu ihrem Mann hinüber. Philipp schlief noch tief und fest, sein Atem ging ruhig, sein Körper war entspannt. Ganz vorsichtig bewegte sie sich, denn sie wollte Philipp nicht wecken. Sie setzte sich an die Bettkannte, griff nach ihrem Satinmorgenmantel, schlüpfte in ihre Hausschuhe und, den Morgenmantel noch in der Hand, machte sie sich auf leisen Sohlen auf zur Schlafzimmertüre, während sie nochmals einen Blick auf ihren schlafenden Mann warf. Mucksmäuschenstill schloss sie hinter sich die Türe. Im Bad fuhr sie auf die Schnelle durch ihr schulterlanges, leicht gewelltes blondes Haar. Sie blickte kritisch in den Spiegel. ›Na ja, eigentlich hast du dich doch ganz gut gehalten‹, dachte sie, denn heute war ihr 40ster Geburtstag. Ihre Gesichtszüge waren glatt, keine Falten, keine hängenden Augenlider verunstalteten ihr hübsches Gesicht … Ja, Daniela konnte zufrieden sein.

›So, aber zuerst mal brauche ich einen Kaffee‹, dachte sie und ging als erstes in die Küche. Das Mahlwerk der Kaffeemaschine schien ihr jetzt zur morgendlichen

Stille besonders laut. Bald roch es herrlich nach frischem Kaffee. Ein bisschen Zucker, ein paar Tropfen Kaffeesahne und dann ging sie mit der Tasse in der Hand ins Arbeitszimmer. Sie schaltete den Computer ein und während sie wartete, bis der Computer hochgefahren war, betrachtete sie das Foto auf dem Schreibtisch, das sie und Philipp während ihres Aufenthalts auf Gran Canaria vor zwei Jahren zeigte. Die Reise gönnten sie sich zu ihrem zehnten Hochzeitstag. Es war ein schöner Urlaub, mit dem sie schöne Erinnerungen verband, wenngleich sie im Moment ihre Ehe allmählich als fade und schal empfand.

Dabei wurden sie beide zumindest von der Familie, Bekannten und Geschäftskollegen regelmäßig beneidet. ›Ihr seid DAS Ehepaar‹, hieß es immer, während Daniela empfand, dass ihre Ehe einer forteresse assiégée, einer belagerten Festung, glich. Sie musste schmunzeln, weil sie nämlich im Zusammenhang mit ihrer Ehe an den Roman von Qian Zhongshu ›Die umzingelte Festung‹ dachte. Ja, sie fand, dass es ein guter Vergleich war; Sie lebten in einer Festung, die von außen so schön und erstrebenswert aussah, so dass die Belagerer gerne eingedrungen wären und die Eingeschlossenen, in diesem Falle Daniela, hinausdrängten. Enge Freunde hatten hin und wieder ein Gespür dafür und ließen sich von der demonstrierten heilen Welt nicht blenden. Doch waren es nur ganz wenige, meist waren es die Zeugen von lautstarken Auseinandersetzungen.

Sicher, Philipp war, zumindest lange Zeit, ein aufmerksamer, zärtlicher, anhänglicher Ehemann. Ein charismatischer Mann, der viel Empathie für Menschen zeigte, Ruhe und Gelassenheit waren seine herausragenden Charaktereigenschaften. Und er passte auch optisch bestens zu ihr … das Prickeln indessen war weg. Doch, es war nicht alleine das fehlende Prickeln, warum Daniela sich in ihrer Ehe so unerfüllt, manchmal gar alleine fühlte, das wäre nicht fair, sagte sie sich, sondern es war schlicht normal, denn alle Paare gingen früher oder später durch dieses Tal. Es war einfach so, dass sie sich im Laufe ihrer Ehe auseinanderentwickelt und -gelebt hatten. Die Empathie, die er für andere zeigte, fehlte irgendwann im Umgang mit ihr. Auch hatten sie keine gemeinsamen Themen oder Interessen mehr. Dazu kam die Tatsache, dass sie sich in letzter Zeit immer öfter stritten. Er warf ihr vor, dass sie zu viel rummotze, dass sie ihn zu oft kritisiere, obwohl ihre Kommentare oft gar nicht böse gemeint waren, meist ging es um ganz harmlose Dinge oder auch nur um Spaß, was sie als Komik und er immer als Angriff verstand. Daniela hingegen warf ihm vor, dass er sich als Reaktion lautstark schimpfend im Ton vergreife, ohne Rücksicht darauf, ob sie sich in Gesellschaft befanden oder nicht. Und das empfand sie als noch schlimmer, als jeden Streit innerhalb der eigenen vier Wände. Dass solche Szenen vor Zeugen passierten, verletzte sie sehr. Sie fühlte sich in solchen Fällen gedemütigt und schämte sich dann, zumal sie wusste, dass sie als das Paar galten, das einen gepflegten Umgangston hegte und sie dann so tun musste, als wäre nichts geschehen. Ja, und just, in einem solchen Moment ihres unerfüllten Daseins, ihrer tiefen Kränkung, lief Andreas Schubert ihr über den Weg … sie lernte ihn über Facebook kennen. Es begann ganz unschuldig und wurde erst allmählich romantisch. Und sie ließ es zu, auch wenn ihr bewusst war, dass jede Beziehung, egal wie romantisch sie einmal begann, irgendwann eine Durststrecke durchmachen würde. Doch sie sagte sich: ›ich lebe heute, und ich genieße jetzt‹. Natürlich war ihr bewusst, dass es Philipp gegenüber nicht anständig war, denn wenn sie auch im Moment von Zweifeln über ihre Ehe geplagt wurde, wusste sie, dass er sie liebte, dass er sie wegen ihres Erfolgs als Schriftstellerin sehr bewunderte. Er war wirklich stolz auf seine Frau. Und deswegen schloss sie nicht aus, dass vielleicht gerade durch ein neues Abenteuer, durch eine Romanze, ihre Ehe irgendwann mal einen Vorschub, oder neue Würze erhalten würde. Vielleicht wollte sie damit auch nur ihr Gewissen beruhigen. Aufgeben wollte sie Philipp auf gar keinen Fall, zumindest im Moment nicht … sie wusste aber, dass sich auch das noch ändern konnte.

Sie öffnete Facebook und sah, dass Andreas noch nicht online war, also öffnete sie erst einmal ihr Arbeitsdokument. Sie arbeitete nämlich an einem neuen Roman ›Bis dass der Tod uns scheidet‹. Daniela, die an der Uni Freiburg Literaturwissenschaften studierte, war mittlerweile eine bekannte Autorin. Wenn sie nicht schrieb, arbeitete sie in der Stadtbibliothek in Lörrach.

Sie blieb aber nicht in ihrem Dokument, sondern wechselte gleich wieder zu Facebook. Sie liebte es im privaten Chat mit Andreas zum Anfang, wie alles begann, zurückzukehren, um nachzulesen … wie harmlos und unscheinbar ihre Beziehung sich doch anbahnte. Erst waren es ganz gewöhnlich ausgedrückte Wünsche zum Geburtstag – das war genau vor einem Jahr, bis es im Laufe der Zeit immer romantischer, intimer wurde. Es fühlte sich einfach gut an. Alleine, wenn sie es las kribbelte es, brachte ihren Körper ins Vibrieren:

Andreas: 23.04.2010
"Leben ist das, was passiert, während du beschäftigt bist, andere Pläne zu machen." John Lennon ... Guten Tag liebe Daniela! Herzlichen Glückwunsch zum Geburtstag. Beste Grüße von Andreas

Daniela: Herzlichen Dank lieber Andreas, habe mich sehr über Deine Geburtstagsgrüße gefreut ... der Spruch von John Lennon gefällt mir ... könnte doch glatt von mir sein ...

Andreas: Sehr gern, liebe Daniela. Alles Liebe und Gute mit Gruß aus Freiburg, Andreas.

Daniela: danke, von Lörrach nach Freiburg. Übrigens, ich habe in Freiburg studiert. Eigentlich schade, dass wir uns nicht schon damals begegnet sind.

Andreas: Wenn Du von damals sprichst, ist es kein Wunder, dass wir uns nie begegnet sind. Ich bin nämlich ein Zugereister ... ein waschechter Berliner.

Daniela: Und, was zog den waschechten Berliner von einer Großstadt in das beschauliche Schwarzwaldstädtchen?

Andreas: Na, die Schwarzwälder Kirschtorte. Sie hat es mir angetan, denn Dich kannte ich ja noch nicht. Das heißt, zumindest daran bist Du unschuldig. Alles, was aber jetzt folgt, schreibe ich Deiner Existenz zu. ☺

Daniela: hahaha ... okay ... bleiben wir bei der Kirschtorte. Ja, sie ist eine viel geliebte Köstlichkeit unserer Region. Und, was unser Kennenlernen anbelangt, da denke ich, dass uns wohl noch etwas Interessantes bevorstehen könnte.

Andreas: Schöne Aussichten. Danke. Mir wird ganz warm ums Herz. Übrigens, ich habe gesehen, dass Du Schriftstellerin bist. Führst Du auch gelegentlich Lesungen durch?

Daniela: Na sicher. Demnächst hier in Lörrach im Kulturzentrum Nellie Nashorn. Kommst Du?

Andreas: Na, dann bitte ich doch sehr um eine persönliche Einladung ... ich liebe Lesungen, aber noch lieber esse ich Schwarzwälder. ☺

Daniela: Du bringst mich zum Weinen, Andreas ...

Andreas: Warum?

Daniela: weil Du die Kirschtorte meiner Lesung vorziehst? Diese Bemerkung war schließlich keine Hommage an mich. Aber gut, ich schicke Dir trotzdem eine persönliche Einladung zur Lesung ... und, wenn Du dann schon mal da bist, dann können wir Schwarzwälder Kirschtorte essen, so viel Du möchtest.

Andreas: Dafür bringst Du mich zum Lachen. Ja, das ist ein Angebot. Und, ähm ... stört es jemanden, wenn wir beide uns zur Kirschtorte abseilen?

Daniela: War das eben eine Frage nach meinem Zivilstand?

Andreas: Kluges Mädchen ☺.

Daniela: Ooops, wunden Punkt getroffen, Andreas!! ›Mädchen‹ habe ich nicht so gerne.

Andreas: Okay, sorry meine Liebe.

Daniela: Schon verziehen; Du konntest es ja nicht wissen.

Andreas: Uff, Glück gehabt ... Ich rätsle im Moment darüber, wie ich es anstellen soll, mich nicht in

Dich zu verlieben ... ich bin höchst gefährdet.

Daniela: oh ... es ist nicht meine Absicht, Dich in Gefahr zu bringen ... hilft es Dir, wenn ich Dir sage, dass ich eine ganz schreckliche Person bin ... eigenwillig, ehrgeizig, manchmal ungeduldig, oder eher oft ... ich kann ganz schrecklich ausrasten und die Arbeit habe ich auch nicht erfunden ... oder sagen wir es mal so, die Arbeit, die ich als solches empfinde ... ja, und ich bin freiheitsliebend ... diese Freiheitsliebe schließt ein, dass ich nicht gerne an die Leine genommen oder in einem Bunker eingeschlossen werden möchte und dass ich nicht arbeiten möchte, bis ich einen Buckel bekomme.

Andreas: Tja Daniela - und ich, der ich so ähnlich gestrickt bin, soll nun abgeschreckt sein von Deiner Personenbeschreibung?

Daniela: Ich schätze, dass Dir nach dem ersten Gebot christlicher Nächstenliebe, "Liebe Deinen Nächsten wie Dich selbst", nichts anderes übrig bleibt, als Dich diesem Gefühl hinzugeben *grins* ... Aber wenn ich ehrlich bin, auch ich bin höchst gefährdet, also absolut nicht gefeit davor, mich in einen Mann namens Andreas zu verlieben, obwohl ... ähm, ich bin Dir noch eine Antwort schuldig ... obwohl ... ich verheiratet bin. Ich mag Dich. Schön, dass es Dich gibt.

Andreas: Aufklärung: Ich bin Agnostiker ... habe mit solchem Krimskrams wie 'christliche Konfession' nichts am Hut, will heißen, ich stehe zwischen den Religionen und den Ungläubigen ... Für mich gibt es nur eine Göttlichkeit – die ZEIT – Was den Teil Deiner Personenbeschreibung betrifft, sprich Freiheitsliebe; bedeutet es, dass Du Dich mal so einfach mit mir abseilen würdest, obwohl Du verheiratet bist?

Daniela: Aha, Du bist Agnostiker; aber da wird doch etwas aus Deiner Kindheit hängen geblieben sein, oder nicht? Also, ich erinnere mich noch an meine zarte Kindheit, als ich noch gläubig war und Nonne werden wollte. Heute gibt es für mich nur einen Gott: MICH SELBST, das heißt mein Inneres; für streng Gläubige vielleicht schlimmste Blasphemie, aber ich bin überzeugt, dass der Gott, den die Leute anbeten, auch ein Konstrukt des Menschen ist, sozusagen eine Projektion. Nicht Gott hat den Menschen nach seinem Vorbild erschaffen, sondern umgekehrt: der Mensch schuf Gott nach seinem Vorbild … Ach ja, und was Deine Göttlichkeit anbelangt: ZEIT ist für mich nur Illusion; sie ist ein Konstrukt, das den Blick auf das Heute verwehrt – und zu Deiner letzten Anmerkung betreffend Freiheitsliebe: vielleicht hast Du recht. ☺

Andreas: In der ZEIT bewegt sich alles, sie ermöglicht alles, sie überdauert auch die Projektion des Menschen namens Gott …
Und, zu guter Letzt: ja, ich hoffte, dass ich recht hatte mit meiner Vermutung.

Daniela: ich erkläre das Konstrukt Zeit so: Zeit ist wie eine Wohnung … das Zimmer, aus dem ich komme, existiert nicht mehr … denn es ist vorbei … ich sehe es nicht mehr … Das nächste Zimmer existiert noch nicht, ich sehe es nicht, ergo IST es auch noch nicht … es gibt nur das Zimmer in dem ich jetzt stehe … es ist das HIER und JETZT … und wenn ich morgen in das nächste Zimmer gehe, ist allein dieses existent; alles andere gibt es nicht mehr, oder noch nicht.

Andreas: Das Zimmer, in dem Du jetzt stehst,

musste gebaut werden - und hierfür brauchte es ZEIT. Nicht die ZEIT bewegt sich im Raum - der Raum bewegt sich in der ZEIT.

Daniela: och Andreas, jetzt hast du aber eine lange Leitung; unsere Zeit ist doch kein Zimmer, kein Gebäude, das gebaut werden musste ... das war doch nur als Veranschaulichung gedacht, ein Vergleich: ZEIT = Zimmer ... wir haben die Zeit kreiert um uns zu orientieren. Ja, und dass wir alt und schrumpelig werden, ist nicht die Zeit ... es ist unser Zerfall

Bei diesem Kommentar dachte sie an Philipp. Wenn sie zu ihm gesagt hätte, dass er eine lange Leitung habe, hätte er sich beleidigt gefühlt und wäre richtig ausgerastet.

Andreas: Die Zeit ermöglicht uns, alt und schrumpelig zu werden - die ZEIT ist nicht messbar (außer in Zeiteinheiten, die der Mensch entwickelt hat, um sich zu strukturieren).

Daniela: Wir nähern uns ganz langsam gegenseitig an ... ich sagte: "Zeit = Konstruktion des Menschen für seine Orientierung" ... wie wäre es sonst möglich, dass sich bei einem Sterbenden dessen ganzes Leben innerhalb von Minuten vor seinem inneren Auge abspielt? Er sieht sein Leben als Ganzes und nicht im zeitlichen Ablauf. Auch, wenn es für unsere Ratio nicht vorstellbar ist, denn unserer Ratio sind Grenzen gesetzt. Es hat einen Grund, warum wir von Grenzwissenschaften sprechen.

Andreas: Nicht die ZEIT als SOLCHE — es sind die erbärmlich kleinen Zeiteinheiten, die der Mensch nach und nach eingeführt hat, um seinen Alltag zu bewältigen, seinen Drang nach Erkenntnissen/ Wissenschaften zu befrieden. Versuche mal Zeit optisch darzustellen oder sie anzuhalten oder sie – wie andere Stoffe – chemisch in andere Stofflichkeit umzuwandeln … nicht möglich.

Daniela: Jetzt drehen wir uns im Kreis Andreas. Aber die Erklärung "es sind die erbärmlich kleinen Zeiteinheiten, […]" gefällt mir. Das ist richtig gut formuliert. Ich halte zum Abschluss einfach mal fest, dass wir dieses konstruierte Phänomen vielleicht nicht ZEIT nennen sollten … Ich weiß, Du nennst es Göttlichkeit.

Andreas: Aber Du wirst doch nicht bestreiten können, dass ZEIT real vorhanden ist (wenn sie auch nicht zu greifen ist und schon gar nicht manipuliert werden kann). Ich für mich benenne ZEIT als GEIST … GOTT kommt bei mir nicht vor. Er ist nichts weiter als eine Projektion der Menschen, wie Du oben richtigerweise gesagt hast. Gäbe es GOTT - er müsste an der ZEIT verzweifeln … ☺

Daniela: für mich gibt es den Begriff Gott ebenso wenig, aber Du warst es schließlich, der oben schrieb, dass es für Dich nur eine GÖTTLICHKEIT gibt – die ZEIT …" … deshalb sprach ich nicht von Gott, sondern von Göttlichkeit … etwas Göttliches ist ja auch etwas Mensch gemachtes … der Mensch betrachtet das Göttliche, als das Perfekte, das Unfehlbare … er braucht etwas, woran er sich festhalten kann, und zu dem er hinaufschauen kann; aber eines weiß ICH jetzt, es macht Spaß mit Dir zu diskutieren.

Andreas: Stimmt, Du hast recht. Ich habe nochmals nachgeschaut; ich sprach tatsächlich von GÖTTLICH-KEIT. Ich möchte diese Aussage ändern: ZEIT ist für mich GEIST, der mich beseelt. Ich finde auch, dass wir beide öfter diskutieren sollten. DANKE.

Daniela: diskutieren über die ZEIT, die wir nicht so nennen sollten? ... weil unter Zeit der Mensch eine Vorstellung hat ... nämlich Zeit ... und das ist genau das, was wir nicht meinen ... das Konstrukt Zeit. ☺

Als nächsten Kommentar sandte Andreas einen Herz- und Blumenstrauß-Sticker. Daniela lächelte. Sie liebte die Lektüre ihres Austausches mit Andreas. Sie konnte es immer und immer wieder lesen. Er war so erfrischend. Sie überlegte sich, wann sie zuletzt tiefsinnige Diskussionen mit Philipp führte. Philipp war für solche Themen nicht offen. Er nannte alles, was nicht schwarz oder weiß war, Kokolores.

Sie las weiter.

Daniela: Andreas, ich habe nach einem anderen Namen für den menschgemachten Begriff "ZEIT" gesucht und nannte es: das SEIENDE. Was hältst Du davon...?

Andreas: Sehr gut, liebe Daniela ... oder ZEIT als das BLEIBENDE wäre auch nicht schlecht, was meinst Du?

Daniela: nicht schlecht, aber das BLEIBENDE ist für mich eher die ENERGIE des SEIENDEN:
Ach nee, Quatsch, andersrum: das SEIENDE ist die ENERGIE des BLEIBENDEN, klingt logischer.
Ich danke Dir, dass Du Dir die ZEIT (☺ haha, schon wieder Zeit) genommen hast, so ausführlich mit mir über nicht Alltägliches zu diskutieren...

Andreas: Danken wir dem GEIST, der mir die Möglichkeit gab zur ausführlichen, nicht alltäglichen Diskussion. Ich verspreche Dir hoch und heilig, auf Dauer und im Alltag nicht als Pedant aufzutreten ☺

Daniela: es war interessant und es wird wohl nicht das letzte Mal gewesen sein ... Und, auch wenn ich mich wiederhole, schön dass es Dich gibt, Andreas.

Als nächstes folgte ein Kuss-Sticker von ihr zu Andreas.

Sie wollte gerade wieder zurück zu ihrem Arbeitsdokument, als ein Sound ihr ankündigte, dass Andreas inzwischen online war und sie angeschrieben hatte:

Andreas: 23.04.2011
Guten Morgen liebste Daniela. Schon so früh wach? Ich war grad froh, als ich sah, dass Du "on" bist. Ist es denn wahr? Ist wirklich schon ein Jahr vergangen, dass wir uns fanden? Herzlichen Glückwunsch Liebste zu Deinem runden Geburtstag. Ich hab von Dir geträumt. Das letzte Treffen war zu prickelnd, um nicht dauernd daran zu denken. Du bist eine wunderbare Frau. Hätte mir nicht träumen lassen, dass es mir noch einmal so sehr den Ärmel reinziehen würde. Ach und dann wünsche ich Dir gleich noch frohe Ostern.

Daniela: Guten Morgen Liebster, Danke für die Geburtstagsgrüße. 'Ärmel reinziehen', hört sich irgendwie drollig an. Auch ich kann an fast nichts anderes mehr denken. Unsere Beziehung ist zu schön, um wahr zu sein. Ich frage mich immer wieder, ob so etwas überhaupt möglich ist? "Ja", sagt dann eine Stimme aus mir heraus "es ist." Und dann habe ich ein schlechtes Gewissen.   Ich wünsche Dir auch frohe Ostern.   Das Wetter passt ja bestens. Diese sommerlichen Temperaturen versprechen ein schönes Osterfest.

Philipp ist inzwischen aufgewacht. Der Blick auf die Uhr zeigte ihm ›halb acht‹. Er drehte sich um und blickte zu Daniela hinüber. Doch das Bett war leer. Er vermutete, dass sie schon wieder in ihrem Arbeitszimmer sitzt, wie schon so oft, wenn er morgens aufwachte und sie nicht mehr neben ihm lag. Leise stand er auf und ging ins Erdgeschoss in Richtung Küche. Vor Danielas Arbeitszimmer blieb er stehen. Er kannte den berühmten Sound des Computers, wenn er eine Nachricht empfing. Er hatte ihn seit dem letzten Jahr schon des Öfteren aus Danielas Arbeitszimmer vernommen, und jetzt, da es im Hause noch sehr still war, ist es noch deutlicher. Früher noch gab es ihm einen Stich ins Herz. Heute jedoch konnte er leichter damit leben.

Damals nämlich, als Daniela ganz plötzlich weg musste – ihre frühere Schulfreundin Regina hatte sie angerufen und sie um Hilfe gebeten – konnte er es sich nicht verkneifen, an ihren Computer zu gehen, um zu sehen, mit wem sie da in Kontakt stand. Da sie so unerwartet aufbrechen musste, hatte sie sich natürlich nicht aus Facebook abgemeldet, sondern hatte nur die Seite geschlossen. Er konnte nicht vergessen, was er damals gelesen hatte: ›Ich rätsle im Moment darüber, wie ich es anstellen soll, mich nicht in Dich zu verlieben … ich bin höchst gefährdet.‹ Und dann Danielas Antwort, die diese Gefühle eindeutig erwiderte.

Und dieser Scheißkerl sah auch noch blendend aus. Ein richtiger Sonnyboy. Doch Philipp nahm sich vor, sich vor Daniela nichts anmerken zu lassen.

Er klopfte kurz an, trat aber sofort ein, ohne ein ›Komm rein‹ abzuwarten. Er entschuldigte diesen Überfall vor sich selbst damit, dass er schließlich allen Grund dafür hatte, denn immerhin war heute Danielas 40ster Geburtstag, und Gratulation meldete man ja nicht erst lange im Voraus an.

Daniela zuckte vor Schreck zusammen. Alarmiert schloss sie sofort Facebook und blickte auf ihr zuvor geöffnetes Word-Dokument. »Huch«, sagte sie.

Philipp trat zu ihr: »Habe ich dich erschreckt?«

»Ja, schon. Du kamst so plötzlich, unerwartet herein ... und das in die Stille, dieses noch jungfräulichen Morgens.«

Er umarmte sie von hinten, küsste sie auf die Wange: »Sorry, Liebling. Herzlichen Glückwunsch und alles Gute zum Geburtstag.«

»Danke Schatz.«

»Bist du an einem neuen Roman?«

Daniela nickte. »Ja.«

»Und wie ist der Titel?«

»Bis dass der Tod uns scheidet«

Philipp zog die Auenbrauen hoch: »Oh, das hört sich so endgültig an ... interessant. Liege ich richtig, wenn ich annehme, dass es sich um ein Ehepaar mit Problemen handelt?«

»Na klar. Es geht um eine Frau, die ihren Mann über eine geraume Zeit hinweg betrügt. Die Geschichte geschieht so ein bisschen in Anlehnung an die Novelle ›Angst‹ von Stefan Zweig, denn sie beschreibt die Angst der Ehebrecherin, dass ihr Gatte dahinterkommen könnte.«

›Ist die Geschichte nicht eher in Anlehnung an unsere

Ehe?‹, fragte er sich gedanklich, konzentrierte sich dann aber gleich wieder auf Danielas Ausführungen.

»Ja, und natürlich kommt der Gatte ihr irgendwann auf die Schliche. Dieser versetzt seine Frau auch tatsächlich in Angst. Es ist für ihn ein bisschen wie eine Sportübung und er genießt es auf sadistische Weise … er greift dabei ziemlich tief in seine Trickkiste und ist dabei auch richtig perfide; er bedient sich dabei der Erfolg versprechenden Methode ›*Emotionale Erpressung*‹. Als er des Spiels dann endlich überdrüssig ist, ersticht er seine Frau mit einem Küchenmesser. Das Ende wird dann so aussehen, dass er der Sterbenden in deren aufgerissene, leiderfüllte Augen sieht und sagt: ›*Bis dass der Tod uns scheidet*‹«, erklärte Daniela auf die Schnelle den geplanten Inhalt ihres Romans und beendete ihre Ausführungen mit dem Finale: »Mit diesem Satz erinnert er seine Frau im Tode auf sadistische Weise an ihr Eheversprechen vor 20 Jahren.«

Wieder wurde Philipps schwarzer Humor gedanklich aktiv. ›*Ist das nun eine Aufforderung an mich*?‹ Laut sagte er: »Na, dann bin ich aber froh, dass es sich nicht um unsere Ehe handelt.«

Daniela zuckte bei dieser Bemerkung kaum merkbar zusammen. Der süffisante Tonfall klang für sie wie eine Anspielung. Hinter ihrer Stirn begann es zu arbeiten. Was wusste Philipp? Oder ahnte er nur etwas. Ihr Gewissen plagte sie … ein wenig nur … denn auf der anderen Seite dachte sie, ›*hättest du dich etwas mehr um mich bemüht*‹. Und so antwortete sie nur mit einem Lächeln.

»Hast du schon gefrühstückt?«, fragte Philipp, nachdem sein Magen sich lautstark zu Wort meldete.

»Was für eine Frage? Du weißt doch, dass ich nicht gerne alleine frühstücke, wenn wir Zeit haben und nicht zur Arbeit müssen«, konterte sie verständnislos, »außerdem ist heute mein Geburtstag, und da will ich schließlich so, wie es sich gehört, richtig und ausgiebig frühstücken.«

»Und heute Nachmittag gehen wir fein aus. Ich lade dich ein. So ganz ohne Geburtstagsgeschenk wollte ich es nicht belassen, auch wenn du mir verboten hast, etwas zu kaufen. Eine Einladung zum Essen kannst du mir schließlich nicht verbieten«, verkündete Philipp.

»Ich freue mich darauf«, war Danielas Reaktion auf diese Ankündigung. Sie liebte es, auszugehen und gut zu essen. »Wohin geht's? Ich denke, dass du sicher irgendwo einen Tisch reserviert hast.«

»Aber hallo, du kennst mich doch«, spielte Philipp den Empörten, während er schmunzelte. »Ich überlasse nichts dem Zufall.«

Ja, so war Philipp ... ›Philipp, wie er leibt und lebt‹ ... Durchplanen bis ins Detail.

Punkt halb drei trafen Daniela und Philipp beim Landgasthof Engemühle, an der Engemühle 1 in Efringen-Kirchen ein. Dieser Karsamstag war ein herrlicher Frühlingstag mit eigentlich sommerlicher Temperatur um die 28°C. Es roch so wunderbar und ein mildes Lüftchen spielte mit Danielas blondem Haar. Sie hätte glücklich sein können, denn es war genau die herrliche Sommer-Atmosphäre, die sie so liebte. Doch etwas trübte ihre Stimmung. Es waren die vielen Autos, die hier den Parkplatz gefüllt hatten und die Aussicht auf einen gemütlichen ›Geburtstag zu zweit‹ zunichte zu machen versprachen. »Hier hast du reserviert?«, fragte Daniela ungläubig.

»Ja, warum denn nicht? Gefällt dir dieser Vorschlag denn nicht? Wir haben hier doch schon hervorragend gegessen«, verteidigte Philipp sein Angebot.

»Ja schon, aber erstens ist jetzt nicht Essenszeit, sondern Nachmittagskaffeezeit, wobei ich, wenn ich ehrlich bin, lieber etwas Deftiges zwischen die Zähne bekommen würde. Und dann, hast du die vielen Autos gesehen, hier auf dem Parkplatz? Das Restaurant platzt doch sicher aus allen Nähten mit so vielen Leuten«, hielt sie gegen Philipps Vorschlag. »Mir wäre ein entspanntes Tête-à-Tête jetzt lieber gewesen.«

Philipp ging aber gar nicht darauf ein, sondern erklärte Daniela seinen Plan. »Wir hatten ja ausgiebig gefrühstückt, so dass wir ja nicht so bald zu Mittag essen müssen. Ich plante, dass es zuerst Kaffee und Kuchen gibt, und dann machen wir einen Spaziergang. Das Wetter lädt doch förmlich dazu ein, ja, und gegen späten Nachmittag haben wir wieder so richtig Hunger, und da bekommst du dann etwas Deftiges zwischen die Zähne, habe nämlich ein wunderbares Menü vorbestellt. Ja, und mach dir der Leute wegen keine Sorgen. Ich weiß ja, dass du es für deinen speziellen Tag lieber etwas ruhiger hättest, und nicht von viel Lärm umgeben sein möchtest. Dafür habe ich aber auch vorgesorgt, denn ich weiß schließlich, dass sie hier samstags immer viele Gäste haben, erst recht bei einem verlängerten Osterwochenende und dann noch bei diesem Wetter. Wir bekommen ein Nebenzimmer. Vielleicht lichtet sich der Parkplatz ja auch bis wir von unserer kleinen Wanderung zurückkommen.«

Daniela verzog skeptisch ihr Gesicht. ›*Jetzt muss ich mir auch noch Hunger anwandern, und das an meinem Geburtstag*‹, dachte sie wenig begeistert, denn sie hatte sich ihren runden Ehrentag etwas anders vorgestellt. »Na ja, wenn du meinst«, gab sie nach, »dann machen wir es so, wie du es geplant hast, s'ist ja dein Geschenk an mich.« Sie klang nicht gerade begeistert.

Sie betraten schließlich den Landgasthof, und Daniela war etwas überrascht. »Wo sind denn die ganzen Leute? Das verstehe ich nicht, draußen steht der Parkplatz voller Autos und hier in der Gaststube ist fast nichts los.«

»Die Leute machen es wohl wie wir nachher. Die sind sicher auf dem Verdauungsspaziergang«, folgerte Philipp logisch. Dann steuerte er schnurstracks auf die Türe zum Nebenzimmer zu. Kaum, dass er die Türe geöffnet hatte und sie beide eintraten, erklang ein lautes Happy Birthday. Das Nebenzimmer, oder besser der Nebensaal war voller Leute.

Mit vor Staunen weit geöffnetem Mund stand Daniela da und schaute auf die Gästeschar. »Oh mein Gott flüsterte sie. Wow.« Sie blickte in die Runde der singenden Freunde, da waren Evelyn, ihre beste Freundin aus der Schulzeit, mit Mann, Philipps Schwester, Gisela und Schwager, Schriftstellerkollegen, gemeinsame gute Freunde, mit denen sie früher immer viel unternahmen, die Freunde aus dem Skiclub, diverse Cousinen und Cousins. Alles was Rang und Namen hatte. Wow. Wenn sie mit allem gerechnet hätte, aber nicht damit. Und plötzlich wurden ihr so manche Reaktion von Philipp klar.

2

Am Sonntagmorgen war Daniela natürlich nicht so früh wach, wie am Vortag. Die Geburtstagsparty zog sich nämlich bis zur ersten Morgenstunde des Tages hin, so dass sie erst gegen zwei Uhr im Bett lag.

Es war acht Uhr, Philipp schlief noch selig, und sie ließ diese tolle Party des Vortags gedanklich Revue passieren. Es war so ein wunderschöner Tag. Philipp hatte sich da ziemlich ins Zeug gelegt. Sie hatte es richtig genossen. Endlich konnte sie sich mal wieder ausgiebig austauschen mit Freunden. Teilweise waren es Freunde, die eigens zu ihrem runden Geburtstag von weit angereist kamen. Und der Tisch war voller Geschenke. Die Gäste hatten sehr viel Phantasie beim Beschenken. Daniela empfand ihren vierzigsten Geburtstag als den schönsten überhaupt. Sie schwelgte für diesen Moment so richtig im Glück.

Und wieder plagte sie dabei ihr Gewissen wegen Andreas. Sie hatte das Gefühl, dass Philipp es nicht verdient habe, dass sie sich außerhalb einen Geliebten hielt. Sie kam mit sich selbst in Zwiespalt, versuchte ihr Handeln dann jedoch vor sich selbst zu rechtfertigen, dass sie ja nicht gesucht habe, sondern dass sie gefunden wurde, gefunden in einer Zeit, als sie sich nicht wirklich glücklich fühlte, weil Philipp und sie sich auseinandergelebt hatten. Und Daniela wollte keinen von beiden aufgeben. Andreas war ein so herrlicher Ausgleich zu Philipp. Ihre Themen waren immer sehr geistreich, würzig, manchmal war der Austausch witzig. Und sie muss zugeben, dass ihre intimen Treffen richtige Highlights waren, die sie förmlich berauschten; sie genoss es. Ja, es waren zwei diametrale Welten, wovon sie keine aufgeben wollte.

Und, angesichts der Tatsache, dass Philipp noch so tief schlief, konnte sie es sich nicht verkneifen, doch noch schnell in ihr Arbeitszimmer zu gehen, um zu sehen, ob Andreas ihr geschrieben hatte. Wieder schlich sie sich aus dem Schlafzimmer.

Andreas: 24.04.2011
traurigbin … Daniela leider noch nicht "on" … okay Gemach, Andreas, Gemach.

Andreas: Hallo Du Langschläferin heute … ich vermisse Dich.

Daniela las die ersten beiden Nachrichten und spürte schon wieder das bekannte Kribbeln.

Daniela: Moin lieber Andreas … ja, Deine Daniela hat heute länger geschlafen. Sie hatte einen wunderschönen Geburtstag gefeiert. Es ging bis zum frühen Morgen. Philipp hatte mich so wunderbar überrascht … hinter meinem Rücken lud er alle Freunde und Bekannte ein. Ich stand mit offenem Mund da, war einfach nur baff. Es war der schönste Geburtstag ever.

Andreas: Schade

Daniela: Häh, gönnst es mir nicht? Oder was ist schade?

Andreas: Schade, dass ich nicht derjenige war, der Dir diesen schönen Tag bescheren konnte.

Daniela: Darling, Du weißt, dass ich verheiratet bin.

Andreas: Wieder schade. ☺

Oh, habe ich richtig gelesen? Hast Du eben Darling geschrieben? Wow, das tut gut. Ich möchte Dich gerne wiedersehen. Habe einfach Entzugserscheinungen. Die Erinnerungen halten nicht so lange vor.

Daniela: Sorry, Andreas, ich muss schnell "off" gehen. Ich glaube ich habe die Toilettenspülung vom oberen Stockwerk gehört.

Schnell meldete sie sich von der Facebook-Plattform ab und schaute konzentriert auf ihr Word-Dokument mit dem inzwischen auf 120 Seiten angewachsenen Roman. Es ging auch gar nicht lange bis Philipp zu ihr hereinkam. Diesmal musste sie nicht, wie am Vortag überstürzt Facebook schließen. Sie konnte sich also ganz entspannt geben.

Dann gönnten sie sich ein wunderbares Frühstück, sprachen über die gelungene Party vom Vortag und schwelgten ein bisschen nach. Daniela stand plötzlich auf, setzte sich am Esstisch auf Philipps Schoß, küsste ihn auf die Wange und streichelte ihm zärtlich das Gesicht, während sie hauchte: »Dankeschön für alles. Es war wunderschön ... eine gelungene Überraschung. Sogar das Wetter hatte mitgespielt, als hättest du einen besonderen Draht nach oben. Das lässt sich kaum toppen. Da werde ich mich richtig ins Zeug legen müssen, wenn du in fünf Jahren deinen fünfzigsten feierst.«

Philipp lächelte: »Wir hatten doch vereinbart: keine Geschenke, bitte! Wenn du dir jetzt den Kopf zerbrichst, was du mir als Gegenleistung bieten könntest, wäre es doch nichts anderes, als ›*wie du mir so ich dir, oder besser‹*, will heißen ein Geschenk, als Kompensation für eine Idee, oder Tauschhandel.«

Daniela schmunzelte, wiegte mit dem Kopf und ein vielsagendes ›Hm‹, war das einzige, was sie als Kommentar brachte. Er kannte Daniela zu gut, um nicht zu wissen, dass dieses ›hm‹ mehr bedeutete, als nur zwei Buchstaben. Es war das typische ›*Daniela-hm*‹. »Lass uns nachher noch ein bisschen rausgehen. Ab morgen soll das Wetter nämlich schlechter werden, habe ich im Internet gelesen. Wechselhaftes und kühles Wetter stand da geschrieben.« Daniela gluckste förmlich vor Freude … sie wirkte richtig zufrieden.

Philipp fand, dass es jetzt gerade ziemlich harmonisch zwischen ihnen lief … ›*na ja*‹, dachte er, ›*zumindest bis zum nächsten Streit… und der kommt gewiss, wie das Amen in der Kirche*‹, davon war er überzeugt. Es würde nämlich wieder der Zeitpunkt kommen, da sie ihm erneut Vorwürfe wegen Nichtigkeiten machen würde. Zumindest sah er Danielas Kritik immer als Nichtigkeiten an, jedoch bei weitem nicht seine, denn für seine hatte er immer gute Gründe, da war er sich sicher … hundert pro.

Wenn Daniela seine Gedanken hätte lesen können, wäre sie wahrscheinlich jetzt schon wieder ausgeflippt, denn Philipps stures Rechthaben-Wollen konnte sie auf den Tod nicht ausstehen. Diese Gedanken, wenn sie sie gelesen hätte, hätten nämlich die Erinnerung an den Streit der vorletzten Woche vermutlich hochbeschworen.

*

Sie hatte zu einem Konzertbesuch Regina, eine frühere Schulkollegin, eingeladen. Regina war im Leben halt nicht so erfolgreich wie sie selbst, hatte auch nicht viel Geld. Deshalb wollte Daniela der Kollegin einfach eine Freude machen; diese besaß auch kein Auto, kam also nirgendwo so einfach hin, wenn sie nicht mitgenommen wurde. Da, wo sie wohnte, gab es nämlich keinen Anschluss ans öffentliche Verkehrsnetz.

Philipp wehrte sich vehement gegen diesen Fahrgast.

›*Warum*?‹, hatte Daniela verständnislos gefragt.

›*Ich mag sie halt nicht besonders*‹, war sein nicht gerade überzeugender Kommentar, denn er hatte bis jetzt noch nie etwas mit Regina zu tun gehabt, ergo konnte er sich auch keine Meinung über sie bilden. Aber vermutlich war sie ihm nur nicht erfolgreich genug.

›*Aber ICH mag sie*‹, widersprach Daniela, ›*außerdem, du kennst sie doch gar nicht*‹.

›*Ich brauche sie nicht zu kennen, um zu wissen, dass ich sie nicht mag*‹, begründete er ziemlich unlogisch. Das war ja wohl das Allerletzte, das er Daniela als Grund angeben konnte. Ein solcher hochgradiger Mist regte in ihr den Kampfgeist. Sie kotzte Philipp an und sie stritten sich heftig. Dieser Streit hielt drei Tage an.

Ungeachtet von Philipps Einwand, sagte sie der Freundin dann zu und erhielt gleich harsche Schelte von Philipp. ›*Du hast Regina ohne meine Zustimmung zugesagt*?‹, fragte er empört.

›*Klar*‹, sagte Daniela trocken und ergänzte trotzig: ›*bin selbst schon groß und treffe eigene Entscheidungen. Ich muss dazu nicht erst Papi fragen*‹, denn sie empfand Philipps Reaktion als Machogehabe.

Das war dann der Beginn eines Streits, der nochmals etwa drei Tage andauerte. Unsinnig, einfach blöd

… Streit wegen nichts. Es war dann wieder die Zeit, als Daniela vermehrt zum Computer flüchtete und den Kontakt zu Andreas suchte.

Dieser Krieg fand vorletzte Woche statt; im Moment lief es gerade mal wieder gut.

*

Philipp indessen fand es nur bedauerlich, dass sie sich gerade jetzt so gut verstanden, da beide quasi ihre eigenen Wege gingen. Es verstand sich von selbst, dass Philipp im vergangenen Jahr wegen Danielas Kontakt zu Andreas nicht nur still vor sich hin gelitten hatte. Auch er fand Trost außerhalb des Ehebettes, was ihn nicht davon abhielt, dass es ihn immer noch wurmte, wenn er Daniela im Chat mit diesem Eindringling wusste, oder wenn sie nicht da war und er sie bei diesem Hallodri vermutete. Da hatte ihm einfach ein anderer sein Spielzeug weggenommen. Wahrscheinlich war es eher das, was seine Gefühle bewegte, als tiefe Zuneigung, nach langjähriger inzwischen monoton gewordener Ehe.

Sein Trost hieß nämlich Angelina. Nicht, dass er wegen Danielas Fehltritt auf der Suche gewesen wäre, nein auch er wurde gefunden. Es ergab sich einfach auch so, wie bei Daniela.

Er war bei der Firma FerroForm GmbH & Co. KG in Lörrach beschäftigt. Dieses historische Werk wurde 1910 in Deutschland gegründet und war mit mehr als 1500 Mitarbeitern an drei Standorten vertreten. Der Hauptsitz befand sich in Lörrach an der Teichstraße, wo auch Philipp tätig war. Das dortige Werk war hauptsächlich auf die Entwicklung von Metallteilen mit Stanz- und Biegeautomaten ausgerichtet. Es fertigte auf einer Reihe von High-Tech-Maschinen: Stanz- und Biegeautomaten, Spritzgussmaschinen, Maschinen für Schnellkupplungen oder Anlagen zur Oberflächenbehandlung. Zusätzlich bot es Workshops für Firmenkunden an.

Der Standort Haltingen bei Weil am Rhein produzierte sowohl Kunststoff- als auch Metallteile. Das Werk sollte in naher Zukunft insofern erweitert werden, als dass sich die gesamte Metallteilproduktion an einem Ort befinden sollte. Mit diesem Projekt war Philipp als Projektleiter beauftragt worden.

Er fühlte sich sehr wohl in dieser Firma, zumal die Bedingungen äußerst mitarbeiterfreundlich waren.

Im Herbst 2010 dann lernte er bei einem großen Festanlass zum 100jährigen Firmenjubiläum Angelina Donati kennen, eine gebürtige Tessinerin, mit italienischen Wurzeln väterlicherseits. Er unterhielt sich mit ihr einen ganzen Abend lang und zwar in deren Muttersprache. Endlich konnte er sein Italienisch anwenden, das er akzentfrei beherrschte, dank der von seinem damaligen ersten Arbeitgeber nach dem Studium, gebotenen Möglichkeit, eines sechsjährigen beruflichen Italienaufenthaltes.

Angelina war seit einem guten Jahr im Werk in Bremgarten tätig, wollte aber gerne nach Lörrach wechseln, damit sie näher an der Schweizer Grenze war, denn ihren Wohnsitz in Basel wollte sie wegen der unverschämt hohen Einkommenssteuern in Deutschland nicht an ihren Arbeitsort verlegen, nur um einen kürzeren Arbeitsweg zu haben. In der

Schweiz zahlte sie vergleichsweise nur einen Bruchteil an Steuern.

Philipp konnte ihr aufgrund seiner Position für dieses Anliegen behilflich sein. Schon zum Jahresbeginn 2011 begann Angelina, eine ziemlich pfiffige Businessfrau, die überdurchschnittliche Kenntnisse im Umgang mit Computern und im Bereich der Informatik besaß, in Lörrach ihre Arbeit. Sie hatte sich innerhalb des Jahres ihrer Mitwirkung schon ein großes Wissen, insbesondere umfangreiche Kenntnis der Branche angeeignet, war äußerst tüchtig und voller Energie, kurz: sie war ein produktiver Wirbelwind. In ihrer neuen Position unterstützte sie Philipp bei seinem Projekt der Firmenerweiterung ›Konzentration der gesamten Metallteilproduktion an einen Ort‹. Die Zusammenarbeit machte beiden viel Spaß. Sie arbeiteten oft bis spät zusammen. Und so kamen sie sich auch sehr bald näher, denn nicht nur Philipp hatte Gefallen gefunden an der brünetten Angelina, mit den großen dunklen Augen, sondern auch er gefiel Angelina auf Anhieb.

Es verstand sich von selbst, dass Philipp, aufgrund seiner momentanen familiären Situation und dem damit gekränkten Ego auch empfänglich war für ein außereheliches Abenteuer. Sie kamen sich näher und allmählich begann, sich mehr anzubahnen, als nur ein Abenteuer. Und, es war nichts Oberflächliches oder nur Trost suchendes, sondern es ging so richtig tief.

Angelina und Philipp verbrachten im Geschäft und auch außerhalb viel Zeit miteinander, und, wie auch seine Frau Daniela mit Andreas, hatte er mit Angelina viele Gemeinsamkeiten, über die sie sich gut und gerne unterhielten.

Während ihrer Zusammenarbeit hatte Philipp Angelina aufmerksam beobachtet, und er hegte den Verdacht, dass diese zierliche Powerfrau zusätzlich ihrem Job in der Firma wohl ein lukratives eigenes Business nebenher betrieb. Es war aber nur eine Vermutung. Doch er wollte es genau wissen, und so sprach er sie eines Tages auch prompt daraufhin an.

»Weißt du Philipp, ich kann darüber nicht sprechen, es ist …«, Angelina hörte abrupt mit der Erklärung auf.

»… es ist … illegal?«, beendete er den begonnenen Satz.

Bei Angelina veränderte sich subito der Gesichtsausdruck. Eine Farbe der Verlegenheit stieg vom Hals hoch in ihr Gesicht. Sie senkte betroffen ihren Blick.

»Könnte es sich zum Schaden der FerroForm entwickeln«, fragte er geradeheraus. Denn das könnte er nicht dulden.

Angelina schüttelte energisch den Kopf, »nein, um Gottes willen, nein. Ich würde nie meinem Noch-Brötchengeber Schaden zufügen.«

Hatte er richtig gehört? Noch-Brötchengeber?

»Hast du vor, die Firma zu verlassen?«, fragte er und konnte seine Enttäuschung nicht verbergen.

Angelina schüttelte wieder den Kopf und ergänzte dann: »zumindest im Moment noch nicht.«

Philipp konnte sich damit natürlich nicht zufrieden geben und so bohrte er immer wieder weiter, bis Angelina zumindest mal ganz vorsichtig mit der Sprache herausrückte. Die Informationen, die er dann Anfang Juni erhielt, waren zuerst mehr als dürftig. Es dauerte dann noch eine ganze Weile, bis er dann mal eine

Kleinigkeit erfuhr, und dennoch immer noch nicht konkret genug. Der Zeitpunkt für mehr war einfach noch nicht gekommen.

Sie machte zwar ganz vorsichtig diffuse Andeutungen, die ihm immer noch nicht erlaubten, sich ein genaues Bild davon machen zu können, dennoch fühlte er sich schon danach, nach dem Motto ›ich will auch‹, angestachelt: »Es ist ein richtig lukratives Geschäft«, begann sie, »ich habe da Partner, über die ich dazukam. Mein Ziel ist es, irgendwann einmal so viel Geld verdient zu haben, dass ich nicht mehr malochen muss«, sie schmunzelte spitzbübisch, als sie ergänzte: »und wer will das schon, malochen bis man tot umfällt, noch bevor man überhaupt die Früchte seiner Arbeit genießen kann? Du weißt doch wie missbräuchlich die Politiker mit dem Geld des Volkes umgehen, bei euch in Deutschland noch extremer als bei uns in der Schweiz. Dass in Deutschland überhaupt noch jemand einer ehrlichen Arbeit nachgeht ist eigentlich verwunderlich, wo diese Leute für ihren Leistungswillen doch regelrecht bestraft, während die Faulenzer belohnt werden. Und außerdem, die Geier – so heißen bei mir die Politiker – sorgen sich doch hauptsächlich um ihr eigenes Wohl und für den Wasserkopf ›Beamtentum‹ – man könnte es auch ›Schmarotzertum‹ nennen – die alle Vorteile für sich gepachtet haben. Ich hatte in der freien Wirtschaft noch nie einen Job, bei dem ich mein Gehalt selbst bestimmen konnte, außer bei meinem hübschen Nebenjob. Aber die Politiker, die können das, die sind ja privilegiert. Und sie sind dabei verdammt großzügig. Man muss da nur mal wieder ihre Diätenerhöhungen anschauen. Da sind sie sich nämlich immer einig. Ich weiß schon, warum ich in der Schweiz wohnhaft geblieben bin. In der Schweiz ist zwar auch nicht gerade das Honigkuchenland, aber besser als in Deutschland ist es allemal.«

Da hatte sie bei Philipp gleich den neuralgischen Punkt getroffen. Der Punkt, über den er sich schon seit jeher nervte und den er auch ganz offen kritisierte. Ihm passte das System, Selbstbedienungsladen für Staatsangestellte, schon lange nicht mehr. Für ihn klang es verlockend ... viel Geld zu verdienen, um aus dem System aussteigen zu können. Er wollte mehr darüber erfahren. Dass es illegal sein könnte, schob er vorerst einmal beiseite. Man durfte nicht blauäugig sein ... die Welt war doch korrupt, durch und durch, einschließlich der Politiker. Warum sollte sich das Leben der Normalbürger strenger an den Gesetzen orientieren, als das der Gesetzeshüter? Wie bemerkte Angelina doch richtigerweise: ›*Dass in Deutschland überhaupt noch jemand einer EHRLICHEN Arbeit nachgeht ist eigentlich verwunderlich*‹

»Du musst mir unbedingt mehr darüber erzählen, Angelina«, bat Philipp. »Das interessiert mich. Vielleicht mache ich mit beim Geschäft«, zog er eine mögliche Zusammenarbeit in Betracht.

Angelinas Gesicht wurde ziemlich ernst. »Philipp, ich muss sehr vorsichtig sein. Ich kann keine Details bekanntgeben. Es ist mir zu heikel. Ich könnte große Probleme bekommen, wenn du mit jemandem darüber sprichst«, sagte sie, und man spürte ihre Sorge.

»Mit wem sollte ich denn darüber sprechen? Wenn mir das Geschäft zusagt und ich wirklich profitieren kann, dann würde ich auf jeden Fall gerne dabei sein.

Wenn nicht, dann kommt es für mich nicht in Frage, und dann gibt es für mich auch keinen Grund, mit irgendjemandem darüber zu sprechen. So einfach ist das. Niemals jedoch würde ich dir in den Rücken fallen. Das weißt du doch Liebste.«

»Mit deiner Frau zum Beispiel, könntest du sprechen«, meinte Angelina.

»Du weißt doch, dass meine Frau ein Eigenleben führt. Das hatte ich dir doch erzählt. Daniela geht ihre Wege und ich mittlerweile meine. Aber darüber hatten wir beide uns schon oft genug ausgesprochen, da brauche ich nichts mehr zu erklären, außer dies eine noch: durch diese wenigen Berührungspunkte haben meine Frau und ich jetzt kaum mehr Grund, uns zu streiten. Somit sind alle zufrieden, außerhalb und innerhalb der eigenen vier Wände.«

»Weiß sie von deinen Eskapaden? Oder konntest du unsere Beziehung bis jetzt geheim halten?«, wollte Angelina wissen.

»Du weißt doch, nicht einmal hier in der Firma hat jemand etwas gemerkt, so gut konnten wir uns verstecken. Und Daniela weiß zweimal nichts. Ich war nicht so dumm, mein Verhältnis so öffentlich in den eigenen vier Wänden zu praktizieren, wie sie es tut. Facebook ist ja nicht gerade das ideale diskrete Medium für heimliches Liebesgeplänkel. Da waren die beiden nicht besonders phantasievoll. Und sollte sie von meinen Eskapaden, wenn nicht gewusst, so doch etwas gespürt haben, so hat sie keinen Grund mir Vorwürfe zu machen. Sie sitzt nämlich mit einem Sack voller Steine im Glashaus.«

»Das meinte ich nicht … wegen der Vorwürfe. Es

ging mir nur darum, wieviel sie mitbekommen könnte«, erklärte Angelina, »und wie gefährlich sie mir ... ähm ... uns werden könnte.«

So sehr Philipp hoffte, endlich mehr zu erfahren, Angelina hielt sich an diesem Tag Anfang Juni dennoch bedeckt. Vertraute sie ihm denn so wenig? Oder war es wirklich nur Furcht, die sie zur Vorsicht mahnte? Ja, so schien es ihm. Angelina hatte Angst. Und ihm war klar, dass, wenn sie so extrem vorsichtig war, es sich bei ihrer nebenberuflichen Aktivität nicht nur um ein einfaches, normales Geschäft handelte, sondern definitiv um etwas ganz Großes, etwas Gefährliches. Vielleicht stand sie auch unter Druck. Die ganze Situation erfüllte ihn einerseits mit Skepsis und Sorge, auf der anderen Seite steigerte sie seine Neugier.

Es blieb Philipp nichts anderes übrig, als sich noch zu gedulden. Irgendwann, so erwartete er, würde seine Neugierde gestillt werden. Bis dahin blieb ihm nur seine Bewunderung für diese tolle Frau, für ihre Tatkraft und das große Wissen, das sie in die Firma einbrachte, und das ihrer Zusammenarbeit sehr zugutekam und nicht zuletzt auch ihrer intimen Beziehung Vorschub gab. Seine Zweifel und Skepsis, die ihn plagten, schob er einstweilen beiseite.

Auch wenn er sich gelegentlich fragte, ob es wirklich möglich war, dass eine so wohltuende, zierliche Frau, die zudem sehr liebevoll und zärtlich sein konnte, in irgendwelche illegale, gefährliche Geschäfte involviert war? Sie war aufregend, sie war geheimnisvoll und er liebte sie immer mehr. Ja, er war zunehmend süchtig nach dieser fantastischen Frau. Daniela hatte er gedanklich aus seinem Leben verbannt.

Seine Geduld sollte bald belohnt werden. Philipp ließ ihr die nötige Zeit, sich zu öffnen, ohne sie auch nur im Geringsten weiter zu bedrängen. Seine Beteuerungen, dass er niemals mit Daniela über Angelinas und somit auch sein Geheimnis sprechen würde, fielen angesichts seiner Liebesbezeugungen allmählich auf fruchtbaren Boden. Anfang der folgenden Woche nämlich, nach dem Gespräch mit den diffusen Äußerungen, kam Angelina wieder auf Philipp zu. »Okay mein Lieber! Massimo Carlucci ist wieder zurück von seiner Reise und ich habe mit ihm gesprochen. Er wäre bereit, sich mit dir und mir nächste Woche im Restaurant Schützenhaus in Basel mal unverbindlich zu treffen, aber unter einer Bedingung: er verlangt, dass ich dir vollends vertrauen kann; wenn nicht, könnte ich große Probleme bekommen«. Sie schaute Philipp erwartungsvoll an.

Er nickte nur. Er wusste, dass keine Gefahr bestehen konnte, denn er und Daniela sahen sich ja kaum noch. Sie beide waren mehr unterwegs, als zu Hause. Im Moment herrschte ein Zustand, der, so traurig er für eine Ehe auch sein mochte, für beide sehr angenehm war. In den seltenen Momenten ihrer Begegnungen verstanden sie sich gut, stritten praktisch nie, hatten aber auch keine wirklichen Gemeinsamkeiten. Ob sich das je einmal ändern würde? Das war eine Frage, die Philipp sich im Moment weder beantworten konnte, noch wollte. ›Eher nicht‹, dachte er sich, denn es war vorbei ... endgültig. Er liebte eine andere.

Sicher, Daniela war eine interessante, gut aussehende, intelligente Frau. Es hatte ja seinen Grund, dass er sie einmal begehrte und heiratete. Aber Angelina war so erfrischend anders.

Heute war es genau das Gegensätzliche, das ihn faszinierte. Die süße, kleine, warmherzige und gleichzeitig intelligente Brünette versus die große kühle und ebenso intelligente Blonde.

Die ganze Geschichte klang für Philipp immer noch sehr geheimnisvoll, zumal Angelina von Gefahr sprach. »Wo bist du da nur hineingeraten, Liebste?«, fragte er, während etwas Sorgenvolles in seiner Stimme mitschwang.

Angelina legte nur ihren Kopf schräg, blickte ihn schelmisch an und lächelte. »In lukrative Geschäfte, Liebster. Bombensicher.«

»Nun, egal was es ist, ich würde dich nie in Gefahr bringen. Dazu liebe ich dich zu sehr. Nur eine Sache wundert mich. Wenn das Geschäft so lukrativ ist, warum arbeitest du denn in der FerroForm? Dann brauchst du den Job doch gar nicht.«

Angelina lächelte ihn liebevoll an: »Ich bin noch nicht so lange dabei beim Nebenbusiness. Ich hatte hier einen guten Job, in dem ich zufrieden war, und dann kam Antonio auf mich zu. Er sagte, er habe Massimo von mir erzählt ... dass ich computertechnisch ziemlich gut drauf sei. Dann wollte Massimo mich kennenlernen. Er hatte mich angeworben. Und, als ich merkte, wie lukrativ das Ganze ist, habe ich meine Lebensplanung umgeworfen. Erinnerst du dich vielleicht noch? Ich sprach über die FerroForm als dem Noch-Brötchengeber. Ich will längerfristig nur noch für die Organisation um Massimo tätig sein. Und, du musst doch zugeben, Philipp ...« Angelina lächelte jetzt verschmitzt »... dass ich hier in der FerroForm arbeitete, ist doch gut. Hätte ich dich sonst kennengelernt? Du bist das Beste, das mir passieren konnte. Also, wir treffen uns nächsten Mittwoch im Restaurant Schützenhaus in Basel mit Massimo. Antonio wird beim Treffen nicht dabei sein. Ich denke Massimo möchte dich erst einmal alleine kennenlernen.«

»Massimo? Antonio? ... sind in diesem Business nur Tessiner involviert?«, wollte Philipp wissen.

»Da ist ein ganzes Konsortium involviert. Massimo ist Italiener, Antonio ist mein Cousin, der Sohn meines Onkels, ergo ebenso Italiener. Ich bin zwar im Tessin geboren, aber bin nur eine halbe Tessinerin, mütterlicherseits, mein leider zu früh verstorbener Papa war auch Italiener. Ja und dann sind noch viele, viele weitere Italiener dabei«, klärte Angelina ihn auf.

»Na, dann bin ich auf den nächsten Mittwoch gespannt.« Er überlegte, das heißt, er zählte in Gedanken die Tage bis zum Treffen ab: »Das ist der 15. Juni, richtig?.«

»Richtig.«

*E*s war ein sehr spannendes Gespräch, das sie an diesem 15. Juni in Basel führten. Massimo war ein mittelgroßer, sympathischer, etwa 60jähriger Italiener, mit einer angenehm dunklen, melodischen Stimme. Seine dunkelbraunen Haare waren nur leicht von einzelnen grauen Strähnchen durchzogen; er sah richtig gut aus. Seine dunkelbraunen Augen waren klar, der Blick war freundlich und warm. Er hatte fast schon eine hypnotische Wirkung. Seine Augen zusammen mit der Stimme zogen einen förmlich in ihren Bann. Man konnte sich der Wirkung nicht entziehen.

Massimo erklärte alles sehr anschaulich und Philipp war fasziniert von Person und Inhalt. Was das ganze Business anging, so war es, wie er vermutete, nicht OHNE. Es ging um Geld, viel Geld, und es war kriminell; Geschäfte, die unter die Bezeichnung ›organisierte Kriminalität‹ fielen. Kein Wunder, dass Angelina solche Angst hatte und so lange zögerte, bis sie endlich mit der Sprache herausrückte.

Die Argumente, die wieder einmal seine Wut über das System in Deutschland aufwärmten, ließen in ihm die Begeisterung für das lukrative Business immer stärker werden und dafür jede Skrupel vergessen. Er hatte auch gleich das Gefühl, in Massimo einen guten Freund gefunden zu haben.

»Bist du dabei?«, fragte Massimo, während er sich über sein dunkles Oberlippenbärtchen strich.

Philipp überlegte nicht lange. Er blickte nur begeistert zuerst zu Angelina hinüber, dann zu Massimo und nickte. »Ja, ich bin dabei«, sagte er begeistert.

»Deine Ehe mit dieser … ähm … Daniela(?) passt aber nicht in dieses Geschäft«, erklärte Massimo kritisch.

»Ja, Daniela heißt sie und nein, ich hatte nicht vor, sie einzuweihen«, bekräftigte Philipp, »sie wird absolut nichts mitbekommen, zumal jeder von uns in letzter Zeit eigene Wege geht. Sie macht ihr Ding und ich meins. Da kollidiert nichts.«

»Diese Frau hat dich überhaupt nicht verdient. Du bist ein Mann, den man festhält und nie mehr loslässt«, empörte sich Angelina.

»Na ja, Liebes, heilig sprechen musst du mich nun nicht gerade. Ich habe auch meine Schwächen«, widersprach Philipp.

Angelina lächelte verliebt: »Auf eine weitere gute und lukrative Zusammenarbeit. Und, wer weiß, vielleicht lassen wir beide uns, wenn wir finanziell ausgesorgt haben, in einem Paradies irgendwo auf der Welt, vielleicht Südamerika, nieder«, sagte sie und hielt Philipp die Hand zum Abklatsch hin: »High five.« Philipp klatschte auf die gebotene Hand: »High five.«

Im Laufe des folgenden Monats fanden noch einige solcher Treffen zwischen Massimo, Angelina und Philipp statt. So wurde er sukzessive, zumindest theoretisch ins Geschäft eingeweiht, und sie vertieften sich in eine minutiöse Planung, wie es in der Zukunft weitergehen sollte. Weitere Leute lernte Philipp noch nicht kennen. Es sei nicht ratsam, hatte Massimo erklärt.

Philipp und Angelina indes mussten sehr aufpassen, dass sie ihr Projekt in der FerroForm nicht vernachlässigten. Plötzlich gab es andere Dinge, die sie interessierten. Dennoch wollten sie nicht alles so einfach hinwerfen und das wichtige Projekt aufs Spiel setzen. Da waren sie zu verbunden mit der Firma, die sich bisher auch immer sehr großzügig und fair zeigte.

Sie passten natürlich sehr auf. Niemand durfte Verdacht schöpfen. Niemand sollte merken, dass sie seit einiger Zeit ein intimes Verhältnis hatten und zusätzlich noch eine geschäftliche Verbindung eingingen. Doch Diskretion war ihre Spezialität. Niemand hatte auch nur eine diffuse Ahnung, was zwischen den beiden abging.

3

Daniela kam an diesem Nachmittag gerade aus Freiburg zurück. Sie war ziemlich enttäuscht und deprimiert, nein sie war wütend. Alles passte irgendwie zusammen; dieser Sommer, der mit seinem Temperatursturz seit Mitte des Monats eigentlich keiner war, sondern eher einem nasskalten Herbst glich, und dazu noch diese Bilder, die sie seither verfolgten.

*

Sie nutzte nämlich ihren arbeitsfreien Mittwoch für einen Überraschungsbesuch bei Andreas. Sie hatte das Haus, in dem er wohnte, noch nicht ganz erreicht, da sah sie ihn, wie er es gerade verließ. An seinem Arm eingehängt ging eine Blondine. Eine bildhübsche Blondine, die offensichtlich jünger war, als sie selbst.

Vor der Türe gab er der Schönen ein Küsschen auf den Mund, dann schlenderten sie Hand in Hand durch Freiburg. Sie schienen eine Einheit zu bilden. Immer wieder legte Andreas seinen Arm um die Frau und sie legte ihren Kopf an seine Schulter. Sie waren beide offensichtlich verliebt, nein sie lechzten förmlich nach Liebe. Sie sah, wie sie plötzlich wieder stehen blieben, sich gegenseitig liebevoll in die Augen blickten, während er zärtlich über ihre Wange strich, und dann wieder küssten. Ein kurzes Stück Weg lief Daniela noch hinter den beiden her, beobachtete, wie sie in einem Café verschwanden.

Daniela gab es einen Stich ins Herz, ja, es tat so unheimlich weh. Tränen traten ihr in die Augen. Dann ging sie den Weg wieder zurück zu ihrem Auto. Sie saß am Steuer, konnte aber nicht gleich losfahren. Sie war zu aufgewühlt. Tränen liefen ihr über die Wangen. Sie war enttäuscht und wütend.

In diesem Moment der Wut, dachte sie an Philipp. Hatte er wohl etwas gemerkt, dass sie einen Geliebten hatte, weil sie so oft wegging? Vermutlich schon. Man spürt so etwas doch. Wenn ja, wie musste es ihm wohl ergangen sein? Spürte auch er diesen Schmerz, wie sie ihn jetzt spürte, als es diesen Stich ins Herz gab? Es war auch der Moment, als das schlechte Gewissen Philipp gegenüber, das sie über mehr als einem Jahr verdrängt hatte, jetzt wieder aufkeimte. Es tat ihr so leid. Sie entschuldigte sich bei ihm, aber nur in Gedanken. Sie wusste ja nicht, ob er etwas wusste oder ahnte. Es wäre unklug gewesen, schlafende Hunde zu wecken. Sie hoffte auf einen Neuanfang. Sie verstanden sich in letzter Zeit ja viel besser als je zuvor. Sie schrieb diese positive Wendung natürlich auch ein bisschen ihrem Liebesverhältnis mit Andreas zu. Dass Philipp eine Geliebte hatte, wusste sie nicht, noch ahnte sie etwas.

*

Philipp war noch nicht zu Hause. Das war gut so, denn Daniela war zu aufgewühlt, als dass sie sich unbefangen hätte geben können. Und es wurde immer später. Allmählich wurde Daniela beunruhigt. Sie rief im Geschäft an, aber niemand nahm das Telefon ab. Sie versuchte es auf dem Handy, doch Philipp hatte es nicht eingeschaltet. Sie machte sich Sorgen.

Während Daniela sich vor Kummer grämte, führte Philipp Angelina zum Essen aus. Sie genossen die Zeit der Zweisamkeit und sie schwelgten in Zukunftsplänen, denn sie hatten so einiges vor.

Philipp hob sein Weinglas und prostete Angelina zu: »Auf uns«

»Auf uns«, prostete sie zurück.

Erst nach einem amourösen Nachtisch in Angelinas Kingsize-Bett in Basel, kam Philipp gegen 01:30 Uhr nach Hause.

»Wieso bist du noch auf«, fragte Philipp …

»Wo bist du so lange gewesen?«, antwortete Daniela mit einer Gegenfrage. »Ich habe mir schon solche Sorgen gemacht.«

»Seit wann interessierst du dich dafür, wo ich mich abends aufhalte, und noch mehr, seit wann machst *du* dir Sorgen um mich?«, fragte Philipp mit einem leicht spöttischen Unterton, »Ich bin doch öfter lange weg und du hattest nie gefragt. Aber gut, ich habe gearbeitet. Ist ja nichts Ungewöhnliches, seit ich das Projekt unter mir habe.«

»Ich habe angerufen in der Firma, da nahm niemand ab. Ich habe es auf deinem Handy versucht, das war nicht eingeschaltet.«

»Aha …«, klang Philipp etwas überrascht, »ja nu, wir hatten heute geschäftlich einen erfolgreichen Tag, und den haben wir ausgiebig begossen. Mein Handy hatte ich im Auto vergessen«, erklärte er dann ganz gelassen.

In Wirklichkeit hatte er es bei sich, wollte aber bei seinem Tête-à-Tête nicht gestört werden, und schaltete es deshalb kurzerhand aus.

»Aber jetzt bin ich ja da. Kannst dich also wieder abregen«, seine Rede klang gleichgültig.

Daniela legte eine Hand auf Philipps rechte Schulter; es lag eine lange Zeit nicht mehr gekannte Zärtlichkeit in dieser Berührung. »Ich gehe zu Bett, kommst du auch? Oder bleibst du noch auf, um noch etwas zu relaxen?«, fragte sie. Ihre Stimme klang liebevoll.

›Aha, Stress mit deinem Lover gehabt, was?‹, dachte er bei sich, ›sollen wir jetzt wieder einen auf harmonische Ehe machen?‹

»Ich komme auch. Es ist schon ziemlich spät. Ich bin müde, und morgen muss ich wieder früh raus«, antwortete er, um schon mal vorzugreifen, falls Daniela auf die Idee gekommen sein sollte, im Anfall von ›Harmoniebedürfnis‹ mit ihm schlafen zu wollen. Ihm war nicht danach, jetzt mit seiner Frau Sex zu haben. Er hatte noch zu sehr den erregenden Geruch von Angelina in der Nase. Und, die Berührungen, nach denen er sich sehnte, kamen von Angelina und nicht von Daniela. Er wollte sich auch nicht mehr unterhalten. Er wollte einfach nur noch seine Ruhe.

Es war schon halb acht am nächsten Morgen, als Daniela erwachte. Das Bett neben ihr war leer. Philipp war demnach schon auf Arbeit. Sie war irgendwie gerädert, denn sie hatte kaum geschlafen, zu viel geisterte in ihrem Kopf herum. Zuerst war es Philipp, der ihr mit den Worten ›tut mir leid Daniela, ich bin müde, ich möchte gerne schlafen‹ einen Korb zu ihren Bemühungen, ihn zärtlich zu verführen, erteilte. Was sie nicht wissen konnte, war, dass Philipps Bedarf an Sex durch ein ekstatisches Liebesspiel, das er mit Angelina in Basel genoss, gedeckt war.

Als Daniela dann neben Philipp enttäuscht in die Nacht starrte, kamen die Bilder, wie Andreas mit dieser jungen Blonden zärtlich händchenhaltend durch Freiburg schlenderte, die sie quälten.

Und jetzt? War jetzt alles kaputt? Hatte sie ihre Ehe leichtsinnig aufs Spiel gesetzt? Hatte sie nicht nur Andreas, sondern auch Philipp endgültig verloren? Hatte Philipp also tatsächlich von ihren Eskapaden etwas gemerkt? Sie überlegte, wie sie Philipp mal vorsichtig auf den Zahn fühlen sollte, um herauszufinden, ob er etwas ahnte oder gar wusste. Erst dann, wenn er etwas wusste, konnte sie sich entschuldigen. Sie konnte ja nicht ins Ungewisse hinein etwas zugeben und bedauern und ihn so erst darauf bringen und ihn damit nachträglich mit ihrem Fehltritt zu kränken.

›Nein, verdammt nochmal, ich bin nicht schuld. Philipp hatte mich doch mit seiner Sturheit in Andreas‘ Arme förmlich getrieben. Er hatte mich doch in aller Öffentlichkeit angeschissen und damit bloßgestellt. Wir stritten ja nur noch. Warum sollte ich jetzt die reuige Sünderin sein? Ich sehe das gar nicht ein, verdammt nochmal‹, dachte sie sich in Rage, und es war ihr Ernst mit ihrer Wut. Sie verfluchte beide, Philipp und Andreas.

In diesem Anflug von Wut, setzte sie sich an den Computer, fuhr in hoch und loggte sich gleich mal in Facebook ein, um zu sehen, ob Andreas tatsächlich die Dreistigkeit besaß, sie liebevoll anzuschreiben. Gerade als sie Facebook öffnete erhielt sie das akustische Zeichen. Die Nachricht wurde gerade eben geschrieben.

Andreas: 21.07.2011

Hallo, Liebling. Vielleicht gehst Du vor der Arbeit noch in unseren Chat. Ich muss unbedingt mit Dir sprechen, aber nicht im Chat, d.h. ich muss Dich treffen. Können wir einen Termin vereinbaren? Es ist wirklich sehr wichtig.

›Arschloch‹, dachte Daniela.

Daniela: Was willst Du, Andreas? Willst Du mir sagen, dass Du die Schnauze von mir voll hast, weil Du Dir eine andere, diesmal langhaarige und jüngere Blondine angelacht hast? Stehst Du auf Blondinen? Sammelst Du vielleicht Trophäen? Wenn ja, dann vergiss mich, ich möchte keine Jagdtrophäe sein.

Andreas war für einen Moment erschrocken über Danielas Reaktion. Er liebte sie, und wie Daniela sagte, liebte sie ihn doch auch. Wie konnte sie plötzlich so gehässig daherreden? Was ist geschehen?

Andreas: Ich weiß jetzt wirklich nicht, wovon Du sprichst, Daniela? Ist ja auch egal. Auf jeden Fall ist eine blonde Frau tatsächlich der Grund, warum ich Dich treffen wollte. Ich wollte mich nicht einfach aus Deinem Leben stehlen, indem ich nichts mehr von mir hören lasse. Ich wollte fair sein und Dir alles von Angesicht zu Angesicht erklären, damit Du meine Handlungsweise vielleicht verstehen kannst. Da Du aber kein Interesse hast, mich nochmals zu treffen, schreibe ich halt doch alles jetzt hier im Chat.

Ich erzählte Dir ja, dass ich einmal sehr verliebt war. Ich erzählte Dir von Jessica, und welch wunderbare Frau sie war. Ich erzählte, wie ich sie verlor, als sie ins Ausland ging. Sie wollte erst einmal als Au-pair beginnen und dann weiterreisen, die Welt kennenlernen und dabei immer wieder jobben. Ich hoffte damals natürlich, dass unsere Liebe diese Trennung bestehen würde. Ihre letzte Nachricht erhielt ich aus London. Sie war beim Flughafen und schrieb, dass sie nach Sri Lanka und dann nach Indien wolle. Danach verlor sich ihre Spur. Und ich konnte den Verlust lange nicht verdauen, so sehr hing ich an ihr. Deswegen verließ ich auch Berlin und kam nach Freiburg. Ohne Jessica war Berlin nichts … zu viel hatten wir hier gemeinsam erlebt. Ich glaubte auch nicht mehr daran, dass ich mich jemals wieder verlieben könnte, dass jemals eine Frau mein Herz nochmals würde erobern können. Ja, und dann lernte ich Dich kennen. Du hast mein Herz regelrecht vereinnahmt. Ich verliebte mich Hals über Kopf in Dich … ich war glücklich, denn Du warst diese wundervolle Frau, die es schaffte, mich aus diesem unglücklichen Gefühlsabgrund, in dem ich mich seither befand, herauszuholen. Meine Gefühle für dich waren nicht nur Liebelei, sondern es war tief empfundene Liebe, Leidenschaft, obwohl ich wusste, dass Du verheiratet warst, und unsere Liebe nicht wirklich eine Chance hatte.

Und nun stand vor ein paar Tagen Jessica vor meiner Türe. Sie hatte lange versucht, mich ausfindig zu machen … Freiburg und Berlin liegen ja nicht gerade nebeneinander. Tja, und nun fand sie mich.

Wir umarmten uns innig und bei uns beiden öffneten sich die Schleusen, uns liefen die Tränen nur noch so. Dann erzählte sie mir ihre Geschichte, und die war weiß Gott nicht gerade das, was man Jubel-Trubel-Heiterkeit nennen könnte. Es war eine traurige Geschichte, die sie mir erzählte. Man hatte sie ohne wirklichen Grund ins Gefängnis gesteckt. Zwangsarbeit gestaltete ihren Alltag, bis es ihr gelang, zu flüchten. Dann irrte sie als Fremde in einem unbekannten Land umher, litt unter Hitze, Hunger und Durst.

Doch während der ganzen Zeit unserer Trennung hatte sie immer an mich gedacht; sie sagte, dass sie nie aufgehört hatte, mich zu lieben und war froh, zu hören, dass ich weder verlobt, noch verheiratet bin. Ja, und nun habe ich sie wieder, meine Jessica und ich werde sie nie mehr loslassen.

Ja, ich spüre jetzt Deine Gedanken, Daniela. Es sind Gedanken die mir sagen ›aha, war ich also die Lückenbüßerin, die Trösterin des verlassenen Lovers‹.

›Wie recht du hast, du Depp‹, dachte Daniela, denn was sie eben gelesen hatte, war für sie höchste Kränkung ihres Egos.

Andreas war jedoch noch nicht fertig, wollte nicht einfach alles nach dem Motto ›schön war's, und tschüss‹ beenden.

Andreas: Und ich würde es auch tatsächlich verstehen, Daniela, wenn Du so denken würdest. Doch, bevor Du mich verurteilst, bevor Du mich mit Hassgefühlen abhakst, bedenke bitte, dass es für uns nicht wirklich eine gemeinsame Zukunft gab. Du wolltest Deinen Philipp nicht aufgeben und ich wollte nicht auf Dauer nur ein Verhältnis sein, für jemanden, den ich immer nur heimlich treffen durfte ... ja, und dazwischen im Chat intellektuelle Unterhaltungen zu führen. Ist es denn so abwegig, dass ich vielleicht auch gerne eine Familie gründen würde? Ich bin erst 37 und Jessica ist 33, das heißt, für eine Familie mit Kindern ist es noch nicht zu spät.

*D*as war die Erklärung, die Daniela innerlich versöhnte und die Bezeichnungen *Arschloch* und *Depp*, die sie seit gestern nur noch für Andreas übrig hatte, bedauern ließ. Sie erkannte, dass Andreas recht hatte, denn er konnte nicht wissen, dass sie eine gewisse Zeit ernsthaft erwog, sich vielleicht doch von Philipp zu trennen, aber eben auch nur so lange, bis sie merkte, dass sich ihr Eheleben in letzter Zeit wirklich entspannte. Sie schrieb es ihrem Verhältnis mit Andreas zu, dass es plötzlich funktionierte, will also heißen, dass nicht sie der Lückenbüßer war, sondern Andreas. Er war somit Mittel zum Zweck, der die Beziehung mit Philipp wenn auch nicht heilte, doch den gegenseitigen Umgang erträglicher machte. Es konnte tatsächlich nicht die Vorstellung eines jungen Mannes sein, nur dafür bereitzustehen, damit andere sich in ihrer Ehe einigermaßen wohl fühlen konnten. Andreas hätte eigentlich ihr Verständnis verdient, statt der Vorwürfe.

Und was machte sie? Sie wollte sich nach der gestrigen Enttäuschung gleich Philipp an den Hals werfen, wollte vor Enttäuschung gleich mit ihm schlafen, nachdem der Sex zwischen ihnen in den letzten Monaten gänzlich eingeschlafen war.

Sie ärgerte sich über sich selbst, denn sie war es, die unfair handelte. Wer waren denn die Lückenbüßer? Andreas und Philipp, und doch nicht sie. Aber sie, die gekränkte Königin, fühlte sich ungerecht behandelt, denn sie war ja sowas von unschuldig. Und so schrieb sie zurück.

Daniela: Du wolltest doch wissen, woher ich meine Rede nahm, dass Du Dir eine langhaarige junge Blondine angelacht hattest. Ich war gestern in Freiburg, weil ich Dich überraschen wollte. Und dann sah ich Dich, wie Du mit Jessica gerade das Haus verlassen hast. Ich verfolgte Euch noch ein kurzes Stück und sah, wie verliebt ihr wart. Es gab mir einen Stich ins Herz.

Andreas erschrak, als er das las. Nein, damit hatte er nicht gerechnet und es tat ihm unendlich leid.

Andreas: Oh nein, Daniela, das wollte ich nicht. Ich wollte nicht, dass Du es so erfährst. Ich wollte Dir alles unter vier Augen erklären, ich wollte Dich nicht kränken. Das lag mir wirklich fern.

Daniela: Ja, ich gebe zu, Andreas. Ich hatte eine Wut. Das hattest Du ja gespürt. Meine Nachricht strotzte vor Wut. Aber jetzt, da Du mir diese Erklärung geschrieben hast, kam ich wieder auf den Boden der Wirklichkeit. Du hast recht, ja. Du bist jung ... zu jung, um Dein Herz an eine gebundene, ältere Frau zu hängen. Es war ungerecht von mir, Dich so zu beschimpfen. So lass uns in Freundschaft auseinander gehen.

Andreas bedankte sich für diese letzten freundschaftlichen Worte. Er wusste den Wert solcher Worte zu schätzen, denn auch wenn es plausible Erklärungen für alles gab, so tun solche Offenbarungen, wie er sie vorbrachte, tief im Innern weh.

Daniela ihrerseits war trotz der Enttäuschung, die

sie erlitten hatte, froh, dass sie sich jetzt mit Andreas ausgesprochen hatte. Sie war nun bereit für einen Neuanfang mit Philipp und diesmal so, wie es früher zu den Anfängen einmal war. Vielleicht schafften sie es ja, aufgrund dieser Erfahrungen, künftig nicht mehr so viel zu streiten, mehr aufeinander einzugehen … eine richtige Streitkultur zu pflegen, sachlich, ohne sich gegenseitig mit Vorwürfen zu überschütten. Wäre doch gelacht, wenn sie es nicht schaffen würden: richtiges Konfliktmanagement. Andere Paare konnten das doch auch.

Doch so einfach, wie sie es sich vorgestellt hatte, war es halt nicht. Philipp war nicht so eben mal umzustimmen. Er war nicht bereit, sie mit offenen Armen zu empfangen, nach dem Motto alles vergessen und verziehen. Nein, so lief das nicht. Zwischen ihnen stand zwar jetzt nicht mehr Andreas, dafür aber Angelina. Ja, er hielt sich in den folgenden Tagen ziemlich zurück, war äußerst sparsam mit Herzlichkeit, wenn überhaupt etwas Derartiges erkennbar gewesen sein sollte, und er hatte dabei nicht einmal ein schlechtes Gewissen. Und so sprachen sie nur das Nötigste miteinander oder unterhielten sich über Belangloses. Am besten, so befand Philipp, eignete sich als Thema Danielas neuer Roman.

»Wie weit bist du eigentlich mit deinem Roman? Ist er schon fertig?«, fragte er, »bin schon gespannt darauf, ihn zu lesen. Bist du schon an der Stelle, bei der der Gehörnte seiner Frau ein Küchenmesser zwischen die Rippen rammt?«, fragte er mit sarkastischem Unterton in der Stimme. Das Gesicht, das er dabei aufsetzte passte bestens dazu.

Daniela ärgerte sich über diesen Ton und das süffisante Grinsen, das Philipp dabei aufsetzte. Sie war jetzt so richtig sauer auf ihn. Spätestens da nahm sie an, dass er etwas von ihren Eskapaden geahnt haben musste.

Aber warum sagte er nichts? Warum machte er immer nur solche dummen Anspielungen? Warum behandelte er das Problem auf der Schiene von Sarkasmus und Gehässigkeit? Ging es ihm darum, sie auf diese Weise zu bestrafen? Sie steigerte sich innerlich immer mehr in Wut. Ja, in solchen Momenten des demonstrierten Sarkasmus hasste sie ihn, da würde sie ihn am liebsten in die Wüste schicken oder dahin, wo der Pfeffer wächst. Sie sah den geplanten Neuanfang nun immer mehr in die Ferne rücken … unerreichbar.

›Ja, nur zu!‹, dachte sie eingeschnappt, ›tu, was du nicht lassen kannst, dann spiel ich eben mit‹.

Und so fasste sie einen Plan. Sie wollte Philipp in der nächsten Zeit nicht mehr sehen und zog ins Gästezimmer. Und auch sonst würde sie ihm aus dem Weg gehen, das hieß, sie ging abends weg, traf sich mal mit Regina, mal mit Evelyn oder sonstigen Freunden, während sie aber tunlichst vermied, bei ihren Freunden etwas von ihrer Ehekrise durchblicken zu lassen. Die Krise war alleine ihre Sache. Es waren Dinge, die sie prinzipiell mit niemandem besprach, nicht einmal mit ihrer besten Freundin. Es wäre ihr zu peinlich gewesen, zumal sie ja immer als ›das Paar‹ galten. Sie konnte sich mit nachvollziehbaren Grundangaben gut herausreden, warum sie alleine ausging. Immerhin arbeitete Philipp an einem wichtigen Projekt, das wussten alle. Ja, und deswegen käme er nachts meist sehr spät nach Hause, hatte sie den Freunden erklärt.

So sorgte sie dafür, dass es nachts immer sehr spät wurde, bis sie selbst nach Hause kam. Oft schlief Philipp dann schon. Hin und wieder kehrte er nach ihr nach Hause zurück und sie lag schon im Bett. Einmal, als sie noch wach dalag und in die Schwärze der Nacht blickte, hörte sie sogar, wie er im Bad war und über den Flur zum Schlafzimmer ging.

Was Philipp betraf, so interessierte es sie nicht, wann er wegging und auch nicht, wann er wieder nach Hause kam … zumindest redete sie es sich selbst ein. Wenn sie ehrlich zu sich selbst war, sah es schon ein wenig anders aus. Sie hoffte nämlich irgendwann auf einen Neuanfang. Und so ließ sie es sich manchmal nicht nehmen, durch den Türspalt zu blinzeln, ob er im Bett lag. In letzter Zeit fiel ihr jedoch auf, dass er immer nach ihr nach Hause kam, und sie spürte dann einen Schmerz im Innern.

Philipp indessen war es recht so. Der Status quo gefiel ihm, musste er doch auf diese Weise nicht ausweichen und keine Erklärungen abgeben, denn er war ja jetzt mit Angelina liiert und sie hatten Pläne, große Pläne. Sehr oft trafen sie sich in Basel mit Massimo.

Zwischendurch, wenn Daniela sich ihre momentane Ehesituation Revue passieren ließ, schämte sie sich vor sich selbst. ›*Wie weit ist es mit uns gekommen?*‹, fragte sie sich. Im nächsten Moment schalt sie sich wieder. ›*hör auf du eingebildete Prinzessin, von anderen Fairness zu verlangen, die zu geben du selbst lange Zeit nicht bereit warst*‹.

4

*E*s war wieder Danielas arbeitsfreier Tag. Wie immer schlief sie am Mittwoch lange aus, und wie immer war Philipp schon bei der Arbeit, als sie aufwachte. Es war halb neun und sie räkelte sich.

Das Telefon klingelte. Daniela sprang aus dem Bett, um das Telefon im Flur abzunehmen. Mit verschlafener Stimme meldete sie sich: »Crohn«

»Oh, hallo Frau Crohn, haben Sie verschlafen? Peter Fleischmann am Apparat, FerroForm«, meldete sich der Anrufer.

»Guten Tag Herr Fleischmann. Nein, ich habe nicht verschlafen, ich habe heute frei, und da schlafe ich meist etwas länger. Wie kann ich Ihnen helfen?«

»Ich wollte nur mal wissen, wann wir mit Ihrem Mann heute rechnen können. Wir haben gleich eine Sitzung und warten auf ihn. Er hatte sich nämlich nicht abgemeldet und seine Sekretärin sagte uns, dass es in seinem Terminkalender, außer der heutigen Sitzung, keinen Eintrag gibt.«

Daniela war überrascht. Sie blickte kurz ins Schlafzimmer und fand nur das zerwühlte Bett vor. Sie weiß eigentlich nicht, ob er überhaupt zu Hause schlief und das Bett schon länger zerwühlt war. Sie hatte ja seit ihrer Trennung kein Bett mehr gemacht. Auf jeden Fall hatte sie nicht gehört, dass er die Wohnung verließ.

»Ist er nicht in der Firma?«, fragte sie erstaunt. »Das verstehe ich nicht. Er ist nämlich auch nicht mehr hier. Ich ging davon aus, dass er zur Arbeit fuhr. Kann ich Sie zurückrufen? Ich will mal im Keller nachsehen, ob sein Fahrrad noch da ist. «

Philipp liebte es, im Sommer mit dem Fahrrad zur Arbeit zu fahren. Die Fahrt von Lörrach-Stetten Süd bis in die Teichstraße war für ihn eine kleine morgendliche Ertüchtigung, die ihm gut tat. Er nahm dafür, um die Wirkung noch zu verstärken, immer gerne auch einen Umweg. Da er im Radler-Dress fuhr, hatte er im Geschäft eine Garnitur Ersatzkleidung, das bedeutete: Anzug, zwei passende Hemden und passende Krawatte, Schuhe führte er im Rucksack mit sich. Einen Duschraum gab es in der Firma.

Daniela wirkte besorgt, denn das Fahrrad war auch nicht mehr da. Aber wo war Philipp? Sie begriff gar nichts mehr. Sie hatte ihr Handy mitgenommen und rief gleich auf Herrn Fleischmanns Direkt-Wahl an, die er ihr ausnahmsweise nannte.

»Crohn nochmal. Herr Fleischmann, das Fahrrad meines Mannes ist weg.«

Peter Fleischmann machte sich jetzt ebenfalls Sorgen, versuchte es aber nicht zu zeigen, denn er wollte Philipps Frau nicht unnötig aufregen. »Hatte er vielleicht einen Arzttermin?«

»Nein, er hatte keinen Termin beim Arzt. Zumindest hatte er mir nichts gesagt. Und wenn er einen Termin hätte, würde der doch in seinem Terminkalender stehen.« Sie konnte natürlich nicht zugeben, dass sie von ihrem Mann im Moment absolut nichts wusste. Dass sie nicht einmal mehr miteinander sprachen. Ein

Gedanke durchzuckte sie und sie spürte dabei einen Stich ins Herz: ›er wird doch nicht ausgezogen sein?‹ Sie warf einen kurzen Blick in den Kleiderschrank. Na ja, die Kleider waren noch da, also konnte er nicht ausgezogen sein. Das war aber ein kleiner Trost. Jetzt machte sie sich erst mal ernsthaft Sorgen, wo ihr Gatte abgeblieben sein könnte.

»Lassen Sie uns ganz ruhig bleiben, Frau Crohn. Vielleicht führte ihn eine Unpässlichkeit zum Arzt. So etwas kann doch auch mal vorkommen.«

»Oh mein Gott … und wenn etwas passiert ist?«, antwortete Daniela.

»Es ist nicht gut, gleich den Teufel an die Wand zu malen, Frau Crohn. Beruhigen Sie sich erst einmal. Ich bin überzeugt, das Ganze löst sich von selbst auf«, versuchte er Daniela zu trösten.

Der Anruf bei ihrem Hausarzt brachte kein Ergebnis, ebenso die Anrufe auf Philipps Handy und bei der Polizei, ob es vielleicht an diesem Morgen einen Unfall gegeben habe, in dem ein Fahrradfahrer involviert war. Sie rief Gisela, Philipps Schwester an, die ihrerseits ebenfalls gleich in Alarmstimmung versetzt wurde. Giselas Mann indessen gab sich eher gelassen: »Mein Gott, Philipp wird schon wieder auftauchen. Dass ihr Frauen immer alles gleich so schwarz sehen müsst«, war sein sorgloser Kommentar.

Doch auch am Abend blieb Philipp verschwunden.

»Da musst du zur Polizei gehen«, schlug Gisela vor.

»Ja, ich denke auch. Kommst du mit mir? Ich mag nicht alleine hingehen, bin viel zu aufgeregt«, bat Daniela.

Zusammen meldeten sie sich bei der Polizei, um eine Vermisstenanzeige aufzugeben. Der uniformierte Beamte, der die Details entgegennahm, sah die Lage nicht ganz so dramatisch, wie diese beiden aufgeregten Frauen.

»Was glauben Sie, wie oft es vorkommt, dass ein Ehepartner sich eine Auszeit nimmt. Hatten Sie vielleicht Streit? Gab es irgendwelche Missverständnisse, Meinungsverschiedenheiten? Gab es in Ihrer Ehe Reibungen irgendwelcher Art? Oder verlief bisher immer alles harmonisch und glatt? Wie sieht es aus mit möglichen Seitensprüngen?«, fragte der Beamte gerade heraus. »Ihr Mann ist ein Erwachsener und kann seinen Aufenthalt selbst bestimmen, es sei denn es würde sich um ein Verbrechen handeln, das wäre dann eine andere Situation.«

»Aber, wie wollen Sie denn im Voraus schon wissen, worum es sich handelt? Wie wollen Sie jetzt schon bestimmen, ob ein Verbrechen auszuschließen ist oder nicht? Jetzt ist mein Mann erst mal verschwunden, und das ist doch schlimm genug«, sagte Daniela aufgebracht. Vor allem, bei all den Fragen des Beamten spielte sich bei ihr auch ein Kopfkino in zweierlei Richtung ab. Alle möglichen schlimmen Bilder, wie zum Beispiel, was passiert sein könnte, und Szenen ihrer unglücklichen Ehe, drängten sich ihr auf, denn alleine sie wusste, wie nah diese Fragen ihr momentanes Eheleben beschrieben. Letzteres machte sie innerlich natürlich wütend, ließ sie bedauern, dass es überhaupt so weit gekommen war. Doch das brauchte dieser dumme Beamte schließlich nicht zu wissen. Sie ärgerte sich auf jeden Fall darüber, wie der ihre Anzeige so lax handhabe. Er stellte sie mit seinen Bemerkungen ja hin, als sei sie ein hysterisches Weibsbild.

Jetzt schaltete sich auch Gisela ins Gespräch ein, denn die Bemerkungen des Beamten machten sie ebenfalls wütend: ›*von wegen Auszeit. Das ist nicht die Art meines Bruders.*‹ »Also, hören Sie mal …« Doch bevor sie richtig loslegen konnte, wurde sie vom Beamten auch schon unterbrochen: »Moment. Wer sind Sie überhaupt? Ist Ihr Mann auch entlaufen?«, fragte er, konnte dabei einen feinen Spott in seiner Stimme nicht verhehlen.

»Nein, ich bin die Schwester des Vermissten«, sagte Gisela leicht brüskiert, »will heißen, dass ich nah genug an der Familie dran bin, um zu wissen, dass mein Bruder sich nie eine Auszeit nehmen und schon gar nicht seine Frau verlassen würde. Das ist nicht sein Stil. Er hat einen wichtigen Job, den er nicht einfach so aufs Spiel setzen würde. Und außerdem ist noch alles da, was seine persönlichen Effekten anbelangt: wie zum Beispiel sein Ausweis und sonstige Papiere …«, informierte sie den Beamten, »… und jemand, der sich eine Auszeit nimmt, kommt ohne diese Dinge nicht aus.«

»Name, Adresse«, erwiderte der Beamte mit gleichgültiger Stimme.

»Häh«, kam es aus Gisela.

»Ja, Name und Adresse … diese Angaben brauche ich, wenn ich den Fall aufnehmen soll.«

Gisela war zufrieden, auch wenn sie dessen Gebaren recht unverschämt empfand, denn jetzt kam endlich Bewegung in die Sache. Während Daniela wie paralysiert dastand und nicht in der Lage war, irgendwelche Auskünfte zu geben, gab Gisela dem Beamten brav die gewünschten Details. Sie nannte ihrer beider Adressen: Daniela Crohn in Lörrach-Stetten und Gisela Mahler-Crohn in Lörrach-Tüllingen.

Der Beamte nahm die Angaben gelangweilt entgegen und bat die Frauen beim Abschied, sich sofort zu melden, wenn der angeblich Verschollene wieder auftauchen sollte.

»So ein Riesenrindvieh«, sagte Gisela, nachdem sie beide den Polizeiposten verlassen hatten, »Der kommt sich wohl wichtig vor in seiner Überheblichkeit. Und hast du sein Leck-mich-am-Arsch-Gesicht gesehen? Da hätte ich gerne reingeschlagen.«

Daniela blieb still. Jetzt, da Philipp verschwunden war, tat ihr das Herz weh. Hätte sie doch nicht so reagiert, hätte sie doch nicht aufgehört, sich um Philipp zu bemühen. Hätten sie doch lieber zusammen diskutiert und überlegt, wie sie das Beste aus der aktuellen Situation hätten machen können. War jetzt alles zu spät? War Rettung nicht mehr möglich?

Philipp kam nicht ... nicht am Abend, nicht am nächsten Morgen ... Er war einfach verschwunden ... wie vom Erdboden verschluckt.

Zwei Tage nach der Vermisstenanzeige, also am 5. August gegen elf Uhr, rief Daniela wieder bei der Polizei an.

»So, ist er wieder aufgetaucht, Ihr Mann«, fragte Herr Schulz, derselbe diensthabende Beamte von vor zwei Tagen, belustigt.

»Nein, ist er nicht. In der Firma ist er seither auch nicht erschienen. Bitte tun Sie etwas.«

»Einen Moment bitte … bleiben Sie am Apparat«, bat Schulz sie, und im nächsten Moment, nach einem kurzen Klick, war für Daniela die Leitung wie tot. Schulz sprach kurz mit dem Dienststellenleiter, Polizei-Hauptkommissar Björn Albrecht. Der ließ sich mit Daniela verbinden: »Albrecht hier, guten Tag Frau Crohn. Sie sagten, dass Ihr Mann verschwunden ist.«

»Ja, seit zwei Tagen. Hat die Polizei denn bis jetzt gar nichts unternommen?«, fragte sie verwundert.

»Nun, Frau Crohn, so schnell schießen wir nicht. Wissen Sie, es passiert oft, dass wir solche Meldungen erhalten und ein, zwei Tage später tauchen die Vermissten dann plötzlich wieder auf. Wir können nicht immer gleich loslegen, wenn eine Meldung eingeht. Zwei Tage ist natürlich immer noch kein Zeitraum, aber so wie mir Herr Schulz sagte, hat ihr Mann weder Papiere noch sonst etwas dabei, und das macht uns etwas misstrauisch. Können Sie morgen zu uns kommen?«, schlug er vor. Mit diesem Aufschub auf den nächsten Tag demonstrierte er, dass er der Angelegenheit noch immer nicht die Bedeutung zumaß, wie Daniela es gerne gehabt hätte. ›Es brennt noch nicht, das heißt, wir brauchen keinen Feuerlöscher‹, war der Tenor auf dem Amt, wenn etwas als nicht pressant genug angesehen wurde.

»Morgen erst? Warum nicht jetzt gleich? Wir müssen meinen Mann doch suchen«, protestierte Daniela.

Albrecht blickte auf die Uhr, es war kurz vor zwölf. »Gut, dann kommen Sie gleich nach der Mittagspause«, sagte er und Daniela war zufrieden.

Um halb zwei saß sie Herrn Albrecht gegenüber.

»Zuerst einmal brauchen wir eine genaue Beschreibung Ihres Mannes.«

Zehn Minuten später hatte Albrecht das Profil von Philipp komplett und las es Daniela zur Bestätigung nochmals vor:

Name:	Philipp Crohn
geb.	29. Juni 1966
persönliche Details:	Größe 185 cm, kurz geschnittenes, leicht gewelltes Haar Haarfarbe: dunkelblond/grau Augenfarbe: blau Brillenträger: Acetat-Brille braun-beige marmoriert Form rechteckig
Kleidung:	rot-schwarzes Biker-Dress
unterwegs mit:	Fahrrad der Marke Rose Carbon PRO RS 5000, Farbe Rad und Helm: rot-schwarz

»Bei der Haarfarbe sagten Sie dunkelblond-grau. Wie ist das genau zu verstehen?«, fragte Albrecht nochmals nach. Eher in Richtung grau oder eher dunkelblond?

»Na ja, seine Grundfarbe ist dunkelblond, fast braun, aber es haben sich schon ziemlich viele graue Haare hineingemischt. Die Schläfen sind grau, und das ganze Kopfhaar ist mit grauen Haaren durchzogen«, versuchte Daniela die Haarfarbe klarer zu beschreiben.

»Gut, dann würde ich sagen, ich schreibe einfach nur grau meliert. Könnte man sie so bezeichnen?«

Daniela zuckte unschlüssig mit den Schultern, nickte dann aber und gab diesem Vorschlag zur Farbe ihr halbherziges Einverständnis: »Ja, könnte man so sagen … obwohl …«

»Okay, dann schreibe ich dunkelblond/graumeliert.«

Das gefiel Daniela dann besser.

»Was mir aber noch zur Beschreibung fehlt: gibt es eventuell besondere Merkmale? Narben oder Flecken … irgendetwas, was Ihren Mann näher beschreibt und woran man ihn identifizieren könnte?«, fragte der Kommissar.

Bei diesen Worten zuckte Daniela zusammen. Sie verlor alle Farbe aus dem Gesicht. Ihr wurde für einen Moment schummrig vor Augen; ›identifizieren‹, dachte sie voll Schrecken, ›um Gotteswillen, das klingt ja wie tot.‹

Albrecht bemerkte diese plötzliche Unruhe und reagierte schnell, »Nun Frau Crohn … erschrecken Sie nicht. Sie kennen das ja; die Polizei hat ihre Vorgehensweisen, die nach einem ganz bestimmten Schema ablaufen, und da gibt es eben auch diese immer wiederkehrenden Routinefragen. Das soll Sie jedoch nicht beunruhigen.«

Trotz dieser beruhigenden Erklärung blieb Daniela angespannt. Sie fasste sich nervös ins Gesicht. Ihr Herz schien plötzlich schneller zu schlagen. Sie atmete hörbar tief ein und wieder aus. Als Albrecht sie eindringlich ansah, immer noch die Beantwortung seiner Frage abwartend, besann sie sich und gab ihm die benötigten

Auskünfte: »Ja, mein Mann hat am Rücken beim linken Schulterblatt eine etwa zwanzig Zentimeter lange Narbe als Folge einer Operation in der Kindheit.«

Langsam kam sie auch wieder von ihrer Erregtheit herunter, denn sie machte sich bewusst, dass Angst ein schlechter Berater war, und dass man mit negativen Gedanken das Unglück nur noch anzog.

Plötzlich fiel ihr Blick auf den Unterarm des Kommissars, wo ein unprofessionelles, selbst gestochenes Tattoo in Form eines Schriftzugs prangte, »… ach, fast hätte ich es vergessen …«, begann sie, »… mein Mann hat noch ein kleines Tattoo an der Innenseite seines linken Unterarms. Es ist ein Schriftzug ›Carpe Diem‹, und stammt noch aus jungen Jahren seiner Sturm- und Drangzeit.«

Mit ihrem Kopf auf das unfachmännische Tattoo des Kommissars deutend, sagte sie: »Es ist ein richtig schöner Schriftzug von einem Profi gestochen, wissen Sie, so eine verschnörkelte Schrift.«

›und nicht so stümperhaft wie bei Ihnen‹, dachte Albrecht den Satz selbst zu Ende.

Daniela versuchte den Begriff mit dem Zeigefinger auf die Tischplatte zu malen. Albrecht reagierte schnell und reichte ihr Papier und Stift über den Schreibtisch und Daniela schrieb.

Carpe Diem

Dabei wiederholte sie: »Es wurde vom Fachmann angefertigt.«

Wieder klang es für Albrecht fast wie eine Kritik an seinem Tattoo. Doch er stand drüber und lächelte.

Das war der Moment, als auch Daniela, trotz der tragischen Umstände, zaghaft lächelte, während ihre Gedanken um Philipp kreisten: Sie war besorgt und ihr tat es leid, dass sie in letzter Zeit keine Gemeinsamkeiten mehr hatten, dass sie für kurze Zeit kein Ehepaar mehr waren. Heute würde sie das Rad gerne zurückdrehen.

Bei Albrecht indessen hallten Danielas letzte Worte über das fachmännisch gestochene Tattoo noch nach. Er zog die Augenbrauen hoch und sagte, mit dem Finger auf sein kleines untalentiertes Kunstwerk am Unterarm zeigend: »ja, ja, solchen Mist macht man, wenn man noch jung und euphorisch ist. Etwas, das man dann als erwachsener, gestandener Mann zutiefst bereut, weil es nicht mehr rückgängig gemacht werden kann, vor allen Dingen, wenn man sich den Namen seiner ersten, inzwischen längst verflossenen Liebe auf der Haut, ausgerechnet sichtbar auf der Außenseite des Unterarms, verewigen ließ, und dann noch so stümperhaft. ›Carpe Diem‹ ist wenigstens ein neutraler Begriff. Damit kann auch ein gestandener Mann leben, ganz besonders, wenn er nicht gleich für alle sichtbar, an der Innenseite angebracht wurde.«

Daniela war so in Gedanken versunken, dass sie Albrechts Erklärungen im Moment nicht vernahm. »Bitte?«, fragte sie wie abwesend.

Und der Kommissar wiederholte seine Worte in verkürzter Form.

Erst jetzt, nachdem Albrecht von seiner ersten verflossenen Liebe sprach, konnte Daniela den Schriftzug auf seinem Arm entziffern. Hier stand in krakeliger Schrift ›Sonja‹. Fürwahr, kein Meisterwerk.

Nach diesem Abstecher in die Jugendsündenzeit, machte sich Albrecht wieder an die Arbeit. Seine Finger glitten zügig über die Tastatur seines Computers, um das Profil um diese weiteren Details zu ergänzen.

besondere Merkmale: 20 cm lange Narbe am Rücken beim linken Schulterblatt, als Folge einer Operation.
Tattoo an der Innenseite des linken Unterarms:
(Schriftzug: Carpe Diem)

Daniela hatte auf Verlangen ein Foto ihres Mannes mitgebracht, das zusammen mit dem von ihr gefertigten Schriftzug des Tattoos zu seinem Profil geheftet wurde. Außerdem übergab sie Herrn Albrecht die verlangten Utensilien wie Haar- und Zahnbürste ihres Mannes.

Dann begann die teilweise unangenehme Befragung, vor der sie sich schon fürchtete:

Gab es Streit zwischen den Eheleuten?,

wie lange verheiratet?, und

wie konnte man die Ehe bezeichnen?,

hatte der Vermisste Feinde?,

gab es in letzter Zeit ein ungewöhnliches Verhalten?,

war etwas anders als sonst? …

Fragen über Fragen, die Daniela mit teilweise gemischten Gefühlen beantwortete … sie gab Auskunft so gut es ging. Mit ›so gut es ging‹ war natürlich gemeint, so gut, wie es für sie noch angenehm und akzeptabel war, ohne etwas preiszugeben, worüber sie nicht mal mit ihrer besten Freundin sprach. Die Frage nach ihrer Ehe zum Beispiel beantwortete sie verharmlosend mit ›ei-

gentlich ganz gut‹. Sie dachte nicht daran, dass das Wörtchen ›*eigentlich*‹ dem Kommissar viel Aufschluss gab. Darin, zwischen den Zeilen zu lesen, war er nämlich geübt.

Albrecht schickte zwei Beamten zur Firma Ferro Form GmbH & Co. KG, an der Teichstraße, damit diese das Personal befragten.

Vom Ressortleiter, Peter Fleischmann, erfuhren sie nicht sehr viel, denn der wusste praktisch nichts über Herrn Crohn, außer dass er ein hervorragender, verantwortungsbewusster, zuverlässiger Mitarbeiter war. Man habe ihm aus diesem Grund das Projekt: Firmenerweiterung ›*Konzentration der gesamten Metallteilproduktion an einen Ort*‹ in voller Verantwortung überantwortet. »Ich empfehle Ihnen aber, sich mit Frau Donati zu unterhalten. Sie ist die engste Mitarbeiterin im genannten Projekt.«

Als die Beamten Herrn Fleischmanns Büro verließen ging eben Frau Donati den Flur entlang.

»Frau Donati?«, rief Herr Fleischmann hinter ihr her. Sie wandte sich um und erblickte die drei Männer vor Fleischmanns Büro. »Ja?«

»Diese beiden Herren möchten sich gerne mit Ihnen unterhalten. Es geht um das Verschwinden von Herrn Crohn.«

Zu dritt zogen sie sich in Angelinas Büro zurück.

»Ich weiß nicht, wie ich Ihnen helfen könnte. Ich weiß eigentlich nicht mehr, als Herr Fleischmann, sozusagen nichts«, leitete Angelina das Gespräch ein. Die beiden Herren kannten solche Erklärungen zu genüge und gingen daher gar nicht darauf ein, sondern begannen gleich mit der Befragung.

»Frau Donati, wie gut kannten Sie Herrn Crohn?«

»Wie meinen Sie das? ... Ich bin zur Projektunterstützung eingeteilt, wir arbeiten sehr eng zusammen«, erklärte Angelina, »und warum sagten Sie ›kannten‹? Gehen Sie davon aus, dass Herr Crohn tot ist? Das wär ja ... um Gottes willen ... an so etwas mag ich gar nicht denken.«

Auch auf Letzteres gingen die Beamten nicht ein, sondern bezogen sich bei ihrer Erklärung nur auf den ersten Teil von Donatis Fragen »Die Frage zielt darauf hin, ob sie außer der geschäftlichen Kommunikation auch über private Dinge gesprochen haben.«

»Ja, selbstverständlich. Wenn man so eng zusammenarbeitet, da spricht man auch mal über andere Dinge, als nur über die Arbeit. Wir gingen ja auch oft über Mittag zusammen essen, oder auf einen Drink nach Geschäftsschluss. Wir verstanden uns sehr gut. Herr Crohn ist ein feiner, sehr freundlicher und sympathischer Mann.«

»Und, war seine Stimmung immer gleich? Also, kam er Ihnen nie verändert vor? Oder hatte er mal etwas über Probleme, die er hatte, erzählt?«

»Na ja, Probleme ...«, sie wiegte mit dem Kopf, »er sprach eigentlich nicht gern über Privates ... das einzige, was er mal durchblicken ließ war, dass er den Verdacht hegte, seine Frau betrüge ihn. Es war eigentlich kein Verdacht mehr, sondern Gewissheit. Seine Frau soll den anderen Mann wohl über Facebook kennengelernt und die Affäre soll sich schon über ein Jahr hingezogen haben. Ich glaube, er war nicht wirklich glücklich, was ich natürlich spürte. Nur deswegen sprach er ja auch darüber. Aber sonst gab es nichts, was ich als verdächtig einschätzen würde. Ich will seine Ehefrau nicht schon von vorneherein in Misskredit bringen.«

Während die Beamten mit Angelina sprachen, ging bei der Polizei ein Anruf von einem Jogger ein. Dieser hatte beim Joggen im Wald von Lörrach-Salzert ein hochwertiges Fahrrad der Marke Rose gefunden, Farbe schwarz-rot. Das Vorderrad des Fahrrads war verbogen, neben dem Fahrrad lag ein schwarz-roter Helm, ebenso lag ein einzelner Schuh dort. Der Anrufer erklärte, dass er diesen Fund als suspekt empfand, weshalb er auch gleich bei der Polizei angerufen habe.

»Das haben sie gut gemacht, Herr Haugg, danke«, sagte Kommissar Reiff, »wir schicken gleich eine Streife und die Spurensicherung. Sie bitte ich, nichts anzufassen und sich vom Fundort in genügendem Abstand zu entfernen, damit keine Spuren verwischt werden. Ich verbinde Sie jetzt gleich mit meiner Assistentin Frau Schäfer. Geben Sie ihr bitte Ihre Aussage durch, damit sie sie schriftlich aufnehmen kann: wichtig ist, wo genau sich Fahrrad, Helm und Schuh befinden, dann brauchen wir Ihren Namen und Ihre Adresse und wie wir Sie erreichen können.«

»Ich kann auch gerne vor Ort warten, bis die Polizei kommt, damit nicht noch jemand anderer hier rumtrampelt oder gar etwas mitnimmt«, schlug der Anrufer vor.

»Ja, das wäre natürlich ideal … Wenn Sie so viel Zeit haben, gerne«, goutierte Reiff den Vorschlag.

»Ich bin Rentner, habe alle Zeit der Welt.«

»Aber, wie gesagt, seien Sie bitte umsichtig!«

Innerhalb von fünfzehn Minuten war eine Polizei-delegation beim Fundort im Salzertwald eingetroffen, und inspizierte die umliegende Gegend systematisch und gründlich. Beim Fahrrad und den weiteren aufge-fundenen Utensilien schien es sich klar um die be-schriebenen Gegenstände des Vermissten zu handeln. Ebenso fand man in zehn Metern Entfernung ein Han-dy, vermutlich das des Vermissten. Der Waldboden war sehr trocken, das heißt, dass die Fußspuren nicht verwertet werden konnten.

*

*D*ie Untersuchung der Gegenstände ergab, dass sich am Rahmen und am Lenker des Fahrrads Blut-spuren fanden, die vermutlich dem Opfer zuzuordnen waren. Ebenso waren Fingerabdrücke des Vermissten und noch fremde Fingerabdrücke, die nicht dem Ver-missten zugeordnet werden konnten an Rahmen und Sattel. Noch am Abend wurde Daniela über die Funde und Untersuchungsergebnisse unterrichtet. Daniela erlitt am Telefon einen Nervenzusammenbruch. Sie wurde von Weinkrämpfen geschüttelt.

»Ich werde Frau Mahler-Crohn anrufen, damit sie sich um ihre Schwägerin kümmert. Sie braucht ver-mutlich einen Arzt«, schlug Reiff vor, nachdem er das Gespräch beendet hatte.

»Ja, tu das. Die Schwägerin wird schon selbst dar-über Bescheid wissen, welcher Arzt oder ob überhaupt ein Arzt gerufen werden sollte. Sag du mir eher, was du von der ganzen Sache hältst«, sagte Albrecht, der seinem Kollegen anlässlich des letzten Polizeiballs das ›Du‹ angeboten hatte.

Gisela reagierte schnell auf den Anruf und ging zu Daniela, um ihr beizustehen. Sie fand ihre Schwägerin weinend am Boden sitzend. Diese ließ sich auch nicht beruhigen. Sofort rief Gisela Dr. Hofmeister, Danielas und Philipps Hausarzt an, der aufgrund des Ausnahmezustandes auch sofort kam und Daniela eine Beruhigungsspritze verpasste.

Die beiden Kommissare diskutierten noch über die Untersuchungsergebnisse und ihre Schlussfolgerungen, die sie daraus gezogen hatten, bevor sie sich ins Wochenende begaben.

»Also, ehrlich gesagt, ich weiß nicht, ob die Crohn uns da nicht etwas vorspielt. So wie du ja berichtet hast, hatte sie bei der Frage nach ihrer Ehe, ein bisschen komisch reagiert. Sie sagte doch ›ja, eigentlich ganz gut‹. Ich finde, dass das nicht sehr überzeugend klingt. Wäre die Ehe ›ganz gut‹, würde sie das anders erklären, und nicht mit dem Wörtchen ›eigentlich‹, was für mich einen Vorbehalt darstellt. Und die Antwort darauf haben unsere Kollegen ja von dieser Arbeitskollegin, Frau Donati, erhalten. Laut ihrer Aussage, war die Ehe alles andere als harmonisch, nicht einmal ›eigentlich ganz gut‹, wie Frau Crohn es sagte. Ich würde da diese zwei umschreibenden Wörtchen ganz weglassen, und nur noch ›eigentlich‹ stehen lassen.«, berichtete Reiff von seinen inzwischen gewonnenen Eindrücken.

»So ist es«, sagte Albrecht, »genau diese Gedanken gingen mir auch durch den Kopf. Auch ihr fast ein bisschen verlegener Gesichtsausdruck zeigte, dass bei den Crohns nicht alles so Friede, Freude, Eierkuchen war, wie der Schein versprach. Es zog sich sogar leichte Röte über ihr Gesicht. Wir werden uns einen richterlichen Durchsuchungsbeschluss besorgen, und am Montag nehmen wir die ganze Wohnung und Keller auseinander. So lange gehört Frau Crohn zum Kreis der Verdächtigen.«

»Das ist dann ein kleiner Kreis«, schmunzelte Reiff, »ein Eine-Frau-Kreis.«

»Vielleicht gibt es ja noch einen Mann, den wir diesem Kreis hinzufügen können; einen Lover zum Beispiel, denn alleine kann eine Frau einen so großen Mann nicht schaffen«, erweiterte Albrecht hypothetisch den Kreis der Verdächtigten, »ich möchte auf jeden Fall wissen, mit wem Frau Crohn es trieb. Aber das werden wir ja bald erfahren.«

5

Am Abend traf sich Angelina im Restaurant Schützenhaus in Basel mit Massimo Carlucci und ihrem Cousin Antonio Donati. Es war wieder eines der konspirativen Treffen, die sie regelmäßig abhielten.

Während sie mit leiser Stimme konferierten, gesellte sich ein gut aussehender, hochgewachsener Mann zu ihnen. Obwohl er über vierzig Jahre alt sein mochte, hatte sich noch kein einziges graues Haar in seinen vollen, gelockten durchgehend schwarzen Haarschopf, gewagt. Seine dunkelbraunen, fast schwarzen Augen hatten Feuer und strahlten Lust auf Abenteuer aus.

Massimo stellte die Leute gegenseitig vor. Er zeigte auf die beiden Kollegen an seinem Tisch und sagte: »Das sind Angelina und Antonio Donati.«

Dann zu den beiden gewandt sagte er: »Darf ich euch vorstellen? Das ist Paolo Frattini, der Neffe des großen Franco Frattini aus Kolumbien. Paolo galt lange Zeit als verschollen. Man glaubte schon, dass er bei einem Handgranatenanschlag in Mexiko umgekommen sei. Franco war untröstlich über den Verlust, weil ER es schließlich war, der seinen damals minderjährigen Neffen von Sizilien nach Kolumbien holte. Und nun, tauchte Paolo zur Freude seines Onkels wie aus dem Nichts wieder auf. Wo er sich aufhielt, wird seine Angelegenheit und die seines Onkels bleiben, und …«, zu Antonio gewandt, der als sehr neugierig bekannt war, fügte er hinzu, »… und das heißt auch, dass wir keine Fragen stellen werden, klar Antonio?«

Dieser Seitenhieb in seine Richtung ließ Antonio verlegen von einem zum anderen blicken. »Mach mich nicht schlechter als ich bin … «, sagte er etwas betroffen, »… vermutlich war Paolo wegen miserabler, für unser Business unwürdiger Geschäfte abgetaucht«, fügte er hinzu, weil seine, man könnte fast sagen, jugendliche Neugierde diskrete Zurückhaltung einfach nicht zuließ.

»Nein, Antonio, ich schmuggelte für unsere Organisation Geld aus dem Drogenhandel nach Mexiko, um es in den Wirtschaftskreislauf einzuschleusen. In Mexiko eröffnete ich dann ein Bankkonto und erteilte dann gleich einen Transaktionsauftrag zu euch in die Schweiz. Ja und die hier gegründete, mit Luxusgütern handelnde Firma, hob das Geld mittels fiktiver Rechnungen ab. Den Rest dürftest du kennen. Ja und was dann geschah, bleibt, wie Massimo es schon sagte, mein Geheimnis«, erklärte Paolo seine Aktivität kurz vor seinem Verschwinden.

Massimo schmunzelte nur und sagte dann: »Okay, okay, jetzt ist also auch Antonios Neugierde teilweise gestillt. So lasst uns denn weiterfahren im Text. Also Leute, Paolo wird von nun an zu unserem Team hier gehören.«

Angelinas Augen leuchteten bei der Ankündigung, dass dieser gut aussehende Mann zum Team gehören soll und sie lächelte zufrieden. Massimo, den die eigentlich jungendtypische Schwärmerei amüsierte – denn egal, wo Paolo auftauchte, schlug ihm Sympathie entgegen, immer und überall sammelte er Bonuspunkte – erwiderte dieses Lächeln mit einem väterlichen Blinzeln.

Antonio, dem alles viel zu schnell ging, schaute irritiert hin und her, von einem zum anderen. Was hatte er alles verpasst? Da war man mal eine gewisse Zeit geschäftlich unterwegs, und schon blickte man nicht mehr durch. »Für einen Sizilianer sprichst du aber nicht gerade die typische Lingua siciliana«, warf er trotzig ein, und erhielt dafür von Angelina einen verächtlichen Blick.

»Vergiss nicht Antonio, dass Paolo schon viele Jahre in Kolumbien lebte. Er hatte sich zwangsläufig bei den dort lebenden italienischen Partnern der Hochsprache angepasst und musste zusätzlich ja noch Spanisch sprechen …«, erklärte Massimo und etwas ungeduldig geworden, fügte er hinzu, »… und ich hoffe, dass das Thema damit jetzt definitiv erledigt ist.«

Massimo wollte nämlich nicht zu viel Zeit für nichts verlieren und ging nach dieser ungeplant verlängerten Vorstellungsrunde gleich ins Business über, das heißt, er forderte zu gegenseitiger Berichterstattung auf.

Als erstes erzählte Angelina, dass die Polizei in der FerroForm war, um die Mitarbeiter, einschließlich sie selbst über Philipp Crohns Verschwinden zu befragen.

»Wer ist Philipp Crohn?«, fragte Antonio, der wieder mal nichts wusste, genervt.

»Oh, scusa, Antonio!«, sagte Massimo, »das weißt du ja noch gar nicht. Philipp Crohn, Angelinas Arbeitskollege, war gerade dabei via deine Cousine, ein neues Mitglied in unserer Gruppe zu werden. Er war, bevor er verschwand, nicht nur Arbeitskollege … ja, hm … vielleicht auch ein bisschen mehr … na ja, Schwärmerei einer jungen Frau … das hoffe ich doch … denn nun ist dieser Philipp spurlos verschwunden, und da ist es gut, wenn man nicht zu viel an Gefühlen, als nur Schwärmerei investierte. Wir hatten uns schon ein paar Mal hier in Basel getroffen. Und demnächst wollten wir ihn dir vorstellen. Das geht jetzt leider nicht mehr. Niemand weiß genau, was passiert ist, wir können nur Vermutungen anstellen. Okay, Angelina, fahre fort! Die Polizei war bei euch, und weiter?«, forderte Massimo Angelina auf.

Angelina fuhr mit ihrer Erzählung weiter, und die Gruppe zeigte sich in höchstem Maße interessiert, während Antonio seinen Gedanken nachhing … ja er wunderte sich ziemlich darüber, was in der Zeit, in der er in Chişinău, Moldawien, wichtigen Geschäften nachging, so alles hier abging.

Nachdem Angelina ihre Schilderung beendet hatte, war Massimo fast ein bisschen enttäuscht, dass sie darüber gar nicht so wahnsinnig viel zu berichten wusste. Doch der Maestro war kein Typ, der sich lange mit solchen Gefühlen aufhielt. Stattdessen kam er gleich zur Sache: »Apropos Firma FerroForm. Ich schlage vor, Angelina, dass du jetzt deine Kündigung einreichst. Wir brauchen dich hier, und zwar ziemlich schnell. Ich will mich mehr in Richtung Zürich konzentrieren. Zürich ist *der* Finanzplatz schlechthin. Unsere Geschäfte, unsere Partner brauchen uns dort …«, verkündete Massimo, der selbst eine luxuriöse Villa in Zürich besaß. »… und deine Computerfertigkeiten werden dringend benötigt … wir haben nirgends einen so guten Hacker, wie du es bist.«

Angelina fiel im Moment die Kinnlade herunter. »Massimo, ich sollte doch zumindest das Projekt in der Firma beenden, jetzt da Philipp nicht mehr da ist. Ich möchte meinem Arbeitgeber gegenüber nicht unfair sein«, zeigte Angelina sich etwas indigniert, »der war ja auch immer fair zu mir. Ich kann ihn da nicht einfach im Stich lassen. Das wäre für mich wie Verrat.«

»Mein Gott, wie zart besaitet du bist«, mischte Antonio sich ein, »die beste Hackerin auf dem Planet zeigt Skrupel. Vergisst du etwa, in welchem Business wir tätig sind?«

»Also, ich finde Angelinas Einwand in Ordnung ...«, stimmte Paolo ihr verständnisvoll zu, »... um die Sache jedoch zu beschleunigen, solltest du ziemlich zügig einen Nachfolger heranziehen, Angelina. Übertrage ihm immer mehr Aufgaben, immer mehr Verantwortung, bis er selbständig arbeiten kann und du dich dann elegant schleichen kannst.«

Angelina freute sich, dass diese Zustimmung ausgerechnet von Paolo kam, dessen ruhige Art ihr vom ersten Moment ihrer Begegnung an äußerst gut gefiel. ›Ihm kann keiner das Wasser reichen‹, dachte sie so bei sich und lächelte dabei. Sie schien zufrieden.

Massimo fand ebenso Gefallen an Paolo. Er fand, dass Paolo Charisma besaß ... er war ein Mensch mit positiver Grundhaltung, Respekt und Wertschätzung anderen gegenüber, und er hatte eine unbeschreibliche Ausstrahlung von Ruhe und Gelassenheit, ein Mann, der sich seiner eigenen Talente und Stärken wohl bewusst war, seine Selbstsicherheit dennoch nicht großspurig zur Schau trug.

»Paolo, ich würde dich gerne nach Neapel zu Francesco Giordano schicken«, schlug Massimo vor, »Er ist unser großer Guru. Von dem kannst du so einiges lernen, er wird dir sämtliche Tricks der Branche beibringen.«

»Das finde ich klasse. Ich gehe natürlich gerne nach Neapel, aber denke daran, Massimo, dass ich von Kolumbien komme. Mein Onkel hat mich auch einiges gelehrt«, erklärte Paolo.

»Es schadet nichts, Paolo, wenn du nach Neapel gehst. Hier in Europa ticken die Uhren ein bisschen anders«, erklärte Massimo in seiner väterlichen Art.

Der Rest des Treffens war dann den laufenden Geschäften gewidmet. Hauptsächlich Antonios Berichterstattung über seinen Wertpapier-Schmuggel aus Italien via Moldawien in die Schweiz stand heute als wichtigster Punkt auf dem Programm. In der Rolle des Berichterstatters fühlte Antonio sich nun endlich wieder wohl … ernst genommen zu werden, war für ihn, der nicht über die Selbstsicherheit verfügte, wie Massimo, Paolo oder seine Cousine, sehr wichtig. Dabei hatte er keinen Grund, sich nicht als vollwertiges Glied der Organisation zu fühlen, denn er hatte den gefährlichsten Job inne, nämlich den Wertpapierschmuggel, den er auch bestens ausfüllte. Somit war er auch anerkannt bei allen Mitgliedern der Organisation. Einzig seine kindliche Neugier führte hin und wieder zu Kritik.

Bei seiner jetzigen Reise hatte er Wertpapiere und US-Staatsanleihen im Wert von etwa 50 Milliarden Dollar – natürlich alles gefälschte Dokumente vom Meister-Fälscher Diego Rizzi – in die Schweiz zu schmuggeln. Für das Schmugglergeschäft hatte man bewusst den 27jährigen Antonio gewählt, denn sein feines fast knabenhaftes Gesicht, wirkte so unschuldig, so naiv und brav, so dass niemand einen ausgekochten Gangster, der als Schmuggler unterwegs war, dahinter vermutete. Eigentlich sah er eher wie ein Pennäler aus. Sein Haarwuchs an Oberlippe und Kinn glich eher einem zarten Flaum, denn einem Bart.

Die weitere Verantwortung des Wertpapiergeschäfts oblag Lorenzo Rizzi, dem Bruder des Fälschers, und zwar das Verleihen der Papiere an unwissende, Kunden, die dringend Geld benötigten, und diese bei Banken hinterlegten. Lorenzo musste sehr beweglich sein, denn wenn es brenzlig wurde, musste er schnell das Land verlassen und woanders Fuß fassen, damit er im Geschäft weitermachen konnte.

Diego Rizzi indessen hatte es praktischer. Er gründete die DieRiz Finance AG und konnte sich so bequem niederlassen.

Es war ein gigantisches Netzwerk der organisierten Kriminalität.

6

Gleich am Morgen des 8. August klingelte es an der Türe. Daniela lag noch im Bett und zuckte vor Schreck zusammen. Wer mochte das sein, so früh am Morgen? Sie war noch gar nicht richtig wach. Der Arzt hatte ihr zur Beruhigung noch etwas da gelassen. Die Wirkung der Spritze war ja nicht von Dauer und das Wochenende stand bevor. Er wollte, dass sie für den Notfall noch etwas zur Hand hatte, und Daniela nutzte es auch. Daher wirkte sie an diesem Morgen noch ziemlich benommen. ›Ist das schon Gisela?‹, dachte sie. Gisela kümmerte sich nämlich rührend um Daniela und versprach, dass sie am Sonntag und am Montag nochmals vorbeischauen wolle. Aber sie hatte doch einen Schlüssel, warum kam sie denn nicht einfach rein. Auf der anderen Seite würde sie doch nie so früh aufkreuzen. Sie wollte, dass Daniela tüchtig ausschlief.

Daniela nahm Ihren Morgenmantel und taumelte noch unsicher die Treppe hinunter. Sie strich sich noch mit beiden Händen durchs Haar und fügte sie mit einem Haargummi im Nacken zusammen, dann öffnete sie die Türe.

Ziemlich überrascht blickte sie in die Gesichter der beiden Kommissare, die sie von ihrem Besuch in der Polizeidirektion Lörrach schon kannte. Im Gefolge befanden sich noch mindestens fünf weitere Beamte.

Herr Albrecht begrüßte die verblüffte Frau: »Guten Morgen Frau Crohn«, gleichzeitig hielt er ein Formular vor ihren Augen in die Höhe und sagte: »Das ist ein

Durchsuchungsbeschluss. Im Rahmen unserer Aufklärungsarbeit ist es notwendig, dass wir Ihre Wohnung durchsuchen. Bitte sorgen Sie dafür, dass alle Räume, auch Kellerräume, Garage, Auto und so weiter für die Beamten zugänglich sind. Außerdem brauchen wir noch ihre Fingerabdrücke.«

Daniela begriff gar nichts mehr. Gedanken wie ›*Träume ich? Verdächtigen die mich jetzt, für das Verschwinden meines Mannes verantwortlich zu sein ... ihn womöglich aus dem Weg geräumt zu haben? Das kann doch wohl nicht wahr sein. Was geht hier vor? Da läuft doch ein falscher Film ab. Was habe ich falsch gemacht?*‹, gingen ihr durch den Kopf. »Darf ich mich noch eben anziehen?«, fragte sie nur.

»Ja, sicher Frau Crohn, so viel Zeit muss sein.«

Daniela zog sich ins Schlafzimmer zurück, packte ihre Klamotten und begab sich ins Badezimmer. Zehn Minuten später war sie geduscht, angezogen und gestriegelt Zeugin der akribischen Arbeit der Beamtenschar. Es wuselte und werkelte durch ihre hübsche Maisonette-Wohnung. Sie konnte das alles nicht begreifen. In Handschuhen, mit Lupen, Lampen, Pinseln, kleinen Papiertüten, in die kleine Gegenstände als Beweisstücke hineingetan werden, machte sich die Crew umtriebig ans Werk.

»Wohin führt diese Türe?«, fragte Albrecht, während er auf die Türe zu Danielas Arbeitszimmer zeigte.

»Das ist mein Arbeitszimmer.«

Albrecht trat ein. Als erstes fiel sein Blick auf den Laptop, der auf dem Schreibtisch vor dem Fenster stand. »Ich muss den leider mitnehmen«, sagte er bedauernd.

»Aber, das ist doch mein Arbeitsmittel«, protestierte Daniela.

»Sie bekommen ihn gleich wieder zurück, sobald die Untersuchungen an ihm abgeschlossen sind. Ist Ihr Computer passwortgeschützt?«

»Ja klar«, und als Albrecht sie auffordernd anblickte nannte sie das Passwort: »0D1a2n%i2e1l0a«

»Wow, da haben Sie aber sehr gut auf Sicherheit gesetzt, das ist vorbildlich«, sagte Albrecht bewundernd und schloss gleich an: »bewegen Sie sich in sozialen Netzwerken, wie Facebook, WKW, Foren bestimmter Interessensgebiete oder anderes?«

»Nur in Facebook«

»Zugangsdaten?«, fragte er nur kurz.

»Das Passwort ist: IbeA&sB, und ich steige mit meiner Emailadresse DanielaCrohn@hotmail.com ein.«

Oh wie war es ihr peinlich, diese Angaben zu machen. Wenn die sich in Facebook einloggten, dann erfuhren sie auch von ihrer Affäre mit Andreas. ›Warum habe ich den Chat nicht gelöscht‹, ärgerte sie sich im Geiste. Am liebsten wäre sie in den Boden versunken. Sie konnte sich vor allem ausmalen, dass die Polizei die Affäre mit Andreas als Indiz für eine mögliche Schuld, welche auch immer, werten könnte. Aber vielleicht schlief sie auch nur und würde jeden Moment aufwachen und feststellen, dass sie nur schlecht geträumt hatte. Mit der nächsten Frage wurde sie abrupt aus ihren Gedanken gerissen.

»Gibt es noch weitere Verschlüsselungen? Es wäre nämlich gut, wenn wir alle Zugänge schon hätten. Das würde unserem Spezialisten die Arbeit erleichtern.«

»Nein, nichts weiter«, gab Daniela Auskunft.

Ein Beamter kam hinzu und bat Daniela, ihm in die Küche zu folgen, damit er ihre Fingerabdrücke nehmen könne. Auf der Küchentheke hatte er schon alles vorbereitet. Daniela ließ die Prozedur willenlos über sich ergehen. Sie wusste, dass sie unschuldig war, also würde sich herausstellen, dass das Ganze hier bedeutete ›außer Spesen, nichts gewesen‹.

Während der Beamte nacheinander jeden einzelnen Finger beider Hände auf einem Färbekissen, ähnlich einem Stempelkissen, abrollte und diesen Vorgang anschließend auf einem Bogen beschichteten Papiers mit Rasteraufteilung wiederholte, beobachtete sie teilnahmslos von der Küche aus, wie einer der Beamten das Parkett im Wohnzimmer mit irgendetwas einsprühte und diesen dann mit einer UV-Lampe oder wie man diese Lampen nennt, die blaues Licht abgaben, systematisch absuchte. Ihr schwirrte der Kopf, sie wusste nicht wie ihr geschah. Sie hatte das Gefühl, wie eine Verbrecherin behandelt zu werden. Was für ein Albtraum!!!

Danielas Fingerabdrücke waren schnell genommen. Wofür die Speichelprobe, die man von ihr genommen hatte, gebraucht wurde, war ihr schleierhaft. Sie kannte solche Prozeduren bisher nur aus Kriminalfilmen oder -romanen … und, Speichelproben, so glaubte sie, verstanden zu haben, brauchte man doch nur für DNA-Abgleiche, bei Vergewaltigungen oder bei Vaterschaftsklagen. ›Ach so‹, kam es ihr plötzlich in den Sinn, ›wenn man mich verdächtigte, brauchte man ja auch eine DNA-Analyse. Ich könnte ja irgendwo Spuren hinterlassen haben. Aber wo? Wo sollte ich denn Spuren hinterlassen haben? Wir haben uns doch nicht mehr gesehen.‹

Daniela gab die Hoffnung nicht auf. Sie war sich sicher, dass sich alles aufklären würde. Sie würden nichts finden, nichts, das sie belasten könnte, absolut nichts. Ja, es kam ihr vor, wie in einem Fernseh-Krimi, nur dass dieser Krimi hier bittere Realität war. Dass sie selbst einmal in eine solche Lage kommen könnte, das hätte sie sich im Traum nicht ausgemalt.

Es klingelte, und Daniela ging zur Türe. Als sie Gisela sah, fiel sie ihr um den Hals und schluchzte herzerweichend.

»Um Gottes willen, was ist denn los?«, fragte Gisela, »was will denn die ganze Polizei hier?«

»Ich glaube, die verdächtigen mich, dass ich etwas mit Philipps Verschwinden zu tun habe«, erklärte sie ihrer ziemlich fassungslosen Schwägerin.

»Die spinnen doch hochgradig«, war deren kurzer unverblümter Kommentar.

Der Polizist, der gerade in der Nähe beschäftigt war, blickte kurz hoch, als er diese Bemerkung hörte, kümmerte sich aber nicht weiter darum, sondern setzte, dessen ungeachtet, seine Arbeit fort.

Gisela wollte eintreten, erhaschte aber das Handzeichen eines Polizisten, der ihr signalisierte, dass sie draußen bleiben solle; auf gar keinen Fall sollten die beiden Frauen jetzt durch die Wohnung laufen, da sie damit nur die Polizeiarbeit stören würden. So setzten sie sich auf die oberste Stufe des Treppenhauses. Gisela hatte die Tageszeitung mitgebracht. Sie schlug gleich eine bestimmte Seite in der Rubrik Lörrach auf, wo über den Fall berichtet wurde:

Immer noch keine Spur von Philipp Crohn
Von dem seit 3. August 2011 verschwundenen 45-

jährigen Lörracher Philipp Crohn (wir berichteten) gibt es bis heute noch immer keine Spur.

Nach Aussage der Ehefrau verließ Philipp C. die gemeinsame Wohnung am frühen Morgen des 3. August. Bei seiner Arbeitsstelle indessen kam der Mann nie an. Die Befragung unter Arbeitskollegen ergab keine brauchbaren Hinweise über den Verbleib des Vermissten. Am Freitagnachmittag ging bei der Polizei ein Anruf von einem Jogger ein, der im Salzertwald ein Fahrrad, Helm und einen Schuh entdeckt hatte. Am Fahrrad fanden sich Blutspuren des Vermissten. Die Polizei geht daher von einem Verbrechen aus. Bei der Untersuchung des Fundortes fand sie auch das Handy des Vermissten. Noch tappt die Polizei im Dunkeln.

Sachdienliche Hinweise über den Verbleib von P.C. nimmt die Polizeidirektion Lörrach

Tel. 07621/176500 oder jede andere Dienststelle entgegen.

Den Angaben zur Person wurde ein neueres Foto von Philipp beigefügt, das Daniela zur Verfügung gestellt hatte.

Daniela wurde schwer ums Herz, als sie den Zeitungsartikel las. Ihr Puls schlug höher, so wie bei jemandem, der bei einer Lüge ertappt wurde. Sie wusste zu gut, dass ihre bei der Polizei gemachte Aussage: *›Philipp C. habe die gemeinsame Wohnung am frühen Morgen des 3. August verlassen‹* nicht stimmte. Es war nur eine Vermutung. Im Prinzip konnte er ja schon am Vorabend verschwunden gewesen sein. Vielleicht sogar ein oder zwei Tage früher, denn sie hatte Philipp ja schon Tage nicht gesehen. Sie erfuhr von seinem Verschwinden ja erst, als die Firma, wegen der verpassten Sitzung, bei ihr anrief. Vielleicht fiel es früher gar nicht auf, dass er nicht da war, weil keine Sitzung anberaumt war und niemand ihn für den Moment wirklich vermisste. Vielleicht hatte er außerhalb zu tun, oder er wollte, wie so oft am Standort Haltingen Wichtiges erledigen.

Als Gisela gegangen war, ging sie zum Briefkasten, um ihre eigene Zeitung zu holen. Sie wollte den Bericht ausschneiden und zu den Akten legen. Für sie war es wichtig, alle Artikel zum Fall beisammen zu haben, jetzt erst recht, da man sie wie eine Verdächtige behandelte.

Um elf Uhr verließ die Polizei dann mit Danielas Laptop, Turnschuhen und einem Korb frisch gewaschener Wäsche die Crohn'sche Wohnung in Lörrach-Stetten Süd, nachdem sie Daniela die klare Anordnung gab, den Wohnort für die nächste Zeit nicht zu verlassen. »Wir werden uns melden, sobald die Ergebnisse unserer Hausdurchsuchung vorliegen. Solange bitten wir Sie, sich zu unserer Verfügung zu halten«

Doch schon am nächsten Tag wurde Daniela mit einem Polizeiauto abgeholt. »Wir müssen Sie leider bitten, uns auf die Polizeidirektion zu begleiten«, sagte der Beamte in freundlichem Ton.

Daniela schaute ihn fragend an: »Warum?«

»Das erfahren Sie dann vor Ort. Ich bitte Sie, mit uns mitzukommen«

Als Daniela den beiden Kommissaren Albrecht und Reiff wieder gegenübersaß, wurde sie sich der Tragweite dieser ganzen unsäglichen Ereignisse erst richtig bewusst. Nachdem Sie Ihre Belehrung erhalten hatte, ging es nämlich gleich ans Eingemachte.

»Frau Crohn, Sie stehen unter dem dringenden Tatverdacht, Ihren Mann, Philipp Crohn getötet zu haben«

Daniela glaubte, nicht richtig gehört zu haben: »Ich? Ich soll meinen Mann umgebracht haben?«, fragte sie ganz ungläubig. »Warum? Wie? … ich meine, wie kommen Sie darauf. Und wo ist die Leiche?«

»Nun, Frau Crohn, das ›Warum‹ und ›Wie‹ und ›den Ort, wo die Leiche sich befindet‹ erhoffen wir jetzt von Ihnen zu erfahren.«

»Ich habe meinen eigenen Mann doch nicht umgebracht. Ich selbst hatte schließlich die Vermisstenanzeige aufgegeben, weil ich nicht wusste, wo er war. Dann habe ich ihn doch nicht umgebracht. Was erzählen sie denn da?«, sagte sie ganz entrüstet. Ihre Stimme überschlug sich fast. Daniela verstand die Welt nicht mehr.

»Wir sind es gewohnt, Frau Crohn, dass Täter, um von sich abzulenken, selbst eine Vermisstenanzeige aufgeben und sich danach geschockt zeigen, wenn Funde bestätigen, dass der Gesuchte tot ist. Wir kennen das zu Genüge: so mancher Nervenzusammenbruch war recht gut gespielt. Da stecken wir halt nicht drin. Wir richten uns nach den Fakten.«

In der Tat, Daniela war geschockt … aber diesmal von diesem geäußerten unverschämten Verdacht, sie könne den Leuten etwas vorgespielt haben.

»Ja, und um auf diese Fakten und gleichzeitig ihre Frage, wie wir denn darauf kamen, dass Sie Ihren Mann getötet haben, einzugehen, hier einige Details:

Uns ist aufgefallen, dass im Messerblock ein Messer fehlt?«

»Ja, natürlich, das Messer fehlt, das ist mir auch aufgefallen. Es ist Sommer, da machen wir öfter auch mal Picknick mit Grillen im Freien. Da nehmen wir Geschirr, Besteck und natürlich auch immer ein scharfes Messer mit. Da kommt es zuweilen vor, dass wir etwas versehentlich liegen lassen. Dieses fehlende Messer, hatten wir wohl beim letzten Picknick in der Pampa vergessen.« In Wirklichkeit hatte sie keine Ahnung, wo das Messer war. Denn zu einem gemeinsamen Picknick ist es in diesem Jahr überhaupt nie gekommen. Sie und Philipp hatten gar keine Gemeinsamkeiten ... mehr. Dass das Messer fehlte, hatte sie wohl festgestellt, aber sie hatte sich darüber keine Gedanken gemacht. Es war halt weg.

»Aha, in der Pampa! ... das Messer, das genau in den Block passt, haben wir aber nicht in der Pampa gefunden, sondern im Kleiderschrank im Keller zu Ihrer Wohnung. Und es hat Blutanhaftungen am Messer, die Ihrem Mann zuzuordnen sind.«

»Ich bewahre doch keine Messer im Kleiderschrank auf. In dem Schrank werden im Sommer die Winter- und im Winter die Sommerklamotten aufbewahrt und sonst nichts.«

»... oder wenn man etwas verstecken will«, ergänzte Reiff.

»Wenn das Messer im Schrank war, dann hatte es jemand anderer dort hingelegt, aber nicht ich«, protestierte Daniela.

»Aha, jemand anderer also ... und wie viele Personen außer Ihnen und Ihrem Mann leben in Ihrem Haushalt, oder anders formuliert, wer hat noch Zutritt zu Ihrer Wohnung und die Kellerräume, um blutbehaftete Messer im Kleiderschrank zu verstecken? Und zweitens, warum sind ausschließlich, wenn auch leicht verwischt, Ihre Fingerabdrücke auf dem Griff?«

Daniela verlor jede Farbe im Gesicht. Entmutigt, mit zittriger Stimme sagte sie: »Ich weiß es nicht. Ich weiß es wirklich nicht. Natürlich benutzte ich das Messer immer wieder, wenn ich das Essen zubereitete.«

»Ach ja? Ich dachte, sie hätten gemerkt, dass das Messer im Block fehlte. Wann hatten Sie denn das Messer das letzte Mal benutzt zur Essenszubereitung?«, fragte Reiff.

»Ich weiß es nicht ... Ich kann mir das *alles* nicht erklären.« Daniela war den Tränen nahe.

»Nein Frau Crohn, das war noch lange nicht *alles*. Zum Beispiel entdeckten wir Blutrückstände auf dem Fußboden im Wohnzimmer und Schuhabdrücke darin. Und es gab eine blutige Schleifspur, die entsteht, wenn man jemanden über den Boden schleift, um ihn eventuell zu entsorgen. Weiter gab es Blut in den Kanten an der Wand. Aufgrund der Menge und der Großflächigkeit der Rückstände, gehen wir davon aus, dass es sich nicht nur um eine geringfügige Verletzung gehandelt haben muss, sondern schon um etwas Größeres. Die erste Überprüfung ergab, dass es sich um das Blut Ihres Mannes handelt. Doch auch das war noch nicht alles. Wir haben nämlich auch die Wäsche vom Wäschekorb einer genauen Prüfung unterzogen«, Reiff griff in den Papierbeutel und holte ein schilfgrünes

Damenshirt und -Turnschuhe hervor und fragte: »Gehört das alles Ihnen?« Daniela nickte.

»Wann haben sie denn das letzte Mal gewaschen?«

»In der Regel wasche ich mittwochs. Es wird wahrscheinlich letzten Mittwoch gewesen sein. Aber ich führe nicht genau Buch, wann ich wasche, wenn ich zum Beispiel mal außer der Regel wasche.«

»Na ja, ist ja auch nicht so wichtig. Viel wichtiger ist, Frau Crohn, dass unser Labor an diesem Shirt Blut entdeckt hat. Den wenigsten Menschen dürfte bekannt sein, dass man Blut auch nachweisen kann, nachdem eine blutbehaftete Textilie gewaschen wurde. Wir werden das Shirt natürlich einer genauen Prüfung unterziehen. Dank der heute verfügbaren fortschrittlichen Untersuchungsmethoden, können wir nämlich von den mit bloßem Auge nicht sichtbaren verwaschenen Blutflecken DNA-Profile erstellen. Ebenso werden wir das abgewischte Blut an den Sohlen Ihrer Turnschuhe analysieren.«

Daniela verschwamm das Bild vor Augen. Sie wusste nicht, wie ihr geschah. Was sollte sie denn noch sagen, dass man ihr glaubte. Sie hatte das Gefühl, dass sich der Boden unter ihren Füßen wegbewegte.

Albrecht sah, wie Daniela auf ihrem Stuhl schwankte und fragte: »Soll ich Ihnen ein Glas Wasser bringen lassen?«

Daniela nickte. Sie stützte ihre Ellbogen auf die Tischplatte und vergrub ihr Gesicht in beiden Händen.

Kommissar Reiff beauftragte die Assistentin, Frau Schäfer, ein Fläschchen Wasser und ein Glas zu bringen.

Dann ließen sie Daniela kurz alleine. Draußen besprachen sie sich. Sie wussten nicht, was sie von der ganzen Sache halten sollten.

»Die spielt uns doch nur etwas vor. Aber, wenn die uns was vorspielt, dann ist sie eine verdammt gute Schauspielerin. Man ist tatsächlich geneigt, ihr zu glauben, schon alleine der Krokodilstränen wegen, wenn da nicht diese schlagenden Beweise wären.«

Sie ließen Daniela zehn Minuten Zeit, sich zu erholen, bevor sie das Verhör fortsetzten.

»Geht's wieder?«, fragte Albrecht mitfühlend.

Daniela konnte nicht antworten. Sie war wie paralysiert, blickte apathisch vor sich hin. Sie hatte Angst. Sie fragte sich, ob dieser Albtraum, dieses ganze Desaster je ein Ende nehmen würde.

»Es tut uns leid, Frau Crohn, wir können Ihnen das jetzt nicht ersparen. Wie Sie ja wissen, wurde auf dem Salzert im Wald das Fahrrad Ihres Mannes gefunden. Wie Sie auch wissen, befanden sich am Fahrrad ebenfalls Blutspuren und Fingerabdrücke Ihres Mannes. Frage: benutzte Ihr Mann das Fahrrad alleine, oder fuhren auch Sie gelegentlich damit?«

»Ich fuhr nie mit dem Fahrrad meines Mannes. Der Rahmen ist mir zu hoch. Ich habe mein eigenes, mit einem tieferen Einstieg«, erklärte sie monoton.

»Dann fragen wir uns, warum auch Ihre Fingerabdrücke auf dem Sattel, am Lenker und am Holm waren?«

Daniela überlegte, kam aber nicht gleich darauf. Hatte sich denn alles gegen sie verschworen? Sie ging in Gedanken zurück, wann sie das Fahrrad angefasst haben könnte. Plötzlich fiel ihr die Erklärung ein:

»Es kam immer wieder mal vor, dass mein Mann

am Nachmittag nach Hause kam, und das Fahrrad nur im Hausflur abstellte. Das machte er immer so, wenn er gedachte nochmals wegzugehen. Ja, und ich erinnere mich, dass es gar nicht so lange her ist, dass er es unten im Flur des Treppenhauses abgestellt hatte, und vermutlich dachte er, dass er es nochmals brauchen würde. Doch er ging nicht mehr weg, denn als ich spät am Abend nach Hause kam, stand das Fahrrad immer noch da, und ich nahm es und brachte es, wie schon viele Male zuvor, in den Fahrradkeller.«

Davon, dass sie aus Enttäuschung über ihren Mann, abends immer alleine ausging, und bewusst spät nach Hause kam, erzählte sie natürlich nichts. Früher waren es die Eskapaden nach Freiburg zu Andreas. Sie wusste, dass diese Geständnisse gegen sie verwendet werden konnten.

Als hätte Albrecht ihre Gedanken gelesen, fragte er: »Wie war Ihre Ehe, Frau Crohn?«

›*Oh nein, bitte nicht!*‹, dachte Daniela. »Wieso fragen Sie? Sie wissen es doch längst. Sie haben doch sicher in meinem Facebook-Chat gestöbert und meine Affäre entdeckt! Dann haben Sie sicher auch gelesen, dass diese Sache vorbei war.«

»Sie sprechen jetzt von der Affäre mit diesem Andreas Schubert?«

»Von welcher denn sonst? Ich bin doch keine Prostituierte, die Männer der Reihe nach konsumiert«, sagte Daniela jetzt wütend.

»Ja, das haben wir gelesen und auch, dass Schuberts alte Liebe wieder auftauchte. Glauben wir Ihnen das einfach mal und gehen davon aus, dass Sie sich im Anschluss nicht gleich ins nächste Abenteuer gestürzt haben.«

»Wenn es denn so wäre, was würde es ändern. Aber nein, ich habe mich nicht in ein neues Abenteuer gestürzt. Ich habe mich überhaupt nie in eine Affäre gestürzt. Ich habe auch nie gesucht, sondern wir, Andreas und ich, schlitterten beide in diese Beziehung hinein. Ich war zu dem Zeitpunkt eben nicht so glücklich, weil mein Mann und ich uns sehr viel stritten, und Andreas fühlte sich einsam, weil er vor einiger Zeit seine Liebe aus den Augen verloren hatte. Aber das ist immer noch kein Grund, jemanden umzubringen.«

»Hatte Ihr Mann von der Beziehung gewusst?«, fragte Albrecht.

»Ich weiß es nicht. Ich glaube nicht. Er hatte es mir zumindest nie gezeigt. Im Gegenteil, wir verstanden uns während dieser Zeit besser als zuvor. Manchmal ist eine außereheliche Affäre heilsam für eine Ehe, ich hatte darüber auch mal etwas gelesen.«

»Nun, Ihr Mann war aber alles andere, als glücklich. So zumindest hatte es eine Mitarbeiterin in der FerroForm erzählt. Diese Kollegin wusste nämlich von Ihrem Mann, dass seine Ehe nicht mehr so gut lief, weil seine Frau eine Beziehung über Facebook angefangen hatte. Deswegen wussten wir ja auch im Vorfeld schon davon, bevor wir von der Affäre in Ihrem Chat gelesen hatten. Das machte uns hellhörig. Und die Bestätigung erhielten wir ja prompt über Ihren Laptop.«

Daniela war total platt, als sie das hörte. Philipp hatte nie, auch nur im geringsten Anstalten gemacht, dass er etwas gewusst habe. Und dann soll er ausgerechnet mit einer Arbeitskollegin über seinen Kummer gesprochen haben? Das konnte sie nicht glauben. Es war sehr ungewöhnlich, auf jeden Fall war es nicht Philipps Art, über Privates zu sprechen und schon gar nicht in der Firma. Es war ein Prinzip, SEIN Prinzip.

Albrecht machte keine Pause, ließ ihr keine Zeit, ihren Gedanken nachzuhängen: »Da wir gerade über Ihre Aktivitäten am Computer sprachen. Sie sind Schriftstellerin, und wie meine Nachforschungen ergeben haben, sogar eine sehr erfolgreiche. Im Moment, so haben wir gesehen, schreiben sie an einem Roman, bei dem es in der beschriebenen Ehe nicht besonders gut läuft.«

»Ja«

»Hm, ein sehr interessanter Titel: ›*Bis dass der Tod uns scheidet*‹«, stellte Reiff nun in Reiff-typischer Manier leicht süffisant fest. »Hatten Sie dabei Ihre Ehe als lebendes Beispiel vor Augen?«

Es war wieder genau diese süffisante Art, die Albrecht bis jetzt vergeblich versucht hatte, seinem Kollegen abzugewöhnen.

»Nein«, sagte sie jetzt etwas trotziger. Sie konnte das alles nicht mehr ertragen. Ihre Niedergeschlagenheit wurde jetzt von Trotz und Wut abgelöst. Was wollten die eigentlich von ihr. Sie ist unschuldig, und außerdem wird in ihrem Roman die Ehebrecherin von ihrem Gatten erstochen und nicht umgekehrt. Sie wusste zwar auch, dass die Kommissare dieses Ende noch nicht kennen konnten, zumal der Roman ja noch nicht beendet war und erklärte: »Der Schluss wird dann so aussehen, dass der Ehemann seine Frau mit einem Küchenmesser ersticht und nicht umgekehrt.«

»Aha, Erstechen mit einem Küchenmesser. Interessant! Dann haben Sie im realen Leben wohl die Rollen getauscht?« Es war wieder so eine Bemerkung von Reiff, der sich eine gewisse Häme einfach nicht verkneifen konnte.

»Das wäre doch irrwitzig: ich ersteche meinen Mann und beschreibe alles fein säuberlich in meinem Roman, so dass jeder Leser seine Schlüsse ziehen kann. Finden Sie das nicht absurd? Das ist doch überhaupt nicht realistisch«, protestierte Daniela.

Reiff zuckte nur mit den Schultern, nach dem Motto: Was ist schon realistisch. Was weiß man schon darüber, wie verrückt manche Leute sein können und sagte: »Manche machen sogar Fotos von ihren Taten.«

Doch Albrecht ging darauf nicht ein. Er hatte ein ganz anderes Anliegen. Er wollte nämlich wieder zum Verhör zurückkehren, und zwar ganz sachlich und konkret: »Kann ich davon ausgehen dass der PKW in der Garage Ihnen beiden gehört?«

»Ja«, bestätigte Daniela, ohne zu ahnen, wohin diese Frage abzielte. »Also, wir haben zwei Autos ... das, das Sie in der Garage fanden – dieses nutzten wir immer für gemeinsame Aktivitäten – und ein zweites, kleineres, ein Fiat 500, das ist mein eigenes Auto, das nur ich nutzte. Das steht in einer zusätzlich gemieteten Tiefgarage.«

»Aha, davon hatten sie uns gar nichts erzählt. Nun, egal, ich fragte deshalb, weil wir im Kofferraum Ihres gemeinsamen Wagens Haare, Hautschuppen und auch Blut gefunden haben. Unsere Untersuchung ergab, dass diese Spuren ebenfalls der vermissten Person zuzuordnen sind. Ebenso gibt es Kratzer. Sie könnten vom Fahrrad Ihres Mannes stammen.«

Mein Gott, was für ein Komplott! Da wollte jemand sie beide vernichten. Aber wer? Sie und Philipp hatten nie jemandem etwas Böses getan, so dass man ihn umbringen und sie dafür belasten müsste. Philipp war doch eher harmlos ... ein ehrbarer und geachteter Mann. Die Leute mochten ihn seiner Fairness wegen, weil er – zumindest mit Freunden, Bekannten und Fremden – immer korrekt und rücksichtsvoll umging. Dass sie beide sich heftig stritten, und er gegen sie laut wurde, mochte damit zusammenhängen, dass ihre Ehe zu dem Zeitpunkt halt einfach ausgereizt war. Doch nie wurde er handgreiflich, nie hatte er sie geschlagen. Brutalität war bei ihm einfach kein Charakterzug, genauso wenig wie Falschheit

»Frau Crohn, ich finde, es wäre jetzt an der Zeit, dass Sie uns reinen Wein einschenken. Meinen Sie nicht auch?«, wollte Albrecht allmählich zum Ende kommen: »Wie kommt das Fahrrad in den Salzertwald? Und, wo haben Sie die Leiche Ihres Mannes versteckt, Frau Crohn? Und wer war Ihr Komplize? Sie können das niemals alleine geschafft haben. Ihr Mann war zu groß, zu schwer, als dass sie ihn alleine in den Kofferraum Ihres Autos hätten hieven und wieder herauszerren können.«

»Ich habe dazu nichts mehr zu sagen«, sagte Daniela erschöpft.

»Es wäre gut, wenn wir ab jetzt einen Rechtsanwalt hinzuzögen. Wenn Sie wünschen, werden wir Ihnen einen stellen«, schlug Albrecht vor.

Daniela schüttelte den Kopf und sagte: »Ich will nicht *irgendeinen* Rechtsanwalt. Ich will eine ganz bestimmte Anwältin, die hier in Lörrach schon sehr erfolgreich war. Sie kommt aus Freiburg und ich glaube, sie heißt Enders oder so ähnlich.«

Albrecht zog seine Augenbrauen hoch, angesichts der Aussicht, wieder mit dieser fähigen Rechtsanwältin künftig zu tun zu haben. »Endress, Celine Endress«, korrigierte er den Namen und blickte dabei vielsagend zu seinem Kollegen. Er war natürlich auch erstaunt, dass sie sich in der Region einen solchen Namen gemacht hatte.

»Danke. Ich wurde hier total überrumpelt, in etwas hineingezogen, womit ich nicht im Geringsten etwas zu tun habe. Das ist ein Komplott, ein ganz fieses Komplott. Ich wurde hereingelegt. Ich werde meine Freundin Evelyn König bitten, sich mit dieser Frau Endress in Verbindung zu setzen.«

Albrecht legte vor Daniela ein Blatt Papier und Stift auf den Tisch und sagte: »Ich bitte Sie, hier noch den Namen und Adresse, Telefon-Nummer von diesem Andreas aufzuschreiben.«

»Wozu?«, fragte Daniela erstaunt, »unsere Affäre ist doch beendet. Außerdem hatte er absolut nichts mit Philipp zu tun, er kennt ihn nicht einmal.«

»Überlassen Sie uns diese Entscheidung, Frau Crohn. Wir tun unsere Arbeit, das heißt wir müssen routinemäßig mit allen Menschen aus Ihrem näheren Kreis und auch dem Ihres Mannes sprechen. Dazu gehören natürlich auch Freunde, Bekannte und Verwandte. Bei dieser Gelegenheit, schreiben Sie doch bitte noch sämtliche Namen von Freunden und Freundinnen auf, mit denen Sie näher zu tun haben. Die Liste kann natürlich jederzeit erweitert werden, wenn Ihnen noch jemand einfällt.«

›Wird jetzt die ganze Welt in Sippenhaft genommen?‹, dachte Daniela. Sie fühlte sich verletzt, zutiefst gekränkt.

»Frau Crohn, wir nehmen Sie vorläufig fest, da Sie unter dem dringenden Verdacht stehen, Ihren Mann Philipp Crohn ermordet zu haben«, sagte Albrecht und gab der bereitstehenden uniformierten Beamtin mit einem Kopfnicken Zeichen, tätig zu werden.

Als die Herren Kommissare alleine waren diskutierten sie darüber, was von der ganzen Sache zu halten war.

»Die Crohn ist sowas von raffiniert. Zu allen vorgelegten Fakten fand sie eine wunderbare Erklärung ... die Sache mit dem Messer, ihre Fingerabdrücke auf dem Fahrrad ... ich sage dir, die Unschuld vom Lande«, zweifelte Reiff an Danielas Reputation.

»Das sehe ich nicht ganz so, Klaus. Richtige Raffinesse sieht anders aus. Wenn wir von Cleverness sprechen wollten, dann hätte sie doch handschuhtragend gar keine Fingerabdrücke hinterlassen, oder sie hätte zumindest versucht, sie abzuwischen. Doch diese zurückgelassenen Abdrücke sind ja fast wie Visitenkarten. Teilweise sind sie so klar und rein wie aufgehende Blüten.«

»Na ja, sie konnte ja nicht ahnen, dass wir ihre Wohnung durchsuchen würden. Sie gab ja schließlich selbst die Vermisstenanzeige auf, also spekulierte sie auf Unschuldsvermutung. Da durchsucht man doch keine Wohnung, so wird sie zumindest gedacht haben.«

Plötzlich fing Reiff laut an zu lachen: »Was sagtest du eben: ›klar und rein wie aufgehende Blüten?‹. Was für eine schöne Metapher. Die muss ich mir unbedingt merken.«

»Was du dir bei der Gelegenheit auch gleich noch merken kannst: ich gehe nachher gleich mal in die Stadt, ein Geschenk besorgen. Und Morgen nehme ich frei, einfach, dass es klar ist. Monika hat nämlich morgen Geburtstag. Ich hatte ihn, vor lauter Arbeit, im letzten Jahr total verpasst. Nochmal kann ich so etwas nicht bringen. Das könnte Ärger geben.«

»Haha, man sollte seine Ehefrau nicht vergraulen, wenn man zuvor nicht schon vorbeugend alle Küchenmesser weggeschlossen hatte«, witzelte Reiff.

»Ha-Ha«, äffte Albrecht ihn nach, vergaß aber nicht, dabei zu grinsen. Der Vergleich war ja aus aktuellem Anlass gar nicht so weit hergeholt. Das musste er zugeben.

»Damit dir aber während meiner Abwesenheit nicht langweilig wird, lieber Klaus, darfst du mal die Liste hier von Frau Crohn abarbeiten«, schlug Albrecht vor.

»Du bist zu gütig, Björn. Sorgst immer für mich, dass mir nie langweilig wird. Wie kann ich das je wieder gut machen«, spöttelte Reiff.

Albrecht verließ das Amt, und Reiff legte Rebecca Schäfer die Namenliste auf den Schreibtisch, mit der Bitte, sie möge über die genannten Telefon-Nummern Termine für ihn vereinbaren.

Die anschließende und am nächsten Tag fortgesetzte Befragung eines Teils der von Daniela angegebenen Personen brachten kaum neue Erkenntnisse, außer eine, die Reiff äußerst verdächtig schien.

7

»Na, war Monika zufrieden und die Aufmerksamkeiten zum Geburtstag von ihr erwartungsgemäß goutiert?«, fragte Reiff seinen Chef.

»Ja, die Ehe ist gerettet. Danke der Nachfrage«, antwortete Albrecht scherzhaft. »Und du, hast du schon einige Adressen befragen können?«, kam er anschließend gleich zur Sache, »ich brauche noch Material, Rebecca hatte einen Termin eingetragen für heute. Meine Lieblingsrechtsanwältin kommt«, sagte er und grinste dabei breit.

»Also, dann mal los. Die meisten der Befragten, gaben an, dass es sich beim Ehepaar Crohn um eine beneidenswerte Vorzeige-Ehe handelte. Diese Ansicht teilten vor allen Dingen Kollegen, Familienmitglieder und einzelne Bekannte. Es gab aber auch andere, da klang das dann ganz andersrum. Diese sagten nämlich aus, dass die beiden nach außen hin zwar sehr harmonisch wirkten, zumindest meist, aber wenn sie stritten, dann flogen die Fetzen. Philipp hatte dann seine Frau in aller Öffentlichkeit ziemlich wüst angeschrien. Nicht, dass so etwas laufend vorgekommen wäre, aber doch hin und wieder. Frau Crohn hatte, unmittelbar nach einem solchen Anschiss, ihrer engsten Freundin Evelyn König verkündet, dass sie sich so etwas nicht mehr lange gefallen ließe. Irgendwann, so habe sie prophezeit, würde es zu einem richtig großen Crash kommen. Dennoch, dass ihre Freundin ihren Mann umgebracht haben soll, konnte Frau König sich absolut nicht vorstellen. Im Gegenteil, sie fand diese Möglichkeit absurd, denn Crash war für sie nicht gleichbedeutend mit Mord … unter Crash verstand sie eher ›Trennung‹. Allerdings, hätte Frau König einen richtigen Crash, sprich Trennung, äußerst bedauert, weil sie beide sehr mochte. Von einer außerehelichen Beziehung, habe sie weder bei Daniela noch bei Philipp, etwas gemerkt noch erfahren. Auch das konnte sie sich nicht wirklich vorstellen. Diese Aussage fand ich natürlich sehr aufschlussreich: denn, wenn die Freundin bei dieser Vorstellung falsch lag, warum sollte sie sich bei der ersten Vorstellung nicht geirrt haben?«

»Auf jeden Fall war die gute Frau Crohn äußerst vorsichtig, so dass niemand etwas merkte. Außer ihr Ehemann, der merkte etwas, da war sie komischerweise zu wenig vorsichtig«, kommentierte Albrecht das Gesagte, »und, was gibt es sonst noch?«

»Mit diesem Andreas Schubert hatte ich telefonisch gesprochen, aber mein Gefühl sagt, dass der mit dieser Sache nichts zu tun hat. Er konnte auch zur besagten Zeit, als Crohn verschwand, ein bombensicheres Alibi vorweisen. Er war nämlich für ein paar Tage in Berlin, wo er seinen Eltern seine große Liebe vorstellte. Diese Eltern rief ich an, und sie bestätigten den Besuch ihres Sohnes. Schubert selbst hatte auch angeboten, uns die Platzkarten für das Flugzeug als Beweis zur Verfügung zu stellen. Am Ende des Gesprächs betonte er dann noch, dass er Daniela Crohn eine solche Tat niemals zutrauen würde. Das wäre nicht die Daniela, die er kennen-, schätzen- und liebenlernte. Sie habe sich im Gespräch auch nie negativ oder gar abfällig über ihren Mann geäußert. Das einzige, was sie einmal als

Kritik anbrachte, war, dass sie sich mit ihrem Mann gerne mal auf diesem Niveau unterhalten würde, wie sie es mit ihm, Schubert, tat. Doch gegen ihren Mann habe sie nie polemisiert. Das war nicht ihre Art. Für Schubert ist die Crohn eine intelligente Frau mit feinem Charakter, absolut integer. Er meinte sogar, dass er für sie jederzeit die Hand ins Feuer legen würde.«

»Also eine Heilige«, kommentierte Albrecht diese ganze Lobeshymne und fügte gleich seine abschließende Frage an: »Etwas das uns weiterbringen könnte, hast du nicht herausbekommen?«

»Tja, nach diesen ganzen Interviews dachte ich schon, dass das alles war und dass es nichts mehr herauszukitzeln gäbe, bis ich einen Sportskollegen aus dem Skiclub befragte, Peter Richter heißt er. Der wusste zu berichten, dass auch Philipp Crohn, wie doch eigentlich jeder Mensch, einen Feind hatte … na ja, die Bezeichnung Feind, meinte Richter, sei zwar etwas übertrieben, aber auf jeden Fall jemand der keine Sympathien für Crohn hegte, sondern eine rechte Wut auf ihn hatte. Der Crohn soll ihm, oder besser gesagt dessen Bruder, einmal ein Geschäft vereitelt haben, was der ihm nie verziehen habe. Er sei richtig ausgerastet und habe auch eine Drohung ausgesprochen. Richter glaubt aber, dass es für Crohn eigentlich eine ganz normale Sache und kein Fehlverhalten gewesen sei. Und nun höre und staune: dieser gekränkte Typ, Wolfgang Bonhoff heißt er, ist von Beruf Bestatter und hat entsprechend auch im Krematorium zu tun.«

»Und, was willst du mir damit sagen?«, wollte Albrecht wissen.

»Na, hört deiner-einer die Nachtigall nicht trapsen?«, stellte Reiff die Gegenfrage.

Albrechts Gesichtszüge erhellten sich, nachdem es hinter seiner Stirn Klick machte: »Aaaah jaaa, klar … Wir haben immer noch keine Leiche!«

»Geeenau … und wenn die Crohn sich mit diesem netten Freund Bonhoff, seines Zeichens Bestatter, nebenbei aber auch Philipps Feind, zusammengetan hatte, dann wäre es ein Einfaches, eine Leiche, zusammen mit einer Kremierung, spurlos verschwinden zu lassen«, ergänzte Reiff. »Ich hatte schon versucht, einen Termin für ein Interview mit ihm zu bekommen, doch nach Aussage seiner Frau ist er seit zwei Tagen mit einem früheren Schulfreund zu einem Segeltörn unterwegs und kommt erst Ende nächster Woche wieder zurück.«

»Zwischenzeitlich könntest du ja versuchen rauszufinden, ob Frau Crohn Kontakt zu diesem Bonhoff hatte«

»Tja, lieber Björn, das habe ich schon erledigt, während du Monikas Geburtstag gefeiert hast. Der Telefonnachweis ergab nichts. Weder hatte die Crohn über Handy, noch über Festnetz mit Bonhoff Kontakt. Und bevor du fragst: ja, den Bericht habe ich schon geschrieben und zur Akte gelegt«, erklärte Reiff von der Qualität seiner Arbeit selbst überzeugt.

Albrecht musste schmunzeln, weil genau dieses Verhalten ihn an seine Zeit als junger Kommissar, der sich profilieren wollte, erinnerte. Er kam nicht umhin, sich sehr zufrieden über die Arbeit von Reiff zu zeigen. »Gut gemacht, Klaus«, sagte er. Er sah dennoch sehr nachdenklich aus.

»Was ist?«, fragte Reiff.

»Es passt alles irgendwie nicht zusammen. Schau mal, Frau Crohn hielt ihre Affäre geheim, niemand, nicht einmal die beste Freundin, wusste etwas davon. Sollte sie nun mit diesem Bonhoff gemeinsame Sache gemacht haben, dann war sie auch hier extrem vorsichtig, so dass niemand etwas gemerkt hatte, und sogar, wo auch wir nichts nachweisen können. Würde sie dann so unvorsichtig sein und all diese Spuren, die es massenhaft gab, zurücklassen? Überall hinterließ sie ihre Fingerabdrücke, wie eine Visitenkarte«, zweifelte Albrecht.

»Ja, wie ich ja schon sagte, sie hatte halt nicht damit gerechnet, dass man sie verdächtigen würde, nachdem sie selbst doch die Vermisstenanzeige aufgab. Du hast doch gesehen, wie überrascht sie wirkte, als wir mit dem Durchsuchungsbeschluss vor der Türe standen. Ihr Gesicht lief ja richtig rot an«, brachte Reiff deren Verhalten als logische Betroffenheit der Verdächtigen auf den Punkt, um Albrechts Zweifel zu entkräften. Für ihn war nämlich klar, diese Frau war eine hervorragende Schauspielerin, ziemlich gerissen und vielleicht sogar eine eiskalte Mörderin.

»Siehst du, und hier gibt es einen Widerspruch. Wenn sie nicht damit rechnete, dass wir sie verdächtigen könnten, hätte sie doch auch nicht diese Vorsicht walten zu lassen brauchen in Bezug zum möglichen Komplizen. Verstehst du, was ich meine?«

»Ich verstehe, was du meinst, ja … aber hier denkst du verquer, Björn. Ihre Vermisstenanzeige lautete ja nicht: ›mein Mann ist ermordet worden‹, sondern ›mein Mann ist verschwunden‹. Dass wir auf Mord schließen könnten und dann noch in ihre Richtung, konnte sie nicht ahnen, da ist sie zu wenig Profi. Es wäre doch nicht das erste Mal, dass jemand aus einer Ehe ausbricht und durchbrennt. So wird sie gedacht haben, dass wir denken könnten, als sie die Vermisstenanzeige aufgab. Diese Anzeige war auch nötig. Wie hätte sie denn sonst der Familie und den Freunden und beim Arbeitsplatz erklären sollen, dass ihr Mann plötzlich nicht mehr da war?«

»Ja, mag sein, dass du recht hast, …«, gab Albrecht nach, denn auch diese Argumentation klang irgendwie einleuchtend, »… aber es erklärt immer noch nicht die Vorsicht, die sie walten ließ in Bezug auf einen möglichen Komplizen.«

Es klopfte und die Assistentin Rebecca Schäfer streckte ihren Kopf zur Tür herein. »Frau Endress wäre jetzt da«, sagte sie, und Reiff antwortete schmunzelnd: »wäre da, wenn was?«

»Ja ich weiß, ›Frau Endress ist jetzt da‹«, korrigierte sie ihre Rede. Der Kommissar hatte sie schon öfter auf diese unkorrekte Formulierung aufmerksam gemacht. Leider fiel sie, wider besseres Wissen, immer wieder in ihr altes Sprachmuster. Sie hoffte inständig, dass es irgendwann mal in Fleisch und Blut übergegangen sein würde.

Die Formalitäten hatte Celine Endress kurz zuvor schon mit ihrer Mandantin erledigt, so dass sie damit die Berechtigung zur Akteneinsicht erworben hatte, um gleich mit ihrer Arbeit loslegen zu können. Doch für eine Begrüßung unter mittlerweile Altbekannten musste noch Zeit sein.

Sie trat ein. Albrechts Augen strahlten beim Anblick dieser Frau. Sie war einfach eine Erscheinung. Egal was sie trug, ob dunkelblaues elegantes Kostüm, oder Hosenanzug oder wie heute mit einem leichten Sommerkleid mit Blümchenmuster und einem kurzen uni-gelben Jäckchen darüber, sie stellte immer etwas dar, etwas Erhabenes, etwas Seriöses, etwas Respekteinflößendes, was auch immer.

Sie begrüßten sich, man könnte schon sagen, freundschaftlich. Man konnte auf jeden Fall die gegenseitige Sympathie herausspüren.

Reiff hielt sich da eher etwas zurück. Er mochte Celine nicht besonders. Sie war ihm zu selbstbewusst zu überlegen. Das spürte er bei jedem ihrer Auftritte. Und er mochte keine Frauen die Überlegenheit zeigten. Sie durften es zwar sein, aber zeigen durften sie es nicht. Da war er einfach altmodisch. Er sah Frauen immer ein bisschen als zweite Wahl. Für ihn taugten sie allenfalls als Vorzimmerdamen und wenn's hochkam als Assistentinnen.

›Was für ein Schwachsinn‹, würde ihm da jede selbstbewusste Frau antworten. Mit dieser Einstellung dürfte er es schwer haben bei der Damenwelt. Da musste der Kommissar, der im Job sehr viel Fähigkeit bewies, noch viel lernen, wenn er nicht auf ewig alleine durchs Leben gehen wollte. Aber wahrscheinlich war er der Typ, der irgendwann einmal seine Frau irgendwo in Asien suchte. Er brauchte ein braves, unterwürfiges Frauchen, das ihn anhimmelte. Vielleicht reiste er ja deswegen so gerne in asiatische Länder.

Weil er bei dem ersten Gespräch mit Celine nicht dabei sein wollte, entschuldigte Reiff sich und verließ den Raum. Er wusste, dass nämlich genau das wieder zutage treten würde, was er so gar nicht ausstehen konnte. Und er wusste auch, dass er, wenn er wieder süffisante Bemerkungen rausließ, einen Rüffel von seinem Chef einstecken müsste. Da hielt er sich lieber gleich fern. Er hatte ja noch zu arbeiten, also an Entschuldigungen fehlte es ihm nicht.

Albrecht wies Celine den Platz auf dem Stuhl, ihm gegenüber. Als erstes schob er ihr die Akte Crohn hinüber. Celine warf nur einen kurzen Blick darauf, ohne näher auf den Sachverhalt einzugehen, und sagte: »Sicher handelt es sich hier um eine eindeutige Schuldzuweisung.«

»So ist es, Frau Endress«, gab er ihr recht, »und es wird auch für Sie eine harte Nuss werden, das verspreche ich Ihnen. Dennoch, ich bin gespannt, was Sie daraus machen. Sie sind immer für Überraschungen gut, eine wahre Wundertüte. Ich gebe zu, Sie haben uns schon zweimal ziemlich verblüfft.«

Celine lächelte charmant und gab ihrer Hoffnung Ausdruck, dass diese Verblüffung auch diesmal wieder in ihren Reihen Einzug halten würde. Sie würde auf jeden Fall alles daransetzen. Sie ahnte zu diesem Zeitpunkt natürlich noch nicht, wie schwierig, ja aussichtslos dieser Fall wirklich war.

Albrecht führte sie anschließend in ein Besprechungszimmer, wo Celine sich dem Aktenstudium hingeben konnte.

Während der Lektüre zog Celine immer wieder die Augenbrauen hoch und wiegte abwechselnd mit dem Kopf. ›Wow‹, dachte sie, ›das ist wahrhaftig eine harte Nuss. Da spricht ja wirklich alles gegen meine Mandantin,

für meinen Geschmack fast zu perfekt. Und diese eine Lücke,
das Fehlen der Leiche, ist auch nicht gerade viel. Mal sehen,
was das Gespräch mit diesem Bonhoff ergibt.‹ Sie wusste,
dass sie da nicht vorgreifen konnte. Es war Sache der
Polizei, diesen Herrn zu interviewen. Sie würde auf
jeden Fall danach bei diesem Herrn aktiv werden.

Ganz ausführlich studierte sie den protokollierten
Mitschnitt des Verhörs. Sie befürchtete, dass es in diesem Fall auf einen Indizienprozess hinauslaufen könnte. Solche Fälle, bei denen sie schon von vorneherein
wusste, dass sie für die Mandantschaft kaum etwas
herauszuholen vermochte, liebte Celine ganz und gar
nicht. Sie stützte ihr Kinn in eine Hand und überlegte.
Doch im Moment kam sie auf keinen vernünftigen
Gedanken, als das, was Frau Crohn beim Verhör selbst
schon sagte.

Es gab absolut nichts, wo sie ansetzen konnte. Das
Ehepaar war unbescholten … alles lief, wie es schien,
fast zu glatt, außer, dass sie sich des Öfteren stritten.
Aber das gaben Frau Crohn und einige Bekannte ja
selbst zu Protokoll, was ja dazu führte, dass Frau
Crohn überhaupt in eine Beziehung schlitterte. Und
wie es schien, lief die Ehe während dieser Zeit seltsa-
merweise besser, als vor der außerehelichen Beziehung, von der niemand etwas zu wissen schien, außer
einer Arbeitskollegin des Ehemannes.

Und diese Beziehung war sowieso beendet, also
auch hier keine Angriffsfläche. Philipp Crohn selbst
ging, wie es schien, nicht fremd, zumindest glaubte
das ihre Mandantin, und sonst konnte niemand dazu
etwas sagen. Einzig, was Celine störte, waren diese
allzu deutlichen Spuren, die ihre Mandantin überall

zurückgelassen haben soll. Es sah fast so aus, als wären die Spuren absichtlich möglichst weit gestreut worden. Doch auch das stand in der Akte, denn auch Hauptkommissar Albrecht machte eine solche Notiz. Sie überlegte, wo sie ansetzen sollte. Als erstes, dachte sie, würde sie diese Arbeitskollegin Angelina Donati vorknöpfen, oder besser, sie würde Friedhelm damit beauftragen, denn sie selbst musste wieder zurück nach Freiburg. Bei der Gelegenheit wollte sie dann Herrn Schubert in Freiburg auch noch selbst einen Besuch abstatten.

Nach dem Aktenstudium, ließ sie sich nochmals zu ihrer Mandantin, die ihr sehr verzweifelt erschien, führen, um mit ihr den ganzen Fall zu besprechen. Sie machte auch keinen Hehl daraus, dass es nicht einfach werden würde. Sie ließ sich aus Sicht ihrer Mandantin nochmals alles genau erzählen, besonders wie die letzten Monate und die letzten Tage ihrer Ehe waren, worauf sie natürlich auch nicht detaillierte Auskunft erhielt. Daniela vermied es tunlichst, davon zu erzählen, dass ihr Mann und sie inzwischen getrennte Wege gingen, so quasi voneinander nichts wussten, und dass sie selbst, wenn sie ehrlich war, gar nicht wusste, wann genau ihr Mann verschwand. Daniela hatte Angst, dass diese Auskunft ihre Situation nur verschlechtern würde.

Dann wollte Celine nochmals detailliert wissen, ob Daniela im Vergleich zu früher am Verhalten ihres Mannes, ganz speziell die letzten Tage vor seinem Verschwinden, etwas aufgefallen war. Und weiter wollte sie wissen, ob er irgendwelchen Ärger mit irgendwelchen Leuten hatte. Ärger, der so schlimm war, dass jemand sich seinen Tod gewünscht haben könnte, wobei sie wusste, dass auch die Beantwortung dieser Frage keine befriedigende Lösung hätte bieten können, zumal sich viele Spuren in der gemeinsamen Wohnung und im Kofferraum des Wagens befanden.

Wenn es einen solchen ominösen Fremden als Feind gegeben hätte, dann wäre das auch keine Entlastung für ihre Mandantin. Denn dann würde es so aussehen, als ob sie mit diesem Menschen ein Komplott eingegangen sein könnte. Wie sonst hätten die ganzen Spuren in der Wohnung der Crohns gefunden werden können. Es gab schließlich keine Einbruchsspuren. Die Situation war verzwickt.

»Ja, mein Mann war schon anders«, gab Daniela zaghaft zu, während sie die letzten Tage vor seinem Verschwinden vor ihrem geistigen Auge Revue passieren ließ, »und zwar genau zu der Zeit, nachdem Andreas sich von mir getrennt hatte. Ich nahm mir vor, mit Philipp einen Neuanfang zu starten, weil wir uns ja eigentlich gut verstanden. Aber er war ablehnend … erst jetzt, als ich erfahren habe, dass er von meinen Eskapaden wusste, verstehe ich auch, warum. Seine Kommentare waren sarkastisch, teilweise bissig. Da hatte ich aber keine Ahnung, dass er etwas wusste, und entsprechend war ich auch enttäuscht. Zum letzten Teil Ihrer Frage: er hatte mir nie von gravierendem Ärger erzählt, den er mit jemandem gehabt haben soll. Aber da er in letzter Zeit sowieso sparsam war mit Kommunikation, hätte er mir vermutlich auch nichts erzählen wollen. Wenn er Sorgen gehabt hätte, dann hätte er versucht sie für sich alleine zu lösen. Ich weiß, Frau Endress, das klingt ein bisschen seltsam. Wofür soll eine Ehe denn sonst gut sein, wenn nicht dafür, dass man seine Probleme gemeinsam angeht. Aber, manchmal sind es vielleicht auch Probleme, die einem peinlich sind, und die man mit niemandem besprechen möchte, auch nicht mit seinem Partner. Mir ging es doch ähnlich: ich hatte Probleme. Diese besprach ich aber nicht mit meinem Mann, sondern mit Andreas, weil ich Angst hatte, dass meine Kritik Philipp wieder in Rage bringen könnte. Ich hatte einmal versucht, ihn ganz vorsichtig auf etwas aufmerksam zu machen, was ich an seinem Verhalten nicht gut fand. Er wurde daraufhin richtig ungehalten und meinte ›ja, ich weiß, nur du bist perfekt, nur du machst immer alles richtig, Frau Schriftstellerin‹. Ich hatte es nicht einfach. Unsere Ehe verlief nicht so harmonisch, wie die Leute immer glaubten. Sie sehen, Frau Endress, ich weiß kaum mehr, als Sie.«

Diese mageren Auskünfte über ihre Ehe war Daniela bereit von sich zu geben, das musste reichen, dachte sie. Mehr war ihr peinlich.

»Kennen Sie Wolfgang Bonhoff?«, fragte Celine.

»Ja, Wolfgang ist Mitglied im Skiclub. Er hatte sich aber die letzten zwei Jahre ziemlich rar gemacht. Ich habe gehört, dass er sich eher in Richtung Tennisclub orientierte. Abgemeldet aus dem Skiclub hatte er sich aber bis jetzt noch nicht, soviel ich weiß. Wieso fragen Sie?«

»Ich habe gehört, dass es zwischen Wolfgang Bonhoff und Ihrem Mann Unstimmigkeiten oder gar ein richtiges Zerwürfnis gab. Wissen Sie davon?«

Daniela überlegte nicht lange und erklärte: »Ja, da war mal was; es ging um ein Grundstück. Es war ein

Stück Ackerland, das Philipp und Gisela geerbt hatten, vor allen Dingen, es war Bauerwartungsland. Philipp wollte das Grundstück verkaufen und Wolfgang war interessiert daran, nicht für sich, sondern für seinen Bruder. Der hatte ein Stück Land, das an das von Philipp grenzte und dieser Bruder wollte auf beiden Grundstücken zusammen ein Wellness-Center bauen und betreiben, mit allem Pipapo ... feines Restaurant, Erholungszentrum, Sauna, na ja, alles was halt dazugehört zu einem Wellness-Center. Philipp hatte Wolfgang das Stück Land auch versprochen, doch dann machte er einen Rückzieher, weil ein guter ehemaliger Schulfreund Interesse für das Land zeigte. Der wollte dort einen kleinen Reiterhof mit Reitschule errichten. Das fand Philipp, der selbst ein guter Reiter ist, sympathischer, als ein Wellness-Center und außerdem handelte es sich ja um seinen besten Freund. Ich erinnere mich noch gut daran, dass Wolfgang ganz schrecklich ausrastete. ›*Du fieser elendiger Hund ... du bist das allerletzte Arschloch auf dem Planeten*‹, oder so ähnlich, hatte er gesagt ...«

»Wie lange ist das her?«, wollte Celine wissen.

»Hm ... ja ... schon ein paar Jahre ... drei oder vier, genau kann ich es nicht sagen. Glauben Sie, der hat ...?« Sie beendete die Frage nicht, sie kannte es von den Kriminalfilmen und -Romanen, dass die Frage nach einem Feind, auch die Frage nach einem potentiellen Mörder war.

Celine schüttelte den Kopf ... sie konnte ja nicht sagen, dass der Verdacht dann ebenfalls auf sie fiel, weil der Bonhoff ja keinen Zugang zur Crohn'schen Wohnung hatte. Es gab keinerlei Einbruchsspuren. Auch wenn Crohn ihn in die Wohnung gelassen hätte, gäbe das ganze keinen Sinn, denn die ganzen Spuren überall, im Keller im Auto, an Frau Crohns Shirt und Schuhen. Das hätte er von langer Hand planen müssen. Außerdem gab es ja noch eine Ehefrau, die ihn hätte überraschen können. Nein, nein … das passte nicht. Deshalb ging Celine auch gar nicht weiter darauf ein und sagte einfach nur: »Das ist schon zu lange her. Warum sollte er gerade jetzt …? Nein … nein«.

Sie hätte gar keinen Ansatzpunkt gehabt. Sie konnte ihre Mandantin ja nicht direkt fragen: ›*haben Sie vielleicht gemeinsame Sache mit Bonhoff gemacht? Zumindest die Polizei tendiert mit ihrer Annahme in diese Richtung. Was haben Sie dazu zu sagen?*‹ Sie musste erst einmal abwarten, was die Kommissare dazu noch herausfinden würden. Später konnte sie ihre Mandantin immer noch daraufhin ansprechen.

Nachdem Daniela wieder in ihre Zelle zurückgebracht wurde, blieb Celine noch einen Moment nachdenklich sitzen. Sie hatte das Gefühl, dass ihre Mandantin integer war und dass alles, was sie sagte, echt klang. Aber sie wusste auch, dass dies kein Indiz für ihre Unschuld war. Es wäre nicht das erste Mal, dass ein Delinquent seinen Anwalt dazu missbrauchte, seine Unschuld, die keine war, zu beweisen.

Sie erinnerte sich an einen Fall vor einigen Jahren bei dem ein Vater seine drei Kinder ermordete. Alle Zeichen standen schlecht für ihn. Er war aber so clever, dass er es am Schluss mit Hilfe seines Anwaltes schaffte, freigesprochen zu werden. Er hatte seine Rolle perfekt gespielt, zeigte überzeugend seine Trauer über den Verlust seiner drei Kinder. Erst später stellte sich der Irrtum heraus, doch dieser Mörder war ein freier Mann. Die Charta der Grundrechte der Europäischen Union enthält nach Art. 6 Abs. 1 EUV im Rang der Verträge, In Titel VI ›Justizielle Rechte‹ den Art. 50 mit folgendem Wortlaut:

›Niemand darf wegen einer Straftat, derentwegen er bereits in der Union nach dem Gesetz rechtskräftig verurteilt oder freigesprochen wurde, in einem Strafverfahren erneut verfolgt werden.‹

Jeder seriöse Rechtsanwalt verzweifelt fast daran, wenn er auf diese Weise einem Täter auf den Leim ging. Sie war dankbar, dass sie selbst bis heute nie einen solchen Fall hatte. Doch jetzt stand sie vor genau dieser Frage: Genauso wie der damalige Täter schien auch Frau Crohn integer und über jeden Zweifel erhaben. Sollte ihre Mandantin ihr tatsächlich etwas vormachen, dann war sie eine perfekte Schauspielerin.

Sie verließ gerade das Untersuchungsgefängnis und zückte ihr Handy, um Friedhelm anzurufen. »Hallo Friedhelm, ich habe mal wieder einen Fall in Lörrach«, sagte sie.

»Lass mich raten«, antwortete Friedhelm, »hat es mit diesem verschwundenen Mann zu tun?«

»Bingo, kluges Kerlchen. Hör zu, der Fall ist kompliziert. Ich weiß noch nicht, was ich davon halten soll. Ich bräuchte mal wieder deine Hilfe. Bist du zu Hause?«

»Klaro«

»Kann ich eben bei euch vorbeikommen, bevor ich nach Freiburg zurückfahre«, fragte Celine ohne Umschweife.

»Komm her«, forderte Friedhelm sie lachend auf,

»wir freuen uns auf dich.«

»Okay, in zwanzig Minuten bin ich da. Ich freue mich auch, dich und Helga wieder mal zu sehen.« Knapp zwanzig Minuten später parkte Celine ihr Auto Im Rebacker vor dem Haus von Helga und Friedhelm Kulau in Holzen.

Es war eine herzliche Begrüßung.

»Na, gibt's wieder was zu tun im Markgräflerland?«, scherzte Helga.

Bevor sie jedoch in den Fall einstiegen, nahmen sie sich die Zeit für privates Geplauder, unter anderem auch über ihre Arbeit seit dem Fall, den sie 2009 im Kreis Lörrach gemeinsam erfolgreich lösten.

Friedhelm sprach über seinen Fall vom Vorjahr, weil dieser ihm ganz besonders unter die Haut ging, der seine Gefühle in Aufruhr brachte.

»Vielleicht hast du davon gehört. Da gab es doch diese Gruppe von sieben Studenten, die fünf Jahre nach ihrer Reifeprüfung nach Fuerteventura reiste. Eine Reise die im Desaster endete, denn nur fünf kehrten wieder zurück. Im Nachhinein gab es sogar einen Selbstmord eines Kommilitonen, der sich am ganzen Desaster schuldig fühlte. Der Vater und die Verlobte des Selbstmörders wollten Klarheit und beauftragten mich. Doch ich musste nicht lange suchen, um die Antwort zu finden. Toll fand ich dann die Reaktion des Vaters, der, nachdem ich die Antwort lieferte, den Auftrag als beendet betrachtete, weil er, wie er sagte, nicht noch ein weiteres Opfer eines jungen, hoffnungsvollen Menschen riskieren wollte. Der junge Mathematikstudent, ein Hochbegabter, war erst 20 Jahre alt. Ich fand diese Haltung ergreifend. Es friert mich noch im Nachhinein beim Erzählen.«

Auch Celine war von dieser Geschichte sehr gerührt. Da sind die beiden gleich gelagert. »Ich habe immer ein ungutes Gefühl, wenn junge Menschen in eine Sache hineingeraten und ihr Leben für die Zukunft zerstört werden könnte. Ich denke da an den sympathischen Jungen, der damals den Geschäftsführer erstochen hatte. Ich war froh, dass es für ihn so glimpflich ausging.«

Nachdem die drei ausgiebig geplaudert hatten kam Celine dann auf den aktuellen Fall zu sprechen. Sie sprach auch über ihr ungutes Gefühl, das sie bei diesem Fall hatte. »Ich weiß noch nicht, was ich davon halten und wonach ich suchen soll.«

Friedhelm erfuhr dann alle Details und übernahm den Auftrag, Frau Donati zu interviewen. Nach drei Stunden Aufenthalt im Hause Kulau befand Celine sich dann auf der Autobahn Richtung Freiburg. Der Fall ließ sie jedoch gedanklich nicht los. Diese Unsicherheit nervte sie, denn nicht zu wissen, wo sie ansetzen sollte, war höchst unbefriedigend.

»Na ja, jetzt warten wir erst einmal ab, was unsere Recherchen ergeben, und dann sehen wir weiter«, sagte sie laut vor sich hin, musste dann aber gleich grinsen: ›Fange ich jetzt schon an, laut vor mich hinzubrabbeln? Selbstgespräche ... hm, unverkennbares Zeichen des Alterungsprozesses.‹

Am darauffolgenden Tag, vereinbarte Friedhelm mit Frau Donati einen Termin für den kommenden Montag.

8

Paolo Frattini erlebte eine interessante Woche bei Francesco Giordano, ein mit seinen 67 Jahren schon etwas älteres Semester, mit grauen Haaren und einem perfekt geschnittenen Van-Dyke-Bart. Gegen diesen Herrn wirkte Paolo mit seinem pechschwarzen Haar wie ein Jungspund. So empfand Paolo es auch; er war der kleine Junge und Francesco der große Maestro, der Lehrer, der ihn fit fürs Leben machen wollte. Sie konferierten in der Via Toledo in Neapel.

*

Die *Via Toledo* ist eine der längsten Shoppingstraßen Neapels. Hier gibt es unzählige Boutiquen und ein großes Kaufhaus, Rinascente, in dem man Kleidung und Schuhe berühmter Labels wie Gucci und Versace finden kann. Diese Straße ist teilweise Fußgängerzone und teilweise mit Straßenverkehr belebt. An der Fußgängerzone liegt auch die imposante Einkaufsgalerie Umberto I. mit ihrer beeindruckenden neoklassischen Architektur. Am Piazza Trieste e Trento, dem Ende der Fußgängerzone, findet man das elegante Caffé Gambrinus im Stil der Belle Époque. Es verkörpert ein Stück der Geschichte Neapels und an der langen Theke mit Dolci fällt die Auswahl schwer. Ebenso am Ende der *Via Toledo* liegt die sehenswerte Piazza Plebiscito mit dem Palazzo Reale, also dem Königspalast. Die exklusivsten Modeboutiquen gibt es im Stadtteil

Chiaia in der Nähe der Uferpromenade. In der Via Calabritto und Via dei Mille haben italienische Edel-Designer wie Versace oder Gucci ihre Geschäfte.

Hier gab es Luxus pur und Paolo juckte es in den Fingern. In dieser Straße hätte er gerne seine Zeit verbracht mit Bummeln und einfach Leben-Genießen. Doch der Zweck seines Besuches war ein anderer: nicht Bummeln, nicht Genießen. Hier warteten eine Menge Informationen und wichtige Geschäfte auf ihn.

*B*evor es aber richtig losging, lernte Paolo dennoch bei herrlichstem Wetter die ersten drei Tage unter kundiger Führung von Francesco Neapel etwas kennen. Er war beeindruckt von dieser gigantischen Stadt. Um alle Sehenswürdigkeiten zu sehen, hätte es jedoch mehr als nur drei Tage bedurft. Doch er wusste, dass er das auf irgendwann später einmal verschieben musste, denn er kannte den Zweck seines Aufenthalts und das Ziel musste durchgezogen werden.

Seine Einführung ins Business empfand er als regelrechten Crash-Kurs … dass das System, in dem er sich neuerdings in Europa bewegte, nicht zur Camorra, die in Neapel bekannteste Organisation, gehörte, das wusste er schon zuvor. Jetzt aber lernte er einiges über die Struktur der Vereinigung detaillierter kennen. Er war erstaunt über die hierarchische Gliederung, die innere Abschottung und das strenge arbeitsteilige Vorgehen. Jedes Mitglied hatte streng abgesteckte Aufgaben. Die Märkte, die für das System existierten, funktionierten exakt nach denselben Regeln wie die legalen Märkte, mit dem Ziel eines ausgeprägten Gewinnstrebens unter Einsatz von legalen und illegalen

Mitteln. Die Ökonomie des illegalen Betriebs reagierte genau wie die Ökonomie legaler Betriebe. Dazu gehörte auch eine Risiko-Kosten-Analyse. Francesco erklärte stolz, dass sie bisher nie Fehler bei der Risikoanalyse begingen, das hieß ihre Geschäfte unterlagen bis heute keinen negativen Auswirkungen.

Die Organisationsform selbst verglich er mit einer Familie. Das war auch der Ausgangspunkt für die Namensgebung Famiglia nobile, das man mit Adelsfamilie übersetzen könnte. Ja, Francesco erklärte voller Stolz, dass die Leute der Famiglia einen gehobeneren Stil pflegten, als die Mafiabanden der unteren Schicht, denen oft dumme, niveaulose Leute, ausschließlich Männer, angehörten und außer Brutalität nichts auf Lager hatten. Bei ihm, dem Oberhaupt in Italien und Massimo dem Oberhaupt der Schweiz verkehrten nur gebildete, intelligente Menschen, und eben auch Frauen, wie Angelina, die eine Meisterin auf dem Gebiet ›Computer und Internet‹ war.

Francesco wusste, dass Franco Frattini in Kolumbien und dessen Leute einem eigenen System folgten, obwohl er eng mit der Schweiz verknüpft war. Und das war selbstverständlich auch Paolo als ehemaliges Mitglied des Franco-Systems klar. Gerade deshalb war er umso begeisterter über die Famiglia nobile.

Nach dieser ersten Einführung lernte er alle Tricks der gehobenen kriminellen Branche kennen, um sich in diesem System bewegen zu können. Er erfuhr, wie die erlangte Finanzkraft der illegalen Märkte die Basis weiterer illegaler Aktivitäten oder des Einkaufs in die legale Wirtschaft, zum Beispiel Immobilien bot, wie man es schaffte, dass öffentliche Bauaufträge an die richtigen Leute vergeben wurden. Die Rechtskonstruktionen und Organisationsformen waren dank Treuhandgesellschaften, Steuerparadiesen, Offshore-Firmen etc. immer komplexer geworden und die organisierte Kriminalität machte sich dabei die teilweise existierenden Gesetzeslücken zunutze.

Francesco legte seinem Schüler einen Artikel mit dem Titel ›*Transnationale Organisierte Kriminalität*‹ vor. Er erklärte ihm, dass Organisierte Kriminalität, die unter den Bedingungen der Transnationalisierung anders als früher aufgestellt war. Es gab ganze Gebiete mit transnationalen kriminellen Vereinigungen und die Schweiz befand sich in unmittelbarer Nähe zweier solcher Gebiete. Sie lag im Einzugsgebiet italienischer und russischer Vereinigungen und besaß mit Zürich einen der Hauptfinanzplätze. Die Schweiz war als Transitland für kriminelle Syndikate aus dem Balkan, Afrika und dem Nahen Osten sehr beliebt, zumal sie zwischen den nord- oder südamerikanischen und den asiatischen, beziehungsweise russischen Einzugsgebieten lag.

»Wow Francesco. Ich bin beeindruckt. Die ganzen Informationen geben mir in der Tat ein ganz anderes Verständnis, als ich es in Kolumbien gelehrt wurde.
Ja, und ich machte auch den Fehler, als ich in Mexiko, meinen Wirkungskreis leider noch zusätzlich auf andere Geschäfte ausdehnte. Ja, es war gefährlich und ich war gezwungen abzutauchen. Mein Onkel war alles andere als amused, als er nach meinem erneuten Erscheinen davon erfuhr. Aber er war froh, dass er es erst dann erfuhr, als ich von den Toten wieder auferstanden war. Na ja, man kann es vielleicht verstehen,

ich war halt auch ein kleiner, unverbesserlicher Hitzkopf. Von einem draufgängerischen Abenteurer weiß man, dass seine Handlungsweise nicht gerade von Vernunft und Erfahrung gesteuert wird. Hätte ich mich gescheiter an Franco orientiert ... mein Pech. Jetzt ist mir auch klar, warum Massimo mich zu dir schickte. Das, was du mir hier beibringst, das ist Wissenschaft ... die Zusammenhänge, die du mir erklärst ... einfach faszinierend.«

»Das glaube ich, Paolo, dass Franco deinen Werdegang nicht gerne sah. Ich kenne deinen Onkel gut, er ist ein echter Signore, ein Businessman. Und du hast Glück gehabt, es hätte schiefgehen können. Ich will ja gar nicht wissen, was passiert ist. Ich weiß nur, dass du von deinem offiziellen Auftrag, ›Einschleusen von schmutzigem Geld in Mexiko‹, nicht mehr nach Kolumbien zurückgekehrt bist und dann als verschollen galtst. Alle, einschließlich deines Onkels, dachten, dass du tot seist. Na ja, auf jeden Fall, denke ich auch, dass du hier bei uns besser aufgehoben bist.«

Ja, sie machten immer wieder solche Abstecher ins Private. Doch Francesco der ein guter Lehrer war, kam auch immer wieder zum Kern der Sache zurück.

»Unsere Organisation benutzt leistungsfähige Finanzplätze, um das Kapital schnell und diskret reinvestieren und dabei seine Herkunft verbergen zu können. Da ist natürlich der Finanzplatz Schweiz mit seinem freien Kapitalverkehr, seinem Schutz der Vertrauensbeziehung zwischen Banken und Kunden, seiner hohen Leistungsfähigkeit und seiner politischen, wirtschaftlichen und rechtsstaatlichen Stabilität prädestiniert, vom internationalen Verbrechertum ... ähm

… missbraucht zu werden … ach … ›*Verbrechertum, missbrauchen*‹ das sind Worte, die mir gar nicht gefallen wollen. Sie hören sich für mich immer ein bisschen abscheulich an; ich verwende als Vokabular lieber ›*international operierende Organisationen*‹ und statt ›*missbrauchen*‹ das Wort ›*verwenden*‹‹«, erklärte Francesco schelmisch schmunzelnd.

Nun verstand Paolo auch, weshalb Massimo sich für seinen Aufenthalt und für die Aktivitäten eher auf den Finanzplatz Zürich konzentrieren wollte und Angelina in diesem Hinblick aufforderte, ihren Job bei der FerroForm aufzugeben.

Kaum, dass er an Angelina gedacht hatte, klingelte sein Handy. Das Display zeigte Angelina als Anruferin an: »Buongiorno Angelina«, meldete er sich und stellte sein Handy auf laut, als Demonstration, dass er vor Francesco kein Geheimnis hatte. Er sah es als wichtig an, weil doch immer wieder Namen fielen, und er nicht wollte, dass eventuell ein Misstrauen aufkam.

»Giorno Paolo«, antwortete Angelina abgekürzt, »wie geht's? Ich wollte, ich wäre jetzt auch in Italien. Würde gerne wieder mal Großstadtluft schnuppern.«

»Du, es geht mir gut. Francesco ist ein wunderbarer Lehrer. Ich bin total fasziniert über die Gesetze des Kapitalflusses und die ganze Vernetzung der Organisationen«, schwärmte Paolo, sich Francescos Vokabular bedienend, »Aber sag mal, Angelina, wenn du unbedingt Großstadtluft schnuppern willst, warum kommst du denn nicht einfach mal übers Wochenende kurz nach Neapel?«

»Das geht leider nicht, Paolo. Wenn ich kommen würde, würde ich den Montag auch noch gerne mitnehmen wollen. Das kann ich aber nicht, weil sich auf Montag ein Detektiv für ein Interview angemeldet hat. Aber der Grund, warum ich eigentlich anrufe ist folgender: Massimo hatte mich gebeten, dass ich Giulia Bianchi, bei euch anmelden soll. Sie ist im Moment unterwegs von New York in die Schweiz. Anfang September wird sie dann nach Neapel weiterreisen, ich soll Francesco nun fragen, ob es okay ist, dass sie dann zu euch stößt. Ich habe halt deine Nummer gewählt, Paolo, weil ich sie gerade zur Hand hatte«, lächelte Angelina entschuldigend.

»Ja, Angelina, es ist in Ordnung«, sagte Paolo, nachdem Francesco seine Zustimmung durch Nicken bekundet hatte, »Aber sag mal, du sprachst vorhin von einem Detektiv? Was für ein Detektiv kommt zu dir in die Firma?«, fragte Paolo erstaunt.

»Ach, was weiß ich? Der Detektiv ist der Partner der Rechtsanwältin von Daniela Crohn, weißt du, das ist die, die ihren Mann ermordet haben soll; keine Ahnung, was der von mir noch zu erfahren glaubt. Na ja, ich bin ja nicht mehr lange in der Firma, hab heute meine Kündigung eingereicht. Weißt du, Massimo wurde ungeduldig. Und da ich ja noch knapp drei Monate bis zu meinem definitiven Ausscheiden habe, läuft das Projekt ja ohnehin normal weiter und ich habe den Kollegen Jürgen Langer bis jetzt schon ziemlich gut ins Geschäft eingearbeitet. Er war in alles involviert und wird das Projekt bald selbständig leiten können. Der Fleischmann, das ist der Ressortleiter, war zwar ziemlich enttäuscht, als ich sagte, dass ich die Firma verlassen wolle. Er sagte mir, dass er sehr zufrieden mit mir sei und noch einiges mit mir vorgehabt habe. Als ich ihm aber erklärte, dass ich über das Verschwinden von Philipp immer noch nicht hinweggekommen bin, und mich alles hier an ihn erinnert, zeigte er Verständnis. Ich nehme an, dass er vermutlich mitbekommen hatte, dass uns während unseres Zusammenwirkens mehr verband, als nur die Arbeit. Er meinte deshalb, dass ich Geduld haben müsse. Er sagte, dass einfach noch etwas Zeit vergehen müsse, um vergessen zu können. Er hat meine Entscheidung dann aber doch akzeptiert. Mein Vorschlag, Jürgen als Projektleiter nachzuziehen, hatte er für gut befunden.«

»Das sind ja Neuigkeiten ... wow. Dann bist du bald vollberuflich dabei. Danke für die Info«, sagte Paolo.

»Prego ... ciao Paolo e saluti a Francesco«

Diese Grüße, die er ja mithörte, goutierte Francesco mit einem freundlichen Lächeln.

»Saluti da Francesco ... ciao Angelina«. Paolo lächelte als er sein Handy zuklappte.

»Sag mal, Francesco, wer ist Giulia Bianchi? Kommt sie auch als dein Lehrling?«, fragte Paolo.

Francesco lachte laut heraus: »Giulia Bianchi, ein Lehrling? Um Gottes willen, nein! Sie ist ein rebellisches, knallhartes Mädchen ... unverbesserlich und ihr Wesen leicht aggressiv ... sie war in der 'Ndrangheta tätig, wobei ihre Geschäfte eigentlich harmlos waren, sie war nicht so intensiv dabei wie ihr Vater; sie war eher eine Gelegenheitsmafiosa für schnelles Geld. Aber sie ist wie ein wildes ungezähmtes Pferd, zwar sehr intelligent, sehr begabt und gebildet, hat ein Studium absolviert, doch an Angelina kommt sie in puncto Cleverness, Raffinesse nicht heran. Wäre Giulia clever genug, so wie Angelina, würde sie nicht so dumme Sachen im Schilde führen, wie Rache am Mord ihres Vaters üben zu wollen. Sie ist den Banden doch gar nicht gewachsen. Ja, und davor hat ihr Onkel eben Angst.

Giulia ist 33 Jahre alt, also fünf Jahre jünger als Angelina, spricht drei Sprachen fließend – Italienisch, Spanisch und Deutsch – was aber nichts Besonderes ist, denn sie genoss ihre Ausbildung in einem Schweizer Internat, wo sie zweisprachig aufwuchs und eine weitere Fremdsprache dazulernte, ja, und sie muss gezähmt werden. Ihr Temperament muss in richtige Bahnen gelenkt, ihre Aggressionen gedämpft werden. Ihr in New York lebender Onkel Emanuele Amato, der ihre Internatserziehung und auch das Studium finanziert hatte, hat sie mir ans Herz gelegt. Sie hat ja niemanden, nachdem der Vater tot ist. Emanuele hat keine Verbindung zum ...ähm ...«, Francesco räusperte sich, weil er diese Formulierung in Zusammenhang mit seinem Business nicht so gerne in den Mund nahm, »... organisierten Verbrechen. Ja, und er hätte seine Nichte lieber in Amerika unter seiner Kontrolle behalten. Aber was soll er machen, wenn sie nicht will? Sie ist nicht mehr das kleine Mädchen von einst. Sie weiß genau, was sie will. Und Emanuele seinerseits weiß sie in unseren Händen gut aufgehoben.«

»Damit du das wilde Pferd zähmst?«

Wieder lachte Francesco: »Tja, mein lieber Paolo, so ist es. Wir haben in unserem Business mit unseren Firmen ein ganz anderes Niveau, als Giulia es von der 'Ndrangheta gewohnt ist. Wir handeln verschwiegen und diskret. Diskretion ist das Wesen aller wirklich guten Geschäfte. Wie ich ja schon erklärte, agieren wir deswegen ja auch schon so lange in unserem Business, ohne besondere Vorkommnisse. Giulia war nur kurz, eher sporadisch, im Geschäft aktiv; ihr Vater Marco musste damals schon mehr tun, denn er musste von seinem Einkommen leben ... auch wenn Giulia nicht so aggressiv für die Organisation arbeitete, so war ihre Aktivität dennoch höchst gefährlich, denn sie lief immer Gefahr aufzufliegen.

Die 'Ndrangheta wird nämlich als gefährlichste kriminelle Gruppierung Italiens gesehen. Marco Amato war einer der soldati, sozusagen ein Handlanger, der als Drogenkurier und Geldeintreiber diente und gelegentlich auch mal ein Haus abfackelte, wenn es nötig war. Eines Tages, Giulia befand sich noch im Internat in der Schweiz, fiel er vermutlich einem Hit-Kommando[1] zum Opfer – Genaues ist mir nicht bekannt – ich weiß nur, dass er auf offener Straße erschossen worden sein soll ... Details sind mir nicht bekannt, vielleicht waren es auch nur Rivalitäten, denn es herrschte ein richtiger Bandenkrieg.«

Francesco schüttelte sich bei der Vorstellung. »Es gibt da eine Faustregel, die besagt, dass Menschenleben geopfert werden müssen, damit das System funktioniert. Umgekehrt läuft es nicht. Ja, und deswegen, gehe ich davon aus, ich erwähnte es ja schon vorhin, dass Giulia ihren Papa rächen will, denn das sähe ihr ähnlich, und das, mein lieber Paolo, das ist nicht so einfach, und schon gar nicht ungefährlich. Wenn es denn so wäre, werde ich versuchen, es ihr auszureden, denn dieses gefährliche Terrain sollte sie nicht betre-

[1] Hinrichtungskommando

ten. Dieser Wildfang ist bekannt dafür, dass er immer das falsche Ende des Säbels anfasst, einfach unverbesserlich. Passt also gut auf sie auf.«

Francesco wirkte einen Moment sehr nachdenklich. »Weil wir einen anderen, speziellen Stil pflegen, stellen viele Onkels oder Papas ihre lieben jungen, temperamentvollen Familienmitglieder unter unsere Fittiche. Du kamst ja ebenso über deinen Onkel zu uns, sprich zu Massimo in die Schweiz. Was genau war, will ich gar nicht wissen. Du hast sicher gemerkt, dass ich keine Fragen stellte, wie ›*wo warst du, als du plötzlich von der Bildfläche verschwunden bist?*‹ oder ›*was hast du in der Zwischenzeit gemacht, bevor du wieder aufgetaucht bist?*‹ Ich kann nur Vermutungen anstellen. Was ich aber weiß, das ist, dass im September 2008 – es war, glaube ich, der 198. Unabhängigkeitstag von Mexiko – ein Handgranatenanschlag auf dem Marktplatz von Morelia verübt wurde. Damals starben auch mehrere Zivilpersonen. Auf jeden Fall verlor sich seither deine Spur, und es kursierte die Nachricht, dass Paolo Frattini unter den Opfern gewesen sein soll. Kein Wunder, dass man dich nicht fand; von den Opfern blieb nicht viel übrig. Kaum jemand konnte identifiziert werden. Das heißt, du konntest genauso gut auch unter den Toten gewesen sein. Nachdem du jetzt, nach drei Jahren plötzlich wieder aufgetaucht bist, mutmaßte ich, dass du untergetaucht sein musst, um in Sicherheit zu sein. Erst da erfuhr man, dass du dich zuvor von einer anderen, gefährlicheren Art Business angezogen gefühlt habest und erst als die Luft wieder rein war, wieder auferstanden bist von den Toten.«

Paolo schmunzelte nur, und äußerte sich nicht zu den Mutmaßungen.

Francesco fuhr mit seiner Erklärung fort: »Über Giulia jedoch weiß ich ein bisschen mehr, sie war ja hier im Land. Sie arbeitete unter anderem mit Pasquale Colombo zusammen, einer der Köpfe der kalabrischen 'Ndrangheta. Und sie lebte äußerst gefährlich, denn zwischen Frühling 2008 und Herbst 2010 wurden mehr als 6500 mutmaßliche Mafiosi verhaftet, darunter auch Pasquale Colombo. Sie selbst entging nur knapp der Verhaftung. Sie hatte verdammt viel Glück. Sie war nämlich zufällig unterwegs und erfuhr dort von den Verhaftungen und ist gleich, wie viele andere auch, erst einmal in der Schweiz untergetaucht. Von dort aus reiste sie zu ihrem Onkel nach New York. Somit war sie erst einmal aus der Schusslinie, konnte sich in Sicherheit wiegen. Bei der besagten Razzia wurden übrigens Vermögenswerte in Höhe von etwa achtzehn Milliarden Euro beschlagnahmt. Der Druck der italienischen Behörden wurde so groß, dass die Organisation in Nachbarstaaten auswich. Bevorzugt in der Schweiz wollte die Organisation ihre Präsenz stärken. Doch auch die Schweizer Behörden sind nicht von gestern. Bei der Bekämpfung der Mafia verzeichnete das Fedpol[2] im letzten Jahr einige Erfolge. Aufgrund von Schweizer Verfahren oder auf Ersuchen ausländischer Partner kam es 2010 zu mehreren Festnahmen. Also passt bitte auf! Einige Mafiosi wurden an Italien ausgeliefert, nachdem sie dort zu langen Haftstrafen verurteilt worden waren. Einige der Verhafteten hatten sich

---

[2] Das Fedpol, Bundesamt für Polizei, ist eine Bundesbehörde der Schweizerischen Eidgenossenschaft.

auch in der Schweiz strafbar gemacht, insbesondere beim Drogenhandel. Andere wiederum waren unauffällig und gingen in der Schweiz zur Tarnung eine gewisse Zeit einer geregelten Arbeit nach. Wie ich dir ja schon erklärte, gilt die Schweiz als sicherer Hafen für Geldwäscherei.« Francesco schmunzelte wieder, weil ihn der Begriff Wäscherei amüsierte.

»Dass Giulia dann zu dir nach Italien kommt, wundert mich. Das ist doch sicher gefährlich. Ich denke, sie müsste doch weg von Italien und ihren früheren Aktivitäten. Wenn sie früher in Kalabrien agierte, und dort so viele aufflogen, darunter auch ihr Pate Colombo, dann ist sie doch sicher aktenkundig. Übrigens, ist Giulia eigentlich verheiratet? Ich meine, weil ihr Papa und ihr Onkel ›Amato‹ heißen.«

»Erstens … okay … «, Francesco stockte für einen Moment. Dann räusperte er sich und begann zu erklären: »Giulia … was ich dir jetzt sage, behältst du bitte für dich …«, ermahnte er Paolo beschwörend, »… Giulia, heißt in Wirklichkeit Ginevra Amato, ihr Onkel ist der Bruder ihres ermordeten Vaters. Sie brauchte also eine neue Identität und heißt heute Giulia Bianchi. Und zweitens bleibt sie nicht hier bei mir … ich nehme sie nur für gewisse Zeit unter meine Fittiche. Sie wird dann zu euch nach Zürich kommen, vielleicht sogar schon mit dir zusammen. Und dann müsst ihr gut auf sie aufpassen. Ich lege sie ganz besonders dir ans Herz, Paolo. Sie könnte euch gefährlich werden. Ich werde aber versuchen, sie während ihrer Zeit hier zurechtzubiegen. Es dürften nicht Hopfen und Malz bei ihr verloren sein, denn, wie ich schon sagte, sie ist intelligent.

Hängen lassen sollten wir sie halt nicht, schon aus Freundschaftsgründen zu Amato.«

»Du legst mir eine Schweigepflicht über die neue Identität von Giulia auf; bedeutet das, dass niemand davon weiß? Also auch nicht Massimo oder Angelina?«, wollte Paolo wissen.

»Nur Massimo weiß davon und du jetzt, und das ist eine Ausnahme, na ja, weil du halt gefragt hattest und ich sie deinem Schutz empfehle. Sonst weiß niemand etwas … «, erklärte Francesco, »und es soll auch so bleiben. Wenn man nichts weiß, kann man auch nicht in Verlegenheit kommen, sich zu verplappern, und sich oder andere damit in Gefahr zu bringen. Glaube mir, es ist besser so. So halten wir es immer … neue Identitäten werden nicht breitgetreten. Dir vertraue ich, auch wenn du selbst früher einmal ein wildes, ungezähmtes Pferd warst und Fehler begingst, so weiß ich doch, dass du inzwischen cleverer, das heißt aber nicht intelligenter, geworden bist, denn intelligent warst du ja schon immer; man merkt es daran, dass du logisch folgerst. Wir sollten den Nachnamen ihres Vaters nicht mehr nennen. Andere könnten auch logisch folgern. Nun, nichtsdestotrotz, denke daran, Schweigen ist nicht nur ein Geschäftsprinzip, sondern eine Pflicht. Ich kann mich nur wiederholen: ich weiß nicht immer, mit wem ich es genau zu tun habe, wenn ich die Person, die inkognito auftritt, nicht schon vorher kannte. Natürlich kommen solche Leute immer nur über sichere mir bekannte Quellen zu mir, wie zum Beispiel jetzt in diesem Fall über Emanuele Amato, der seine Nichte in Sicherheit wissen wollte. Andere lasse ich gar nicht an mich herankommen. Giulia kannte ich natürlich auch schon vorher als Ginevra, ebenso kannte ich ihren Vater. Übrigens, die Omertà, also das Prinzip des Schweigens ...«, Francesco lächelte verschmitzt bei den folgenden Worten, »... kennt man zum Beispiel auch bei parlamentarischen Untersuchungsausschüssen. Da nennt man es einfach Erinnerungslücke. Du siehst, du brauchst keine Skrupel zu haben, wir liegen im allgemeinen Trend der Politik.«

Paolo lächelte zurück, »natürlich, Francesco, das ist mir schon klar. Die Omertà gilt auch in Kolumbien als erste Pflicht. Du brauchst dir keine Sorgen zu machen, ich werde mit Informationen sehr sorgfältig umgehen.« Und um sein Versprechen noch zu verstärken fügte er hinzu, »ich werde nichts preisgeben.«

Nach dieser Unterbrechung gingen beide Herren wieder an ihre Arbeit.

»Also, wo sind wir stehen geblieben? Ach ja, bei den Finanzen«, Francesco schmunzelte, »Du musst wissen, Paolo«, fuhr er fort, »dass nur ein kleiner Teil der Geldmenge den Besitzer in Form von Papiergeld und Münzen wechselt. Beim Großteil wird der Zahlungsverkehr elektronisch vollzogen. Schön für uns, wir können uns gerade wegen der weltweiten Vernetzung unserer Akteure als die Profiteure der Globalisierung betrachten, dabei nutzen wir jede Möglichkeit, die sich uns bietet. Hast du schon mal etwas von der 2007 National Money Laundering Strategy gehört?«

Nein, soweit war Paolo natürlich noch nicht.

»Es ist ein Papier des amerikanischen Federal Bureau of Investigation ... kurz FBI«, fuhr Francesco fort, »... das inklusive Appendix 105 Seiten umfasst – ich zeige dir das Papier nachher noch, erinnere mich bitte daran – darin erkennt das FBI in Banken und anderen Finanzintermediären ein primäres Tor zur Geldwäsche. Eine schlaue Spezies diese FBI-Leute«, feixte Francesco, »tja, mein Lieber, und sind die Verm… ähm … nennen wir es halt mal so, wie die vom FBI es nennen, die ›illegalen‹ Vermögenswerte erst einmal ins legale Bankensystem eingeflossen, so können sie einfach, ganz ohne Probleme weiterverwendet werden. Der Herkunftsnachweis kann kaum mehr erbracht werden.

Aber dennoch muss ich dich warnen Paolo: merke dir, das Finanzmanagement ist die Achillesferse der ›organisierten Kriminalität‹«, bei diesem Begriff zeichnete Francesco mit Zeige- und Ringfinger beider Hände Gänsefüßchen in die Luft, »das heißt also, dass du genau hier clever sein musst und nicht übermütig wie ein Krösus oder leichtsinnig wie ein Tölpel agieren darfst, sondern dass du sehr achtsam sein musst. Du musst dir immer bewusst sein, dass sich an diesem neuralgischen Punkt die, wenn auch kleine, Angriffsfläche der Strafverfolgungsbehörden befindet. Das Gute am Business unserer Branche, sprich das wesentliche Kennzeichen, das ist die Beweisnot der Organe, die dem entgegenwirken wollen. Du wirst aber bald mitbekommen, wer von den Behörden eben selbst von den Geschäften profitiert, sprich wer korrupt ist.«

»Glaube mir, Francesco, solche Fehler, wie ich sie früher beging, unterlaufen einem nur einmal. Ansonsten sollte man es besser lassen. Ich werde mir dessen auf jeden Fall immer bewusst sein und immer aufs Sorgfältigste vorgehen«, beteuerte Paolo.

»Das ist gut so … du musst einfach wissen, wenn du versagen solltest, wenn bei dir irgendetwas schiefläuft, kannst du auf niemanden zählen. Nicht alle im Syndikat, ich nenne es jetzt mal so, sind auch Freunde, es gibt weder Treue noch Loyalität. Wir befinden uns in einem harten Business und darin operieren helle Köpfe und ebenso knallharte Leute. Es ist eher so, dass man solche Leute, die versagt haben, fallen lässt«, erklärte Francesco, »ich denke, du verstehst, dass keiner in den Knast wandern will. Niemand hält für den anderen den Kopf hin … du bist dann ganz alleine auf dich gestellt. Wenn jemand für die anderen gefährlich werden könnte, dann kann es sein, dass er schlimmstenfalls geopfert wird. Ich erklärte dir diese Faustregel vorhin schon. Dessen musst du dir ebenso immer ganz klar bewusst sein«, mahnte Francesco. »Wie ich dir ebenso schon erklärt habe, operieren wir schon sehr lange ohne Zwischenfälle in diesem Business. Das ist ja schon mal sehr beruhigend. Und auch, wie ich dir erklärte, benutzen unsere Organisationen leistungsfähige Finanzplätze, um das Kapital diskret und rasch reinvestieren und dabei seine Herkunft verbergen zu können und …«, aufgrund der Tatsache, dass Paolo von Massimos Team aus der Schweiz zu ihm in die Lehre kam, ergänzte er, »… der Finanzplatz Schweiz ist da der ideale Aktionsort für dich. Du wirst aber auch sonst noch genug herumkommen. Ich vertraue dir, du bekommst es schon hin, davon bin ich überzeugt. Du und Angelina an deiner Seite, ihr seid das ideale Team. Ihr seid beide intelligent, könnt vorausschauen … und Ihr passt zusammen, auch als Paar … das ganze Syndikat wird zufrieden sein.«

Paolo räusperte sich und spielte den Überraschten: »Paar? Was meinst du damit?«

Francesco schmunzelte: »Na, tu nicht so scheinheilig, als hättest du das nicht bemerkt. Das pfeifen die Spatzen doch schon vom Dach, dass die süße Angelina in dich verliebt ist. Sie wurde beobachtet, wie sie dich anschaute ... und zwar die Art, wie sie dich anschaute ... jaja, das war verräterisch.«

Francesco lachte, »Na, und immerhin hatte sie deine Nummer gewählt, um mir, dem Paten, eine Nachricht zukommen zu lassen. Ist doch bezeichnend, oder nicht? Ich verstehe es ja. Du bist ein richtig gut aussehender, smarter Typ. Da muss doch jede Frau schwach werden. Natürlich ist Angelina ebenso nicht zu verachten ... sie ist eine tolle, intelligente Frau ... also, ich sage dir, wenn ich nicht schon so alt wäre, mein Lieber«, er grunzte richtig bei dieser Einleitung, »ich glaube, ich wäre dein Rivale, denn ich könnte ihr nicht widerstehen.«

»Meinst du? Die Angelina hatte sich doch in ihren Kollegen aus der Kleinstadt Lörrach verliebt.«, hielt Paolo dagegen.

»... war verliebt ... denn dieser Kollege ist spurlos verschwunden ... tot ... oder durchgebrannt oder was auch immer ... keine Ahnung. Dass er wahrscheinlich mausetot und nicht durchgebrannt ist, spricht das Gemunkel, dass seine Frau ihn abgemurkst haben soll. Du siehst, ich weiß ziemlich viel. Massimo informiert mich immer gut.«

Paolo musste schmunzeln. »Haha, und ich dachte Diskretion und Schweigen sind das Wesen unserer Organisation.«

»Tja, ein Gespür zu haben, wo es angebracht ist, ist auch ein Prinzip unserer Organisation«, hielt Francesco schmunzelnd dagegen. »Wir Bosse tauschen uns immer aus. Das gehört sich so, denn wir müssen immer auf dem Laufenden sein.«

Paolo grinste wieder, denn diese Feststellung, wie Francesco es formulierte, amüsierte ihn. Doch bevor Francesco auf das Grinsen seines Schülers eingehen konnte, schob Paolo erst mal seine Einwände zu Francescos Behauptung über Angelinas Verliebtheit hinterher: »Ich glaube, der Massimo irrt sich … manchmal. Das klang nämlich ganz anders, vorhin am Telefon. Wie sagte Angelina? ›*Ich habe dem Chef erklärt, dass ich über das Verschwinden von Philipp immer noch nicht hinweggekommen bin.*‹ Das heißt doch, dass sie ihn immer noch liebt … oder nicht?«, erklärte Paolo, »und da sie innerlich bestimmt noch nicht frei genug ist, immerhin gibt sie das als Grund dafür an, dass sie ihren Job in Lörrach aufgab, wird sie sich auch nicht gleich in ein neues Abenteuer stürzen wollen. Man verliebt sich nicht mal eben neu, nur weil an der nächsten Ecke schon ein anderer steht. Es geht dabei doch um tiefe Gefühle, und die stellst du nicht so ohne weiteres per Knopfdruck ab, und …«, auf seine eigene Geschichte münzend, fügte er hinzu, »… und außerdem können Totgeglaubte plötzlich wieder aus der Versenkung emporsteigen, wie ein Phönix aus der Asche, so wie ich.«

»Ach Quatsch. Die Mörderin wurde doch schon verhaftet. Und Angelina musste ihrem Chef doch irgendetwas erzählen. Das weißt du doch auch. Es war über kurz oder lang sowieso unumgänglich, dass sie frei sein musste für ihr lukratives Geschäft in Basel respektive Zürich. Da hätte dieser Philipp doch eh nur gestört. Und eine gute Grundangabe, jetzt nach dessen Verschwinden, ist doch immer von Vorteil«, widersprach Francesco.

»Aber, wie ich gehört habe, war dieser Philipp ja auch schon leicht infiziert vom Business. Das heißt er hätte den Job vermutlich ebenfalls irgendwann aufgegeben.« hielt Paolo dagegen.

»Na, ob er das getan hätte, also seinen sicheren Job aufzugeben, bezweifle ich. Denn er, der ein kleiner Bürokrat war, hatte sich doch etwas aufgebaut, um sich im Alter zurücklehnen zu können, und das setzt man nicht so leichtsinnig aufs Spiel. Glaube mir, Paolo, diese Argumentation von Angelina hält nicht stand als wirkliche Begründung, eher als Ausrede. Sie konnte ja nicht erzählen, dass sie seit noch nicht so langer Zeit einem anderen Geschäft zugetan war. Und außerdem, Paolo, es nutzt doch nichts, zu lieben, wenn's den Mann nicht mehr gibt. Andere Mütter haben schließlich auch schöne Söhne, und wenn man in einen Mann, der verheiratet ist, verliebt ist, und man sich dadurch der Hoffnungslosigkeit einer dauerhaften Beziehung bewusst ist, ist man immer auch ein bisschen offen für eine neue, dauerhafte Beziehung.«

»Da hast du auch wieder recht, Francesco. Na ja … why not? … von der Bettkannte stoßen würde ich Angelina auf jeden Fall nicht.«

Wieder schmunzelte Francesco vielsagend, und sagte: »So, mein Junge, mit diesem Abstecher ins Romantische, erkläre ich die heutige Unterrichtsstunde für beendet.«

Paolo war begeistert von diesem Mann, der so sachlich und ruhig argumentieren konnte. Er schien distinguiert, strahlte eine ansteckende Ruhe aus. Nicht im Entferntesten klang er polemisch, nein er hatte eine väterliche und sanfte, fast liebevolle Art, die ihm totale Sympathie einbrachte.

Massimo hatte ihn schon mit allen Lobeshymnen auf Francesco vorbereitet und, wie Paolo feststellte, hatte Massimo nicht übertrieben. Francesco war ›*der Pate*‹.

Francesco beobachtete Paolo, wie er lächelnd vor sich hin sinnend dasaß.

»Na«, begann Francesco schmunzelnd, »schon am Verdauen?«

Paolo nickte, »Ja, und zwar ziemlich viel davon, und am Staunen.«

»Gut mein Lieber, du hast recht, das war jetzt genug der Theorie. Die Praxis wirst du mit mir in den nächsten Monaten zur Genüge kennenlernen. Unsere Leute sind feste dran, machen gute Geschäfte. Sie halten mich stets auf dem Laufenden. Ja, und Giulia stößt in gut zwei Wochen auch zu uns. Ich freue mich auf eine gute Zusammenarbeit und über fähige Mitarbeiter … ach beinahe hätte ich es vergessen, jetzt da wir uns verplaudert haben. Ich wollte dir doch noch das Papier ›*2007 National Money Laundering Strategy*‹ zeigen.«

Francesco ging zum Schreibtisch und holte aus der Schublade das 105seitige Dokument hervor und gab es Paolo mit den Worten »Hier ist es, lies es mal durch, und wenn du dazu noch Fragen hast, frage mich später! So und nun lass uns zum Ausklang noch ins Gran Caffé Gambrinus gehen. Man sitzt dort schön gemütlich und sie haben einen herrlichen Kaffee und eine lange reichhaltige Dolci-Theke.«

Sie wollten gerade das Büro verlassen, da klingelte Francescos Telefon. Francesco entschuldigte sich bei Paolo und nahm ab; Das Telefon war nicht laut gestellt, so dass Paolo nicht hören konnte, wer am anderen Ende war, doch war es anhand der Antworten von Francesco leicht zu erraten, dass es ein Anruf aus Kolumbien war. »Hallo Franco, schön dass du dich meldest … ja, wir beide haben eine intensive Woche hinter uns … na und ob … ich denke, es wird dich nicht überraschen, wenn ich dir sage, dass er ein sehr gelehriger Schüler ist …«, er lachte laut heraus, als er weitersprach, »na ja, kein Wunder, er ist schließlich dein Neffe. Die Theorie dürfte klar sein, jetzt geht's an die Praxis. Da wird er aber auch sein Ding machen, davon bin ich überzeugt … es gibt eine große Zusammenkunft … sì, sì una grande festa… es werden alle da sein, auch hochrangige Politiker, und der Vermögensverwalter der Banco del Gottardo, Giuseppe Bellini, und der Schweizer Avvocato dottore Constantini … ja, sie alle sind noch mit im Geschäft … ja, ja, na klar, das weißt du doch … danke … ja, mach ich und du mach's gut, wir hören dann wieder … Ciao.«

Paolo schmunzelte, nachdem er Francescos Lobeshymnen über sich vernahm.

»Ich soll dich grüßen, Paolo«, sagte Francesco und dann verließen sie endgültig das Büro.

9

Friedhelm war pünktlich und ging durch den Flur der FerroForm und las die Namensschilder an den Türen.

»Kann ich Ihnen helfen? Wen suchen Sie denn?«, ertönte eine Stimme hinter Friedhelm.

Erschrocken fuhr Friedhelm herum. »Ich habe einen Termin mit Frau Donati.«

»Frau Donati ist für einen Moment außer Haus, aber vielleicht kann ich Ihnen weiterhelfen? Peter Fleischmann mein Name, ich bin der Ressortleiter hier, und kenne Frau Donatis Geschäft bestens«, bot Herr Fleischmann an.

»Nein, ich denke nicht, dass Sie mir helfen können. Mein Name ist Kulau. Ich bin Privatdetektiv und arbeite zusammen mit der Rechtsanwältin von Frau Crohn. Es gibt noch ein paar Fragen im Zusammenhang mit Herrn Crohns Verschwinden.

»Ja, mein Gott, schlimm dieser Fall. Dass ein Mann einfach so verschwindet. Man kann das nicht begreifen. Er hinterlässt eine große Lücke in unserem Haus«, bedauerte Fleischmann. »Frau Donati wird sicher gleich da sein.«

Ich verspreche auch, es wird nicht sehr lange dauern. Ich werde Ihre Mitarbeiterin also nicht lange von ihrer Arbeit abhalten.«

»Kein Problem, obwohl … die Polizei war doch schon da. Ich denke, dass da alles geklärt wurde, was es zu klären gab. Na ja, sie werden Ihre Gründe haben. Frau Donati ist sehr zuverlässig und wird Ihnen Rede und Antwort stehen. Wenn sie einen Termin vereinbart hat, dann nimmt sie den auch wahr. Schade, dass diese wertvolle Mitarbeiterin unsere Firma verlassen will«, erklärte Fleischmann.

Friedhelm wurde hellhörig. »Sie will die Firma verlassen? Heißt das, dass sie schon gekündigt hat?«, knüpfte Friedhelm mit einer Frage an Fleischmanns Rede an.

»Ja, leider. So gute Leute verliert man nicht gerne. Mit Herrn Crohn sind es gleich zwei fähige Mitarbeiter, die wir innerhalb kurzer Zeit verlieren.«

»Hatte sie einen Grund genannt? Ich meine, macht ihr die Arbeit hier denn keinen Spaß?«, wollte Friedhelm wissen.

»Doch, doch, die Arbeit macht ihr sogar sehr viel Spaß. Seit Anfang des Jahres ist sie dabei und bis jetzt hat sie ihr ganzes Knowhow, ihre ganze Energie in die Arbeit gehängt. Herr Crohn war Projektleiter und Frau Donati, die zuvor in Bremgarten arbeitete, kam zu Herrn Crohns Unterstützung. Die beiden waren das perfekte Team, einfach hervorragend. Und nach Herrn Crohns Verschwinden übernahm Frau Donati die Projektleitung. Sie hatte somit alle Chancen für eine hervorragende Karriere bei uns im Haus. Doch die beiden arbeiteten so gut zusammen ... zu gut vermutlich für Frau Donati, um den Verlust ihres Kollegen einfach wegstecken zu können. Sie sagte, dass sie alles hier zu sehr an ihren Kollegen erinnere.«

Fleischmann blickte auf die Uhr, »Entschuldigen Sie bitte, ich muss leider gehen, habe noch ein wichtiges Gespräch«, dann wies er mit der Hand zu der Sitzgruppe am Ende des Flurs und sagte: »Sie können einstweilen hier Platz nehmen und auf Frau Donati warten.«

Friedhelm nahm Platz und dachte über Fleischmanns Worte nach: ›was sagte er? *Die beiden arbeiteten so gut zusammen ... **zu gut** ... für Frau Donati, um den Verlust ihres Kollegen einfach wegstecken zu können. Sie sagte, dass sie alles hier zu sehr an ihren Kollegen erinnere.*‹ Das klang doch verdammt nach einer Beziehung, die über ein Kollegialitätsgefühl hinausging.

Es ging nicht lange bis Frau Donati kam. Aufrecht und selbstsicher kam sie den langen lichtdurchfluteten Flur entlang. Sie war eine gut aussehende Frau. Ihr langes schwarzes Haar hatte sie zu einem dicken Knoten am Hinterkopf festgesteckt. Sie war der klassische mediterrane Typ mit dunklem olivfarbenem Teint und feurigen dunklen Augen. Man konnte als Mann schon schwach werden, wenn man dieser Frau gegenüberstand. Warum sollte dieser Crohn gegen die Wirkung dieser Erscheinung immun gewesen sein, zumal sie ja, wie Fleischmann sagte, sehr eng zusammenarbeiteten?

»Herr Kulau?«, sagte sie mit fragender Stimme, »bitte entschuldigen Sie meine Verspätung. Der Termin, den ich außer Haus hatte, kam leider unerwartet dazwischen, und ich musste ganz spontan weg«, sagte Angelina entschuldigend.

»Keine Ursache, Frau Donati, ich musste nicht sehr lange warten«, antwortete Friedhelm in gleich freundlicher Weise, wie diese sympathisch wirkende Frau, »Herr Fleischmann war so freundlich, mich kurz zu begrüßen und für einen Small Talk stehen zu bleiben«

144

»Na, wunderbar. Lassen Sie uns in mein Büro gehen«, schlug Angelina vor, lief auf eine nur ein paar Schritte entfernte Türe zu, die noch mit dem Namensschild P. Crohn versehen war, schloss auf und öffnete sie weit. »Bitte, treten Sie ein!«

Sie nahmen beide am Besuchertischchen Platz. »Nun Herr Kulau, was kann ich für Sie tun? Was wollen Sie von mir noch wissen, was die Polizei nicht schon weiß?«

»Sie haben sehr eng mit Herrn Crohn gearbeitet, so habe ich gehört.«

»Ja, es war eine sehr gute Zusammenarbeit«, bestätigte Angelina. Als sie Friedhelms Blick auffing ergänzte sie, »wir waren nicht nur gute Arbeitskollegen sondern auch gute Freunde. So etwas ergibt sich einfach, wenn man so eng zusammenarbeitet.«

»Sie werden verstehen, dass sich mir die nächste Frage aufdrängt: wie gut befreundet?«

»Selbstverständlich, das geht ja jedem so. Auch die Polizei befragte mich in diese Richtung, und ich kann nur wiederholen, was ich der Polizei schon erklärte: die Freundschaft war so gut, und zwar auf Vertrauen aufgebaut, dass wir auch Privates miteinander besprachen. Seien es Probleme oder auch schöne Erlebnisse«, erklärte Angelina ganz sachlich, ohne rot zu werden, denn sie allein wusste, wie weit diese Freundschaft in Wirklichkeit ging, dass sie auch nicht vor Angelinas Bettchen Halt machte. Doch das ging niemanden etwas an. Sie würde auch diesem Detektiv nichts Näheres anvertrauen.

»Und bei einem solchen engen Gespräch, hatte er Ihnen auch anvertraut, dass seine Frau ein Verhältnis

mit einem Facebook-User angefangen hatte«, wiederholte er, was er schon von Celine erfuhr.

»Richtig«

»Dennoch wundert es mich. Die Crohns waren sehr
zurückhaltend mit Informationen nach außen. Das war
wohl ihr Prinzip, an das sich beide hielten. Niemand
erfuhr etwas von Frau Crohns außerehelichem Verhältnis; weder er noch sie sprachen je zu jemandem …
und glauben Sie mir, die Crohns hatten beide viele
enge Freunde. Es wundert mich, warum Herr Crohn
ausgerechnet bei Ihnen, eine Kollegin, eine Ausnahme
machte. Wenn man doch dieses Prinzip der Pri-
vatsphäre-Wahrung stur einhielt, dann trägt man solche Dinge doch erst recht nicht ins Geschäft.«

»Na ja, mir vertraute er halt«, folgerte Angelina,
»manchmal braucht ein Mensch eine externe, unab-
hängige Vertrauensperson, besonders wenn einen etwas schwer bedrückt, oder sagen wir fast erdrückt.«

»Ich finde das schön, wenn man jemandem ein solches uneingeschränktes Vertrauen schenken kann, und
dieses auch nicht enttäuscht wird. Mir geht es zum
Beispiel ähnlich mit Frau Endress, die Rechtsanwältin,
die Frau Crohn vertritt. Ihr kann ich genauso vertrau-
en. Ihrer Diskretion kann ich mir absolut sicher sein«,
bekräftigte Friedhelm Angelinas Erklärung. So schaffte
er sich Sympathien. ›Verstärken‹ nannte er das, ›ich denke wie du‹.

»Können Sie mir sagen, wie Herr Crohn herausgefunden hatte, dass er ausgerechnet Ihnen, einer Mitarbeiterin, vertrauen konnte? So etwas geschieht ja nicht
von jetzt auf gleich«, bohrte Friedhelm jetzt weiter.

»Herr Kulau, ich verstehe nicht, warum Sie sich so hartnäckig an diesem Thema festbeißen. Worauf wollen Sie denn wirklich hinaus?«, drückte Angelina ihre Verwunderung aus.

»Ich verstehe Ihr Fragezeichen natürlich vollauf«, begann Friedhelm, »Ich werde Ihnen erklären, was ich meine: verschwiegene Leute, die ihre Privatsphäre aus Prinzip niemals offenlegen, es vor anderen so quasi wie ein Geheimnis hüten, würden – wenn überhaupt – nur bei Leuten darüber sprechen, mit denen sie selbst sehr nah verbunden oder gar intim sind.«

»Aha … und, wenn es so wäre, was würde es ändern an der Tatsache, dass Herr Crohn plötzlich verschwand.«

»Sie haben recht, nichts«, stimmte Friedhelm ihr zu, »ich wollte diesen Mann und seine Handlungsweisen einfach nur verstehen können.«

Friedhelm ging dann aber nicht weiter darauf ein sondern fuhr gleich mit der nächsten Frage weiter. »Ich hatte gehört, dass Sie die Firma verlassen wollen, gibt es einen Grund dafür?«

Angelina blickte ziemlich überrascht: »Woher wissen Sie das denn schon wieder? Meine Kündigung reichte ich doch erst vor drei Tagen ein, und die konnte sich entsprechend noch gar nicht herumgesprochen haben, zumal das Wochenende dazwischen lag.« Doch dann erhellten sich ihre Gesichtszüge als Zeichen des Verstehens, »ach ja, Sie sprachen, während meiner Abwesenheit mit Herrn Fleischmann. Mich wundert, dass er gleich Interna ausplauderte. Meine Kündigung ist ja wirklich nicht von Bedeutung«, wunderte Angelina sich.

»Für die Firma schon«, korrigierte Friedhelm, »Aber, sehen Sie, was ich damit andeuten wollte. So schnell wird in einer Firma über Dinge gesprochen, die andere nichts angehen«, Friedhelm lächelte. »Genau das sind die Gründe für meine Fragerei. Herr Fleischmann erzählte mir auch, dass Sie mit Crohns Verschwinden nicht klarkommen, und dass Sie deshalb die Firma verlassen wollen, obwohl man Ihnen eine hervorragende Karriere in Aussicht gestellt hatte. Warum? Jeder würde doch diese Chance am Schopfe packen.«

»Was soll diese Frage? Sie kennen die Antwort doch schon. Ich komme nicht klar damit, basta«, sagte Angelina jetzt ungeduldig. Sie fühlte sich inzwischen ziemlich bedrängt und genervt von dieser ganzen Fragerei. Sie wollte diesen Detektiv endlich loswerden:

»War's das dann?«, fragte sie und demonstrierte ihm damit, dass sie nicht bereit war, ihm mehr zu erzählen, als das, was er schon wusste. Dass er von ihrer Beziehung zu Philipp etwas ahnte, war für sie offensichtlich. Aber was nutzte es ihm? Was wollte er mit diesem Wissen auch anfangen? Ihr konnte nichts passieren, auch wenn herauskam, dass sie beide ein Verhältnis hatten. Vermutungen zählten nicht, um ihr etwas in die Schuhe zu schieben. Als Friedhelm nicht gleich reagierte, wiederholte sie ihre Frage: »War's das dann?«

»Fast … eine Frage noch: Hatte Herr Crohn mal einen Namen erwähnt von jemandem mit dem er ordentlich im Clinch lag? Ich meine jemand, der eine solche Wut auf ihn hatte, dass er ihm den Tod wünschte? Das wäre ja auch ein Thema, das jemanden bedrücken konnte, und das diese Person mit einer Vertrauensperson teilen würde. Soweit ich informiert bin, gibt es tatsächlich eine Person, die Herrn Crohn ziemlich hasste.«

»Nein«, antwortete Angelina nur kurz angebunden.

»Sehen Sie, Frau Donati, das wundert mich auch wieder, dass Sie bei der Unterhaltung über Privates, nur über Frau Crohns Fremdgehen sprachen. Wie ich vorhin ja schon erwähnte, gibt es doch sicher noch andere Themen, die jemanden bewegen, oder wie Sie es sagten ›bedrücken‹, über die er sich gerne mit einem vertrauten Menschen austauschen möchte. Nur über die Ehefrau zu sprechen muss ja schrecklich langweilig sein.« Friedhelm war bewusst, dass er jetzt ziemlich weit ging … doch manchmal musste man sich weit aus dem Fenster lehnen, um etwas herauszufinden. Der Zweck heiligt die Mittel.

»Wir haben nicht nur über die Ehefrau gesprochen, nein. Die interessierte mich auch nicht wirklich. Es gab weiß Gott Schöneres, Interessanteres«, sagte sie.

Für Friedhelm kam diese Antwort ›etwas Schöneres‹ einem Bekenntnis gleich, und zwar, dass die beiden hundert prozentig etwas miteinander hatten. Er wusste aber auch, dass ihm diese Erkenntnis nichts nutzte, weil es erstens, trotz seiner Sicherheit darüber, immer noch eine Vermutung blieb, und zweitens, weil es ihn, wenn es so wäre, dem Verschwinden von Philipp Crohn keinen Schritt näher brächte.

»Ich danke Ihnen, dass Sie sich die Zeit für mich genommen haben«, sagte Friedhelm und reichte Frau Donati die Hand.

»Schon gut«, sagte diese, entgegen des positiven Inhalts ihrer Antwort, mit missmutiger, ablehnender Mimik.

Friedhelm entging das natürlich nicht. Er war auch absolut nicht zufrieden mit dem Ergebnis.

Er erstattete Celine sofort telefonisch Bericht. Celine war natürlich auch nicht gerade euphorisch über Friedhelms Gesprächs-Ergebnis. Sie selbst hatte ebenso wenig herausgefunden bei Andreas Schubert; nur eine Personenbeschreibung, die Daniela Crohn total entlastete. Doch die Unschuldsvermutung musste ja auch sie hegen. Schubert beteuerte nämlich, dass Daniela eine solche Tat nicht zuzutrauen sei. Ebenso habe sie, wie er schon vor der Polizei betonte, nie schlecht über ihren Mann gesprochen. Das sei nicht ihre Art gewesen. Sie sei eine feine Frau, nie abschätzig oder geschmacklos. Für ihn galt, dass Daniela absolut nicht zu einer solchen abscheulichen Tat fähig gewesen sein kann. Er würde für sie jederzeit seine Hand ins Feuer legen.

Getroffen hatten sie sich übrigens nie in Lörrach, sondern meistens in Freiburg oder irgendwo zwischen beiden Orten, wenn sie etwas Spezielles vorhatten. Nein, so sagte er, Daniela sei keine Mörderin.

Tja, und davon sollte sie als Rechtsanwältin wohl auch ausgehen, um ihre Mandantin erfolgreich verteidigen zu können. Nur, ging sie wirklich davon aus? Sie wusste es nicht. Zu klar waren die Indizien. Noch musste man davon ausgehen, dass Frau Crohn alle sehr geschickt täuschte. Egal, wie auch immer, ihre Unschuld wäre nicht bewiesen.

Celine wusste: nur mit Gefühlsduselei, ›*ich traue meiner Mandantin eine solche Tat nicht zu*‹, konnte sie bei Gericht nichts ausrichten. Fakten mussten her, Fakten und nichts als Fakten.

Das hieß also, sie stand noch immer am Anfang eines schwierigen, aussichtslosen Falles. Würde das Gespräch mit Bonhoff eventuell mehr Licht in den Fall bringen? Es blieb abzuwarten. Am 19. August, so erklärte Frau Bonhoff, wollte ihr Mann vom Segeltörn wieder zurück sein. Das bedeutete, dass sie frühestens am kommenden Montag etwas erfahren würde.

Würden die Gespräche mit diesem Bonhoff Frau Crohn definitiv belasten, dann wüsste sie als Rechtsanwältin zumindest, woran sie war. Dann gab es keinen Freispruch. Ebenso wäre, angesichts der Schwere der Tat, eine Strafmaßverteidigung nicht gerade erfolgversprechend.

Liefe es aber auf einen Indizienprozess hinaus, mit der Möglichkeit, dass Frau Crohn vielleicht doch unschuldig ins Gefängnis wanderte, wäre das das unbefriedigendste Ergebnis, dem sich die Rechtsanwältin im Laufe ihrer Karriere gegenübersah. Da bliebe dann nur noch als letzte Möglichkeit, eine Strafmaßverteidigung anzustrengen.

10

*B*arbara Bonhoff hatte den ganzen Tag zu tun. Sie putzte, brachte alles in Ordnung und kaufte ein. Wolfgang sollte sich so richtig wohl fühlen, wenn er heute Abend nach Hause kam. Er war gerade mal knapp zwei Wochen weg, aber er fehlte ihr. Während sie so im Hause herumwuselte, musste sie schmunzeln. ›*Ist ja eigentlich lustig*‹, dachte sie, ›*da lebt man jahrein, jahraus in einem Trott mehr oder weniger nebeneinander her. Aber wehe, einmal ist einer weg, dann fühlt sich der andere einsam. Dann fehlt das Atemgeräusch des schlafenden Partners im Bett nebenan. Der Frühstückstisch war irgendwie leer, denn für sich alleine tischte man meist nicht so üppig auf, wie wenn man zusammen frühstückte, ja und die Spaziergänge waren ebenso, wie alles andere, eintönig und langweilig.*‹ Sie schwor sich, Beziehung in Zukunft bewusster leben zu wollen. Die Kinder waren aus dem Haus – die Zwillinge studierten beide an der Humboldt-Universität in Berlin – da bot es sich doch an, die Beziehung intensiver zu pflegen.

Barbara hatte gerade eben letzte Hand angelegt, um bestätigend zu nicken. ›*Jawohl, so sieht es gut aus. Wolfgang, du kannst kommen*‹, sie lächelte zufrieden. In diesem Moment klingelte das Telefon.

»Bonhoff … ja, das bin ich … ja, Wolfgang ist mein Mann«, sie lauschte der Stimme am anderen Ende, dann riss sie, vor Entsetzen die Augen auf, »was? … nein … wo? … nein«, ihre Stimme überschlug sich fast.

Der Anrufer versuchte sie zu beruhigen.

»Ist er tot?« fragte sie und hielt den Atem an. Als die Stimme verneinte, entwich ihr ein erleichterter Seufzer. »Gott-sei-Dank. Wo ist er jetzt? … okay … ja …ja … Auf Wiederhören.«

Barbara ließ das Telefon sinken. Sie wollte nicht glauben, was sie eben hörte. ›Nein, das kann nicht sein. Mein Mann kommt heute Abend vom Segeltörn zurück. Er hatte doch von unterwegs noch angerufen und gesagt, dass er seinen Freund in Frankfurt abgesetzt hatte und in drei Stunden da sein würde. Das war vor zwei Stunden, das heißt in einer Stunde wird er hier sein.‹

Barbara war einfach nicht fähig, klar zu denken. Sie brauchte eine Weile, bis sie aus der Schockstarre fand. Was hatte der Anrufer gesagt? Wolfgang sei in Höhe von Mannheim auf der Autobahn verunglückt … ein Gewitter mit plötzlichem Platzregen und überhöhte Geschwindigkeit sollen daran schuld gewesen sein … man brachte ihn ins Universitätsklinikum Mannheim … Gott-sei-Dank, er lebte.

Barbara fasste sich mit beiden Händen an die Brust. Es schmerzte tief drinnen. Was war zuerst zu tun? ›Ich muss die Kinder anrufen‹, war ihr erster Gedanke, ›und morgen muss ich im Klinikum in Mannheim anrufen‹

Sie fühlte sich plötzlich erschöpft und ließ sich auf der Couch im Wohnzimmer nieder.

›Warum?‹, dachte sie. Dann nervte sie sich über ihre eigene Frage … wie hatte sie schon gelästert, wenn Leute nach dem ›warum‹ fragten, oder noch schlimmer nach dem ›warum gerade ich?‹

›Warum auch nicht?‹, konnte sie dann antworten,

›*Sollte es vielleicht jemanden anderen treffen*?‹ Irgendwann traf es doch immer jemanden, der dann fragte ›*warum ausgerechnet ich*?‹ Jetzt erst, da es sie selbst berührte, merkte sie, wie hart sie mit dieser Bemerkung gewesen war. Wenn man nicht selbst betroffen war, konnte man leicht große Reden schwingen.

Wie in Trance stand sie auf und lief zum Telefon. Sie wählte die Nummer von Kevin und Lars. Die beiden bewohnten in Berlin eine Mansarde.

Erst jetzt merkte Barbara, dass sie gar nicht in der Lage war, flüssig zu sprechen. Sie stand noch immer unter Schock. Es fiel ihr schwer die Worte zu formulieren, um ihren Jungs mitzuteilen, was mit dem Vater passierte.

In dieser Nacht fand sie keinen Schlaf. Immer wieder sah sie abscheuliche Bilder: ein Auto, das sich überschlug, ihr Mann blutüberströmt, Platzregen, der das Blut wegschwemmte und wie ein roter Sturzbach auf der Straße floss. Und als es Tag wurde, hatte sie das Gefühl, die ganze Nacht nicht geschlafen zu haben.

Als erstes an diesem Samstagmorgen rief sie im Klinikum an. Es ging eine Weile, bis sie mit der richtigen Stelle verbunden war. Sie zitterte am ganzen Körper. Eigentlich wollte sie ja wirklich Klarheit und doch hatte sie genau vor dieser Klarheit schreckliche Angst.

»Guten Tag Frau Bonhoff«, sagte eine freundliche Stimme, »einen Moment bitte, ich stelle sie durch zu Frau Professor Claudia Speer. Sie ist die Leiterin der Klinik für Anästhesiologie mit dem Schwerpunkt operative Intensivmedizin. Sie wird Ihnen alles genau erklären.«

Aufgrund dieser freundlichen ruhigen Stimme wurde auch Barbara Bonhoff wieder etwas ruhiger. Sie schöpfte Hoffnung. Ihre Hoffnung wurde aber jäh zerschlagen, als sie von der Lage ihres Mannes erfuhr.

Gemäß Ärztin hatte man ihn, seiner schweren Verletzungen wegen, ins künstliche Koma, sozusagen eine Langzeitnarkose, versetzt. Die Professorin erklärte Frau Bonhoff dass man dies bei einem so schweren Schädel-Hirn-Trauma, wie es ihr Mann erlitt, so mache, um auf diese Art die Hirnzellen zu entlasten. Der Stoffwechsel und der Sauerstoffbedarf des Gehirns würden auf diese Weise reduziert. Doch nicht nur das Schädel-Hirn-Trauma, sondern auch die schweren anderen Verletzungen machten diese Maßnahme notwendig.

Barbara wurde ganz schwindlig. »Wie lange, ähm … ich meine wie lange wird er im Koma gehalten«, wollte sie wissen.

»Nun, Frau Bonhoff … «, Frau Professor Speer räusperte sich, »… meist wird eine Langzeitnarkose über einige Tage aufrechterhalten, aber … «, sie räusperte sich erneut, was Barbaras Ungeduld und Angst nur noch steigerte, »… aber nach einer schweren Hirnverletzung, wie bei Ihrem Mann, wird sie länger nötig sein.«

Wieder fragte Barbara: »Wie lange?«

»Nun, in der Regel wird sich der Hirndruck spätestens nach mehreren Wochen reduzieren. Dann kann man auch die neurologischen Schäden, die Ihr Mann erlitten haben könnte, abschätzen. Leider muss ich Sie auch darüber informieren, dass Patienten nach dem Absetzen der Medikamente nicht immer das volle Bewusstsein erreichen. Es kann zum Wachkoma kommen, also ein Übergangsstadium aus der Langzeitnarkose zum Aufwachen. Das kann dann Monate dauern. Es tut mir leid Frau Bonhoff, dass ich Ihnen keine besseren Nachrichten geben konnte.«

Barbara ließ nach dem Gespräch den Hörer entmutigt sinken. Gedankenfetzen schwirrten durch ihr Gehirn: ›*Langzeitkoma, Sauerstoffbedarf des Gehirns medikamentös senken, die Schwere der Verletzungen machen diese Langzeitnarkose notwendig, Wachkoma über Monate ... neurologische Schäden ... was bedeutete 'neurologische Schäden'? Bedeutete das Langzeitschäden, die aus ihrem Mann womöglich einen Pflegefall machen könnten?*‹ Sie war verzweifelt.

Ihre Söhne hatten ihre Mutter gebeten, sie sofort zu benachrichtigen, wenn sie mehr wisse.

Auch sie waren von der Nachricht über das Ausmaß des Unfalles schockiert. Sie fragten, ob sie nach Hause kommen sollen, um der Mutter beizustehen. Doch Barbara lehnte ab: »Ihr könnt hier nichts ausrichten. Ich weiß noch nicht einmal, wann ich Papa im Klinikum besuchen kann. Ich muss jetzt erst einmal abwarten. Ihr beide bleibt bitte in Berlin!«

*

Am Montagmorgen, wie abgemacht pünktlich um neun Uhr, stand Kommissar Reiff bei den Bonhoffs vor der Türe. Natürlich hatte Frau Bonhoff, die jetzt ganz andere Sorgen hatte, diesen Temin total vergessen.

Sie öffnete die Türe, ihre Augen waren rot, ihr Gesicht leicht aufgeschwollen.

»Guten Morgen Frau Bonhoff«, grüßte der Kommissar freundlich und über deren Aussehen überrascht fragte er teilnahmsvoll: »ist etwas passiert?«

Als er erfuhr, was passierte, war er aus dreierlei Gründen unangenehm berührt; einerseits war es das Mitgefühl für die Familie und andererseits, das Bedauern, dass er mit dem Ehemann nun nicht sprechen konnte, und drittens, über die Frage: was wäre für die Familie schlimmer gewesen, der Unfall oder die Tatsache, dass sich der Ehemann womöglich als Mordhelfer eines Verbrechens schuldig gemacht hätte. Es wäre ähnlich der Wahl zwischen Pest und Cholera, wenn sich die Frau zwischen beidem würde entscheiden müssen.

Frau Bonhoff unterbrach seine Gedanken: »Was wollten Sie von meinem Mann? Kann ich Ihnen vielleicht helfen.«

Eigentlich wollte Reiff diese Frau in der Situation, in der sie sich befand, nicht damit belästigen, da sie ihn aber einlud, zu sprechen, trug er sein Anliegen dann dennoch vorsichtig vor. Er wusste ja ungefähr, wie man so etwas in einer heiklen Situation machte.

»Bei meiner Recherche zum Fall Crohn stieß ich auf den Vereinskollegen Peter Richter, der mir erzählte, dass Ihr Mann auf den Vermissten nicht besonders gut zu sprechen war, weil der ihm ein Geschäft vereitelt haben soll. Können Sie mir sagen, worum es bei diesem Geschäft ging?«, fragte er mal ganz behutsam.

»Sie verdächtigen aber nicht meinen Mann, dass er mit dem Verschwinden von Philipp etwas zu tun hatte?«, fragte die erschöpfte Frau mit argwöhnischer Stimme.

›*War ich wohl doch nicht gut genug mit meiner Vorsicht*‹, ärgerte sich Reiff über sich selbst, denn er wollte dieser Frau die Tatsache, dass man ihn verdächtigte, ersparen. Er versuchte es nochmals und hoffte, dass er jetzt besser rüberkam.

»Eigentlich hätte mich nur interessiert, worum es bei diesem Deal ging«, erklärte er verharmlosend, denn Frau Bonhoff, die wegen des Unfalls ihres Mannes, ja noch halb unter Schock stand, sollte von der Vermutung der diskreten Leichenbeseitigung nichts heraushören.

»Nun, meinen Mann können Sie ja jetzt nicht sprechen«, sagte Frau Bonhoff bedrückt und fügte hinzu, wie jemand, der die Hoffnung aufgegeben hatte, »wenn überhaupt jemals.« Sie tat einen tiefen Seufzer, »ich kann Ihnen nur sagen, dass es um Bauerwartungsland ging, das Günter, der Bruder meines Mannes gerne gekauft hätte. Wolfgang, mein Mann hatte das Geschäft für seinen Bruder nur eingefädelt, weil er und Philipp Vereinskollegen waren. Und kurz bevor es definitiv wurde, also kurz vor Kaufabschluss, ist der Philipp abgesprungen. Wenn Sie Näheres darüber wissen möchten müssten Sie mit meinem Schwager sprechen. Der wohnt in Weil am Rhein. In der Wittlinger Straße. Tagsüber können Sie ihn in seinem Restaurant an der Hauptstraße 274 erreichen.«

»Vielen Dank für die Auskunft, Frau Bonhoff. Das mit Ihrem Mann tut mir schrecklich leid. Ich wünsche ihm alles Gute; baldige Genesung«, sagte Reiff zum Abschied voll echt empfundenem Mitgefühl.

Kaum draußen auf der Straße, zückte er sein Handy: »Hallo Björn ... ich war eben bei den Bonhoffs.«

»Oh, erzähl ... was hast du herausbekommen?«, drängte Albrecht seinen Kollegen voller Neugierde.

»Ich muss dich leider enttäuschen, Björn. Stell dir vor, der Bonhoff ist auf dem Weg nach Hause schwer verunglückt ... ergo keine brauchbaren Informationen verfügbar. Das einzige, das ich jetzt noch tun kann ist, den Günter Bonhoff, das ist der Bruder des Verunglückten, aufzusuchen. Obwohl ich mir nicht viel davon verspreche. Himmel, ist das ein kniffliger Fall.«

»Ja, aber geh' trotzdem mal zu dem hin. Manchmal gibt es ja auch winzig kleine Körnchen, die uns weiterbringen könnten. Wir müssen es versuchen. Bleib dran, Klaus.«

»Okay Chef, bis später.«

*

Albrecht hatte sich mit Celine noch telefonisch darüber unterhalten, dass sie in Wolfgang Bonhoff einen möglichen Mittäter sahen. Jetzt rief er sie an, um sie über den neusten Stand zu informieren. Er sprach ihr auf die Handy-Mailbox: »Ja Frau Endress, den Bonhoff können Sie abhaken. Der sagt nichts mehr aus. Der liegt nach einem Unfall im Koma im Universitätsklinikum Mannheim. Wir versuchen es heute noch bei dessen Bruder, ich verspreche mir aber nicht sehr viel davon. Sie können mich auf jeden Fall im Laufe des Tages für weitere Details anrufen.«

Er legte zufrieden auf und musste schmunzeln, als er darüber nachdachte, wie es zwischen ihnen beiden mittlerweile zu einer Art Zusammenarbeit wie unter guten Kollegen kam. Jeder mochte und respektierte den anderen. Er hegte große Sympathie für diese Frau und empfand es als angenehm mit ihr zu arbeiten.

Diese Gedanken bildeten die Grundlage, dass er begann, auch Frau Crohn zu verstehen. Vielleicht bahnte sich deren Beziehung genauso auf diese Art an. Zuerst fand man sich sympathisch, merkte, wie man Gemeinsamkeiten hatte, oder wie die Alemannen es zu nennen pflegten: ›*dass sie das Heu auf derselben Bühne hatten*‹. Das Ganze steigerte sich dann allmählich in Begierde … ja, man fühlte sich begehrt und plötzlich war es Liebe. Und man konnte sich ihr nicht entziehen.

Albrecht dachte aber diesen Gedanken, was seine Gefühle selbst betraf, nicht zu Ende. Hatte er vielleicht ein schlechtes Gewissen Monika gegenüber?

Ja, er musste zugeben, Celine Endress gefiel ihm … aber er fand, dass er sich deswegen keinen Kopf zu machen brauchte. Seine Ehe mit Monika war immer noch intakt genug, als dass er Veranlassung gesehen hätte, auszubrechen. Im nächsten Moment, dachte er: ›*Gab es bei den Crohns Veranlassung. Die beiden führten doch auch eine Vorzeige-Ehe. Jedoch*‹, so meinte er, ›*schwärmen darf man schließlich, das muss erlaubt sein.*‹ Er schüttelte wieder den Kopf, als ihm ein weiteres Mal bewusst wurde, wie seine Fälle Einfluss auf seine Gedanken nahmen … Gedanken, die sein eigenes Leben betrafen; automatisch machte man Vergleiche, suchte Parallelen, um danach festzustellen ›*Ähnlichkeit nicht ausgeschlossen, nur bei mir läuft es eben doch besser*‹.

*

»*I*st der Chef zu sprechen?«, fragte Klaus Reiff die dralle Dame hinter dem Tresen, während er seinen Ausweis zückte und sich als Polizist legitimierte. »Günter, jemand da für dich«, rief die Dame in Richtung der offenstehenden Türe, die zur Küche führte.

Günter Bonhoff, der seine Hände an einem Küchentuch abtrocknete, erschien im Türrahmen: »Was gibt's«, fragte er, ziemlich kurz angebunden, um zu signalisieren, dass er keine Zeit zum Plaudern hatte.

Genau so trocken reagierte die Dame: »Polizei.«

Günter Bonhoff stutzte und während er näherkam sagte er: »Aha ... Polizei ... und, was will die Polizei von mir?«

Ganz höflich entschuldigte Reiff sich für die Störung, indem er versicherte, dass er Herrn Bonhoffs Zeit nicht allzu lange in Anspruch nehmen würde. Er habe nur ein paar Fragen zum Streit zwischen Wolfgang Bonhoff und Philipp Crohn.

»Ach, der Scheißkerl, der seit Anfang August verschwunden ist«, sagte Günter Bonhoff abfällig.

»Nun, dieser Scheißkerl ist nicht nur verschwunden. Wir gehen von Mord aus«, sagte Reiff, »hatten Sie das nicht gelesen, es stand in der Zeitung.«

»Ich habe keine Zeit zum Zeitunglesen. Ich muss arbeiten. Bin am Kochen. Um zwölf kommen die ersten Gäste«, sagte er in unfreundlichem Ton, während er das Baumwollschiffchen, das sein Haupt zierte, etwas in die Stirn und wieder zurückschob, um so seinen Schweiß, der sich von der Küchenwärme auf seiner Stirn gebildet hatte, abzuwischen, »Um diese Dumpfbacke ist's nicht schade. Aber, was hab ich damit zu tun?«, fragte er. »Ich kenne den Typ doch gar nicht, er ist ein Sportskollege von meinem Bruder.«

»Richtig, genau darum geht es mir«, sagte Reiff zustimmend, »Ihr Bruder hatte für Sie ein Geschäft eingefädelt zum Kauf eines Grundstücks, das der Crohn dann im letzten Moment platzen ließ.«

»Das Arschloch ... ich hatte schon Pläne, oder wie man so schön sagt, einen Businessplan ... saß mit wichtigen Leuten zusammen, um den auszuarbeiten ... hab mir alles schon plastisch ausgemalt ... das Wellness-Center wäre der Hit gewesen, denn so etwas gibt's bis jetzt noch nicht hier in der Region ... ich war fast schon dabei, die Aufträge zu vergeben. Und dann machte der Depp einen Rückzieher, Vetterleswirtschaft; ein bester Freund war nämlich interessiert. Der Plan von dem Typ hatte dem Crohn, wie's schien, besser gepasst. Das Projekt vom Freund würde besser in die Region und die ganze Umgebung passen, hatte er gesagt. Das ist doch Quatsch ... die Region ist doch wie jede andere im Land, wo längst schon solche Center stehen. Ich habe mich umgesehen. Ich fange schließlich nicht irgendwas an, ohne vorher ein bisschen nachgeforscht zu haben. Ich hatte auch schon gutes Personal an der Angel. Es sollte ja nicht nur ein Restaurant sein, sondern ein Ort, wo die Leute sich hätten wohlfühlen und verwöhnen lassen können, mit Sauna, Massagen, Pools und so weiter; eine Stätte der Begegnung, wo man hätte zusammensitzen können, um zu diskutieren und sich auszutauschen. Das war eine so klasse Geschäftsidee, und dieser Scheiß-Crohn ließ alles platzen. Nicht nur ich hatte eine Wut, nein auch mein Bruder«, erklärte Bonhoff, und man spürte die Wut, die jetzt wieder hochkam. »Und, was wollen Sie jetzt von mir? Die Sache ist doch längst gegessen. Ich bleibe weiter hier in meinem Restaurant und das war's.«

Plötzlich machte es Klick in seinem Oberstübchen. Man merkte es daran, dass er plötzlich verstehend die

Augenbrauen hochzog: »Ah, jetzt hör ich sie trapsen, die Amsel.«

»Die Nachtigall«, korrigierte Reiff.

»Hä?«, fragte Bonhoff, der im Moment nicht wusste, was der Kommissar wollte.

»Na ja, die Nachtigall hört man trapsen, nicht die Amsel«, erklärte Reiff.

»Meinetwegen, die Nachtigall. Ist doch Hans was Heiri«, sagte Bonhoff und fuhr fort mit der begonnenen Erleuchtung, die sich in Form des Trapsens einer Nachtigall ankündigte: »Sie verdächtigen mich, etwas mit Crohns Verschwinden zu tun zu haben. Nee, nee, nee, das schminken Sie sich mal ganz schön ab. Erstens ist das Ganze, wie ich sagte, schon gegessen, und zweitens kenne ich den Kerl kaum … hab ihn nur einmal gesehen, als wir den Grundstückskauf besprachen. Ich sagte schon, er ist ein Sportskollege meines Bruders.«

Kaum hatte er das ausgesprochen, machte es erneut Klick bei ihm, und er sagte: »äh … und falls sich bei Ihnen etwas regt, was meinen Bruder betrifft: der hat damit auch nichts zu tun. Der ist ein anständiger Kerl. Der rächt sich nicht auf diese Art. Er ist eher der Typ, der den Kontakt mit solchen Leuten, die ihn enttäuscht haben meidet.«

»Nun, Herr Bonhoff, da Sie ja offensichtlich sehr schnell begreifen, …«, begann Reiff, »… denn Sie erklärten und begründeten, bevor ich meine Fragen überhaupt stellen konnte, werde ich jetzt einfach mal konkret: wenn Ihr Bruder mit dem Mord auch nichts zu tun haben sollte, könnte es dennoch sein, dass er zumindest in seiner Funktion des Bestatters und Kremierers eine Leiche verschwinden lassen würde?«

Bonhoff winkte ab und sagte: »was weiß ich, ist mir doch auch scheißegal. Meinen Bruder können Sie ja jetzt nicht mehr fragen … wir wissen nicht einmal, ob der jemals wieder zu sich kommt.«

»Darf ich bei dieser Aussage davon ausgehen, dass Sie es nicht ausschließen würden?«, fragte Reiff jetzt ganz direkt.

»Ich sagte nur, dass mein Name Hase ist, der von nichts weiß. Aber die Idee fände ich nicht schlecht.«

»Gut, Herr Bonhoff, das war's auch schon. Danke dass Sie sich die Zeit genommen haben«, beendete Reiff die Befragung.

Draußen auf der Straße erstattete Reiff gleich per Telefon Bericht bei seinem Chef. Er erklärte ihm, dass das Gespräch mit Günter Bonhoff den Verdacht der Leichenbeseitigung durch Kremierung nicht definitiv ausräumen konnte, das hieß also, dass die Vermutung nicht abwegig war, auch wenn dieser Punkt, wegen Wolfgang Bonhoffs Erkrankung offen bleiben würde.

Frau Crohn wurde somit weder be- noch entlastet … es blieb der Status quo. Es gab nichts, das auf einen positiven Ausgang für sie ausgesehen hätte. Die Indizien waren so stark, dass jede Hoffnung, die sie noch aufrecht hielt, zerschlagen wurde.

*

Gisela, Philipps Schwester, war von ihren Gefühlen hin- und hergerissen. Von Zweifeln geplagt, fragte sie sich immer wieder, ob es wirklich möglich war, dass ihre Schwägerin ihren eigenen Mann umgebracht hatte. Sie war von Danielas Unschuld nicht mehr 100%ig überzeugt. Was, wenn sie es doch war? Konnte man sich in einer Person so sehr getäuscht haben? ›Ja‹,

dachte sie. Sie hätte zum Beispiel auch nie daran ge-
glaubt, dass Daniela fremdging und doch tat sie es.
Das bedeutete doch, wenn Daniela ihre Eskapaden so
geschickt zu verbergen verstand, dass niemand etwas
merkte, wieso sollte sie gerade jetzt die Wahrheit gesagt haben? Alles deutete auf Mord hin: Philipps Blut,
in der Wohnung, im Kofferraum des Wagens, am Messer, an Danielas Shirt und Turnschuhen, das Fahrrad
im Salzertwald! Philipp, ihr geliebter Bruder war tot.
Sie konnte sich noch nicht einmal von ihm verabschie-
den, er war einfach weg. Es gab keine Leiche, die man
würdig hätte bestatten können. Gisela war untröstlich.
In solchen Momenten des Bewusstwerdens, dass es
nicht mehr nur Zweifel, sondern Gewissheit war, steigerte sich ihre Wut gegen Daniela ins Unermessliche.
Sie verfluchte sie in Gedanken für diese Niedertracht
und sie schwor sich vor Gott, dass sie als Nebenklägerin bei Gericht auftreten würde. Daniela sollte büßen
für diese niederträchtige Tat, bis ans Ende ihrer Tage.

Nachdem man ohne Erfolg mit Leichensuchhunden
den ganzen Salzertwald systematisch durchkämmt
hatte, Mülldepots in der Nähe absuchte, wurde auch
Gisela von der Polizei befragt, ob sie sich vorstellen
konnte, dass es eine Zusammenarbeit der rückstands-
losen Leichenbeseitigung mit diesem Bonhoff gegeben
haben könnte, zumal dieser Bonhoff einen ziemlichen
Brass auf Philipp hatte. Doch dazu konnte sie absolut
nichts sagen. Den Streit damals hatte sie nur am Rande
mitbekommen. Das Grundstück, um das es ging, gehörte ihnen beiden. Doch sie überließ es Philipp, den
Verkauf in die Hand zu nehmen. Auch, wenn sie den
Streit nur am Rande mitbekommen hatte, so wusste sie

doch, dass die Wut von Wolfgang Bonhoff immens gewesen sein musste. Sicher nicht weniger als ihre Wut gegen Daniela, der sie auch am liebsten den Hals umdrehen würde, während sie bedauerte, sich so rührend um sie gekümmert zu haben. Somit konnte Gisela sich gut vorstellen, dass die beiden gemeinsame Sache machten. Zu dumm nur sei, dass dieser Bonhoff nicht mehr vernommen werden könne.

Über eines waren sich die Fahnder klar: ein mögliches Aufwachen aus dem Koma gäbe auch keine Gewissheit, ob eine Befragung überhaupt möglich sein würde, weil man nie wissen konnte, wie der geistige Zustand dann sein würde.

Daniela Crohn schien von allen verlassen. Die einzige, die noch zu ihr hielt, die von ihrer Unschuld absolut überzeugt war, ganz einfach, weil sie ihr eine solche Tat niemals zutraute, das war Danielas beste Freundin Evelyn König.

Evelyn erhielt auf ihr Gesuch hin auch die Erlaubnis, Daniela in der Justizvollzuganstalt in Lörrach zu besuchen. Sie versorgte ihre Freundin auch regelmäßig mit den gesammelten Unterlagen über den laufenden Fall.

Als Evelyn ihre Freundin sah, war sie geschockt. Daniela wirkte blass mit Ringen unter den stumpf blickenden Augen. Sie saß in sich zusammengefallen da. Ein trauriges Bild, wenn man Daniela vorher kannte. Ihre Haare waren stumpf und hingen ungepflegt strähnig herunter.

»Oh mein Gott, Liebes, es tut mir so unendlich leid, was du durchmachen musst. Was sagt denn deine Rechtsanwältin? Die ist doch sehr tüchtig. Die hatte doch mit ihrem Detektiv schon manchen Fall gelöst und zwar zu Gunsten ihrer Mandantschaft. Hat sie denn noch keine Spur, noch keinen Verdacht, der dich entlasten könnte?«

Daniela schüttelte verbittert den Kopf, ihre Augen füllten sich mit Tränen, als sie sagte »Nein Evelyn, nichts. Frau Endress ist ebenso ohne Hoffnung, so wie ich. Ich merke daran, wie sie mich ansieht, dass auch sie immer wieder darüber rätselt, was sie selbst glauben soll. Ich habe das Gefühl, dass sie nicht mehr wirklich an meine Unschuld glaubt. Sie sagte, dass die Beweise gegen mich so schlagend seien, dass kaum Hoffnung besteht. Stell dir vor, inzwischen haben die sogar Philipps Blut auf meinem frisch gewaschenen Shirt und an den Sohlen meiner Turnschuhe entdeckt. Ich sagte denen, dass kein Blut dran war, als ich das Shirt in die Wäsche gab und dass ich ebenso wenig meine Schuhe von Blut gesäubert hatte. Da hatte der eine, der jüngere Kommissar, nur hämisch gegrinst.«

Evelyn nickte: »Ja ich weiß. Das mit Shirt und Schuhe stand auch in der Zeitung.« Sie streichelte sachte Danielas Hand, um sie zu trösten. Doch immer wieder schüttelte sie ihren Kopf. »Ich kann es einfach nicht verstehen, wie leicht man doch, in eine solche Geschichte hineinrutschen kann. Auch, wenn ich mir nicht erklären kann, wie es zu solchen belastenden Spuren kommen kann, so glaube ich doch an dich … an dich und deine Unschuld.«

»Danke Evelyn, du bist lieb. Aber ich habe das Shirt zusammen mit der anderen Wäsche tatsächlich erst vor kurzem gewaschen. Ich kann verstehen, dass das mehr als verdächtig ist, und dass alle ihre Zweifel haben. Ich glaube, dass ich da auch zweifeln würde.«

»Du bist in meinen Augen keine Mörderin, basta. Und wenn du eine Affäre hattest, okay, das war vielleicht nicht okay, aber es war deine eigene Angelegenheit. Wenn das immer ein Grund für Mord wäre, trüge mindestens die Hälfte der Bevölkerung das Potential zum Morden.«

»Schön, Evelyn, dass wenigstens *du*, trotz der ganzen Beweise, an mich glaubst. Gisela hat mich verlassen. Sie ist nicht mehr von meiner Unschuld überzeugt. Frau Endress sagte mir, dass Gisela sogar erklärt habe, als Nebenklägerin der Staatsanwaltschaft anzutreten. Als ich Frau Endress fragte, wie das Strafmaß aussehen könnte, sagte sie mir, dass die Staatsanwaltschaft das Mordmerkmal ›*Heimtücke*‹ als gegeben ansehe, weshalb es keine Alternative zu lebenslänglich gebe. Ebenso, so sieht es auf jeden Fall aus, wird die Nebenklage eine lebenslange Freiheitsstrafe wegen Mordes fordern, das heißt also 22 Jahre. Und Frau Endress sagte, dass sie da kaum Chancen sehe, eine Strafmaßmilderung für mich herauszuschlagen. Evelyn, ich bin so unglücklich. Ich mag und kann so nicht weiterleben. 22 Jahre im Knast versauern, das stehe ich nicht durch, niemals. Frau Endress sagte mir zwar, dass ich erstmals nach 15 Jahren die Chance haben würde, einen Antrag auf Aussetzung der Reststrafe zu stellen. Aber, stell dir das mal vor: 15 Jahre! Dann bin ich 55, wenn ich entlassen würde. Außerdem ist auch die Aussetzung der Strafe nicht unbedingt die unabänderliche Regel. Der Antrag kann auch abgelehnt werden. Wenn, wie man mir vorwirft, eine ›*besondere Schwere der Schuld*‹ festgestellt wurde, ist eine

Aussetzung nach 15 Jahren auch bei bester Führung und Sozialprognose ausgeschlossen.«

Als Evelyn die Haftanstalt verließ, ließ sie eine verzweifelte Frau zurück. Es schmerzte sie tief. Sie schwor sich, nicht aufzugeben. Sie würde der Rechtsanwältin auf der Pelle sitzen, dass sie in die Revision gehen solle. Sie würde versuchen, den Detektiv dafür zu gewinnen, auf der Fährte zu bleiben … sie wusste nur noch nicht, wessen Fährte. Es gab doch gar nichts. Verdammt, sie hasste solche aussichtslosen Situationen.

*

Nach vier Wochen Untersuchungshaft, am 6. September 2011, sitzt Daniela den beiden Kommissaren wieder gegenüber.

»So Frau Crohn. Es sieht schitter aus für Sie. Aber, wollen Sie wirklich alles alleine auf sich nehmen? Wollen Sie weiter darüber schweigen, wer Ihr Komplize war? Wo ist die Leiche Ihres Mannes? Haben Sie sie irgendwo vergraben? Oder hatte Wolfgang Bonhoff das Problem der Beseitigung auf seine Weise im Krematorium gelöst?«, fragte Albrecht.

»Ich habe meinen Mann nicht umgebracht und ich hatte auch zu Herrn Bonhoff keinen Kontakt und schon gar nicht hatte ich mit ihm gemeinsame Sache gemacht. Fragen Sie ihn, fragen Sie alle Leute, die mich kennen, niemand wird mir etwas Schlechtes nachsagen.«

»Nicht ganz, Frau Crohn, nicht ganz. Frau Mahler-Crohn ist nämlich nicht mehr wirklich davon überzeugt, dass Sie so unschuldig sind, wie Sie tun. Nun, wenn Sie nicht reden wollen … Ihre Sache. Unsere Ermittlungen sind abgeschlossen, Sie werden Anfang nächster Woche nach Freiburg überführt, wo Sie dann auf Ihren Prozess warten dürfen. Die Anklage lautet auf Mord, und zwar haben Sie den Mord bis in alle Einzelheiten sorgfältig geplant und haben dann nach der Tat scheinheilig eine Vermisstenanzeige aufgegeben. Sie konnten aber nicht ahnen, dass wir Ihre Wohnung auseinandernehmen würden. Es gibt ihn nicht, den perfekten Mord, irgendeinen Fehler macht jeder … immer. Sie konnten ja nicht wissen, dass auch abgewischtes und aus Textilen rausgewaschenes Blut noch nachgewiesen werden kann. Sie haben die Spuren halt nicht gut genug beseitigt, Pech für Sie«, betete Reiff der Angeklagten die ganze Palette ihrer Verfehlungen vor, »ja, und Sie werden jetzt viel Zeit brauchen, die Sie absitzen dürfen. Na ja, keine Sorge, für Sie existiert Zeit ja nicht, sie ist ja nur menschgemacht; hatten Sie das nicht Ihrem Lover so wunderbar erklärt. Oder vielleicht denken Sie jetzt um, wenn Sie begreifen lernen, dass es sie doch gibt, die Zeit, vor allen Dingen, wenn man sie in einer Zelle absitzen muss. Sie hatten die Zeit ja so anschaulich mit Räumen verglichen. Passt doch, oder? Nur dass dieser Raum halt eine kleine karge Zelle sein wird. Ich auf jeden Fall fand Ihre Argumentation höchst interessant. Sie können Ihre Theorie jetzt ausprobieren, denn die Zelle wird dann Ihr ›*Hier und Jetzt*‹ sein. Ihr Leben davor gibt's nicht mehr, und das Leben nach 22 Jahren gibt's noch nicht«, verhohnepiepelte Reiff in bekannter Weise Danielas Theorie, die sie Andreas beschrieb, während Reiff es so richtig auskostete. Und wahrscheinlich hätte er noch gerne weitergemacht, hätte Albrecht nicht Zeichen gegeben, dass man Frau Crohn wieder in ihre Zelle zurückbrachte.

*

»Na, Celine, wie wollen wir jetzt weiterfahren? Du bist doch nicht jemand, der so einfach aufgibt«, fragte Friedhelm am Telefon. Er klang entmutigt.

»Wir können nichts mehr tun. Es gibt absolut keine Hinweise, keine neuen Erkenntnisse, keine neuen Namen, die man kontaktieren könnte ... nichts, nichts, nichts. Siehst du Friedhelm, das ist das Ergebnis, wenn man sein Familienleben nach außen hin zu sehr schützt, wenn man nichts preisgibt ... der Preis der Diskretion kann ein hoher sein ... niemand kann befragt werden ... niemand kann einen entlasten«, sagte Celine, und Friedhelm spürte, dass auch ihre Stimme entmutigt klang.

»Einzig kommt es jetzt auf mein Plädoyer an. Aber egal, wie gut ich vorbereitet bin, egal wie gut ich es hinzubiegen versuche, der Staatsanwalt und die Nebenklage-Vertretung werden mich in der Luft zerreißen. Weißt du, was das Schlimme ist, Friedhelm?«

»Ich ahne es.«

»Ja, wir sind ein Team, das merkt man«, Celine lachte bitter, »... das Schlimmste ist, dass ich selbst nicht weiß, was ich von Frau Crohn halten soll. Ich bin mir immer noch nicht sicher, ob sie mich nicht zum Narren hält. Spielt sie mir vielleicht etwas vor? Sie wirkt unschuldig, aber ist sie's auch?«

»Ich habe Frau Crohn leider nicht persönlich kennengelernt, kann also in diesem Punkt nicht mitreden, aber ich habe gespürt, dass du von deinen Gefühlen hin- und hergerissen bist. Eine Sache jedoch lässt mich nicht los. Wir beide fanden ja, dass die Spuren allzu deutlich auf Frau Crohn hinwiesen. Das ist das eine. Aber nun meine Schlussfolgerung: was, wenn der Crohn aus seinem alten Leben ausgebrochen ist, um mit dieser Angelina Donati ein neues Leben zu beginnen? Dass die beiden ein Verhältnis hatten, davon bin ich zweifelsfrei überzeugt, denn Frau Donatis Reaktion war für mich eindeutig. Ich habe da ein Gespür dafür.«

»Glaubst du im Ernst, Friedhelm, dass der Crohn alles hier in Deutschland aufgegeben haben soll: Karriere, Eigentum, sicheres Einkommen, und was sonst noch alles, um dann irgendwo, ohne Papiere und sonstigen persönlichen Effekten, ein neues Leben zu beginnen? Ganz von vorne anzufangen, ohne Sicherheiten und das Ganze in einem Alter, in dem der Mensch, wie man annehmen möchte, vernünftig geworden sein sollte? In einem Alter, in dem man sein Leben geregelt haben sollte, meinst du nicht auch? Ich kann mir das nicht so richtig vorstellen. Diese Donati hatte ihren Job ja auch gekündigt, das heißt auch hier ›Neuanfang‹. Crohn, ein gebildeter Mann, der beruflich etwas erreicht und sich in der Gesellschaft einen Platz gesichert hatte, wird bestimmt nicht auf Kosten seiner noch relativ jungen Liebschaft leben wollen, noch können. Das passt nicht zum Typus Crohn. Da wäre eine Scheidung doch einfacher, sauberer, vernünftiger ... bei einer Scheidung würde jeder gewinnen, und er könnte ganz getrost auf sein Bankkonto zugreifen. Dass Crohn seine Frau für ihren Fehltritt würde bestrafen wollen, kann ich mir auch nicht vorstellen. Er kann doch nicht selbst ein außereheliches Verhältnis unterhalten und seine Frau für dasselbe Vergehen bestrafen, auch wenn er seines nur aus Trotz anfing. Ein teurer Spaß, diese Bestrafung: Bankkonto adieu, Besitz adieu ... das ganze frühere Leben adieu. Nein, Friedhelm, das kann ich mir nicht vorstellen, beim besten Willen nicht. Die Interviews ergaben eine vorbildliche Persönlichkeitsbeschreibung von Crohn. Er galt als grundanständig«, widersprach Celine.

»Hm, soviel ich weiß, gilt Frau Crohn ebenso als grundanständig, und doch soll sie ihren Mann umgebracht haben? Das passt für mich auch nicht zusammen«, wollte Friedhelm nicht nachgeben.

»Okay, du magst recht haben, ja. Diese Argumente leuchten ebenso ein ...«, lenkte Celine ein, »... aber, wie erklärt sich dann das Blut in der Wohnung und im Auto? Es war nicht die Menge Blut von jemandem, der sich beim Gemüserüsten in den Finger schnitt ... nein, es war richtig viel Blut, das heißt, es sah nach einer ziemlich schweren Verletzung aus.«

Ja natürlich, auch diese Erklärung leuchtete ein.

»Hast du eine Ahnung, wann es zum Prozess kommen soll?«, fragte Friedhelm.

»Vermutlich nächstes Jahr, im Januar vielleicht. Warum willst du das wissen? Magst du vielleicht noch ein bisschen spionieren bis dahin?«

Friedhelm lachte schelmisch, denn er fühlte sich ertappt. »Haha, durchschaut«, und ergänzte, »wenn du nichts dagegen hast?«

»Ja, was sollte ich auch dagegen haben, Friedhelm? Ich freue mich über jedes kleine Lichtchen, das die Dunkelheit etwas erhellen könnte«, stimmte Celine zu. Sie konnte nicht ahnen, dass Friedhelm die Absicht hatte, Frau Donati nach Dienstschluss zu verfolgen und zu diesem Zweck gerade, den Haupteingang gut im Blick, in der Nähe der Firma FerroForm stand.

*

Es war 18:00 Uhr, und Angelina verließ eben das Firmengebäude. Er hatte Glück, denn Angelina hatte ihr kleines Auto auf dem Firmenparkplatz. Friedhelm stand nicht weit davon auf der Straße. Erst war er überrascht, dass das Nummernschild von Angelinas Auto ein BS trug. ›Aha‹, dachte er, ›*die wohnt in der Schweiz.*‹

Angelina fuhr bei Riehen über die Grenze, dicht gefolgt von Friedhelms Wagen. Sie fuhr bis nach Basel in die Klingentalstraße. Sie hatte Glück, denn sie fand sofort einen Parkplatz in der blauen Zone. Friedhelm machte etwas langsam, um zu beobachten, wie sie in das Gebäude Nr. 80 ging. ›*Aha, da wohnst du also.*‹ Angelina verschwand sofort in der Türe und Friedhelm stellte sein Auto auf der gegenüberliegenden Straßenseite vor der Ausfahrt der Firma Weniger-Karosserie/Fahrzeugbau ab. Er stand natürlich im Halteverbot, aber er wusste ja, dass er nicht lange stehen bleiben würde. Er wollte nur die Briefkastenschilder des Wohnhauses Nr. 80 ansehen. Er fand auch sehr schnell, was er suchte. Ja, hier wohnte Angelina Donati.

›*Hm, ich muss einen Parkplatz suchen und hier vor dem Haus auf dem Posten stehen*‹, dachte er, denn er hoffte, dass diese Frau das Gebäude an diesem Abend vielleicht nochmals verließ und wenn er Glück hatte, er wagte es fast nicht zu hoffen, Hand in Hand mit Philipp Crohn. Auch er hatte, wie Angelina zuvor, Glück bei der Parkplatzsuche. In Basel ist das wahrhaftig eine Seltenheit. Etwas weiter vorne beim Restaurant Rebstock fand er einen Parkplatz. Es war auch eine blaue Zone, wobei er sich fragte, wie die Leute es wohl anstellten, wenn sie hier im Restaurant essen wollten und nur eineinhalb Stunden zum Parken zur Verfügung hatten? Gab's dann Essen im Schnellgang? Na, egal, was ging es ihn an? Es war ja nicht sein Problem, er hatte nicht die Absicht hier zu essen, er wollte beobachten. *›Auf jeden Fall ist es schön, ein kleines Auto zu haben‹* so befand er, *›da findet sich doch immer wieder mal ein Plätzchen.‹* Er schmunzelte ob seiner Bescheidenheit, die seinen guten Grund hatte. Dann ging er ein paar Meter zurück in die Nähe des Wohnhauses Nr. 80, so dass er, ganz diskret, ohne selbst aufzufallen, den Hauseingang im Blick hatte. Er stand etwa zwanzig Minuten dort, da kam Angelina auch schon aus der Haustüre. Leider war sie alleine. Seine Hoffnung, Crohn würde sie begleiten, hatte sich nicht erfüllt. *›Na ja, so blöd würden die ja nicht sein. Basel ist ja wirklich nächste Umgebung zu Lörrach. Hier unterzutauchen wäre nicht gerade die erfolgversprechende Idee, unerkannt ein neues Leben zu beginnen.‹* Er verwarf den Gedanken *›Abtauchen und neues Leben beginnen‹* wieder, denn bis jetzt sprach nichts dafür … alles war noch offen.

Er sah, wie Angelina ins Auto stieg. Er beeilte sich, um zu seinem Auto zu kommen. Er war gerade bei seinem Wagen angelangt, da fuhr Angelina auch schon an ihm vorbei. Er musste sich gut verdeckt halten, sie durfte ihn auf keinen Fall entdecken. Er folgte ihr durch die Stadt. Es war eine gemächliche Fahrt, denn hier mitten in der Stadt, bei dem Verkehr, durfte sie nicht zu schnell fahren und das war gut so.

In der Bundesstraße beim Schützenmattpark fand sie einen Parkplatz. Drei Parkplätze weiter, fand auch Friedhelm ein Plätzchen für sein Auto. Zügigen Schrittes ging sie schnurstracks zum Restaurant Schützenhaus. Sie schien es eilig zu haben. Auch Friedhelm machte sich auf in Richtung des Restaurants.

Etwa fünf Minuten später betrat er die Gaststätte und sah, dass Angelina in der hintersten Ecke des Restaurants bei zwei Männern Platz genommen hatte. Er nahm unweit von deren Tisch mit dem Rücken zu ihnen gewandt Platz. Er versuchte die Dreiergruppe zu belauschen. Es war nicht gerade einfach, denn sie sprachen nicht sehr laut und sie sprachen Italienisch. Er erfuhr, dass einer der beiden Männer Massimo und der andere Antonio hießen. Das wenige, das er inhaltlich heraushören konnte – und dafür kramte er sehr tief in seiner Erinnerung an die Schulzeit, als er Italienisch und Spanisch als Wahlfächer hatte – war, dass der ältere der beiden, es war wohl Massimo, Angelina fragte, wie lange sie noch an die Firma in Lörrach gebunden sei, um zu erfahren, dass sie bis Ende Oktober noch dort bleiben müsse, und den Rest als Überstunden und Resturlaub einziehen könne. Im November würde sie dann vollends zur Verfügung stehen.

»Gut«, sagte der Ältere, »Es wird Zeit. Ich habe für uns in Zürich schon ein Domizil festgemacht.«

»Tja, Cugina, dann sind wir ein richtiges Business-Team«, sagte die andere Stimme … wohl der jüngere der beiden, Antonio. ›Aha, Cousine also‹, dachte Friedhelm.

»Pssst, nicht so laut Antonio. Es muss uns ja nicht gleich jeder hören.«, ermahnte Massimo ihn.

»Ich denke, die wenigsten verstehen Italienisch«, hielt Angelina dagegen.

»Sicherlich, Angelina, aber vielleicht sind genau diese ›Wenigsten‹ die ›Gefährlichsten‹«, erklärte Massimo vorausschauend. »Ihr wisst, dass Diskretion und Vorsicht in unserem Business oberste Priorität hat«, ergänzte er.

Irgendwie fühlte Friedhelm sich eben, als das Lauscherle ertappt, musste aber dennoch schmunzeln, dass er es war, der zu diesen ›Wenigsten‹ gehörte. Er war sehr dankbar, dass er damals in der Schule den Sprachenzug wählte und sich auf die romanischen Sprachen konzentriert hatte. Wofür solche Entscheidungen doch gut sein konnten, dachte er bei sich.

Er hoffte, dass er in diesem Fall vielleicht einen Nutzen daraus ziehen könnte, obwohl es im Moment nicht so sehr danach aussah. Im weiteren Verlauf nämlich erfuhr er nicht mehr sehr viel. Die Gruppe ging in den gemütlichen Teil über. Sie bestellten sich zuerst etwas zu essen, plauderten beim Essen ein wenig über dies und das und ganz, ganz wenig über die Zukunft.

Doch dann, nach dem Essen, so hatte er das Gefühl, kamen die Gespräche an den wichtigen Teil der Zusammenkunft. Es ging hauptsächlich um große Geschäfte und viel Geld, soviel verstand er. Und dann hörte er noch, wie Massimo Angelina über ›Cora 2‹ befragte. Ebenso kam ›Cora 1‹ zur Sprache. Friedhelm konnte da nicht so viel verstehen, da die Gruppe doch recht leise sprach, außerdem wendete sie Fachausdrücke an, für die Friedhelms Sprachkenntnisse nicht genügend ausreichten. Das einzige was er heraushören konnte, war, dass es um Wertpapiere ging. Später kamen auch immer wieder Luxusgüter wie Luxusimmobilien, Antiquitäten, Kunst, und Schmuck zur Sprache. Er glaubte sogar den Begriff ›Spionage‹ herausgehört zu haben. Angelina versprach, in der nächsten Woche detailliert zu berichten.

›Wow‹, dachte Friedhelm, ›das scheint mir ein richtiges Ding zu sein … ein großes Ding.‹

Aus den weiteren Gesprächsfetzen hörte Friedhelm heraus, dass diese Angelina eine Koryphäe auf dem Gebiet der Computertechnik und Internet sein musste.

Danach beugten sich die drei über ausgebreitete Listen, und Massimo flüsterte nur noch, als er Erklärungen dazu abgab.

Immer wieder versuchte Friedhelm aus den Augenwinkeln unauffällig Augenschein von den dreien zu nehmen. Was ihm nicht so gefiel, das war die Tatsache, dass dieser Massimo von Zürich als dem künftigen Domizil sprach, und dass er selbst mit seinem heutigen Lauschangriff dem Fall Crohn keinen Schritt nähergekommen war. Aber, so wie es aussah, war er hier einer ganz anderen Sache auf der Spur … einer ganz großen. Geheimnisvoll war die Sache allemal. Diese Donati schien nicht gerade ein harmloses Hascherl zu sein, wie man beim Anblick ihrer zarten Gestalt annahm … also, kein unbeschriebenes Blatt, das schien klar. Die hatte es wohl faustdick hinter den Ohren.

Friedhelm bezahlte seinen Kaffee mit Croissant, denn er wollte das Restaurant noch vor den anderen verlassen. Schließlich wollte er von Angelina nicht erkannt werden.

Kaum saß Friedhelm im Auto, wählte er die Nummer von Celine.

»Hallo Celine, ich bin gerade in Basel«

»Was machst du denn in Basel? Und warum muss ich das heute Abend so spät noch wissen?«, fragte Celine verständnislos.

»Na, ich bin unserem Engelchen gefolgt«, antwortete Friedhelm belustigt.

»Aha … Engelchen?«, und im nächsten Moment, noch bevor Friedhelm antworten konnte, »ah … lass mich raten … ist das die verniedlichende Abwandlung von Angelo?«

»Celine, du bist gut«, lobte Friedhelm. »Du, die Angelina Donati scheint mir eher eine Diavolina zu sein.«

»Und wie kommst du darauf?«, zeigte Celine sich überrascht und äußerst interessiert zugleich, zumal sie ja vor über drei Stunden miteinander telefonierten, »warst du also in der Zwischenzeit schon aktiv? Du Teufelskerl.« Sie lachte.

»Ja, meine Liebe, als ich mit dir telefonierte, stand ich nämlich vor der FerroForm und musste nicht lange warten, denn es war ja kurz vor sechs Uhr. Ich sah, wie die Donati die Firma verließ, und da bin ich ihr einfach mal gefolgt … nach Basel. Wollte nur mal wissen, wo sie wohnt, und was sie außer Wohnen sonst noch so tut«, erklärte Friedhelm.

»Und? Hast du etwas herausgefunden? Sag jetzt nicht, sie spazierte mit Philipp Crohn händchenhaltend durch Basel«, feixte Celine, »dann wäre der Fall ja zu Gunsten meiner Mandantin gelöst.«

»Nein, nein, das nicht … leider. Wenn ich ehrlich bin, hatte ich schon auch so etwas Ähnliches erhofft, zumal wir ja noch davon sprachen. Aber so blöd, dachte ich dann, konnte man ja nicht sein. Sich in aller Öffentlichkeit zu zeigen … das wäre zu viel erwartet. Außerdem besteht ja noch immer die Möglichkeit, dass Crohn tot ist, bei dem vielen Blut, das er verlor. Nein, nein, eine hübsche Idee, die beiden zusammen zu ertappen, aber nicht realistisch. Auf jeden Fall, als sie ihre Wohnung wieder verließ, bin ich ihr weiter gefolgt und dann sah ich, dass sie sich in einem Restaurant mit zwei Männern traf. Es waren Italiener; einer, der Ältere, hieß Massimo und der Jüngere Antonio, und letzterer war wohl Angelinas Cousin. Ich hatte die drei belauscht. Sie taten sehr geheimnisvoll und so viel ich mitbekommen habe, ging's um Geld, um viel Geld. Immer wieder sprach man von ›Business‹. Auch davon, dass mögliche Zuhörer ihrer Gespräche der Gruppe und ihren Aktivitäten gefährlich werden konnten. Das erschien mir sehr verdächtig. Ach ja, und eh ich es vergesse: da waren noch ›Cora 1 und 2‹ … Letzteres muss irgendein Projekt sein, dessen Planung in der Verantwortung von Angelina liegt … irgendetwas mit Computer und Spionage. Bei den Gesprächen ging es aber auch hauptsächlich um Luxusgüter, Luxusimmobilien, Antiquitäten, Wertpapiere und solche Dinge. Mir schien alles sehr verdächtig. Ja, und dann, als sie sich über irgendwelche Unterlagen beugten, wurden sie ganz leise, so dass ich nichts mehr verstehen konnte.«

Celine war total verblüfft über Friedhelms Errungenschaften in so kurzer Zeit. »Unglaublich Friedhelm, was du alles herausgefunden hast. Natürlich führt uns das alles, zumindest im Moment, nicht zu Philipp Crohn ... aber ausschließen dürfen wir nichts, schon gar nicht in unserem Schnüffler-Business. Aber vielleicht ist das der Schlüssel zu dessen Verschwinden. Nach allem Anschein handelt es sich bei dieser Verbindung in der Angelina Donati verkehrt um die Mafia, oder ein mafiaähnliches Gebilde. Der Name ›Cora‹ zum Beispiel, so stelle ich mir vor, könnte eine Kurzform von ›Cosa Nostra‹ sein, nämlich die ersten beiden und die letzten beiden Buchstaben von COsa nostRA. Cosa Nostra ist einer von vielen Namen für das organisierte Verbrechen, wobei nicht jedes organisierte Verbrechen auch Mafia ist. Cosa Nostra kann, muss aber nicht unbedingt, der Name für ein kriminelles Syndikat italienischer Prägung sein, sondern könnte nur eine Redensart bedeuten, das heißt, dass manche sich nur dieses Ausdrucks bedienen, zum Beispiel für die Namensgebung eines Projekts. Cosa Nostra steht da eher für ...«, und schon wurde sie von Friedhelm unterbrochen, als dieser Celines Satz beendete, demonstrierend, dass er Italienisch verstand; ein bisschen war er auch stolz »unsere Sache, unsere Tradition.«

Celine schmunzelte: »Ja, richtig. Nach all dem, was du mir da erklärt hattest, war das ein konspiratives Treffen. Und ich gehe stark davon aus, dass es sich bei den Luxusgütern und Wertpapieren um Geldwäsche handelt. Vermutlich handelt es sich bei den Wertpapieren um Fälschungen, wie zum Beispiel Echtheitsfälschungen oder fiktive Wertpapiere, also Phantasieprodukte. Einzig, was mir bei Deinen Erzählungen in dieses kriminelle Business hier nicht so richtig hineinpasst, das ist ›Spionage‹.

»Vielleicht Betriebsspionage?«, warf Friedhelm ein.

»Zum Beispiel ... ja stimmt ... das könnte es sein«, stimmte Celine ihm zu. »So, wie du erzählst, könnte das Frau Donatis Aufgabe sein. Eine gut organisierte Gruppe hat da einen genauen hierarchischen Aufbau und ein arbeitsteiliges Vorgehen; die Aufgaben werden nach Wichtigkeit verteilt und Angelina muss wohl eine Koryphäe auf ihrem Gebiet sein ... « Celine staunt nur und schüttelt ungläubig den Kopf, »... und nicht nur das, sondern auch ziemlich gerissen. Man würde das nie vermuten von der jungen Dame, nachdem wie du sie mir geschildert hast. Sie scheint die Prinzipien und Praktiken des organisierten Verbrechens bestens zu kennen, zum Beispiel das Prinzip des Schweigens, das oberstes Gebot der Organisationen. Und, wenn der Philipp Crohn, über seine Geliebte da hineingeraten ist, dann ... hm, wow. Ich fasse es nicht.«

»Sag mal, warum kennst du dich so gut aus im organisierten Verbrechen«, unterbrach Friedhelm.

»Na ja, ich habe mich mal ausführlich damit befasst«, erklärte Celine. »Ich habe einen Kollegen, der hatte mal mit so etwas zu tun, und schließlich schadet es nichts, wenn man sich überall ein bisschen auskennt. Ich weiß ja nie, wen ich in Zukunft zu verteidigen habe.«

»Aber doch sicher keine Mafiosi, oder? Oder vielleicht doch? Wer weiß? Sorry, ich habe dich unterbrochen. Was wolltest du sagen?«

»Achso ja, also, wenn der Philipp Crohn, über seine

Geliebte da hineingeraten ist, und er vielleicht, davon überrumpelt, vom Ganzen aussteigen wollte, könnte er für die Gang gefährlich geworden sein, so dass er einem Hinrichtungskommando zum Opfer fiel. Für die Exekution nimmt man dann gerne die Handlanger, das sind die Männer der unteren Kaste in der Hierarchie, die Mechaniker oder das Fußvolk sozusagen.«

»Oh, ich verstehe«, sagte Friedhelm, »das hört sich ja alles plausibel an, nur … wie kommen die Blutspuren dann in die Wohnung und in den Kofferraum des Wagens, und wer hat dann das Messer im Keller versteckt? Nun drehen wir uns nämlich genau wieder im Kreis, Celine.«

»Ja, Mensch, du hast recht, Friedhelm«, gab Celine unwillig zu. Genau hier liegt der Hund begraben. Genau hier scheitert jede Theorie: ›*Wie kommt das Blut in die Wohnung?*‹«

Doch dann ging ihr ein Licht auf. »Halt, na klar, da gibt's doch noch eine viel plausiblere Variante …« Sie schlug sich mit der flachen Hand gegen die Stirn: »… und zwar schließe ich an meine erste Theorie an ›*Hinrichtungskommando*‹, dass Crohn nämlich aussteigen wollte und so zur Gefahr wurde. Und zur Frage, wie das Blut in die Crohn'sche Wohnung kommen konnte, kann es nur folgende logische Erklärung geben: Crohn, der sich nicht bewusst war, in welche Gefahr er sich begab, ließ seine Mörder selbst ins Haus. Crohns Frau war ja, wie wir wissen, viel unterwegs, und das wussten die Mörder vermutlich genauso. Sie hatten genug Zeit alles zu säubern, Spuren zu legen und die Leiche verschwinden zu lassen.«

In Celines Kopf arbeitete es unaufhörlich. »Etwas stört mich bei dieser Theorie: die Leute in der Nachbarschaft wurden ja auch befragt, und niemand konnte sich erinnern, je irgendeinen Fremden, der sich in der Nähe herumdrückte, noch in der Gegend ein fremdes Auto, auf Beobachtungsposten, gesehen zu haben.«

»Auf der anderen Seite hatte ja auch niemand beobachtet, wie Frau Crohn mit Hilfe des Bestatters ihren Mann ins Auto gehievt haben soll«, warf Friedhelm ein, »diesen Beobachtungen oder Nicht-Beobachtungen dürfen wir nicht zu viel Bedeutung beimessen.«

Celine war nicht zufrieden. Sie fragte sich, wie es weitergehen sollte? Es war zwar extrem viel, was Friedhelm heute herausfand, jedoch für ihre Verteidigung verdammt wenig. Für einen möglichen Mord war es tatsächlich eine ganze Menge, doch für eine Argumentation vor Gericht war es einfach noch zu mager. Egal welche Theorien bei diesem Brainstorming auftauchten, Celine wusste, dass das alles Dinge waren, die sie vor Gericht nicht vorbringen konnte. Es gab zu wenig Konkretes, keine Beweise … alles war nur Spekulation, wobei sie ihre Version, Crohn könnte seine Mörder selbst hereingelassen haben, als die am ehesten Vorstellbare fand. Zwei Haken hatte diese Version zwar, nämlich Frau Crohns Fingerabdrücke am Fahrrad und das an Shirt und Schuhen befindliche Blut. Für das Fahrrad hatte ihre Mandantin zwar eine plausible Erklärung, jedoch nicht für Shirt und Schuhe. Celine wusste, dass sie mit dieser Begründung nicht zu kommen brauchte. Dieser Fall ließ sie fast verzweifeln.

»Ich danke dir auf jeden Fall, Friedhelm, für deine Hartnäckigkeit beim Herausfinden möglicher Verbindungen zum Fall Crohn, auch wenn jetzt noch mehr Fragezeichen aufgetaucht sind, als zuvor. Ähm, war das denn überhaupt schon alles, oder gibt's noch etwas hinzuzufügen.«

Friedhelm überlegte, ob er noch etwas vergessen haben könnte und dann kam ihm plötzlich die Erinnerung: »Ach ja, da war noch was, und zwar etwas, das mir nicht so gut gefällt. Dieser Massimo erklärte, dass er in Zürich ein Domizil festgemacht habe … genau sagte er ›für uns‹. Ich nehme an, dass dann auch Angelina nicht mehr in Basel auszumachen sein wird. Von dem Massimo oder dem Antonio habe ich keine Nachnamen. Tja, und Zürich ist ja erstens nicht gerade vor unserer Haustüre, und zweitens auch kein Dorf. Wo sucht man dort? Das ist die berühmte Stecknadel im Heuhaufen.«

»Zürich?«, überlegte Celine laut, »das ist *der* Finanzplatz der Schweiz. Ja, Friedhelm, ich glaube, dass du da einer ganz großen Sache auf die Spur gekommen bist.«

*F*riedhelms Neugierde war jetzt natürlich angestachelt, er war sozusagen scharf gemacht. Das Ganze versprach erst jetzt hochspannend zu werden, denn er hatte das Gefühl, einer handfesten, kriminellen Sache auf die Spur gekommen zu sein. Er wollte über Angelinas nebenberufliches nebulöses Engagement unbedingt mehr erfahren. Er wollte einfach nochmals eine Zusammenkunft der drei italienischen Partner im Restaurant verfolgen. Er wusste aber auch, dass es zu gefährlich war, wenn er sich wieder in die Nähe des Tisches setzen würde, zumal Angelina ihn ja kannte.

Beim letzten Lauschangriff hatte er zwar Glück, aber er wollte es nicht herausfordern.

Doch dann hatte er, wie er fand, eine glorreiche Idee. Sein mittlerweile 25- jähriger Stiefsohn Xaver hatte seine dreijährige Ausbildung zum Grafik-Designer vor knapp drei Jahren erfolgreich abgeschlossen und schon reichlich Berufserfahrung gesammelt. Nun wollte er in Amerika Auslandserfahrungen sammeln und hatte sich bei Omnicom Group, Inc. in New York City beworben und er hatte Glück. Er konnte einen hervorragenden Ausbildungsabschluss vorweisen und verfügte über beste Referenzen. Er bekam die Zusage, Anfang des kommenden Jahres zu beginnen. Seine Stelle in Lörrach hatte er schon auf Ende September gekündet und Ende August hatte er, weil er in diesem Jahr noch keinen Urlaub bezogen hatte, seinen letzten Arbeitstag.

Er freute sich schon riesig auf die neue Aufgabe, denn Omnicom zählte zu den global führenden Unternehmen für Unternehmenskommunikation beziehungsweise Public Relations, Werbung und Marketing.

Xaver bat seinen Stiefvater, um die Zeit bis zu seiner Abreise zu überbrücken, bei ihm in der Detektei zu arbeiten, weil er gerne auch mal etwas anderes, nicht gerade Alltägliches und daher Spannendes machen wollte. Er war natürlich bis jetzt schon eine willkommene Hilfe. Doch jetzt würde genau dieser gewünschte interessante und spannende Auftrag auf ihn warten, denn Friedhelm wollte ihn auf Beobachtungsposten nach Basel bringen. Um nicht aufzufallen, plante Friedhelm, dass sie mit Xavers Motorrad fahren sollten. Da konnte man auch mal ganz gut stehen bleiben, ohne ein Verkehrshindernis zu sein. Da Xaver kein Italienisch sprach, wollte Friedhelm ihn mit einer Abhörwanze für Spionage-Zwecke bestücken. Er wusste zwar, dass das nicht ganz legal war, aber er befand, dass auch hier wieder einmal der Zweck die Mittel heiligte, besonders dann, wenn die, die belauscht wurden, sich selbst auf illegalem Terrain bewegten.

Xaver war ganz aufgeregt, denn auf Beobachtungsposten zu gehen, um eine kriminelle Organisation zu belauschen, das war wirklich eine das Blut in Wallung bringende Aufgabe. Zusammen fuhren sie auf Xavers Honda nach Basel. Es war erst kurz nach sechs Uhr, also hatten sie genügend Zeit, sich in der Nähe von Angelinas Wohnung zu positionieren. Sie konnten ja nicht gleich zum Restaurant fahren, weil sie erstens nicht wussten, ob an diesem Tag wieder ein Treffen standfinden und zweitens ob die Treffen immer im gleichen Restaurant abgehalten würden.

Wie schon die Woche davor verließ Angelina kurz vor sieben das Haus in der Klingentalstraße und wieder fuhr sie zum Schützenmattpark und parkte dort ihren Wagen, um dann zügigen Schrittes im Restaurant Schützenhaus zu verschwinden.

Xaver folgte ihr in kurzem Abstand. Er konnte die Gruppe schnell ausmachen, und er suchte sich gleich am Nebentisch einen Platz. Er musste sich nicht verstecken, denn er war ein unbekanntes Gesicht. Er bestellte sich etwas Kleines zu essen. Während der ganzen Zeit tat er desinteressiert, denn er konnte ja kein Wort verstehen. Da fiel es ihm leicht, nichts zu hören. Die drei sprachen, wie auch letztes Mal nicht sehr laut.

Doch Friedhelm erklärte Xaver, dass das Abhörgerät einen extremen Sound-Verstärker und eine ausgezeichnete Aufnahmequalität mit hoher Empfindlichkeit besaß.

Xaver besaß sogar die Frechheit, sich an den Tisch der drei zu begeben, um nach dem Menage-Set zu fragen. Angelina sagte etwas auf Italienisch zu ihm, und Xaver zuckte nur die Achseln, lächelte und fragte: »Bitte?«

Auf Deutsch wiederholte Angelina: »Sie bekommen vom Kellner ein Menage-Set, sobald Ihnen das Essen gebracht wird.«

Wieder lächelte Xaver, diesmal strich er verlegen eine verwegene Locke aus der Stirn. »Achso … sorry, das wusste ich nicht. Bin heute zum ersten Mal hier.«

Friedhelm, der draußen auf Posten stand, musste schmunzeln. Erstens wegen Xavers Dreistigkeit und dann, vor allen Dingen, über den folgenden Satz von Angelina, den sie wieder auf Italienisch sagte: »Ein hübscher Bengel, dieser blonde Jüngling.«

Und er war äußerst zufrieden. Viel mehr, als letztes Mal konnte man jetzt verstehen, und wenn er auch nicht alles verstand, so war es sehr vielversprechend. Er wird die Aufnahmen von jemandem übersetzen lassen.

11

Sie saß im Taxi vom Flughafen zur Via Toledo und war in Gedanken versunken. Automatisch, wenn sie italienische Luft schnupperte drängten sich ihr die Bilder ihrer Kindheit auf. Sie war ein kleines Mädchen und saß mit einem süßen rosa Kleidchen, Puffärmelchen mit Spitzen am Abschluss, auf einem Plüschbett und musste immer brav sein, wenn Leute zu ihr kamen. ›*Sei ein liebes Mädchen, Ginevra*‹, hatte Mama, Papas zweite Frau, ihr gesagt – an ihre richtige Mama, konnte Ginevra sich nicht mehr erinnern, sie war zu klein, als Mama starb – ›*dann brauche ich dich nicht zu bestrafen.*‹ Bestrafen hieß dann, dass sie das Kind in den Keller sperrte. Jedoch meist überließ sie Ginevra zur Züchtigung dem großen Bruder, der schon in seinem jugendlichen Alter krankhaft sexbesessen war, und ziemlich grob mit ihr umging. Seine Macht, die er über seine kleine Schwester hatte, gefiel ihm, und er kostete sie buchstäblich aus. Er quälte sie, und immer wieder setzte er sie unter Druck. Sie durfte nichts erzählen, sonst erwartete sie noch mehr Strafe.

Es fing damals an, als ihr Papa, nach dem Tod von Mama, Fiona Lombardi kennengelernt und geheiratet und deren zwölfjährigen Sohn Alessandro adoptiert hatte. Er wollte, dass seine süße kleine Tochter wieder eine Mutter und dazu auch gleich noch einen großen Bruder hatte. Er, Marco Amato, selbst hatte es immer klasse gefunden, einen großen Bruder zu haben, der für ihn da war und auch für ihn einstand, wenn er Probleme hatte, und dieses Gefühl sollte sein Töchterchen auch kennenlernen dürfen. Leider hatte er selbst kaum Zeit für seinen kleinen Liebling, denn er war immer geschäftlich für die 'Ndrangheta unterwegs. Er konnte sich da nicht ausklinken, man hätte das keinesfalls goutiert, und schließlich musste er Geld verdienen.

Für Ginevra indes begann mit der Familienvergrößerung ab etwa dem dritten Lebensjahr eine Leidenszeit, als Stiefmama anfing, mit dem Vermieten des Kindes, nette Einkünfte einzufahren. Ginevra ekelte sich beim Gedanken an diese gierigen lüsternen Hände der Männer, die sie berührten. Eine Tortur, die heute noch Abscheu und Wut in ihr aufsteigen ließen und ihr Hass gegen Mama Fiona und ihren Stiefbruder hatte sich nie gelegt.

Eines Tages, Ginevra war sechs Jahre alt, kam Papa überraschend am helllichten Tag nach Hause und hatte entdeckt, was seinem Liebling unter der Fuchtel seiner zweiten Frau angetan wurde.

Er warf sie hochkant hinaus. »Verschwinde aus meinem Haus, du Miststück und nimm deinen missratenen Bastard gleich mit«, hatte er geschrien.

Damit war Ginevras Problem jedoch nicht sofort gelöst. Wo sollte sie bleiben, wenn der Papa unterwegs war. Auch kam sie in diesem Jahr zur Schule und brauchte jemanden, der sich um sie kümmerte. Papas älterer Bruder, Emanuele, dessen Ehe kinderlos blieb, bot sich an, die Kleine bei sich aufzunehmen. So erhielt Ginevra eine liebevolle Betreuung, ganz in der Nähe ihres Elternhauses. Die vier Jahre bei Onkel Emanuele und dessen Frau Chiara waren die schönsten Jahre für sie. Sie genoss ein friedliches, zärtliches Zuhause. Doch nach vier Jahren, als Ginevra zehn Jahre alt war, wanderten Onkel und Tante nach Amerika aus. Sie wollten Ginevra mit nach Amerika nehmen, weil sie das Kind so sehr ins Herz geschlossen hatten. Doch das ließ Papa nicht zu. Wenn er auch wenig Zeit für das Kind hatte, so wollte er es doch in der Nähe wissen. Amerika war so weit weg, Ginevra sollte in Europa bleiben. So bot Onkel Emanuele, der das Mädchen wie sein eigenes Töchterchen liebte, an, die Kleine auf ein gutes Internat in der Schweiz zu schicken. Er wollte sich größtenteils an den Kosten beteiligen.

Sein Töchterchen in der Nähe zu haben und doch betreut zu wissen, schien dem Papa ein guter Vorschlag, zumal sein Bruder sich an den Kosten großzügig beteiligen wollte. So kam Ginevra ins Istituto Santa Caterina in Locarno. Diese Bildungseinrichtung lag in einer wunderschönen Gegend nördlich des Lago Maggiore. Am Anfang tat Ginevra sich schwer in der fremden Umgebung … sie hing doch noch so sehr an Onkel und Tante und natürlich an Papa, der nur das Beste für sein Töchterchen wollte, das wusste sie. Auch wenn er nicht viel Zeit hatte, so spürte sie doch seine Liebe.

Aber mit der Zeit fügte sie sich gut ins Internatsleben ein … als Papa sie hinbrachte, informierte er die Betreuer über ihr traumatisches Erlebnis, und so erfuhr sie eine behutsame, einfühlsame Betreuung. Sie wurde eine richtig gute Schülerin. Sie war siebzehn, als ein Freund ihr schrieb, ihr Papa sei auf offener Straße erschossen worden. Und, da er Zeuge der Tat war, kannte er auch den Mörder. Trotz dieses Schicksalsschlags schloss sie mit einem hervorragenden Abitur ab. Dank der Großzügigkeit ihres Onkels immatrikulierte sie später an der Università della Svizzera italiana in Lugano für den Studiengang Kommunikationswissenschaften. Natürlich schloss sie auch hier, erfolgreich mit dem Bachelor ab. Zurück in Italien, erfuhr sie, dass Fiona sich als Puffmutter betätigte. Prostitution und Mädchenhandel waren ihr Spezialgebiet. ›Sie kann's nicht lassen, diese Hexe‹, dachte sie. Ja, und Alessandros Vorlieben galten illegalen Wetten und Drogen und natürlich, wie sollte es auch anders sein, sorgte er noch gleichzeitig für Nachschub in Fionas Lustgarten, wie das Etablissement sich nannte. Das war eigentlich sein Lieblingsjob, denn er durfte die Mädchen in ihr Business einführen; Zureiten nannte er diesen Vorzugsjob.

Beide, Fiona und Alessandro, die beide ihren alten Familiennamen wieder angenommen hatten, waren erfolgreich in die zwielichtigen Geschäfte eingestiegen und in ihrer Skrupellosigkeit kaum zu übertreffen.

Ein Sound ihres Handys riss die junge Frau aus ihren Gedanken. Sie blickte aufs Display. Eine SMS von Matteo Di Pasquale. Sie lächelte. Matteo war ihr bester Freund aus Kindertagen, während ihrer vierjährigen Schulzeit auf der Scuola Primaria von Corigliano Calabro. Im Jahr 2000 und noch vor Beginn ihres Studiums in der Schweiz, kam sie als frisch gebackene Abiturientin mit hervorragendem Reifezeugnis, für kurze Zeit nach Italien zurück und nahm gleich Kontakt zu ihm auf.

Und später dann, nach ihrem Studium, und bevor

sie ihren Beruf ausüben wollte, stieg sie zum Anfang erst mal für kurze Zeit bei der 'Ndrangheta ein, um schnelles Geld zu verdienen. Zusammen mit Matteo war sie dort harmlos kleinkriminell tätig. Sie beide waren *das* Team, bevor alles aufflog und es zu den Verhaftungen kam.

›*Hallo Ginevra! Ich habe gehört, dass du im September nach Italien kommst. Bist du schon da?*‹

›*Von wem weißt du das schon wieder, Matteo?*‹, schrieb sie zurück.

›*Na, ich habe halt meine Informanten. Kennst mich doch. Wir hatten lange genug gemeinsame Sache gemacht*‹, erklärte Matteo begleitet mit einem kleinen Smiley. Sie erschrak. Mein Gott, wer wusste das denn schon wieder? Sie sollte doch inkognito einreisen. Wenn sich das jedoch wie ein Lauffeuer herumsprach, war ja alles umsonst.

›*Das gibt mir zu denken, Matteo. Wenn sich das herumgesprochen hat, dann nützt meine neue Identität ja gar nichts.*‹

›*Also, dass es sich herumgesprochen hat, kann man so nicht sagen. Es ist eine sehr diskrete Informationsquelle, da brauchst Du keine Angst zu haben, denn die Person sprach von Ginevra. Von einer neuen Identität wusste sie nichts und ich genauso wenig. Ich werde auch gar nicht näher darauf eingehen, wer was erzählt hat: so laufen wir keine Gefahr*‹, versuchte Matteo sie zu beruhigen.

›*Okay, dann nenne mich bitte nicht mehr Ginevra, schon gar nicht schriftlich! Ich bin jetzt Giulia Bianchi. Wir müssen vorsichtig sein. Ich werde den Chat nachher gleich wieder löschen.*‹

›*Okay Giulia – ist gebongt.*‹

Im nächsten Moment löschte sie den Chat. Danach tippte sie neu ein: ›Ja, ich bin in Italien. Sitze gerade im Taxi in Richtung Via Toledo in Neapel. Besuchen werde ich dich nicht können, das weißt du.‹

›Das macht gar nichts. Ich komme nämlich ebenso in deine Gegend … nein, nein, nicht nach Neapel. Ich weiß ja, dass du in die Schweiz gehst. Ich komme auch in die Schweiz. Vielleicht können wir unsere Geschäfte dort fortsetzen; das wäre schön. Aber das Wichtigste weißt du noch gar nicht. Die Bagage ist auch in der Gegend, ganz in deiner Nähe … habe ich zumindest gehört … und sie sollen weiterhin ihren bekannten Geschäften nachgehen. Gut zu wissen, gelle? Wenn du willst helfe ich dir, ausgleichende Gerechtigkeit zu schaffen; so nenne ich das nämlich‹, sagte er und fügte ein Stoßgebet an, zum Schutzpatron von Corigliano Calabro, ›San Francesco di Paola stehe uns in der gerechten Sache bei!‹

Giulia musste schmunzeln. Matteo ist der Alte geblieben, auch nach so langer Zeit noch … er hatte sich nicht verändert. Er wurde streng katholisch erzogen, und schon damals als kleiner Junge rief er alle Heiligen an, wenn er etwas plante, und vermutlich hatte er sich eben bei seinem Heiligenanruf auch bekreuzigt. Ja Matteo war ein lieber Kerl, auf ihn konnte man sich verlassen. Sie mochte ihn noch immer, obwohl sie selbst sich sehr verändert hatte, denn sie hatte ihren Glauben an Gott verloren. Zuerst nahm ER ihr die Mutter weg, und dann schickte er ihr diese Hexe Fiona mit ihrem Satansbraten, der sie mit gieriger, sabbernder Lust quälte. Er lebte an ihr seine sadistische Neigung aus. Sie hatte keine Tränen mehr, sondern weinte und litt nur still in sich hinein. Nur ihrem Teddy erzählte sie nachts von ihrem Leid, und der hörte schweigend zu. Sie war doch noch ein Kind, ein kleines Kind, aber sie haben ihr Leben zerstört, töteten etwas in ihr ab. Wie oft hatte sie damals im Stillen zu Gott gebetet: die Qual, der Schmerz mögen ein Ende nehmen. Es hatte nichts genutzt ... oder vielleicht doch? Kam nicht Papa damals zufällig, ganz ungeplant nach Hause, und hatte dem Leid ein Ende gesetzt? Sie schüttelte den Kopf. Nein das hatten nicht die Heiligen oder Gott veranlasst, sondern Papa, Onkel Emanuele und Tanta Chiara waren ihre rettenden Engel. Denn Gott hatte sie ja später wieder bestraft, indem ER ihr den Vater nahm? Warum hatte ER denn den Vermaledeiten nicht endlich das Handwerk gelegt? Da hätte es doch Handlungsbedarf für ihn gegeben. Na ja, vielleicht war sie ja auch ungerecht. Vielleicht hatte sie doch einen Schutzengel. Sie hätte zum Beispiel selbst auch auffliegen können, als damals die 'Ndrangheta aufflog, aber sie war glücklicherweise unterwegs, als sie davon erfuhr. So konnte sie zu ihrem Onkel nach Amerika fliehen. Tante Chiara war zu der Zeit leider verstorben. Eigentlich wollte Onkel Emanuele sie nicht mehr nach Europa zurückgehen lassen, wollte dass sie ein neues Leben in Amerika beginne, während er ihr zu diesem Zweck Hilfe anbot. Sie aber wollte nicht bleiben. Sie wollte zurück, denn sie hatte sich etwas in den Kopf gesetzt. Sie wollte Rache. Das Leben mit all seinen Widerwärtigkeiten hatte einen harten Menschen aus ihr gemacht. Rührseligkeit, übertriebene Emotionen, gar Weichherzigkeit waren ihr fremd, genauso wie Tränenvergießen.

Das Taxi hielt an. »Wir sind da«, sagte der Taxi-Chauffeur.

Oh, Giulia war so in Gedanken versunken und danach mit ihrem Handy beschäftigt, dass sie während der Fahrt nichts von der Stadt wahrnahm. Sie bezahlte und stieg bei der angegebenen Adresse die Stufen hoch zum Büro, wo Francesco und Paolo gerade euphorisch ihren Erfolg feierten. Sie klopfte an und eine freudige Stimme bat sie, einzutreten. Giulia stand in der Tür und blickte auf zwei richtig zufriedene Männer mit Champagnergläsern in der Hand, von denen sie einen, den älteren, kannte.

Paolo blickte ebenso auf die junge Frau, die im Türrahmen stehen blieb und zu Francesco sah. So konnte er ihr Halbprofil sehen. Die Erscheinung Giulia beeindruckte ihn. Irgendwie war er fasziniert. Sie war groß, schlank und athletisch muskulös, wie eine Sportlerin. Ihre aufrechte Haltung wirkte fast ein bisschen militärisch. Ihr tiefschwarzes Haar war sehr kurz, burschikos geschnitten. Der Schnitt markierte eine perfekte Kopfform. Ihre Augenbrauen waren makellos gezeichnet. Sie selbst wirkte sehr natürlich, denn sie trug kein Make-up, was sie auch gar nicht nötig hatte. Ihr Mund war ein Widerspruch zu ihrer sonstigen burschikosen, gar harten Erscheinung, denn ihre vollen, schön geschwungenen Lippen charakterisierten eine Sinnlichkeit, die der Rest ihres Erscheinungsbildes zu verbergen versuchte. Ihr, der zurückhaltenden Höflichkeit geschuldetes Lächeln, gab den Blick frei auf eine perfekte Reihe weißer Zähne. Als sie ihr Gesicht zu Paolo wandte und ihre Blicke sich trafen, blieb ihm fast der Atem weg, denn solche helle Augen hatte er noch nie gesehen. Giulia taxierte ihr Gegenüber mit ihren hellen grau-grünen Augen aufmerksam und abschätzend. Ihr Blick war ausdruckslos und kühl, und das Weiße der Augen leuchtete im Kontrast zu ihrem olivfarbenen Teint. Die ganze Frau schien ein Widerspruch in sich zu sein; einerseits exotisch verführerisch und andererseits gleichzeitig abweisend hart und unnahbar. Automatisch zog er einen Vergleich zu Angelina. So hartgesotten Angelina in ihrem Business auch sein mochte, umso weicher und zierlicher war ihr Typ. Ihre dunklen Augen wirkten sanft und liebevoll.

»Ej, buengiorno Giulia«, begrüßte Francesco sie überschwänglich, komm her Mädchen, lass dich umarmen«

Giulia ging zu Francesco, der sie väterlich umarmte, sie indessen wirkte steif in Francescos Armen. Dann drückte er sie um eine Armeslänge von sich, um sie zu mustern. »Wie hübsch du bist, eine wahre Schönheit. Die besten Merkmale, die die Natur dir von Mama und Papa mitgegeben hat … eine perfekte Mischung von beiden. Darf ich dir Paolo Frattini, der Neffe von Franco Frattini aus Kolumbien, vorstellen?«

»Ja, ich habe schon gehört von Franco«, und zu Paolo gewandt, sagte sie mit misstrauischer Stimme »Ich habe gehört, dass du eigentlich verschollen seist.« Sie reichte ihm zum Gruße die Hand mit den Worten, »interessant! Freut mich, den Neffen von Franco kennenzulernen«, gleichzeitig verabscheute sie ihn, weil er extreme Ähnlichkeit mit einem ihrer Peiniger hatte.

»Ganz meinerseits«, erwiderte Paolo den Gruß.

»Wir werden die nächsten Monate eine gute Zeit zusammen haben«, erklärte Francesco mit freudiger Stimme. »Wir begießen heute unseren großartigen Deal, der uns eine Menge Kohle einbrachte. Paolo ist, wie erwartet, ein guter, fähiger Mann; er hat gute Arbeit geleistet.«

»Braver Junge«, spöttelte Giulia, »bekam der Abc-Schütze eben das kleine Einmaleins beigebracht.« Sie sagte es mit ziemlich schnippischer Miene in Paolos Richtung, »eigentlich dachte ich, dass du ein alter Hase im Geschäft bist.«

»Werde nicht frech Kleines. Paolo war bisher in Kolumbien und Mexico tätig. Wir hier in Europa ticken eben ein bisschen anders«, intervenierte Francesco.

Giulia warf nur verächtlich den Kopf in den Nacken und verzog spöttisch ihren Mund. Sie schien, aufgrund ihrer schlimmen Kindheitserfahrungen, sehr schlecht auf Männer zu sprechen zu sein und ganz besonders auf Paolo, wegen der frappierenden Ähnlichkeit zu einem damaligen Monster. Vaterfiguren wie Francesco und Massimo, sowie ihr Freund aus Kindertagen bildeten eine Ausnahme.

Paolo versuchte, sich seine Empörung über diese freche Bemerkung nicht anmerken zu lassen. Er hatte sich gut im Griff. Provokation, ließ er nicht an sich herankommen. Ihm war nur eines klar, Giulia musste, wie Francesco es sagte, tatsächlich erst einmal gezähmt werden. Es wird nicht einfach werden mit ihr, dachte er bei sich.

*

Am 20. November erhob die Staatsanwaltschaft Anklage gegen Daniela Crohn, wegen vorsätzlichen Mordes an ihrem Ehemann. Der Prozess wurde für die erste Hälfte des Januars vor dem Schwurgericht in Freiburg anberaumt.

12

Es regnete in Strömen und es war für die Jahreszeit viel zu warm. Auf der Treppe zum Landgericht Freiburg schüttelte Celine den von Regen triefenden Schirm ab und betrat dann mit ungutem Gefühl das Gericht zum Prozessauftakt gegen ihre Mandantin Daniela Crohn. In ihrer Aktentasche trug sie die dicke Akte zum Fall. Noch nie hatte sie sich so schlecht gefühlt, wie an diesem Tag. Daniela Crohn hatte während der ganzen Zeit ihrer Haft bis heute bestritten, ihren Mann brutal erstochen und die Leiche beseitigt zu haben. Da man keine Leiche fand, kam es zum Indizienprozess.

Am Mittwoch, den 11. Januar 2012 wurde die Hauptverhandlung in Saal IV des Landgerichts eröffnet. Es wurden insgesamt drei Prozesstage anberaumt. Verloren saß Daniela Crohn neben Celine. Sie war blass, ihr stumpfes Haar hatte sie mit einem Stirnband aus dem Gesicht genommen, ihr Blick war nach unten gerichtet.

Den Berichten des Hauptermittlers zufolge war die Tat hinterhältig und äußerst grausam, das zeige der hohe Blutverlust des Getöteten.

Zum Motiv konnten keine konkreten Angaben gemacht werden, doch gehe die Polizei davon aus, dass es Bestrafung für ungerechte Behandlung in der Ehe und große Enttäuschung gewesen sei. Der Oberstaatsanwalt hob die Brutalität und Heimtücke der Tat hervor. Heimtückisch deshalb, weil die Angeklagte scheinheilig eine Vermisstenanzeige aufgegeben hatte.

Gisela Mahler-Crohn, die Schwester des Ermordeten, trat mit ihrer Anwältin Andrea Stein als Nebenklägerin auf. Sie erklärte, dass sie selbst sehr entrüstet war über ihre Schwägerin. Diese habe sie arglistig getäuscht. Anfänglich habe sie noch zu ihr gestanden, weil sie dachte, dass Daniela zu einer unrechten Tat nicht hätte fähig gewesen sein können. Dass sie aber ein Verhältnis zu einem anderen Mann gehabt habe, hatte sie entsetzt und eines besseren belehrt, nämlich dass ihre Schwägerin nicht das Unschuldslamm war, für das sie sie immer gehalten hatte. Ihr Bruder hingegen sei allen Leuten gegenüber stets anständig und rücksichtsvoll gewesen, seine Reputation über jeden Zweifel erhaben. Er war auch immer ein fürsorglicher, friedlicher und respektvoller Ehemann gewesen und habe eine solche schlimme Tat nicht verdient. Sie verwies bei ihrer Erzählung noch auf die tolle Überraschungsparty zu Danielas 40sten Geburtstag, die er Ende April für sie organisiert und sich dabei ziemlich ins Zeug gelegt hatte. Für Daniela war ihm nichts zu viel.

Als Celine sie fragte, ob sie denn die Streitigkeiten zwischen den Ehepartnern, die die Ehefrau sehr verletzt hatten nie mitbekommen habe, verneinte sie. Celine hielt dann dagegen, wieso sie dann so felsenfest behaupten konnte, dass ihr Bruder immer ein fürsorglicher, friedlicher und respektvoller Ehemann gewesen sei, obwohl es offensichtlich nicht so war, wie weitere Zeugen bestätigt hatten.

Dass Ehepaare sich auch mal streiten, sei doch normal. In jeder Ehe komme das vor. Deswegen sei man doch noch lange kein schlechter Mensch, hatte sie entschuldigend eingewandt, dem Celine ihrerseits entgegenhielt, dass man deswegen ja auch nicht gleich zum Mörder würde.

Evelyn König hatte bei der Befragung ganz klar betont, dass ihrer besten Freundin aus der Schulzeit eine solche Tat absolut nicht zuzutrauen war. Daniela Crohn habe nie eine aggressive oder gewalttätige Seite gezeigt. Sie sei immer eine sanfte Mitschülerin gewesen, die Streit eher geschlichtet, denn angestachelt habe. Ebenso sei sie immer hilfsbereit gewesen, wenn jemand etwas von ihr gebraucht hatte. Sie ist die Freundin gewesen, die in späteren Jahren, wenn sie Auto fuhr, anhielt um einen Igel auf die sichere Seite der Straße zu tragen. Auf die Frage, wie sie die Crohns als Ehepaar wahrgenommen habe, sagte sie, dass die Ehe nach außen hin harmonisch schien, aber dass der Schein manchmal trüge. Sie selbst habe einmal mitbekommen, wie Herr Crohn seine Frau vor Freunden niedergemacht, ja gedemütigt habe. Daniela sei nach einem Streit weinend zu ihr gekommen und habe gesagt, dass sie sich diese Behandlung nicht mehr lange gefallen ließe.

Die Verteidigung der Nebenklägerin, Andrea Stein, hakte hier nach. Sie fragte Evelyn König, ob sie denn eine Ahnung habe, in welcher Form ihre Freundin dem Elend ein Ende hätte setzen wollen. Wenn sie sagte, sie würde sich das nicht mehr lange gefallen lassen, müsse sie doch sicher einen Plan gehabt haben.

Das konnte die Zeugin nicht beantworten, weil Daniela ihr nie von einem Plan erzählt habe. Wahrscheinlich habe sie gedacht, dass sie ihn in die Wüste schicken wolle.

»Oder in den Tod«, brachte die Anwältin als Gegenvorschlag.

Es gab noch einige der Freunde und Familienmitglieder, die befragt wurden. Dabei gab es zwei Lager. Die Familienmitglieder hatten sich gemeinsam mit Gisela Mahler-Crohn gegen Daniela verschworen und redeten entsprechend abfällig, während die Freunde und Kollegen unisono an Danielas Unschuld festhielten und sie in den schillerndsten Farben schilderten. Doch alle zeigten sich überrascht, als sie erfuhren, dass Daniela ein Verhältnis mit einem jüngeren Mann eingegangen war. Das habe einfach nicht zu ihr gepasst. Diese Aussage war denn auch ein gefundenes Fressen für die Gegenpartei, nach dem Motto, dass es eben doch eine dunkle Seite in der Person der Beklagten gegeben habe, von der niemand etwas ahnte, noch sich im Ansatz habe vorstellen können.

Auch Andreas wurde geladen und entsprechend von oben herab beäugt. Andreas ließ sich nicht beirren. Er blieb felsenfest bei seiner Aussage, die er Celine gegenüber gemacht hatte. Er zeichnete das perfekte Bild von Daniela, das die Gegenpartei zu zerreißen versuchte. Es sei ja klar, dass er sie in den Himmel lobe, wenn man sich, so wie er, so richtig verliebt habe.

Dieses Argument sei von der Logik her nicht nachvollziehbar, widersprach er, denn wie ja bekannt sei, habe die Beziehung nicht mehr bestanden.

Ebenso wurde Angelina befragt. Celine hatte bei der FerroForm die Adresse erfragt mit der Begründung, dass Angelina als Zeugin vor Gericht geladen werden müsse, denn sie ahnte, dass Angelina bis dahin nicht mehr in Basel wohnen würde. Herr Fleischmann erklärte denn auch, dass Frau Donati umgezogen sei und eine neue Adresse in Zürich angab. Die Firma habe diese Adresse gebraucht, weil sie Angelina noch Arbeitsdokumente zukommen lassen musste, denn offiziell sei sie ja noch angestellt gewesen. Das fand Celine natürlich von Vorteil, denn so wie sie Friedhelm kannte, würde er der Dame gerne in Zürich auf die Pelle rücken.

Angelina wirkte ruhig und selbstsicher. Sie gab alles so wieder, wie zuvor schon bei der Polizei. Der Philipp sei ein unbescholtener Mann gewesen, hatte sie gesagt.

Die Frage von Celine, ob sie ihrerseits ein intimes Verhältnis zu Philipp Crohn gepflegt habe, verneinte sie, während die verräterische Röte, die in ihr Gesicht stieg, sie Lügen strafte. Celine bohrte ziemlich hartnäckig weiter, vor allen Dingen berief sie sich auf Angelinas Aussagen und ihr Verhalten gegenüber ihrem Partner Friedhelm Kulau.

Zuerst versuchte die Gegenpartei, Einspruch gegen diese Befragung einzulegen, dem die Vorsitzende Richterin Evamaria Groß-Kasak nicht stattgegeben hatte.

In die Enge getrieben, gab Angelina dann doch zu, dass ihr Verhältnis zu Philipp über das kollegiale hinausging. Philipp sei unglücklich gewesen, hatte sie gesagt, und war daher dankbar um den Trost. Aus

Trost sei Liebe geworden, und so waren sie dann ein Liebespaar. Sie betonte, dass sie sich sehr diskret verhielten. Niemand habe etwas geahnt oder gemerkt. Das wollten sie auch so beibehalten. Nie habe Philipp je durchsickern lassen, dass er sich von seiner Frau trennen wolle. Ihre Beziehung sei einfach eine vorübergehende Affäre gewesen. Sie fand, dass Philipp es gebraucht habe. Ja, er habe ihr leid getan. Sie selbst habe das Gefühl gehabt, dass Philipp seine Frau noch liebe. Er habe immer auf einen Neuanfang spekuliert.

»Seltsam, meine Mandantin spekulierte auch auf einen Neuanfang, wie sie mir erklärte. Bei ihrem Versuch jedoch lief sie gegen eine eiskalte Wand. Davon, dass er auf einen Neuanfang hoffte, konnte sie nichts spüren«, hielt Celine dagegen.

Angelina zuckte nur mit den Schultern.

Auf die Frage, wo Philipp Crohn denn jetzt sei, antwortete sie, dass sie nicht wisse, was diese Frage solle. Die Rechtsanwältin wisse doch genau, dass Philipp tot sei. Sie betonte dabei nochmals eindringlich, wie sehr sie der Verlust schmerze. Ja, sie vermisse ihn sehr und habe deswegen auch ihren gut bezahlten, erfolgversprechenden Job bei der FerroForm in Lörrach aufgegeben, weil alles sie an Philipp erinnerte.

Durch den Gerichtssaal ging ein Raunen. Daniela zog es das Herz zusammen. Nun verstand sie auch die Eiseskälte, die ihr Mann ihr entgegenbrachte, als sie sich ihm annäherte.

Celine indessen fuhr schonungslos weiter. »Frau Donati, wer ist Cora?«, fragte sie.

Angelina schluckte hörbar. Sie blickte verwirrt. Es schien, als sei ihr der Schreck durch sämtliche Glieder gefahren. Sie brauchte einen Moment, bis sie sich gefasst hatte und antworten konnte. Sie räusperte sich und sagte dann, dass sie nicht wisse, was diese Frage soll. Sie kenne keine Cora.

Im Gerichtssaal sah man nur fragende Gesichter. Die Gegenpartei reklamierte, was diese Fragen hier eigentlich zu suchen hätten. Die Verteidigung käme ja wirklich allmählich vom Thema ab. Erstens sei hier doch überhaupt nicht relevant, ob Herr Crohn und Frau Donati ein Liebesverhältnis eingegangen seien, zumal ja auch immer klar gewesen sei, dass Herr Crohn sich niemals von seiner Frau trennen wollte. Außerdem, würde sich jeder hier über die Frage nach Cora wundern. Wenn die Verteidigerin eine neue Zeugin aufzurufen habe, dann solle sie das tun, aber nicht so geheimnisvoll daherreden.

Auch die vorsitzende Richterin konnte mit dieser Frage nichts anfangen und bat die Verteidigerin konkreter zu werden.

»Nun, ich hatte diesen Namen im Zusammenhang mit Frau Donati gehört. Ich erhoffte von ihr Näheres über Cora zu erfahren«, sagte Celine in eher beiläufigem, ruhigem Ton. »Aufgrund der Tatsache, dass bei unserer Recherche mehrere Namen ins Spiel kamen, drängte sich mir natürlich die Frage auf, welchen Umgang Herr Crohn sonst noch hatte und wer noch für dessen Ermordung in Frage kommen könnte. Es gab ja keine Einbruchsspuren, wie wir wissen. Aber, hatte die Polizei wirklich gründlich genug nach Herrn Crohns Umfeld geforscht? Ich kann mir zum Beispiel vorstellen, dass er seine Mörder selbst in die Wohnung hereingelassen haben könnte.«

Wie Celine jedoch erwartete, kam von der Kläger-seite als Gegenargument, dass ausschließlich Frau Crohns Fingerabdrücke überall zu finden waren.

Leider konnte sie zu diesem Zeitpunkt noch nicht vertieft an das Thema ›Cora‹ anschließen, da sie ein-fach noch zu wenig Konkretes in der Hand hatte. Sie brauchte noch Zeit. Wenn daran aber etwas war, dann würden Friedhelm und sie es herausfinden.

Dass sie offensichtlich auf einer guten Spur waren, zeigte sich an Frau Donatis Reaktion, die sehr tief bli-cken ließ. Angelina schien sich ertappt gefühlt zu ha-ben. Das Gesicht der jungen Dame verlor im Moment jede Farbe, ihre Gesichtsmuskeln zuckten nervös. Man konnte, wenn man genau beobachtete, förmlich sehen, wie es hinter ihrer Stirn arbeitete. Ihre Mimik und ihre unruhigen Hände verrieten viel … zumindest für Ce-line. Viele im Gerichtssaal schienen nichts bemerkt zu haben.

Wie kam diese Anwältin auf Cora? Sie selbst hatte doch nie mit jemandem über Cora gesprochen, außer mit Massimo und Antonio, hämmerte es in Angelinas Kopf. Dann, mit einem Mal erinnerte sie sich an eine Szene im September des Vorjahres, im Restaurant Schützenhaus. Sie sah plötzlich ein junges Gesicht vor ihrem geistigen Auge: ein hübscher blonder Jüngling, der angab, kein Italienisch zu verstehen und der ziem-lich nah am Nebentisch saß. Aber, wie hätte der etwas verstehen können? Sie sprachen doch immer sehr leise. Außerdem waren es nie klare Aussagen, die Inhalte für Außenstehende nicht identifizierbar. Nein, der Junge hatte nichts mitbekommen, ist sie sich sicher.

Celine beobachtete mit einiger Genugtuung Angelinas Gesicht, wie es arbeitete im Oberstübchen. Sie ließ Angelina diese unangenehm lange Zeit für deren geistige Reflexion.

Sie wollte sich nämlich noch nicht geschlagen geben. Sie wollte testen, wie weit sie gehen konnte, und was sich ihr aus den Reaktionen erschließen ließe: »Darf ich Ihr Schweigen so deuten, dass Sie Cora tatsächlich nicht kennen?«

Mit einer weiteren Verzögerung schüttelte Angelina ihren Kopf und verneinte ziemlich kleinlaut.

»Gut, ich habe keine weiteren Fragen mehr an die Zeugin«, beendete Celine das Verhör.

Am zweiten Verhandlungstag war neben Celines Plädoyer die gesamte Beweisaufnahme der Polizei Thema am Landgericht. Am Nachmittag hielt der Staatsanwalt seinen Schlussvortrag. Er erklärte Daniela Crohn des Mordes an ihrem Ehemann für schuldig. Er führte nochmals alles auf, was für eine Täterschaft sprach. Er legte den Fall in allen Einzelheiten dar, beginnend von der Vermisstenanzeige durch die Ehefrau und Schwester des Vermissten, über den Spurenfund im Haus und Auto, sowie den Fahrradfund. Immer wieder stellte er die Heimtücke der Angeklagten heraus. Er bemerkte auch, dass als einziger ungelöster und rätselhafter Punkt die Frage nach einem Partner offen geblieben sei. Denn erstens, habe diese Tat nicht von einer Frau alleine bewältigt werden können, und zweitens bleibe die Frage nach dem Verbleib der Leiche ungelöst.

Ihr Hauptmotiv habe darin bestanden, dass das Paar sich auseinandergelebt hatte und nur noch stritt; da die Beklagte dessen verbale Attacken nicht mehr länger ertrug – sie fühlte sich erniedrigt und gedemütigt – suchte sie sich einen außerehelichen Liebhaber ... aus Abneigung ihrem Mann gegenüber wurde schließlich Hass, mörderischer Hass, und so stach sie ihren Gatten, in einem Affektstau, ohne lange zu überlegen, meuchlerisch nieder. »Dass sie sich im Nachhinein nicht zur Tat bekennt, kein Geständnis ablegt, keine Reue zeigt, macht ihre Tat noch verwerflicher. Ich beantrage daher die Höchststrafe ... 22 Jahre für Mord.«

Danielas ohnehin bleiches Gesicht erblasste noch eine Spur mehr.

Die Nebenklage setzte genau an diesem Punkt an, dass der Verdacht bestünde, die Leiche sei von einem persönlichen Gegner des Opfers, seines Zeichens Bestatter, spurlos per Kremierung beseitigt worden. Leider könne dieser nicht mehr befragt werden, da er nach einem schweren Verkehrsunfall schon seit Monaten im Koma liege. Die Gründe der Wut gegen Philipp Crohn, so habe der Bruder des Komapatienten erklärt, seien mehr als verständlich. Er könne sich zwar nicht vorstellen, dass Wolfgang ein Komplott mit einer Mörderin eingegangen sein könnte, schloss es aber auch nicht aus. Er selbst habe ebenso einen großen Hass auf Herrn Crohn gehabt, zumal er selbst ja der Leidtragende des geplatzten Deals gewesen sei. Immerhin habe er schon im Vorfeld durch gewisse Investitionen Geld verloren.

Daniela saß die meiste Zeit des Prozesses schweigend mit gesenktem Blick bewegungslos da. Erst als die Staatsanwaltschaft und die Nebenklage eine lebenslange Freiheitsstrafe wegen Mordes gefordert hatten, zuckte sie merklich zusammen. Tränen liefen über ihre Wangen. Sie schien aufgegeben zu haben. Es gab keine Hoffnung mehr.

Auch Celines Plädoyer ließ jede kleine Zuversicht sterben. Ja, Celine kämpfte tatsächlich schwer gegen den Gegenwind der Anklage. Sie wusste genau, dass sie mit ihren Argumenten nichts würde ausrichten können. Die Indizien sprachen eine klare Sprache … alle Zeichen standen auf Schuldspruch. Dennoch legte sie alle Sorgfalt in ihr Schlussplädoyer. »Hohes Gericht«, sage sie, »meine Damen und Herren, ich habe viele Stunden mit der Angeklagten gesprochen, und Sie dürfen mir glauben: sie ist unschuldig. Sie ist eine intelligente und sehr selbstbewusste Frau, die weiß, was sie will, aber sie ist in keiner Weise aggressiv, im Gegenteil, sie ist eher der Typ Mensch, der sich bei Kränkung lieber zurückzieht, als auf Konfrontation zu gehen. Sie mag schon mal eine Äußerung vorgebracht haben, dass sie diese Behandlung nicht mehr lange ertragen wolle, so wie es viele Menschen in Frau Crohns Situation immer wieder tun, ohne dass gleich ein Mordgedanke dahintersteckt; und ich kann auch nachvollziehen, dass eine solche Äußerung, den Leuten aggressiv erschienen sein mochte; aber sie hat den Mord, den der Staatsanwalt mit Recht verwerflich und verdammenswert nannte, nicht begangen. Aufgrund ihres Charakters und ihrer eben dargelegten Persönlichkeitsstruktur, wäre sie zu einer solchen Tat gar nicht fähig. Alle Anschuldigungen, alle Belastungen hatte sie getragen, immer im Bewusstsein und dem

Vertrauen darauf, dass sie unschuldig ist. Wie ihre Fingerabdrücke auf das Mordwerkzeug oder ans Herrenfahrrad kamen, konnte sie plausibel erklären. Die Angeklagte ist schuldlos am Tod ihres Mannes, das ist meine feste Überzeugung.

Da die Angeklagte die Tat, derer sie beschuldigt wird, nicht begangen hatte, muss es ein Außenstehender gewesen sein. Wir wissen nicht, wer es war und welche Gründe ihn zu dieser Tat veranlasst hatten? Was wir wissen, ist, dass das Ehepaar vorübergehend getrennte Wege ging … keiner von beiden wusste vom anderen, wo er sich gerade aufhielt oder was er gerade tat«, Celine war dankbar, dass Daniela sie inzwischen über diese Tatsache, über die sie sich lange ausgeschwiegen hatte, aufklärte. »Hatte der Ermordete vielleicht Kontakt zu zwielichtigen Personen? Hatte er immer eine reine Weste, oder ging er vielleicht nicht ganz gesetzeskonformen Aktivitäten nach und wollte, nachdem er sich der Unrechtmäßigkeit seines Tuns bewusst wurde, aussteigen? Hatte er sich damit vielleicht selbst in Gefahr gebracht? Leute die aussteigen wollen, ziehen den Groll der anderen Mitglieder auf sich, weil er ein Risiko darstellt. Hatte er den oder die Mörder vielleicht selbst in die Wohnung gelassen, weil er mit ihnen diskutieren wollte? …   Mein letztes Wort, Hohes Gericht: die Angeklagte ist nicht die Täterin. Deshalb beantrage ich Freispruch.«

Am Ende der Plädoyers, bei dem Gisela Mahler-Crohn nur verächtlich ihre Mundwinkel verzog, und bevor die Vorsitzende Richterin Evamaria Groß-Kasak die Bekanntgabe des Urteils auf den nächsten Tag angekündigt hatte, erteilte sie der Angeklagten das Wort:

»Angeklagte, Sie haben das letzte Wort. Haben Sie uns noch etwas zu sagen?«

Daniela, die bisher nur geschwiegen hatte, stand auf, sie schien sich fast nicht auf den Beinen halten zu können. Mit zittriger Stimme und Tränen in den Augen sagte sie nur:

»Ich war es nicht, ich habe meinen Mann nicht getötet. Ich trage keine Schuld an seinem Tod.«

Gisela hatte für ihre Schwägerin, die in ihren Augen eine Mörderin und ebenso eine perfekte, mitgefühlheischende Schauspielerin war, nur einen geringschätzigen Blick übrig.

Die Richterin erklärte die Verhandlung für geschlossen. »Das Urteil ergeht morgen.«

*

Björn Albrecht und Celine Endress trafen sich nach der Verhandlung vor dem Gerichtssaal. Nebeneinander gingen sie die Treppe hinunter. Albrecht war wieder einmal sehr erstaunt über Celines Plädoyer. »Sagen Sie Frau Endress. Ich habe nicht alles verstanden. Sie sprachen von Dingen, denen niemand folgen konnte. Ich denke dabei an gestern, als sie eine ›Cora‹ ins Spiel brachten und heute, als sie von Philipp Crohns möglichen Kontakten zu ›zwielichtigen Leuten‹ sprachen. Was wissen Sie, worüber wir, die Polizei, noch im Dunkeln tappen?«

Celine schmunzelte und sagte: »Nun, Herr Albrecht, wenn ich mehr wüsste, hätte ich diese Karten sicher ausgespielt und Sie auf jeden Fall schon vorher unterrichtet. Doch es ist noch zu wenig konkret, als dass ich damit einen Stich hätte machen können. Ja, wir, Herr Kulau und ich, sind da einer Sache auf der Spur … es könnte ein großes Ding sein. Doch noch wissen wir nicht, wohin diese Kenntnis uns führen wird, und ob sie überhaupt für unseren Fall relevant ist. Möglicherweise hat das Ganze mit dem Mord an Crohn nichts zu tun, ich weiß es nicht. Aber hatten sie gesehen, wie nervös Frau Donati wurde, als ich von Cora sprach? Ihre Körpersprache sagte doch alles.«

»Das ist mir nicht entgangen. Aber haben Sie keine Bedenken, dass Sie mit dieser diffusen Erwähnung eventuell schlafende Hunde weckten. Wenn da etwas im Busch ist, wird man jetzt vorsichtig sein.«

»Ja, in der Tat, daran hatte ich auch gedacht. Doch dann war ich dennoch zufrieden, dass ich damit Frau Donatis Reaktion heraufbeschwor, zeigte es mir doch, dass wir auf einem guten Weg sind.«

»Wenn Sie einer Sache auf der Spur sind, auch wenn es mit dem aktuellen Fall nichts zu tun hat, dann ist es Sache der Polizei. Dann werden wir dem Fall nachgehen, wir werden Nachforschungen anstellen, und Sie halten sich da raus. Sie können dann aktiv werden, wenn diese Sache eine Verteidigung benötigt«, sagte Albrecht mit milder Strenge.

»Und, wo wollen Sie ansetzen, Herr Albrecht?«, fragte Celine leicht amüsiert, »ich sagte Ihnen doch, dass wir noch nichts Konkretes haben. Herr Kulau ist ganz scharf darauf, mehr herauszufinden.«

»Sie wissen, Frau Rechtsanwältin, dass ich Ihre Arbeit sehr schätze. Ich schätze Ihr außerordentlich geschicktes Händchen, Ihren Scharfsinn und selbstverständlich Ihr psychologisches Gespür, ja, das muss ich zugeben, aber ich muss Sie nicht daran erinnern, dass ich einen Alleingang gegen Kriminelle nicht tolerieren kann«, mahnte Albrecht.

Wieder lächelte Celine leicht belustigt: »Keine Sorge, Herr Albrecht … wenn ich Konkreteres in Händen habe, werden Sie auf jeden Fall als erstes informiert. Versprochen.«

Albrecht lächelte verhalten und Celine atmete tief ein und aus. Es war wie der Seufzer einer Verliererin, als sie nochmals auf den aktuellen Fall zurückkam: »Morgen wissen wir mehr, wenn das Urteil verkündet wird. Viel Hoffnung habe ich diesmal nicht«, gab sie resigniert zu. Wissend dass Albrecht, wie gewohnt, noch gerne mit ihr auf einen Kaffee gegangen wäre, wandte sie sich ihm zu, und reichte ihm zum Abschied die Hand mit den Worten: »Ich muss dringend in die Kanzlei. Ich werde erwartet. Bis Morgen.«

Zurück blieb ein nachdenklicher Kommissar. ›Was versteckte sich da im Busch? Was hatten die beiden herausgefunden, das doch offensichtlich noch im Dunkeln lag und doch schon ziemlich schwerwiegend klang?‹, grübelte er. Er wusste, dass er die Rechtsanwältin und ihren Privatdetektiv zu nichts zwingen konnte.

Doch, egal wie der Fall für Frau Crohn ausgehen würde, er wollte mehr wissen, vor allen Dingen, was es mit der diffus vorgebrachten ominösen Cora, auf sich hatte. Ein Punkt, der die selbstsichere Angelina Donati so aus der Fassung brachte und alle anderen im Gerichtssaal in Verwunderung versetzte.

Wenn er ehrlich war, musste er sich eingestehen, dass auch er nicht wirklich an Frau Crohns Schuld glauben konnte, auch wenn es für seinen Kollegen Klaus Reiff, den Untersuchungsrichter oder den

Staatsanwalt absolut keinen Zweifel gab. Doch, was sollte er tun, wenn alles so klar auf der Hand lag? Er hatte gar keine andere Wahl. Alles sprach gegen Frau Crohn, die Indizien überführten sie eindeutig, und es gab absolut nichts Entlastendes. Und doch war er stets der Meinung, dass die Spuren zu klar, zu offensichtlich waren. Tief im Innern blieben Zweifel, und Celine hatte diese Zweifel mit ihren Erklärungen jetzt noch genährt.

Während der ganzen Zeit der Verhöre und den geführten Gespräche in Lörrach, spürte er aber auch, dass Celine hin- und hergerissen war von ihren Gefühlen, ihren Zweifeln; was sollte sie glauben? Nicht selten kam es vor, dass ein Täter mit seiner Fähigkeit zu schauspielern, es verstand, dieses Gefühl der Unsicherheit zu erzeugen und das Gericht von seiner Schuldlosigkeit zu überzeugen, was schließlich zum Freispruch führte, obwohl der Delinquent tatsächlich schuldig war. Im Fall Crohn jedoch, sah er wenig Hoffnung.

*

Als Daniela in Begleitung von zwei Beamten das Gerichtsgebäude verließ, tummelte sich trotz des strömenden Regens eine ganze Meute Reporter vor dem Gerichtsgebäude. Auslöser von Kameras wurden betätigt, Blitzlichter zuckten auf. Es war ein solcher Tumult, dass die Reporter ihre Fragen herausschreien mussten. Daniela gab auf keine der Fragen eine Antwort, stattdessen versuchte sie ihr Gesicht abzuschirmen, so gut es ging – eine Beamtin war ihr dabei behilflich, indem sie ihren Schirm vor Danielas Gesicht hielt, bis sie sich endlich im Schutze des Polizeiautos befand. Doch ein Zeitungsfritze war sogar so dreist und blitze ins Innere des Wagens. Dieses Bild, das Danielas Profil zeigte, sollte dann durch alle Zeitungen gehen. Die Nacht vor der Urteilsverkündung sollte die längste in Danielas Leben werden.

Am nächsten Morgen fühlte sie sich gerädert. Sie hatte dunkle Ringe unter den Augen.

Am Samstag, den 14. Januar 2012, wurde die Bevölkerung in der regionalen Zeitung über den Schuldspruch vom Vortag informiert:

Urteil im Ehegatten-Mordprozess: Ehefrau muss lebenslang in Haft.

Lebenslange Haft für die 40jährige Ehefrau aus Lörrach. So lautete gestern das Urteil des Landgerichts Freiburg im Indizienprozess.

Frau C. soll Anfang August 2011 ihren Ehemann mit mehreren Messerstichen getötet haben. Auch nach dem Urteil bleibt Ratlosigkeit, denn die Verurteilte bestritt die Tat bis zur Urteilsverkündung. Die Vorsitzende Richterin Evamaria Groß-Kasak erklärte, dass es manchmal nicht gelinge, Zugang zu einer Tat und deren Motiven zu bekommen: »So ist es uns im vorliegenden Fall ergangen. Wir konnten und können uns nicht in die Täterin hineinversetzen. Wir werden uns damit abfinden müssen, menschliches Verhalten manchmal nicht oder nur unzureichend erklären zu können«, so der Kommentar der Richterin.

Aufgrund der Indizien jedoch befand die Schwurgerichtskammer des Landgerichts die Angeklagte für

schuldig und entsprach der Forderung der Staatsanwaltschaft, und verurteilte Frau C. zu einer
lebenslangen Freiheitsstrafe. Offen blieb bis heute,
wo sich die Leiche des vermissten P.C. befindet. Die
Theorie, sie sei durch einen Mittäter im Krematorium spurlos entsorgt worden konnte weder ausgeschlossen noch definitiv bestätigt werden, da der in
Frage kommende Mittäter nach einem schweren
Verkehrsunfall nicht vernehmungsfähig ist. Auch
der Bruder des Verunglückten konnte dies weder
bestätigen, noch letztgültig verneinen.

Angelina war nach der Gerichtsverhandlung innerlich ziemlich aufgewühlt. Ihr spukte ›Cora‹ im Kopf
herum. Was sollte das bedeuten? Woher wusste die
Anwältin von Cora und was genau wusste sie? Sie rief
gleich Massimo an.

»Na, wie ist es gelaufen, Angelina«, fragte der Pate.

»Daniela Crohn ist verurteilt … lebenslänglich.«

»Aha, also doch! Du kannst jetzt wieder zurückkommen und alles gedanklich ad acta legen.«

»Nein es ist nicht alles in Ordnung, Massimo. Die
Rechtsanwältin erkundigte sich während der Verhand-
lung nach ›Cora‹ … also sie fragte mich direkt danach.
Ich habe keine Ahnung, wie sie auf ›Cora‹ kam.«

»Ja und? Hatte sie mit dieser Frage etwas be-
wirkt?«, fragte Massimo nicht so sehr aufgescheucht,
wie Angelina es war.

»Nein, es hatte nichts genutzt. Sie blieb auch nicht
an diesem Thema hängen. Sie fragte nur, ob ich ›Cora‹
kenne, und ich sagte nein. Sie sagte, dass sie den Namen nur mal in Verbindung mit mir hörte, und wollte
wissen, wer ›Cora‹ ist. Sie scheint diesen Namen mit

einer Person in Verbindung zu bringen. Das Gericht fühlte sich genervt, weil die Frau da etwas einwarf, womit niemand etwas anzufangen wusste.«

»Na siehst du, nichts passiert, nur ein bisschen Staub aufgewirbelt. Um uns ging es ja bei der ganzen Sache ja gar nicht. Unsere Geschäfte haben nichts mit diesem Fall zu tun, ergo: uninteressant.«

»Dennoch, mich wundert, wo sie den Namen gehört haben will. Wie kam sie darauf?«, fragte Angelina besorgt.

»Vielleicht war Philipp unvorsichtig und hatte versehentlich etwas erwähnt … oder seine Frau bekam womöglich mit, als er telefonierte«, spielte Massimo eine mögliche Variante ein.

»Nein, Massimo, Philipp doch nicht. Der hätte sich lieber die Zunge abgebissen, als dass er etwas Derartiges hätte verlauten lassen. Er war übervorsichtig. Außerdem sind die beiden sich ja fast nicht mehr begegnet. Sie gingen getrennte Wege. Doch ist mir etwas anderes eingefallen. Vielleicht kannst du dich noch erinnern, letztes Jahr – wir saßen zusammen bei einem unserer regelmäßigen Treffen. Da war doch am Nebentisch so ein junger Kerl … ein hübscher Bengel mit blonden Haaren. Ob der vielleicht etwas mitbekommen hatte?«

»Och Angelina, was weiß ich, was letztes Jahr mal war? Ich kann mich doch nicht an jedes Gesicht erinnern, das mir im Laufe der Zeit irgendwann mal über den Weg lief. Wenn da zufällig ein Junge saß, wie sollte dann die Rechtsanwältin etwas von ihm erfahren haben?«, sah Massimo das Ganze nicht so beunruhigend.

»Na, ich meinte natürlich nicht, dass er zufällig da-gesessen haben könnte. Vielleicht wurde er engagiert«, setzte Angelina dagegen. »Und außerdem hatte die Rechtsanwältin in ihrem Schlussplädoyer noch etwas gesagt von wegen, dass der Ermordete vielleicht Kontakt zu zwielichtigen Personen gehabt haben oder in dunkle Machenschaften verwickelt gewesen sein könnte. Das kommt doch nicht von ungefähr, oder?«

»Na, Mädchen, du machst dir viel zu viele Gedanken. Das war eine dahingesagte Theorie. Du konstruierst da etwas zusammen. Woher sollte diese Frau gewusst haben, dass du an irgendwelchen Sitzungen teilnimmst, um dich dann verfolgen und ausspähen zu lassen? Ich sehe da keine Gefahr, dass wir mit unserem Business auffliegen könnten, wirklich nicht. Sie weiß ja absolut nichts von unserer Organisation. Wenn wirklich jemand etwas wüsste, hätte es längst eine Strafverfolgung in anderer Sache gegeben, dann hätte man dich festgenagelt, und hätte es später verfolgt. Es werden bei einer Verhandlung nie zwei Fälle gleichzeitig behandelt. Mach dir also nicht umsonst so viele Gedanken. Ich mach sie mir auch nicht«, versuchte er Angelina zu beruhigen.

Doch sie war nicht so einfach umzustimmen. Besorgt erklärte sie: »Die Anwältin sagte aber auch, dass Philipp seine Mörder selbst in die Wohnung gelassen haben könnte, weil er mit ihnen über seinen Ausstieg reden wollte, und dass Mitglieder solche Leute bestrafen, weil sie kein Risiko eingehen wollen.«

»Mädchen, komm zurück, und wir machen wie gewohnt weiter. Du bist eine Koryphäe und siehst wohlhabenden Zeiten entgegen. Lass dich doch nicht nervös machen, von so vage geäußerten fixen Ideen einer Rechtsanwältin«, versuchte Massimo es noch einmal und schien dann doch Erfolg zu haben, denn seine besonnene, unbeschwerte Stimme wirkte beruhigend auf Angelina. Sie atmete nochmals tief durch. »Okay, alles klar, du hast recht ... ich komme zurück. Aber ich möchte umziehen, in eine andere Wohnung.«

»Warum das denn. Du hast doch eine wunderschöne Wohnung?«

»Na ja, einfach aus Sicherheitsgründen. Die haben ja meine Adresse, an die sie die Einladung schickten.«

»Okay, das sehe ich ein. In diesem Punkt hast *du* recht. Ich schlage vor, dass du vorläufig mal zu deinem kolumbianischen Freund ziehst, bis wir etwas für dich gefunden haben. Er kommt ja in ein paar Tagen wieder zurück nach Zürich. So lange musst du dich noch gedulden.«

Angelina war nicht böse über diesen Vorschlag. Der kam ihr sogar sehr gelegen. »Mein kolumbianischer Freund wird hoffentlich nichts dagegen haben«, sagte sie lächelnd, und dachte sich dabei, ›*vielleicht bleibe ich gleich ganz bei ihm*‹.

Massimo spürte die Freude und schmunzelte seinerseits. »Dachte ich es mir doch, dass du gegen diesen Vorschlag nichts einzuwenden hast. Deine freudige Reaktion lässt mich sogar vermuten, dass das wahrscheinlich dein zukünftiges Heim bleiben wird. Also dann, bis bald.«

*

*B*arbara Bonhoff saß neben dem Bett ihres Mannes, der mit offenen Augen an die Decke starrend, in seinem Bett lag. Ja, Wolfgang Bonhoff lag nach seinem schweren Unfall noch immer im Koma.

Barbara liefen Tränen über die Wangen. In der Hand hielt sie die Tageszeitung. Sie verstand die Welt nicht mehr. Immer wieder blieben ihre Augen an einer ganz bestimmten Stelle des Zeitungsberichts über das Urteil im Ehegatten-Mordprozess hängen: ›*Offen blieb bis heute, wo sich die Leiche des vermissten P.C. befindet. Die Theorie, sie sei durch einen Mittäter im Krematorium spurlos entsorgt worden, konnte weder ausgeschlossen noch definitiv bestätigt werden, da der in Frage kommende Mittäter nach einem schweren Verkehrsunfall nicht vernehmungsfähig ist. Auch der Bruder des Verunglückten konnte dies weder bestätigen, noch letztgültig verneinen.*‹

Ihr Mann ein Mittäter? Ein Helfer einer Mörderin? Nein, nie und nimmer.

Erst jetzt, als sie davon las, war ihr klar, was die Polizei von Wolfgang wollte, als sie letztes Jahr im August zu ihnen nach Hause kam.

Ja es stimmt, sie wusste, dass Wolfgang eine Wut auf Philipp hatte. Der hatte sich ja auch ziemlich schäbig verhalten. Aber niemals würde Wolfgang sich zu einer solch abscheulichen Tat hinreißen lassen. Er war viel zu lieb, konnte niemandem etwas zuleide tun.

Sie blickte verzweifelt zu ihrem Mann, der bewegungslos dalag und unverändert an die Decke starrte: »Das stimmt doch nicht, Wolfgang, was die da schreiben, dass du womöglich ein Mittäter warst? Du hast damit doch nichts zu tun, oder? So etwas Schlimmes hättest du doch nie tun können, und schon gar nicht, ohne es mit mir besprochen zu haben? Und, warum sagte Günter so etwas? Der müsste doch ausschließen,
220

dass du zu so etwas hättest fähig sein können. Er konnte die Polizei doch nicht im Glauben lassen, dass du mit dieser Crohn eventuell gemeinsame Sache gemacht haben könntest«, sagte sie verzweifelt in die Stille des Krankenzimmers und hoffte, dass Wolfgang ihr ein Zeichen gebe.

Doch Wolfgang Bonhoff schwieg, starrte regungslos an die Decke seines Krankenzimmers.

Barbara fragte sich, ob er sie wohl hörte? Verstand er, was sie sagte? Sie hatte einmal gelesen, dass Menschen im Koma mitbekommen sollen, was um sie herum geschah.

Aber, wenn dem so war, warum gab er ihr kein Zeichen? Und wenn es nur ein Blinzeln war, oder dass er den kleinen Finger bewegte. Doch nichts tat sich. Barbara blieb allein mit dieser Ungewissheit und der Trauer. Sie empfand alles als eine schwere Prüfung, die schwerste in ihrem Leben. »Wo bist du Gott?« fragte sie laut, »wofür bestrafst du mich? Was habe ich getan, dass ich dieses Schicksal verdient hätte?«

Im nächsten Moment kam sie wieder zur Besinnung. ›Wie unsinnig, diese Frage‹, dachte sie bei sich, wie schon so oft zuvor, ›Du kannst Gott doch nicht für alles verantwortlich machen.‹

*

Gerda Mühlewald, eine kleine Frau mittleren Alters, nicht dick, aber dennoch mit ausgeprägten weiblichen Formen, saß in ihrer Zelle und schaute gelangweilt zum vergitterten Fenster hoch, als das Schloss ratschte und die Zellentür geöffnet wurde.

»So, Frau Mühlewald, nun bekommen Sie auf Ihre letzten Tage noch eine Zellengenossin, damit Ihnen die

Zeit nicht zu lang wird. Die Tage sind nämlich so knapp vor Entlassung meist unendlich lang«, scherzte die stämmige Beamtin und ließ Daniela mit ihrem Bündel eintreten. »Das ist Daniela Crohn«, stellte sie Daniela ihrer vorübergehenden Zellengenossin vor.

»Sie können Ihre Sachen in den Spind rechts legen. Bei dieser Kommode hier«, sie zeigte auf das einfache Möbel an der rechten Seite der Zelle, »gehören Ihnen die beiden unteren Schubladen, für Ihre ganz persönlichen Dinge, wie Briefe Bilder und so. Wenn Frau Mühlewald entlassen ist, können Sie dann die oberen beiden nehmen«, wies die Beamtin Daniela ein.

Daniela sagte keinen Ton. Sie machte sich daran ihr Nachtlager zu beziehen. Als sie das Ratschen des Zellentürschlosses wieder vernahm, warf sie nur einen kurzen Blick zur Tür und machte sich gleich wieder stumm an die Arbeit.

»Na, bist du stumm?«, hörte sie die Stimme hinter sich. Daniela blickte nur über die Schulter zur Mitgefangenen hin, um sich gleich im nächsten Moment wieder wegzudrehen, um ihre Sachen wegzuräumen.

»Was hast'n da für Papiere?«, gab die Frau nicht auf, »ich bin übrigens Gerda. Wir sind hier drinnen alle per ›Du‹. Du heißt Daniela?«, fuhr sie mit äußerst freundlicher Stimme fort.

Jetzt erst blickte Daniela in Gerdas Augen. Es waren vertrauenserweckende Augen, die Daniela auftauen ließen. Sie setzte sich aufs Bett. »Du hast deine Zeit rum?«, fragte sie jetzt interessiert.

Mit breitem und strahlenden Lächeln antwortete Gerda fast ein wenig überschwänglich vor Freude: »Ja, fünfzehn Jahre sind rum, genau gesagt in einer Woche.

Man hat meinem Antrag auf Aussetzen der Strafe stattgegeben. Ich habe mich gut geführt, tja, und das hat sich ausgezahlt. Ich kann dir nur raten. Sei nicht aufmüpfig, ducke dich, wenn's sein muss, übernehme auch mal freiwillig Aufgaben, sei hilfsbereit, spiele dich nicht auf und vor allen Dingen streite dich nicht. Dann hast du alle Chancen.«

Daniela schüttelte nur ihren Kopf. Tränen stiegen ihr in die Augen.

»Hej Mädchen, entspann dich. So schlimm ist es hier drinnen nicht. Wenn du das machst, was ich dir eben gesagt habe, geht's dir ganz gut, und null-komma-nix ist die Zeit um. Wirklich, so habe ich es empfunden«, tröstete Gerda sie. »Warum sitzt du denn eigentlich? Haste jemanden gekillt?«

Daniela schüttelte nur den Kopf.

»Kannst es mir ruhig sagen. Es ändert nichts an deiner Situation«, Gerda lächelte, »ich habe jemanden umgebracht. Aber das Gericht anerkannte, dass es kein heimtückischer Mord war. Deshalb hatte ich mich ja von Anfang an darauf versteift, dass ich Chancen auf Aussetzung der Strafe habe … Biste auch auf lebens-länglich verdonnert?«

»Ja«, und wieder flossen Tränen.

»Hej Mädchen, wenn du hier drinnen gut überle-ben möchtest, darfst du nicht so zart besaitet sein. Wenn de flennst, lachen die andern dich nur aus und mobben dich schlimmstenfalls. Glaub mir, du bist bes-ser dran, wenn du die coole markierst.«

»22 Jahre für etwas, das ich nicht getan habe …«, fügte Daniela mit weinerlicher fast erstickter Stimme hinzu. »… dann kommt noch dazu, dass ich den Tod meines Mannes zu beklagen habe … und jetzt soll ich ihn sogar getötet haben?«

»Du hast wohl nah am Wasser gebaut, was?«, stellte Gerda etwas ungeduldiger, aber dennoch immer noch freundlich fest, »das passt so gar nicht zu dir … du bist so eine schöne, große stattliche Frau, nicht wirklich eine Heulsuse ... rein optisch halt.«

Diese Worte, die Daniela als gut gemeinten Rüffel empfand, bewirkten, dass sie sich selbst einen Ruck gab und, bei ihrer nächsten Antwort, jetzt etwas bestimmter wirkte: »Wie würdest du reagieren, wenn du unschuldig verknackt würdest und dann noch um deinen Mann trauerst? Als wäre das nicht schon genug.«

»Ich wurde verknackt, und ich weiß auch, was ich getan habe … aber ich hab's überstanden, … so what?«, erklärte Gerda jetzt, dankbar, dass das Geheule nun endlich ein Ende hatte, »hier wird niemand unschuldig verknackt. Die Ermittler kamen ja nicht von ungefähr drauf, dass du die Mörderin warst; sie werden Spuren, ja, ganz klare Hinweise gefunden haben, sonst wären sie ja nicht auf dich gekommen. Sonst hätten sie dich auch nicht verknackt. Ist doch ganz klar, oder nicht?«

»Ist dir vielleicht schon mal in den Sinn gekommen, dass Spuren auch von jemandem gelegt worden sein könnten, um von sich abzulenken?«, fragte Daniela jetzt schon etwas wütender.

»Ha, jetzt gefällst du mir besser«, frohlockte Gerda, »nur so, Mädchen, wirst du hier überleben, nicht mit Geflenne. Also sag schon, wie haste ihn denn umgebracht? Mir kannst es sagen.«

»Hörst du mir denn nicht zu? Ich sagte doch schon … ich habe niemanden umgebracht. Und jetzt lass mich in Ruhe«, fertigte Daniela Gerda ab.

»Was haste denn da für Papiere in der Schublade verstaut?«, gab letztere nicht auf.

»Das ist mein Fall … ich habe alles gesammelt.«

»Oh, darf ich das mal sehen?«

»Nein«, sagte Daniela jetzt sehr bestimmt.

»Du bist ja schon ne Marke; ein richtig schwerer Brocken; erst flennste rum, dann biste plötzlich pampig. Warum lässt du mich denn nicht mal reinschauen? Vielleicht kann ich ja für dich tätig werden, wenn ich draußen bin. Ja, ich würde dir wirklich helfen, wenn da was dran wäre an deiner Unschuldsbehauptung«, bot Gerda nun freundschaftlich an.

»Ah, du glaubst also, dass eine Mörderin mir helfen könnte, meine Unschuld zu beweisen, wenn es meine Rechtsanwältin nicht schaffte?« Daniela merkte, dass es ihr besser ging, wenn sie sich nicht mehr in Selbstmitleid erging. Es war der Moment, in dem sie sich schwor, sich nicht unterkriegen zu lassen. Sie würde nicht aufhören zu kämpfen. Und ihre Freundin Evelyn würde nicht aufgeben, davon war sie überzeugt.

Gerda indessen war jetzt eingeschnappt, denn sie meinte es ernst mit ihrem Angebot. »Ich finde es nicht nett, dass du mich so abkanzelst. Ich bot dir wirklich ehrliche Hilfe an«, sagte sie jetzt mit bewegter Stimme, die so gar nicht zu ihr passte, nachdem sie Daniela Gefühlsduselei vorwarf.

Diese Stimmung hatte jetzt Wirkung auf Daniela und so versuchte sie die Wogen wieder zu glätten. »Okay«, sagte sie, »du willst also meine Akte sehen«, stand auf und öffnete das zweitunterste Schubfach der Kommode. »Aber ich warne dich, Gerda, keine blöden Kommentare, ja?«, drohte sie ihrem Gegenüber.

»Wow, Daniela, du hast aber schnell gelernt«, stellte Gerda triumphierend fest, weil sie diesen Erfolg ihrem Engagement zuschrieb. Sie nahm die Akte, blätterte sie erst mal ganz durch, »ganz schön dick«, stellte sie fest, und ging wieder zurück zum Anfang, um zu lesen.

»Uiui, das ist heftig ... und du schwindelst mich nicht an, wenn du sagst, dass du unschuldig bist?«, bezweifelte Gerda Danielas Aussage.

»Sag mal, Gerda, steckst Du mit der Gefängnisleitung unter einer Decke? Sollst du mich wohl ein bisschen aushorchen? Ein Geständnis von mir hervorlocken? Dann muss ich dich enttäuschen. Ich bin unschuldig.«

Gerda zuckte zusammen, leichte Röte stieg ihr ins Gesicht. »Ähm ... nein«, stotterte Gerda.

»Aha«, sagte Daniela nur und senkte dann ihre Stimme zum Flüsterton: »lag ich also richtig mit meiner Vermutung.« Beim nächsten Part hob sie wieder ihre Stimme an: »Bist wohl doch nicht so abgebrüht, wie du dich vor mir aufgespielt hast?«, polterte sie ziemlich energisch; der Gedanke, dass sie abgehört wurden, ließ sie nicht los. Sie konnte zwar nichts entdecken, aber sie war sich jetzt schon sicher, ›ist man wohl doch nicht so überzeugt von der Richtigkeit des Urteils, dass man eine Spionin auf mich angesetzt hat!‹, dachte sie bei sich, was natürlich für sie sprechen würde. Dann wurde sie ganz plötzlich wieder laut: »Ich sag's hier jetzt nochmals zum Mitschreiben ...« um gleich wieder die Stimme auf Flüsterton zu senken »es könnten ja Wanzen hier versteckt sein« ... dann wieder mit lauter Stimme »... ganz laut und deutlich: ich - bin - unschuldig«, diese letzten drei Worte sagte sie ganz akzentuiert und abgehackt, »... ich habe meinen Mann nicht getötet. Zu so etwas bin ich gar nicht fähig. Ich kann mir zwar nicht erklären, wie die ganzen Spuren in unsere Wohnung und an die Gegenstände kamen, aber sie sind nicht von mir.« Sie schrie diese Worte förmlich hinaus, tief im Innern ärgerte sie sich, dass sie während der Gerichtsverhandlung sich nicht ähnlich aufgeführt hatte, stattdessen saß sie wie ein Häufchen Elend auf ihrer Anklagebank. Aber Da war sie schließlich noch nicht verurteilt. Sie hatte einfach nur Angst.

Dafür war es jetzt Gerda, die zusammengesunken, fast ein bisschen kleinlaut dasaß. Sie fühlte sich ertappt.

»Entschuldige Gerda ... vielleicht habe ich dir Unrecht getan«, sagte Daniela nun vermittelnd.

Jetzt richtete Gerda ihren Blick direkt auf Daniela, legte sich ihren Zeigefinger auf die Lippen und schüttelte kaum merklich den Kopf.

Daniela verstand ... sie versuchte es mit Zeichensprache ... zuerst zeigte sie auf Gerda und dann auf sich selbst, dann auf die Ohren und richtete ihren Blick wie suchend im Zelleninneren, was bedeutete ... ›wir werden also beide abgehört?‹

Gerda nickte und von da an sprachen sie nur noch Belangloses. So wuchs allmählich gegenseitige Sympathie und Vertrauen. »Ah, du bist also eine Autorin?«, stellte Gerda fest, während sie kräftig mit den Seiten der Akte raschelte … so simulierte sie, dass sie, als es so still war, eifrig am Lesen war.

»Ja, ich habe Literaturwissenschaften studiert«

»Mensch, da biste ja ein richtig kluges Mädchen«, konstatierte Gerda, »Scheiße nur, dass du ausgerechnet diesen Titel für dein Buch gewählt hast. Das hat wohl nicht für dich gesprochen.«

»Exakt, auch daran hat man mich aufgehängt.«

»Urrgh … aufgehängt hört sich nach Wildwest an. Da krieg ich grad Gänsehaut.«

»Sag mal Gerda, was wirst du machen, wenn du draußen bist?«

»Na ja, ich bin nicht so hochkarätig wie du. Ich hatte nur Verkäuferin gelernt. Ich werde was finden. Mein Bewährungshelfer wird mich unterstützen.«

»Ich bilde mir nichts auf mein Studium ein, Gerda. Jeder hat seinen Platz in der Gesellschaft und das ist gut so. Und, du siehst ja, wo ich gelandet bin«, und sehr betont fügte Daniela hinzu, »unschuldig im Gefängnis und nicht mal mit der Aussicht auf Aussetzung der Strafe nach 15 Jahren, weil man mir Heimtücke nachsagt. Ich und heimtückisch! Heimtücke ist mir fremd. Ich kann mir zwar schon vorstellen, was du jetzt denkst.«

»Na, was denn?«

»Dass ich fremdgegangen bin, und dass das ja auch nicht gerade die feine Art ist.«

»Ha, du kannst sogar Gedanken lesen«, kicherte Gerda. »Genau so dachte ich. Aber wenn ich es mir recht überlege, ist Heimtücke nicht das richtige Wort dafür. Dein Mann ging ja auch fremd … mein Gott, wir sind doch alle nur Menschen.«

Daniela war dankbar für dieses Gespräch. Es war ein guter Verlauf. Doch wollte sie noch mehr Einfluss darauf nehmen, damit die Betonung auf ihrer Unschuld lag. Also begann sie ihre Rede auch in diese Richtung: »Glaubst du mir Gerda? Glaubst du mir, dass ich unschuldig bin?«

»Ja, ich glaube dir, obwohl wir uns erst seit kurzem kennen, aber du bist keine Mörderin, das spürt man, wenn man mit dir zusammen ist. Ich begreife nicht, warum die Leute bei Gericht das nicht auch gespürt haben. Ich finde es übrigens klasse, dass deine Anwältin dir ihr Schluss-dingsbums überlassen hat.«

»Du meinst das Schlussplädoyer?«

»Ja, genau, das Schlussplä-dingsbums«

Sie lachten beide. Dann wurde Daniela wieder ernst. »Ich finde diese eine Aussage sehr wichtig … Moment …«, sie blätterte in der Akte bis sie zu der anvisierten Stelle kam und laut vorlas: ›*Hatte der Ermordete vielleicht Kontakt zu zwielichtigen Personen? Hatte er immer eine reine Weste, oder ging er vielleicht nicht ganz gesetzeskonformen Aktivitäten nach und wollte, nachdem er sich der Unrechtmäßigkeit seines Tuns bewusst wurde, aussteigen? Hatte er sich damit vielleicht selbst in Gefahr gebracht? Leute die aussteigen wollen, ziehen den Groll der anderen Mitglieder auf sich, weil er ein Risiko darstellt. Hatte er den oder die Mörder vielleicht selbst in die Wohnung gelassen, weil er mit ihnen diskutieren wollte?*‹ Das sind Aussagen, die man nicht so einfach aus der Luft greift. Und ich hatte natürlich auch keine Ahnung, weil wir ja getrennte Wege gingen. Ich hoffte zwar, dass sich das mal ändern würde, aber davon waren wir noch weit entfernt. Ich wusste absolut nichts von ihm, wo er sich aufhielt, was er machte, und er wusste nichts von mir. Also, dachte ich mir, dass die Rechtanwältin irgendetwas herausgefunden hat, das aber noch nicht so sicher untermauert war, so dass es vor Gericht hätte Bestand haben können. So hatte sie es mir auf jeden Fall danach erklärt. Ich bin aber fest davon überzeugt, dass sie der Sache noch nachgehen wird. Deshalb gebe ich die Hoffnung nicht auf … noch nicht.«

»Ich wünsche es dir von Herzen.«

Später, als Gerda Mühlewald, alias Silke Brenneis, eine Polizeipsychologin, die die Rolle der Strafgefangenen übernahm und auch überzeugend spielte, den Kollegen gegenübersaß, bestätigte sie ihren gewonnenen Eindruck. »Auch wenn euch meine erste Erkenntnis vielleicht nicht gefällt, aber diese Frau halte ich nicht für eine Mörderin.«

Silke hatte diese Aufgabe nämlich auf Anregung von Björn Albrecht, der die Freiburger Kollegen davon überzeugen konnte, Näheres über die Mordumstände erfahren zu wollen, übernommen. Besonders in solchen Fällen, in denen jemand nur aufgrund von Indizien zu einer lebenslangen Haftstrafe verurteilt wurde, und die Verurteilte bis zum Schluss ihre Unschuld beteuert hatte, blieb immer ein schaler Beigeschmack. Und dann war da noch das Gespräch mit Celine nach dem zweiten Verhandlungstag, das ihn nachdenklich stimmte. Er setzte sehr auf das Gespräch mit einer Mitgefangenen, besonders wenn irgendwann hoffentlich ein Vertrauensverhältnis aufgebaut sein würde. Eine Mitgefangene hatte mehr Chancen etwas in Erfahrung zu bringen. Untereinander öffneten sich die Strafgefangenen dann doch eher, zumal sie ja, wenn schon verurteilt, nichts mehr zu verlieren hatten. Insgeheim hoffte er, dass es kein Fehlurteil war ... dass Frau Crohn die Mörderin ist. Es wäre beruhigender gewesen, weil sie dann alles richtig gemacht hätten. Und nun diese Erklärung von Silke Brenneis. Das gefiel ihm gar nicht.

Silke fuhr mit ihrer Erklärung fort: »Ja, und wie ihr ja selbst mitbekommen habt, vermutete Daniela, dass noch mehr Ohren bei unserem Gespräch mithörten. Diese Feststellung kam so unvorhergesehen, so spontan, dass ich mich überrumpelt fühlte und entsprechend reagierte; ja ich fühlte mich ertappt, fühlte die Röte ins Gesicht steigen, und ich kam mir plötzlich schäbig vor, wie eine Lügnerin. Also, ich sage euch, Daniela ist nicht dumm. Auch sie hat psychologisches Feingespür ... ja, die hatte sehr bald den Eindruck, dass ich sie aushorchen wollte.«

Natürlich konnte Silke sich jetzt, nach diesem ersten Gespräch nicht mal eben ausklinken von der ganzen Sache. Sie musste bis zum 21. Januar ausharren, bis ihre angebliche Restzeit der Strafverbüßung abgesessen sein würde. Sie musste das Spiel zu Ende spielen, denn sie verschwieg bei ihrem Bericht, dass sie Daniela die Aushorchaktion nonverbal bestätigte. »Ich werde natürlich weiterforschen«, kam sie allmählich zum Schluss, »ich glaube aber nicht, dass noch mehr bei der ganzen Geschichte herauskommt.«

Albrecht verabschiedete sich von seinen Kollegen und bat sie, ihn zu informieren, sollte sich noch etwas Konkretes bei dem Test ergeben.

13

Nach gut fünf Monaten Aufenthalt in Italien kehrte Paolo – im Schlepp mit Giulia – nach Zürich zurück. Mit Giulia konnte er während der ganzen Zeit nicht warm werden. Sie war hart und kratzbürstig, also weit entfernt davon, gezähmt zu sein, wie Francesco es sich vorgestellt hatte. Paolo kam es vor, als würde diese biestige Göre Männer tiefgründig hassen. Sie hatten während der ganzen Zeit nie miteinander auf sachlicher, freundschaftlicher Ebene diskutieren können. Diskussionen scheiterten meist an Giulias schnippischen Antworten. Die Situation war immer angespannt. Francesco meinte, dass Paolo ihr etwas Zeit geben müsse. Sie habe wohl viel, vielleicht auch Schlimmes, durchgemacht.

Angelina indes freute sich, als sie Paolo wiedersah. Sie staunte nicht schlecht, über sein im Vergleich zu der Zeit als er nach Italien ging, ziemlich langes Haar, so dass sein Haupt eine wilde Lockenpracht zierte. Ebenso trug er Bart, ordentlich gestutzt und gepflegt, dennoch verlieh ihm beides ein verwegenes Aussehen … sie schwärmte von ihm mehr denn je. Wie hatte sie ihn vermisst. »Gut schaust du aus«, stellte sie mal eben auf seinen Lockenkopf zeigend fest, »richtig abenteuerlich verwegen.«

»Danke meine Liebe. Und du bist noch schöner geworden, in der Zwischenzeit.«

Angelina schaute etwas verlegen … Doch dann wanderte ihr Blick zu Giulia, die schräg hinter Paolo stand und mit den Augen rollte, wohl wegen des Gesülzes der beiden, als sie sich mit Komplimenten überschütteten, ein Gesülze, mit dem sie nichts anzufangen wusste.

Als Angelina diese Rassefrau wiedersah, und sich vorstellte, dass die beiden ein paar Monate zusammen im Team verbrachten, wurde sie fast ein bisschen eifersüchtig. Ihr sind schon damals, Mitte August, als sie Giulia kennengelernt hatte, deren schönes Gesicht und die ungewöhnlich hellen Augen aufgefallen. Die Augen waren zwar interessant, auch schön, aber hart und abweisend, wie sie damals schon festgestellt hatte.

Paolo ist diese Regung bei Angelina selbstverständlich nicht entgangen und es tat ihm gut, das zu spüren.

Später unter vier Augen beruhigte er sie: »Da brauchst du dir wahrhaftig keine Sorgen zu machen, Angelina. Bei dieser Frau bekommt jeder Mann Frostbeulen. Bei ihr ist die Schönheit reine Verschwendung.«

»Ich werde übrigens umziehen. Weißt du das schon?«

Paolo schmunzelte, und sagte so nebenbei, als wäre es eine uralte für alle Welt bekannte Tatsache. »Ja, klar, weiß ich das. Es stand in der NZZ. Ich freue mich. Meine Wohnung ist groß genug. Wann willst du denn einziehen?«

Angelina puffte Paolo freundschaftlich auf den Oberarm und sagte: »So schnell wie möglich, nächsten Mittwoch, oder Donnerstag. Ist das gut?«

*

Zur ersten Sitzung in Zürich am Folgetag erschien Giulia nicht. Sie hatte etwas anderes, wichtigeres vor. Eigentlich war sie gar nicht angewiesen auf die Geschäftstätigkeiten in der Organisation. Sie erhielt von ihrem geliebten reichen Onkel in Amerika regelmäßige Zahlungen, mit denen es sich recht gut leben ließ. Sie wollte nicht im Geld schwimmen, nein das brauchte sie nicht. Sie dachte sogar daran, nebenher einer geregelten Arbeit nachzugehen, um selbst zu ihrem Lebensunterhalt beizusteuern und vor allen Dingen, nicht aufzufallen. Dennoch wollte sie Mitglied der Organisation bleiben, weil sie sich in deren Schutz aufgehoben und sicher fühlte. Sie war auch bereit kleine Jobs darin zu übernehmen. Vielleicht im Kreditkartenbereich, Bank- und Versicherungsbetrug ... zumindest hatte Paolo diese Aufgaben für sie als passend eingestuft und ihr in Aussicht gestellt. Doch war alles noch offen, denn dazu hatte Massimo noch das letzte Wort. Was sie nicht wollte, das war eine enge Zusammenarbeit mit anderen. Sie hatte Probleme mit engen Kontakten.

Auf jeden Fall würde sie später dann bei den Treffen teilnehmen, aber jetzt war ihr sich selbst erteilter Auftrag wichtiger, und dazu brauchte sie noch Zeit. Ja, und endlich wollte sie Matteo Di Pasquale treffen. Er war der einzige, neben ihrem Onkel, den sie liebte, was immer sie auch unter dem Gefühl der Liebe für das andere Geschlecht verstand.

Die Gruppe störte es nicht, dass Giulia noch nicht voll dabei war. Sie hatten wichtige Geschäfte zu be-

sprechen, und da Giulia in Zürich noch nicht eingeführt war, war ihre Anwesenheit im Moment auch
nicht so wichtig.

Bei dieser ersten Zusammenkunft, seit Paolos
Rückkehr, ging es nämlich um Angelinas Cyber-
Geschäft, genau gesagt, um Industriespionage. Sie ver-
schaffte sich Zugriff auf den Server von International
Hightechnology Research and Development Inc. in
Paris und hackte wichtige, geheime Forschungs- und
Entwicklungsergebnisse. Mit der Technik der Steganografie, das heißt Informationen auf Trägerdateien in
Form von zum Beispiel harmlosen Urlaubsbildern zu
verstecken und zu transportieren. Diese geheimen Informationen sollten, dann an die von der Organisation
gegründete HighTech Company in Genf übermittelt
werden.

In dieser Firma saßen wichtige wissenschaftliche
Koryphäen, wie Edoardo Conte und Jacobo d'Angelo.

»Angelina, ich bin beeindruckt, ich wusste zwar,
dass du gut bist auf dem Gebiet der Cybertechnologie,
aber ich wusste nicht, dass du eine solche Spezialistin
darin bist. Also das mit der Steganografie musst du
mir noch genauer erklären«, staunte Paolo.

Angelina lächelte. Dieses Kompliment erfüllte sie
mit Stolz. »Also, Paolo, das System ist bombensicher.
Unberechtigte, interessierte Augen können die ver-
steckten Daten in der Trägerdatei nicht ausmachen, sie
sind unsichtbar. Ich nutze das Werkzeug OpenPuff,
das heißt, es ist ein System, das nicht nur Informationen in anderen Informationen versteckt, sondern sie
zusätzlich noch verschlüsselt. Nur mittels Entschlüsse-
lungsprogramm können sie entschlüsselt werden. Und

dazu teile ich die Passwörter auf drei Personen auf, das heißt, dass eine Entschlüsselung nur unter sechs Augen möglich sein wird. Ich verwende hier das Werkzeug Secret Sharp. Natürlich ist ein Bild nicht die einzige Möglichkeit für eine Trägerdatei. Man kann Informationen auch in Sounddateien vergraben. Dazu bietet sich das Werkzeug DeepSound an. Tja, und dann können unsere Wissenschaftler Edoardo und Jacobo das Knowhow, das in den Informationen steckt, nutzen und zu Geld machen.«

Paolo ist beeindruckt, aber nicht minder auch Massimo. Antonio war total fasziniert von seiner Cousine, konnte es aber nicht so zeigen.

Lorenzo Rizzi nahm diese Informationen ohne viel Regung hin. Zwar nötigte Angelinas Knowhow ihm den vorbehaltlosen Respekt ab, aber er war nicht einer, der sich in Lobeshymnen ergoss. Ihn interessierten seine Wertpapiergeschäfte, die via Antonio erfolgreich getätigt werden konnten und auch von den Mitgliedern mit Beifall bedacht wurden. Es floss fiel Geld, verdammt viel Geld.

Gegen Ende der Zusammenkunft berichtete Massimo von seinem Business. Er hatte sich politisch engagiert. Er bewegte sich innerhalb des Organs der öffentlichen Hand, in dem öffentliche Mittel ›qua subventione‹ legal verschleudert wurden, und bei der er sich für die Organisation bediente. Sein Interesse galt Investitionen im legalen Wirtschaftssektor, wie Luxusimmobilien, Restaurants und Baugewerbe. Das Business florierte.

Und ganz zum Schluss gab Paolo seinen Bericht über seine Erfahrungen in Neapel. Massimo war natürlich im Vorfeld von Francesco schon informiert worden und wusste, welche Geschäfte Paolo in Zusammenarbeit mit Francesco tätigte. Deswegen bedurfte es, außer einer Zusammenfassung, keiner detaillierten Erklärung. Doch erläuterte Paolo, dass er im Zusammenhang mit Giulia so seine Bedenken hegte. Ihre abweisende Kälte, ihre Feindseligkeit, ihre Kaltschnäuzigkeit … all das, was so sehr im Widerspruch zu ihrer teilweise erotisch-sinnlichen Erscheinung stand, blieben ihm ein Rätsel. Und gerade weil ihr Wesen nicht zu ihrem Erscheinungsbild passte, meinte er, dass es irgendwelche, schwerwiegende Erfahrungen gewesen sein mussten, die sie so prägten. Nicht einmal Francesco kam an sie heran, obwohl Paolo das Gefühl hatte, Giulia könne es besser mit Vaterfiguren, denen sie offensichtlich mehr Respekt entgegenbrachte. »Ich habe ein ungutes Gefühl bei ihr. Sie tat nämlich auch die ganze Zeit sehr geheimnisvoll. Irgendetwas plant sie. Sie hatte in Neapel auch des Öfteren Nachrichten auf ihrem Handy erhalten. Als ich versuchte, einen Blick zu erhaschen, hatte sie sofort weggedrückt.«

»Na dann sollten wir ihr halt mal ein bisschen auf den Zahn fühlen, sprich hinterherspionieren«, schlug Angelina vor.

»Wir sind schon dran, denn Giulias trotziges Verhalten ist mir nicht entgangen; ich hatte heute Emma auf sie angesetzt, denn Emma ist für Giulia eine Fremde, die kennt sie noch nicht. Sie hat den Auftrag, unser widerspenstiges Mädchen einfach mal diskret zu beobachten, vielleicht ein paar Fotos zu schießen«, schmunzelte Massimo. Ja, seine Assistentin Emma Sartori war eine wertvolle Mitarbeiterin. Gerade, wenn es ums Beschatten von Leuten oder um Schnüffelei ging, hatte sich Emma immer bestens bewährt. Sie ist in etwa damit zu vergleichen, was auf einem Polizeipräsidium die Assistentin ist, die wertvolle Mitarbeiterin, die den Kommissaren mit ihrem Forscherinstinkt in die Hände arbeitet.

Paolo zog überrascht seine Augenbrauen hoch. »Wow, Massimo, du bist aber fix«, zeigte er sich überrascht.

Giulia ahnte nichts von ihrer Verfolgerin. Sie hastete schnurstracks Richtung Hauptbahnhof Zürich. Sie schien es eilig zu haben. Ihr Weg führte sie direkt zum Bahnhof … von weitem bewunderte sie das imposante Gebäude. Sie näherte sich mit schnellen Schritten dem Bahnhofsplatz. Mitten auf dem Platz, direkt beim Alfred Escher-Denkmal, das sich vor dem Haupteingang des Hauptbahnhofes befand, stand ein junger Mann. Er war kaum größer als Giulia. Eine Wollmütze schützte ihn gegen die Kälte dieses eisigen Januartages, seine Hände hatte er tief in die Jackentasche vergraben, seine Schultern waren hochgezogen. Neben ihm stand ein weiterer junger Mann, mit Baseballmütze und einem dicken Schal um den Hals gewickelt. Er trug ein Soul Patch-Bärtchen kombiniert mit einem Schnurrbart. Giulia lief direkt auf den Mann mit der Wollmütze zu. Emma, schoss gleich mal die ersten Fotos. Als der Mann und Giulia sich einen Moment in den Armen lagen und sich herzten und sich links und rechts auf die Wangen küssten, kamen weitere Fotos hinzu.

Nachdem Emma genug Fotos geschossen hatte, näherte sie sich der Gruppe, in der Hoffnung vielleicht etwas von den Gesprächen aufschnappen zu können.

Die Begrüßung war so überschwänglich, wie sie nur für ein Wiedersehen nach langer Zeit üblich war. Erst jetzt lösten sich die beiden aus der Umklammerung. Der junge Mann stellte Giulia und den anderen Mann einander vor: »Giulia, das ist Roberto, ein begnadeter Jazzgitarrist und er ist zudem ein kluger Mann mit einem Jurastudium in der Tasche. Also mit ihm kannst du dich auf hohem Niveau unterhalten. Und nicht nur das, er besitzt auch andere Fertigkeiten und kann uns in unserer Sache sehr behilflich sein. Er hat Erfahrung, und für unsere Sache hatte er schon ziemlich Vorarbeit geleistet. Er weiß, was die beiden so treiben, und auch wo sie wohnen. Roberto, das ist Giulia, meine Schulfreundin. Sie war damals schon ein ziemlich kluges Mädchen. Auf einem Schweizer Internat hat sie ein glänzendes Abitur hingelegt und danach an der Facoltà di Scienze della Comunicazione erfolgreich ihren Bachelor gemacht. Ja von uns dreien bin ich der einzige Depp, ohne Hochschulabschluss.« Für diesen Kommentar erntete Matteo von Giulia einen strafenden Blick. Sie mochte es nicht, wenn Matteo, sich selbst so erniedrigte. Er war ein lieber Kerl, ihr bester Freund und das hatte für sie mehr Gewicht, als jedes tolle Studium, von dem sie selbst im Moment sowieso keinen großen Nutzen zog.

Dann reichte Giulia Roberto distanziert die Hand zur Begrüßung und an Matteo, wieder etwas milder gewandt, sagte sie: »Danke Matteo … erst wenn die Sache erledigt ist, kann ich wieder Ruhe finden. Aber sag, wollen wir uns nicht irgendwo hineinsetzen? Es ist kalt da draußen.«

Diese Frage kam Emma sehr entgegen, denn auch sie fror gottsjämmerlich. Lieber führte sie ihren Lauschangriff in der Wärme weiter durch. Bilder hatte sie ja schon genügend. Sie brauchte jetzt nur noch Gesprächsinhalte. Die kleine Gruppe steuerte direkt auf das Caffè Spettacolo im Hauptbahnhof zu.

Emma setzte sich ganz in die Nähe der Gruppe. Der Kerl, der sich Matteo nannte, zog seine Mütze vom Kopf und hervor kam ein dichter, rotbrauner, leicht gelockter Schopf. Dazu seine dunkelbraunen Augen, und seine sportliche Statur gaben ihm eine interessante Erscheinung. ›Nicht übel anzusehen‹, dachte Emma bei sich, während sie vor sich hin schmunzelte. Der andere, der sich Roberto nannte, hatte eine rasierte Glatze. Er hatte ebenfalls dunkelbraune Augen. Die drei bestellten alle ihren Kaffee zusammen mit Croissants, während, Emma nur einen Cappuccino bestellte.

Sie saßen bestimmt eine halbe Stunde in der gemütlichen Atmosphäre des Restaurants, und Emma erfuhr, dass Matteo ein Freund von Giulia aus Kindertagen sein musste. Erinnerungen wurden aufgefrischt, die zwischen fröhlicher Stimmung und einer Art Niedergeschlagenheit wechselten. Roberto war eher der Unbeteiligte, er hörte nur zu. Neugierig wurde Emma, als sie folgende Gesprächsfetzen wahrnahm. »Die Dreckschweine haben es nicht besser verdient«, hörte sie Matteo sagen. Das nächste konnte Emma nicht verstehen, weil er seine Stimme senkte. Dann wurde er wieder lauter. Man merkte dass er sich jetzt in Rage geredet hatte, »was die beiden Ginevra angetan haben, ist so abscheulich, so barbarisch, Pfui Teufel. Sie haben die Strafe verdient.« In dem Moment, als es raus war, erschrak Matteo selbst. Er schaute kurz zu Giulia, sein Blick wirkte schuldbewusst.

Und schon reagierte Roberto mit fragendem Gesichtsausdruck: »Ginevra?«

»Sorry Roberto. Ginevra ist Giulias Zweitname. Ich hatte sie früher oft so genannt, wenn ich sie ärgern wollte. Jetzt habe ich es aus alter Kindheitsgewohnheit wieder getan. Ich meinte natürlich Giulia, denn ich habe alles andere im Sinn, als Giulia zu ärgern. Sie hatte es schwer genug gehabt mit den beiden. Sie tut mir leid, weil sie so leiden musste.«

Diese Anteilnahme tat Giulia gut. Sie fand es auch klasse, wie schlagfertig Matteo sich herausredete.

»Wann können wir loslegen?«, fragte sie, »ich möchte nicht zu lange warten. Die Zeit der Abrechnung ist gekommen. Matteo du sagtest, dass Roberto …«, sie schaute zu Roberto hinüber, »… dass du schon Vorarbeit geleistet hast. Hast du dir auch schon Gedanken über das *Wie* gemacht? Wie wollen wir vorgehen? Diese Hexe soll leiden. Einfach nur erschießen wäre ein Gnadentod, den hat sie nicht verdient.«

»Keine Sorge, da gibt es der Möglichkeiten viele. Und natürlich für ihren Sohn ebenfalls.«

»Und was kostet deine Dienstleistung?«, fragte Giulia mit skeptisch hochgezogenen Augenbrauen.

»Nun, Matteo ist mein Freund, und er hat mich um einen Gefallen gebeten. Wenn ein Freund mich um einen Gefallen bittet, dann ist mein Job ein Freundschaftsdienst«, erklärte Roberto großzügig.

»Ja, das ist ja lieb und nett. Aber ich bin schließlich nicht deine Freundin«, wandte Giulia ein.

»Die Freundin meines Freundes ist auch meine Freundin. Aber, wenn du willst, kannst du mich natürlich zu einem feudalen Essen einladen.«

»Okay gebongt ... das lasse ich mir etwas kosten, und 1000 CHF als Dessert biete ich dir auch noch an, zumindest, dass deine Ausgaben gedeckt sind. Ist das okay?«

»Okay«, lachte Roberto und reichte Giulia die Hand, während er ergänzte: »ein Mann, ein Wort.«

»Eine Frau, zwei Worte: ›geht klar‹«, erwiderte Giulia per Handschlag und lachte. Als sie Robertos hämisches Grinsen sah, fügte sie schnell hinzu, »komm bloß nicht auf die Idee, ›ein Wörterbuch‹ zu sagen, sonst hast du's bei mir verscheißert.«

»Huch, du versetzt mich in Panik«, konterte Roberto lachend diese Bemerkung, dessen Wortwahl immer wieder seine Bildung verriet, »mit einer Frau wie dir, so gut aussehend, also eine Augenweide, aber im Kontrast dazu, mit unerbittlichem Durchsetzungswillen, möchte ich es mir natürlich nicht verderben«

Jetzt lachten sie alle drei herzhaft.

»Nächste Woche steigt die Fete. Wir bleiben in Kontakt via Matteo.«

Giulia war zufrieden.

*

Heute war Entlassungstag. Silke Brenneis alias Gerda Mühlewald würde ab diesem Tag nicht mehr die Zellenmitbewohnerin von Daniela Crohn sein. Wie Silke vor ihren Kollegen schon prophezeit hatte, kam nichts mehr Bahnbrechendes heraus. Daniela beteuerte immer und immer wieder ihre Unschuld. Zwischen den beiden Frauen indes entstand eine herzliche Freundschaft. Am Vorabend ihrer Entlassung händigte Silke Daniela einen Zettel aus, auf dem sie ihr handschriftliche Erklärungen hinterließ: ›Daniela, wir hatten viel Zeit miteinander verbracht ... viel Zeit zu reden. Und wir hatten diese Zeit ausgiebig genutzt, insbesondere hatten wir uns über Dich und Deine verfahrene Situation unterhalten. Du hattest Deine Unschuld immer wieder beteuert und ich sagte Dir, dass ich Dir glaube. Das war nicht nur so dahin geredet. Du hattest übrigens sehr schnell, also schon am ersten Tag, gecheckt, dass ich Dich aushorchen sollte. Dieser Durchblick hatte mich sehr überrascht, was Du an meiner Reaktion ja herausgelesen hattest. Aber Du weißt noch nicht alles. Heute Abend, vor meinem Abgang, möchte ich Dir reinen Wein einschenken. Ich bin nicht die Mörderin Gerda Mühlewald, sondern Silke Brenneis, eine Polizeipsychologin. Bitte verzeih mir diese Täuschung. Am ersten Tag, wir lernten uns gerade kennen, erklärte ich Dir, dass ich, wenn ich aus der -Kiste- raus bin, Dich unterstützen würde. Auch diese Aussage war ernst gemeint. Ich habe alle Möglichkeiten. Ich werde an Deiner Rechtsanwältin dranbleiben. Sie soll nicht aufgeben. Ich hoffe, dass wir zusammen Erfolg haben werden. Mach es einstweilen gut ... und bedenke immer, was ich Dir als Mitgefangene ans Herz gelegt habe. Es wird Dir Deinen Aufenthalt hier erleichtern. Deine Silke.‹

Daniela las diese Zeilen und unwillkürlich stiegen ihr Tränen in die Augen. Durch ihre Tränen blickte sie Silke dankbar an. Laut sagte sie, weil sie ja wusste, dass ihre Gespräche aufgezeichnet wurden: »Du wirst mir fehlen Gerda, wenn du morgen weggehst.«

*

*J*a, und heute, 21. Januar 2012, war es so weit. Die Frauen lagen sich zum Abschied in den Armen und wünschten sich gegenseitig alles Gute. Daniela blickte auf ihre Schublade in der Kommode, wo sie Silkes Zeilen in ihrer Akte versorgt hatte. Leise flüsterte sie Silke ins Ohr: »Danke«

Dann war sie allein und glaubte, sich in ihrem Leben noch nie so einsam gefühlt zu haben.

*

*N*och gleichentags erstattete Emma ihrem Auftraggeber Massimo und Paolo über ihre Beobachtungen detailliert Bericht, den sie mit ihren geschossenen Fotos begleitete: »Giulia heckt etwas aus. Etwas Mörderisches. Sie traf sich mit zwei jungen Männern. Der eine hieß Matteo und der andere Roberto.« Emma hielt ihren Fotoausdruck hin und zeigte auf den einen Typ mit der Wollmütze: »das da, ist Matteo. Mit ihm schien sie enger befreundet zu sein, denn ihn herzte sie innig bei der Begrüßung. Und das ist Roberto«, sagte sie und zeigte auf den anderen mit der Baseballmütze, »den kannte Giulia nicht. Er wurde ihr erst beim Treffen vorgestellt, und wie ich heraushörte, absolvierte er ein Jurastudium. Sie sprachen von einer Hexe und deren Bastard, die Giulia wohl übel mitgespielt haben mussten, denn sie will Rache … und sie will nicht einfach nur den Tod, sondern sie will die Folter. Sie will die Hexe leiden sehen, hatte sie gesagt. Und sie will ihr Vorhaben schon nächste Woche durchziehen.«

Paolo kratzte sich nachdenklich an der Stirn. Bei Emmas Schilderungen fielen ihm Francescos Worte von letztem Jahr ein, die ungefähr folgendermaßen lauteten: ›*Ich gehe davon aus, dass Giulia ihren Papa rächen will, denn das sähe ihr ähnlich. Wenn es denn so wäre, sollten wir versuchen, es ihr auszureden, denn dieses gefährliche Terrain sollte sie nicht betreten.*‹

»Hatten sie mal Namen erwähnt, um wen es sich handelte bei der Hexe und ihrem Bastard?«, fragte Massimo.

»Nein, leider nicht.«

»Okay Emma, danke für deine Bemühungen und den Bericht«, sagte Paolo, »könntest du uns bitte alleine lassen? Ich muss mit Massimo unter vier Augen sprechen«, bat er sie dann.

»Ach, da war noch etwas. Einmal nannte Matteo sie Ginevra. So wie er erklärte, ist das Giulias Zweitname, mit dem er sie früher wohl immer dann angesprochen habe, wenn er sie ärgern wollte.«

Paolo sah Massimo vielsagend an. Er wandte sich dann nochmals an Emma: »bitte, Emma, sprich mit niemandem darüber. Absolutes Stillschweigen, klar?«

»Klar«, sagte Emma und ließ die beiden Herren alleine.

»Das ist genau das, was Francesco befürchtete, und zwar, dass Giulia den Mord an ihrem Vater rächen möchte. Sie scheint die Täter genau zu kennen … und zwar eine Hexe und ihr Bastard, wer immer diese auch sein mögen«, erklärte Paolo, sobald sie alleine waren.

Massimo räusperte sich, dann erkundigte er sich vorsichtig: »Du weißt Bescheid? Ich meine über Giulias wahre Identität?«

Paolo nickte. »Ja, und Francesco hatte sie mir ans Herz gelegt, dass wir gut auf sie aufpassen sollen. Er weiß zwar, dass es schwierig sein würde, denn, wie er meinte, lasse diese Rebellin sich nichts sagen.«

»Hm«, sagte Massimo nur nachdenklich. »Hm«

»Wollen wir sie uns mal zur Brust nehmen?«, fragte Paolo.

»Darf ich dir Giulia überlassen, Paolo?«, fragte Massimo, mehr als Vorschlag denn als Frage. Immerhin, hatte Francesco diese Rebellin Paolo ans Herz gelegt. Er fühlte sich etwas überfordert im Umgang mit widerspenstigen Gören.

»Wir sollten sie gemeinsam vorknöpfen, um sie zur Vernunft zu bringen. Ich hatte dir ja gesagt, dass ich nie mit ihr warm wurde und als Francesco sie mir ans Herz legte, war sie noch gar nicht da, und so wusste er nicht, dass sie mir gegenüber so abweisend sein würde und eher auf ältere Männer hört. Das habe ich in Neapel zu genüge zu spüren bekommen. Von Francesco ließ sie sich eher mal etwas sagen, als von mir. Ich habe das Gefühl, dass es Vaterfiguren sind, die sie respektiert.«

»Gut, Paolo, dann lass es uns gemeinsam angehen. Nehmen wir sie ins Gebet.«

*P*aolo bewohnte in Zürich eine Altbauwohnung, direkt über der Rosenapotheke, die sich in der Niederdorfstraße 11/Ecke Rosengasse befand. Es war erst 17:30 Uhr am Nachmittag, eisig kalt und schon ziemlich dunkel, als er sich auf dem Heimweg befand. Er kam gerade von der Brunngasse und freute sich auf sein gemütliches Zuhause. Er lächelte zufrieden beim Gedanken, dass er diese Wohnung spätestens am Donnerstag mit Angelina teilen würde, als er vor dem

›City Backpacker Hotel Biber‹ Giulia erblickte. ›Da ist ja unser Wildfang. Dieses kleine Biest. Da werde ich die Gelegenheit nutzen, und sie doch gleich mal zur Brust nehmen. Es gilt schließlich, keine Zeit zu verlieren, ein Versuch ist es auf jeden Fall wert, auch wenn Massimo nicht dabei ist‹. Er ging auf sie zu. »Hi Giulia«, sprach er sie an.

Giulia fuhr vor Schreck herum. Sie schaute Paolo mit verächtlichem Gesichtsausdruck an. »Was erschreckst du mich so? Und, was willst du überhaupt?«, fragte sie schroff.

»Ich möchte mit dir reden«, antwortete Paolo.

»Ich aber nicht mit dir. Zieh einfach ab«, versuchte sie ihn loszuwerden.

»Dann drücke ich es anders aus. Ich MÖCHTE NICHT mit dir reden, sondern ich MUSS mit dir reden, es ist WICHTIG … das heißt also, dass du keine andere Wahl hast, als mir zuzuhören«, sagte er jetzt sehr bestimmt mit strenger Stimme, »lass uns hier ins Café Henrici gehen, einen Kaffee trinken«, schlug er vor.

»Ich will nicht, lass mich in Ruhe!«, sträubte sie sich, wie ein kleines ungezogenes Mädchen.

Paolo fasste sie unsanft am Ellbogen.

»Au, du tust mir weh. Lass mich los! Sonst schreie ich«, protestierte Giulia jetzt energischer.

»Gut, dann sprechen wir hier draußen miteinander. Ziehen wir halt hier auf der Straße eine Show ab, wenn dir das lieber ist.«

Sie blickte Paolo mit ihren eiskalten hellen Augen an. In ihrem Blick lag der ganze Hass auf Männer, der sich seit ihrer Kindheit in ihr Innerstes eingebrannt hatte.

»Was ist eigentlich los mit dir? Warum bist du so gehässig und widerspenstig? Ich habe dir nie etwas getan, so dass du Grund hättest, mir so feindselig zu begegnen«, leitete Paolo erstmal seine Rede ein. »Wir sind doch ein Team, in dem alle zusammenspannen. Gegenseitiges Vertrauen ist Bedingung. Deshalb funktioniert doch unsere Organisation so gut.«

Giulia ließ ihren Blick demonstrativ in die Ferne schweifen, nach dem Motto ›schwafle du nur, es interessiert mich nicht‹.

Doch Paolo ließ sich dadurch nicht beirren und fuhr mit seiner Rede fort. »Wenn nur ein Glied in diesem System unüberlegt handelt … etwas tut, was nicht mit dem Codex der Gruppe vereinbar ist, kann es für alle gefährlich werden. Dass du etwas planst, ist uns heute zu Ohren gekommen und weder Massimo noch ich goutieren, was du vorhast. Ich lege dir ans Herz, deinen scheußlichen Plan, der dich und andere gefährden könnte, aufzugeben.«

»So, und was habe ich für einen Plan?«, fragte Giulia schnippisch.

»Wer ist Matteo? Wer ist Roberto? Was habt ihr drei vor? Wer ist die Hexe und ihr Bastard? Und was haben Letztere getan, dass du sie leiden sehen möchtest?«, kamen Paolos Fragen wie aus der Pistole geschossen, statt einer Antwort über das *Was*.

Alle diese Fragen empfand Giulia wie Schläge ins Gesicht. Ihre Augen flackerten plötzlich unruhig. In ihrem Kopf wirbelten die Gedanken durcheinander. ›*Woher hat dieses Arschloch die Namen? Was weiß er über meine Sache? Ich werde mein Handy wegwerfen. Die haben mir sicher ein Abhörgerät eingebaut.*‹ Sie überlegte, wo sie ihr Handy mal abgelegt haben könnte, so dass Unbefugte Zutritt gehabt haben könnten. Sie kann sich nicht erinnern. Doch es muss ihr Telefon sein, über das sie die Informationen erhielten. Doch dann zweifelte sie wieder. Nein, sie kann sich auch nicht erinnern, wann sie den Namen Roberto über Telefon erwähnt haben soll. Wurde sie vielleicht beschattet? ›Verdammt, was wissen die? Ich muss dringend mit Matteo sprechen. Nein, meinen Plan lasse ich mir von denen nicht kaputt machen … nicht von denen. Wir ziehen das durch, koste es, was es wolle, und dann hauen wir ab nach Amerika – Matteo und ich – dort werde ich in meinem angestammten Beruf arbeiten – fertig aus, keine Diskussion.‹

»Ich warte?«, wurde sie von Paolo aus ihren Gedanken gerissen. »Beantworte bitte meine Fragen!«

»Ich glaube, mich zu erinnern, dass auch ich ein Privatleben habe«, sagte sie nur trotzig.

»Dein Anspruch auf Privatleben endet dort, wo deine privaten Aktivitäten zur Gefahr für das System werden könnten«, klärte Paolo sie auf.

»Ich habe Freunde und lasse mir nicht vorschreiben, ob, wie und wann ich mit ihnen verkehren darf.«

»Aha … Freunde«, war Paolos scharfzüngige Reaktion, »Gehören dazu auch Hexen und Gnome, sprich Bastarde von Hexen? Und sind Letztere dann die Freunde, an denen man Rache übt?«

Jetzt wurde die Sache immer bedenklicher für Giulia. Sie konnte sich das alles nicht erklären. Woher zum Teufel kommen diese Informationen? Im nächsten Moment sah sie klar, ›ach ja, ich habe es mit der Mafia zu tun. Da ist es Usus, dass man verdächtige Mitglieder bespitzelt‹. Und so fragte sie gerade heraus: »Werde ich bespitzelt? Habt ihr mir jemanden hinterher geschickt? Das heißt also, dass ihr mir nicht vertraut?«

»Du gabst uns bis jetzt nicht viel Grund, dir zu vertrauen.«

»Diese ganze Scheiße wurde doch von dir ausgeheckt, stimmt's? Ich wette, dass du Massimo doch nur vorgeschoben hast. Der würde mir nie nachspionieren. Du kannst mich nicht leiden, das ist doch dein Problem«, versuchte Giulia vom Thema abzulenken, weil sie keine Auskünfte geben wollte … nein … nicht konnte. Sie wollte ihre Pläne nicht zunichtemachen lassen. Sie hatte sich schon zu lange gedanklich damit befasst und war jetzt fast am Ziel. Das wollte sie sich von diesem Hanswurst nicht vereiteln lassen.

»Auch dieser Punkt liegt alleine in deiner Verantwortung. Du gabst dir mit deinem Benehmen alle erdenkliche Mühe, um deine Umgebung dazu zu bringen, dich bloß nicht gern haben oder zumindest dich sympathisch finden zu können. Seit wir uns begegnet sind, bist du schnippisch, kratzbürstig und abweisend. Genauso sieht es Massimo, nur damit du weißt, dass es nicht alleine von mir aus kommt.«

Giulia zuckte nur mit ihren Schultern, »Na und? Take or leave it!« Im nächsten Moment bereute sie diese Reaktion, weil es ihr irgendwie kindisch vorkam. Nun, es war raus und sie konnte es nicht mehr rückgängig machen. Sie wollte nur weg … jetzt gleich. Sie musste ihre Pläne ändern.

»Du benimmst dich wie ein kleines Kind. Bist nie erwachsen geworden«, kam auch prompt Paolos Reaktion, passend zu Giulias Gedanken wie eine Bestätigung.

Diese Bemerkung ›*nie erwachsen geworden*‹ gab ihr einen schmerzhaften Stich mitten ins Herz. »Ist dir nicht vielleicht in den Sinn gekommen, dass es eben das Leben war, das genau diesen Menschen aus mir gemacht hatte? Weil ich plötzlich erwachsen wurde … viel zu früh erwachsen wurde … zu einer Zeit, als mein Inneres noch gar nicht bereit dazu war.«

»Giulia, du hast recht. Ich weiß absolut nichts von dir. Wenn deine Erlebnisse so schlimm waren, dass sie eine solche Wirkung auf dich hatten, dann entzieht sich das tatsächlich meiner Kenntnis. Ich kenne dich und dein Schicksal nicht. Du gabst mir auch gar keine Gelegenheit dazu, dich kennenzulernen … glaube mir Giulia, ich will dir nichts Böses. Ich will dich doch nur vor einer Dummheit bewahren, die dich und uns gefährden könnte«, erklärte Paolo jetzt verständnisvoll mit überraschend sanfter Stimme. Es klang versöhnlich.

Giulia erkannte nun, dass es unklug war, Paolo so abzukanzeln und ihn damit zum Feind zu machen, weil er es war, der ihr gefährlich werden konnte und eigentlich, befand sie, war er ja nicht unsympathisch. Dann aber im nächsten Moment zog sich ihr Herz schmerzhaft zusammen, als sie wieder daran dachte, wie genau solche Männer wie Paolo es waren, die sie als kleines Mädchen missbrauchten. Sie erinnerte sich, dass einer sogar genauso aussah wie Paolo. Sie wusste aber auch, dass er es rein rechnerisch gar nicht gewesen sein konnte, denn er müsste heute viel älter sein, schon ein richtiger Opa, mindestens siebzig, wenn nicht noch älter. Sie beschloss in diesem Moment ihre Strategie zu ändern.

»Okay, Paolo … tut mir leid … es ist so, wie du sagst. Ich war unmöglich. Ich sehe ein, dass du nichts dafür kannst, wenn andere mich schlecht behandelten. Ich werde mich ändern, versprochen.«

»Heißt das auch, dass du deinen Plan fallen lässt … mit der Hexe und ihrem Bastard?« Er wollte es schon genau wissen.

»Nun, ich kann jetzt nicht ›ja‹ oder ›nein‹ sagen, aber genügt es dir, wenn ich verspreche, dass ich darüber nachdenke? In die gewünschte Richtung nachdenke? Ja, vielleicht ist es besser, wenn ich es lasse. Ich will mich ja nicht noch unglücklicher machen, als ich es schon bin.« Das fand sie eine gute Strategie, ihr Unglücklichsein auf diese Art herauszustellen, um Empathie zu wecken, und sie spürte, dass diese Bemerkung auf fruchtbaren Boden fiel.

»Ich denke, du solltest ab jetzt mehr in unsere Geschäfte involviert werden. Kommst du zur nächsten Zusammenkunft?«

Diese Wendung gefiel Giulia, und sie nickte zustimmend.

Sie reichten sich die Hand, nickten sich freundlich, wenn auch noch etwas distanziert zu, und trennten sich. Paolo war ja in Sichtweite gleich zu Hause.

Giulia schaute Paolo noch nach, bis er in der Haustüre in der Rosengasse neben der Rosenapotheke verschwand. Dann ging sie ins City Backpacker Hotel und fragte an der Rezeption, ob sie ein Telefon für Gäste haben. Der Rezeptionist wies mit dem Kopf auf eine Nische rechts der Theke.

Giulia wählte Matteos Nummer. Nach dem zweiten Klingelzeichen, nahm Matteo schon ab. »Wer stört?«, fragte er gewohnheitsmäßig, denn seinen Namen pflegte er nie zu nennen.

»Hallo Matteo, ich bin's Giulia. Ich … «

»Sag mal, von wo rufst du denn an? Ich habe deine Nummer nicht auf dem Display«, unterbrach Matteo.

»Ich rufe von einem Hotel aus an. Es ist eine Vorsichtsmaßnahme. Ich werde bespitzelt und habe keine Ahnung, ob die auch mein Handy abhören.«

»Wieso, das denn? Wer bespitzelt dich und warum?«

»Die vom System«, sagte sie sehr bestimmt, denn davon war sie überzeugt.

»Ich verstehe das nicht. Du gehörst doch zum Team und hast nichts angestellt. Da bespitzelt man doch niemanden.«

»Frag mich nicht, ich weiß es nicht … oder doch, eigentlich vermute ich schon etwas. Der Paolo hatte mich ganz direkt nach der Hexe und ihrem Bastard gefragt. Das heißt, sie wissen, dass ich etwas anstellen will, das in ihren Augen eben nicht goutiert wird.«

»Das heißt, dass sie von Fiona und Alessandro wissen? Kennen die deine Geschichte?«

»Nein, das glaube ich nicht, er nannte ja auch nicht deren Namen, sondern er sprach nur von der Hexe und dem Bastard. Aber, was er noch sagte … oder besser … er fragte nach Roberto und Matteo. Ja, da nannte er tatsächlich eure Namen. Und das ist auch der Grund, warum ich annahm, dass ich bespitzelt wurde. Das bedeutet also, dass wir unsere Sache möglichst schnell durchziehen müssen, und ich muss jetzt erst einmal abtauchen … muss aus ihrem Blickfeld verschwinden. Kann ich zu dir nach Basel kommen?«

»Klar kannst du bei mir wohnen. Ich freue mich sogar, wenn du zu mir kommst. Wann willst du denn kommen?«, zeigte Matteo sich begeistert.

Giulia hatte es eilig: »Am liebsten gleich sofort, mit dem nächst möglichen Zug. Ich gehe nur eben nach Hause, packe meine Tasche und komme.«

»Oops, das geht aber zackig. Okay, gut ... rufe mich von unterwegs an, damit du mir deine Ankunftszeit mitteilen kannst. Ich hole dich am Bahnhof ab.«

»Äh, falsch«, kommentierte Giulia nur kurz ... es war eine Reaktion aus Kindertagen, was eine ähnliche Bedeutung hatte wie ›ach du Dummerchen ... überlege doch bitte‹.

Matteo, der diesen Kommentar zu genüge kannte, überlegte kurz und korrigierte sofort seine Dummheit. »Sorry, es hat einfach geredet mit mir ... Warte einen Moment, ich suche dir einen Zug heraus.«

Das war schon besser ... Giulia lächelte zufrieden. Im nächsten Moment erhielt sie die nächstmögliche und schnellste Zugverbindung nach Basel um 20:12 Uhr.

*

Am Montag, 23. Januar, trat Silke Brenneis mit Celine in Kontakt. Celine wusste vom Experiment im Gefängnis. Das hatte Kommissar Albrecht ihr erzählt. Sie war natürlich sehr gespannt darauf, was bei dem ganzen Exempel herausgekommen ist. Sie vereinbarten einen Termin auf den nächsten Tag.

14

Silke Brenneis saß in Celines Büro am Besuchertischchen. »Nun, Frau Brenneis, ich bin sehr gespannt auf Ihren Bericht. Wie ist Ihr Eindruck von meiner Mandantin, nachdem Sie eine ganze Woche mit ihr die Zelle teilten?«

»Ich falle jetzt einfach mal mit meiner Schlussfolgerung ins Haus, bevor ich mich in Details verliere. Frau Crohn ist nach meinem Dafürhalten unschuldig. Ich weiß, dass auch Herr Albrecht in Lörrach nicht mehr wirklich von Frau Crohns Schuld überzeugt ist, wofür sonst hätte man dieses Experiment überhaupt durchführen wollen. In der Tat, die Spuren, die sie als Täterin überführten, sind eindeutig … zu eindeutig. Es sieht nach Spurenlegung aus. Dass Herr Crohn ermordet wurde, das erscheint mir als sicher, bei dem vielen Blut, das da geflossen ist … nur, wer war der, oder waren die Mörder, die gleichzeitig Zugang zur Crohn'schen Wohnung hatten. Das gilt es herauszufinden.«

Celine nickte zustimmend.

»Aber nun zu Frau Crohns Verhalten; ihre ganze Körpersprache, ihr Reaktionen alles sprach für sie … auch als ich sie ermutigte, mit mir zu sprechen, also mir zu beichten, weil wir doch als Mörderinnen im selben Boot saßen und weil Gefangene zueinander halten würden, hatte sie beteuert, dass sie mit der Ermordung nichts zu tun hatte. Als ich sie zu trösten versuchte, wie schnell die Zeit dann doch um ist, wenn man sich entsprechend verhält, also die Coole markiert statt rumzuheulen, weil man dann bei den anderen ein gutes Ansehen hat, und vor allen Dingen, wenn man bei guter Führung die Aussetzung der Strafe beantragen kann, da hatte sie wieder geweint und gesagt: ›22 Jahre für etwas, das ich nicht getan habe‹, oder ›Wie würdest du reagieren, wenn du unschuldig verknackt würdest und dann noch um deinen Mann trauerst?‹ Nach anfänglichem Zögern, erlaubte sie mir einen Blick in ihre Akte.«

»Akte?«, fragte Celine.

»Ja, Akte. Sie hat alles gesammelt … alles zu ihrem Fall. Das müssten Sie doch wissen, Frau Endress, Sie haben ihr dazu ja Ihr Schlussplädoyer und diverse Berichte überlassen.«

»Ja, stimmt, sie hatte mich darum gebeten«, erinnerte Celine sich.

»Auf jeden Fall kann ich Ihre Aussage bestätigen, dass Frau Crohns Persönlichkeitsstruktur eine solche Tat gar nicht zulässt. Ihr fehlt jegliche Neigung zu Aggression; sie ist kein Mensch, der Rache übt und schon gar nicht blutige Rache; nein, nein sie ist eine feine, ruhige, intelligente und vor allem ausgeglichene Frau, wenn auch ihre Situation schwer auf ihre Psyche drückt. Ich habe dennoch gespürt, dass sie noch nicht aufgegeben hat. Sie hofft immer noch auf Sie, Frau Endress. Und ich habe ihr zum Abschied, ganz entgegen der Spielregeln dieses Experiments, Unterstützung zugesagt. In einem Abschiedsbrief outete ich mich dann auch als Polizeipsychologin. Doch schon am ersten Tag, als sie zu mir in die Zelle kam, hegte sie den

Verdacht, dass wir abgehört wurden. Das nur nebenbei erwähnt.«

Nach Silke Brenneis' Ausführungen sah Celine sich mehr denn je in ihrem Schlussplädoyer bestätigt. Es tat ihr sogar ein bisschen leid, dass sie gelegentlich von Zweifeln heimgesucht wurde.

Silke fuhr mit ihrem Bericht fort: »Frau Crohn stützt ihre Hoffnung ganz speziell auf Ihre Ausführungen darüber, dass ihr Gatte Kontakt zu zwielichtigen Personen gehabt und womöglich seinen Mördern selbst Einlass in die Wohnung gewährt haben könnte. Da sie ja weiß, dass sie ihren Mann nicht getötet hatte, muss es ja jemand anderen geben. So hält sie natürlich an dieser Option fest. Nun bin natürlich auch ich neugierig, Frau Endress, worauf sich Ihre Annahme stützt.«

Im Folgenden erfuhr Silke von den Ergebnissen der beiden Lauschangriffe damals noch in Basel, die Celine zu dieser Vermutung führten, die aber noch zu wenig Substanz hatten, um damit einen Stich zu machen, zumal sie ja noch nicht wusste, ob diese neuen Erkenntnisse mit dem Mordfall in Zusammenhang gebracht werden konnten. Es war nur eines sicher dass es eine kriminelle, mafiaähnliche Verbindung geben musste.

»Nun, dann müssen wir genau da ansetzen. Sie sagten, dass der Aktionsort jetzt Zürich ist? Es wird natürlich schwierig, jemanden in einer so großen Stadt ausfindig zu machen. Da bräuchten wir Amtshilfe von den Schweizern.«

»Es gibt eine Adresse, an welcher Angelina Donati erreichbar war ... zumindest noch zu Beginn des Jahres, als sie zur Gerichtsverhandlung geladen wurde. Ich hoffe, dass sie, aufgescheucht durch meine Frage nach Cora, nicht umgezogen ist.«

»Diese Gefahr besteht natürlich. Auf der anderen Seite verstehe ich natürlich auch, dass Sie diese Sache vor Gericht erwähnen mussten. Sie mussten ja schließlich anhand der Reaktion herausspüren können, ob Sie in Ihrem Plädoyer diese Theorie, der Crohn habe seine Mörder womöglich gekannt, als Option anführen konnten, um eventuell im Nachhinein dort anzusetzen.«

»Sie haben recht, ich habe das Für und Wider sorgfältig abgewägt.«

»Frau Endress, ich würde mir gerne selbst mal vor Ort ein Bild machen, einfach um zu sehen, was es mit der mafiaähnlichen Gruppierung auf sich hat. Erst, wenn wir Konkretes vorliegen haben, können wir die Schweizer Behörde um Amtshilfe angehen und das natürlich auch nur dann, wenn es in Zusammenhang mit Frau Crohns Fall steht. Denn nur in diesem Fall können wir berechtigtes Interesse vorweisen. Alleine die Tatsache, dass es in der Schweiz eine mafiaähnliche Organisation gibt, berechtigt uns noch lange nicht, unsere Nase da hineinzustecken. Es bliebe dann ein Schweizer Anliegen. Wir können dazu dann nur einen Hinweis geben, den die Schweizer für sich dann verfolgen.«

Mit Angelinas Adresse und Celines Aufzeichnungen über die von Friedhelms erlauschten Details in der Tasche, verließ Silke Celines Büro. Ihr nächster Weg führte sie nach Zürich.

*

Die drei Freunde Giulia, Matteo und Roberto diskutierten in Matteos Wohnung an der Sperrstraße in Basel Kleinhüningen über ihren Plan. Dabei erfuhr Giulia, dass Fiona, die mit ihrem Sohn ihren Wohnsitz in Lörrach hatte, ihrem angestammten Gewerbe im Basler Rotlichtmilieu an der Webergasse nachging. Auch hier nannten sie das Etablissement ›Lustgarten‹, genauso wie in Italien. Alessandro sorgte, ebenfalls wie früher, für Nachschub, hauptsächlich aus Nigeria, Ungarn, Brasilien, aus der Tschechischen sowie aus der Dominikanischen Republik. »Man könnte sie natürlich auch schon bestrafen, wenn man der Polizei einen Tipp gäbe: es geht da nämlich um Menschenhandel, insbesondere um Frauen- und Kinderhandel und natürlich Kinderprostitution. Außerdem sind die Frauen und Mädchen ohne gültigen Aufenthaltsstatus hier. Bei diesen Vergehen sind eine Festnahme und ein Strafverfahren gegen Fiona und ihren nichtsnutzigen Sohn so gut wie garantiert«, schlug Roberto vor.

Doch Giulia zeigte sich wenig begeistert von diesem Vorschlag. »Das reicht mir nicht. Die hauen ja immer wieder ab nach Deutschland. Womöglich können die Schweizer Behörden da gar nichts gegen die beiden unternehmen, wenn die in Deutschland sind.«

»Täusche dich nicht Giulia. Es gibt da die sogenannten bilateralen Abkommen. Du hast doch sicher schon davon gehört. Eines davon dient der Strafverfolgung. Es ist ein Abkommen zwischen der Schweiz und der Europol, die Strafverfolgungsbehörde der EU. Glaube mir, die beiden würden nicht so einfach mit einem blauen Auge davonkommen.«

»Nein, Roberto. Auch wenn die in den Knast wandern, na und? Das ist doch keine Strafe für das Pack. Die Strafe sitzen die doch auf einer Arschbacke ab, und wupp sind sie wieder draußen und machen woanders weiter. Nein, nein die sollen richtig büßen.«

»Nun, es gibt der Möglichkeiten viele, wie sie leiden werden. Sie werden um Gnade wimmern. Ich habe mir darüber schon Gedanken gemacht.« Roberto holte ein Plastikmäppchen aus seiner Tasche und legte es vor den beiden auf den Tisch und gab seine Erklärungen ab.

»Und du hast alles schon besorgt?«, fragte Giulia, der dieser Plan gut gefiel. Roberto nickte.

Giulia lächelte verhalten. Es lag etwas Gespenstisches in diesem Lachen. Im Prinzip war es nur ein einseitiges, spöttisches Verziehen eines Mundwinkels. »Gut, gut«, kommentierte sie den Plan nur.

»Ich muss mal eben wo hin«, sagte sie und verschwand ins Badezimmer.

»Das muss wohl gewaltig gewesen sein, was Giulia erlebte. Ich war schon ein bisschen erschrocken, als ich die Kälte in ihren Augen sah. Seid ihr beide eigentlich ein Paar? Ich frage nur, weil ihr euch nicht wie ein Liebespaar verhaltet«, fragte Roberto, als er und Matteo alleine waren.

»Es ist mit Giulia nicht so einfach, Roberto. Nicht so wie bei anderen Paaren, nach dem Motto, kennen lernen, sympathisch finden und ab in die Kiste … also ins Bett, meine ich. Wir kennen uns aus Kindertagen. Wir liebten uns als Kinder und dann ging sie weg. Sie kam ins Internat und war lange Zeit weg, außer wenn sie in den Ferien kurz nach Italien kam. Und dann kam sie quasi erst wieder als erwachsene Frau definitiv zurück. Ich hatte sie während der ganzen Zeit nie vergessen. Als sie zurückkam hatte sie zuerst den Kontakt zu mir gesucht. Wir unternahmen viel zusammen. Das war dann auch alles … wir unterhielten uns viel und ich verstand sie. Im Prinzip ist es, zumindest im Moment noch, wie eine Schwester-Bruder-Beziehung. Sie braucht jemanden der ihr zuhört und sie versteht. Sie braucht Schutz, muss sich geborgen fühlen können. Weißt du, sie wurde so schlimm missbraucht … sie ist einfach nicht bereit für eine richtige Beziehung, wie gesagt, zumindest im Moment noch nicht. Die Verletzungen seelisch und körperlich sitzen zu tief. Ja, und ich kann warten. Wir sind trotzdem ein klasse Team.«

Im nächsten Moment hörten die beiden das Rauschen der Toilettenspülung und ihr Gespräch ging in ein belangloses über.

*

Natürlich erschien Giulia am Mittwoch nicht zur Sitzung. Paolo machte sich Sorgen.

Massimo versuchte ihn zu beruhigen. »Ich sehe das nicht mit Besorgnis, Paolo. Sie war ja bis jetzt noch nicht dabei. Lass ihr noch etwas Zeit.«

»Ich würde es auch nicht so eng sehen, Massimo, hätte ich vergangenen Samstagabend nicht mit ihr gesprochen. Sie zeigte sich einsichtig und versprach, an den Sitzungen teilzunehmen, um dann allmählich Aufgaben zu übernehmen.« Paolo erklärte anschließend im Detail, was beim Gespräch mit Giulia herauskam, wie sie zuerst widerspenstig reagierte und wie sie sich dann am Ende aber einsichtig zeigte. »Und, es klang ehrlich. Ich hätte mich sonst nicht so schnell zufrieden gegeben.«

Während sie diskutierten, was von Giulias Widerspenstigkeit und Unzuverlässigkeit zu halten, und wie künftig damit umzugehen war, wählte Angelina Giulias Nummer. Doch sie nahm nicht ab.

»Moment Leute. Ich rufe Emma an. Sie soll zu Giulia nach Hause und nachsehen«, schlug Massimo vor.

Emma ging unverzüglich zu Giulias Wohnung im Rennweg, klingelte mehrmals, doch niemand öffnete. Dann versuchte sie es bei einer Nachbarin, die sich auch gleich über die Türsprechanlage meldete.

»Könnten Sie bitte den Türöffner betätigen«, fragte Emma höflich.

»Für wen?«, fragte die Nachbarin skeptisch.

»Mein Name ist Emma Sartori, ich bin eine Freundin von Giulia Bianchi. Wir hatten uns auf heute verabredet, aber sie kam nicht. Auf meinen Anruf reagierte sie nicht. Nun wollte ich einfach nach ihr schauen, ob alles in Ordnung ist. Das kenne ich nämlich nicht von ihr, dass sie Verabredungen nicht einhält, es ist nicht ihre Art, es sei denn, sie ist krank«, dramatisierte Emma. Der Türsummer ertönte und Emma trat ein. Vom Stockwerk über ihr ertönte die Stimme der Nachbarin. »Hallo, hier oben bin ich.«

Emma stieg das eine Stockwerk hinauf.

»Guten Tag. Mein Name ist Schröder. Also, wenn Sie die junge Frau suchen, die ist verreist«, sagte die etwas pummelige Frau mit freundlichem Gesicht, »schon letzten Samstagabend verließ sie die Wohnung mit einer Reisetasche. Ich fragte sie noch, ob sie wohl verreise. Na ja, es wunderte mich halt, weil sie doch erst letztes Jahr hier einzog und kurz darauf gleich wieder für ein paar Monate verschwand. Tja und jetzt kam sie gerade eben erst zurück und einen Tag später ist sie schon wieder mit der Reisetasche unterwegs. Da wundert man sich halt, wofür so jemand denn eine Wohnung hier braucht, wenn man sowieso nie da ist. Aber sie ist schon eine komische Frau, Ihre Freundin. Sie schaute mich mit ihren eisigen Augen abweisend an, und fragte, ob ich mich nicht um meinen eigenen Kram kümmern könne. Dabei wollte ich doch nur freundlich sein … nachbarschaftlich freundlich halt«, gab Frau Schröder treuselig Auskunft.

Hm, verreist also. Aber wohin? Intuitiv tippte Emma Giulias Nummer in ihr Handy. Kaum hatte sie gewählt, ertönte auch schon der Klingelton aus Giulias Wohnung. Frau Schröder schaute überrascht. Sie verstand gar nichts mehr.

›Aha‹, dachte Emma, ›Giulia hat ihr Handy nicht mitgenommen. Aber warum? Das ergab doch keinen Sinn. Niemand lässt sein Handy in der Wohnung zurück, wenn er verreist, zumal die Mitglieder der Organisation immer erreichbar sein müssen.‹

»Vielen Dank, Frau Schröder, für Ihre Hilfe«, sagte Emma freundlich und verabschiedete sich. Diese ganze Sache war ihr nicht koscher. Sie machte sie nachdenklich. Was war hier im Gange? Erst diese ganze erlauschte Geschichte mit der Hexe und ihrem Bastard, die nach Giulias Meinung leiden sollten, und dann verschwand Giulia noch gleichentags. Es sah fast so aus, als würde sie ihr Vorhaben sofort in die Tat umsetzen wollen. Aber wie konnte man das verhindern, wenn man nicht wusste, wo sie war? Sie stieg in die Straßenbahn und rief gleich bei Massimo an, um ihm zu berichten.

*

Silke Brenneis war keine Frau, die etwas auf die lange Bank schob. Wenn sie etwas vorhatte, schritt sie umgehend zur Tat, duldete keinen Aufschub. Es interessierte sie brennend, was es mit dieser Angelina Donati auf sich hatte. Schon früh am Morgen des Donnerstags fuhr sie nach Zürich, um dieser Frau auf den Zahn zu fühlen. Sie konnte nicht ahnen, dass es genau der Tag war, an dem Angelina ihren Umzug zu Paolo plante. Um sich erst einmal zu orientieren stand sie ganz in der Nähe des Löwenplatzes in der Usteristraße gegenüber der Hausnummer 17. Es war die Wohnadresse, die Celine Endress ihr nannte. Dann ging sie, um sicher zu gehen, zum Hauseingang um die Namen am Klingelbrett zu lesen. Eben entdeckte sie den Namen Angelina Donati, als die Haustür, sich öffnete und Angelina mit einer Reisetasche heraustrat. Silke erschrak … irgendwie fühlte sie sich ertappt. Angelina fragte höflich, wen sie denn suche. Silke versuchte sich zu erinnern, was sie gelesen hatte. Sofort fiel ihr der Name Mooser & Partner, Personalberatung ein, den sie auf dem Schild am Eingang zwischen den beiden Geschäften Leinenhaus Bogorad & Co. und Goldschmied Pérez gelesen hatte. Es war doch gut, wenn man ein gutes Namensgedächtnis hatte, dachte sie so bei sich und sagte: »Ich möchte zur Personalberatung.« Angelina lächelte freundlich, hielt ihr die Türe auf und sagte: »Gleich im ersten Stock, rechts.« Silke bedankte sich und trat ein. Hinter ihr fiel die Türe ins Schloss. Wieder erschrak sie, als auf der Treppe ein Mann mit einem Regal, laut auf Italienisch rief, zwar etwas zu spät, denn die Türe war schon zu: »Angelina, halte mir doch bitte die Türe auf.« Silke reagierte schnell, rannte nochmals die paar Stufen hinunter und hielt die Türe für den Mann mit dem Regal auf. Er blickte sie mit freundlichem Lächeln an und bedankte sich auf Deutsch. Sie blickte in die schwarzen Augen des Mannes mit dem gepflegten Bart und dem schwarzen Lockenschopf. Sie lächelte zurück und fragte: »Oh, Umzug?«

»Ja, meine Freundin zieht heute um.«

Innerlich jauchzte sie, ›Bingo‹, dachte sie, ›Wenn das kein Timing ist!‹ »Heißt das, dass hier eine Wohnung frei wird?«, fragte sie, Interesse demonstrierend. »Das träfe sich nämlich gut. Ich suche etwas für eine Freundin. An wen muss ich mich denn da wenden?«

»Ich denke, da sind sie zu spät dran, gute Frau. Solche Wohnungen, in dieser Lage, stehen nie lange leer.«

»Schade«, antwortete Silke und schickte sich an, ihren Weg nach oben fortzusetzen. Der junge Mann seinerseits trat aus dem Haus … die Türe fiel ins Schloss. Ganz vorsichtig stieg Silke wieder die Treppe hinunter, öffnete die Türe nur einen Spalt und sah, wie der junge Mann das Regal in den Kofferraum über den nach vorne geklappten Sitz in ein Taxi schob. Daneben fand die Reisetasche von Angelina Platz. Der junge Mann stieg ins Taxi hinter den Fahrer, weil er am Zielpunkt das Regal wieder raushieven musste. Zum Glück, so befand Silke, hatte Angelina keinen Platz mehr im Taxi. Sie machte sich zu Fuß auf den Weg.

Silke wartete einen kurzen Moment, um dann Angelina in gebührendem Abstand zu folgen. Es war nicht allzu weit. Angelina verließ die Usteristraße gleich nach ein paar Metern in die Seidengasse, bog in die Uraniastraße ein und steuerte direkt auf die Rudolf-Brun-Brücke zu, die über die Limmat führte. Auf der anderen Uferseite war es dann nicht mehr weit bis zur Rosengasse, wo sich Paolos Wohnung über der Apotheke befand. Als sie ankam, sah sie von weitem, wie das Taxi gerade wegfuhr, und der junge Mann mit dem Regal und der Reisetasche direkt vor der Rosenapotheke auf Angelina wartete. Sie gab ihm einen Kuss und dann verschwanden sie zusammen im Haus. ›*Hm, sicher nicht so ein guter Tausch, von der Wohnung in der Usteristraße hierher*‹, dachte Silke so bei sich. Auf der anderen Seite, dachte sie, konnte sie sich natürlich auch täuschen. Immerhin führte hier in der Rosengasse kein Verkehr durch, keine Straßenbahn, kein Autoverkehr, nur Zubringerautos. Garantiert war es ruhiger hier. Außerdem, so wusste sie auch, sah man den Altbauten von außen nie an, welche Bijous sie in sich bargen. Etwas irritiert war sie, dass Angelina den Mann, der ohne Zweifel klasse aussah, küsste. Aus den Unterlagen entnahm sie doch, dass Angelina den Tod ihres Liebhabers beklagte und angeblich nur schwer darüber hinwegkam. Na ja, warum auch nicht? Wenn einem ein so toller Typ über den Weg lief. Da sollte man schon zugreifen. Sie lächelte leise vor sich hin, ging zur Eingangstüre in der Rosengasse und suchte das Klingelbrett ab. Ein Name stach ihr gleich ins Auge, weil er italienisch klang. ›Paolo Frattini‹ - zweite Etage.

Silke beschloss, sich im ›City Backpacker Hotel Biber‹ für ein paar Tage ein Zimmer zu nehmen. So war sie doch ganz in der Nähe und konnte ungestört beobachten.

15

*A*lessandro kam am frühen Nachmittag, dieses viel zu milden Februartages nach Hause in die Hammerstraße in Lörrach. Er hatte eben in Basel eine Fuhre von unter Drogen stehenden Mädels abgeladen. Er war in Sorge, denn man sagte ihm im Lustgarten, dass seine Mutter schon seit einer Woche nicht mehr hier gewesen sei und dass sie auch kein Telefon abnahm. Sie vermuteten, dass Fiona krank war und drängten ihn, schnell nach Hause zu fahren, um nach ihr zu sehen. Er stieg eilig die Treppe zur Wohnung hoch schloss auf und schon im Flur rief er zuerst einmal Fionas Namen. Doch keine Antwort. Er hatte plötzlich Angst. Er rief lauter … nichts. Von der Wohnung nebenan öffnete sich die Tür. Die Nachbarin Erika Brunner kam heraus.

»Ich glaube Ihre Mutter ist letzte Woche von der Polizei abgeholt worden.«

»Abgeholt? Von der Polizei? Warum das denn?«, fragte Alessandro erstaunt.

»Also, so genau kann ich das nicht sagen. Ich sah nur, dass die Polizei da war. Drei Uniformierte, zwei Männer und eine Frau. Ja, und danach habe ich Ihre Mutter nicht mehr gesehen. Deshalb ging ich davon aus, dass die Beamten sie abgeholt haben.«

Alessandro schüttelte nur den Kopf. Er ging hinein in die Wohnung, suchte in sämtlichen Zimmern und wurde im Schlafzimmer dann fündig. Seine Mutter war ans Bett gefesselt und starrte ihn mit panisch aufgerissenen starren Augen an. Er schrie laut auf, als er seine Mutter so sah. Eine dünne rote Spur am Hals deutete darauf hin, dass sie mit einer Schnur oder einem Draht ziemlich stramm festgebunden worden sein könnte. Überall war Blut. Die Täter hatten sie erstochen. Er konnte nicht erkennen, welche Verletzungen zum Tod führten. Das Erdrosseln oder die Stiche?

Von dem Schrei aufgeschreckt, kam auch die neugierige Frau Brunner zum Schlafzimmer, denn die Wohnungstüre der Lombardis stand immer noch offen. Ein Schrei entfuhr ihr ebenfalls, als sie ihre Nachbarin so schlimm zugerichtet auf dem Bett sah.

»Oh mein Gott«, sagte sie schockiert. Sie war schneeweiß im Gesicht. So etwas hatte sie noch nie gesehen. So viel Brutalität, so viel Blut. Sie rannte ins Badezimmer und erbrach sich erst einmal in die Toilette.

Alessandro hatte sich relativ schnell wieder gefangen. Er hatte zwar noch tränennasse Augen, aber er war schon wieder ruhig. Er wollte wissen, was es mit der Polizei auf sich hatte.

»Haben Sie die Polizisten genau gesehen? Ich meine, könnten Sie sie beschreiben«, fragte er ruhig … gefährlich ruhig, denn in ihm kochte es gewaltig. Wenn man mit der Mafia zu tun hatte, dann war das nichts Neues, das wusste er. Man musste immer mit Racheakten rechnen. Immer wieder kam es vor, dass man jemandem ans Bein pinkelte und deshalb umgebracht wurde. Er hatte ja damals auch, ohne mit der Wimper zu zucken, seinen Stiefvater Marco Amato erschossen. Er hatte es für seine Mutter getan, weil sie ihn hasste.

Den Rauswurf hatte sie ihm nämlich nie verziehen. Er wusste, dass er jetzt einen klaren Kopf bewahren musste. Wenn die, wer auch immer sie waren, einmal zugeschlagen haben, dann würden sie wieder kommen. Das war so sicher, wie das Amen in der Kirche.

Frau Brunner verstand den Sinn der Frage nicht.

»Sie glauben doch nicht? … Die Polizei bringt doch niemanden um und lässt die Leiche einfach so liegen«, sagte sie ungläubig.

»Die Polizei nicht, nein. Es fragt sich nur: war's überhaupt die Polizei?...«, gab Alessandro Frau Brunner den Denkanstoß, »… nach dem Besuch hatten Sie meine Mutter schließlich nicht mehr gesehen und auch nicht, wie sie abgeführt wurde, sagten Sie.«

»Aber die hatten doch Uniformen an. Das war die Polizei«, erklärte Frau Brunner naiv. Doch plötzlich ging ihr ein Licht auf. »Ähm … meinten Sie vielleicht, dass die sich verkleidet haben könnten? Aber warum, Ihre Mutter hatte doch nie jemandem etwas Böses getan. Sie ist eine freundliche Frau gewesen. Haben die Leute vielleicht etwas gestohlen? Fehlt etwas in der Wohnung?«

»Auf den ersten Blick, fehlt nichts. Aber ich werde später noch genau nachschauen, ob etwas fehlt«, sagte er einfach mal so, denn er wusste, dass das hier kein Raubüberfall war, denn auf diese Art bringen normale Diebe niemanden um. Das sah nach Racheakt aus, »sagen Sie mir ganz einfach, ob Sie die Typen beschreiben können.«

»Aber Herr Lombardi, Sie können diesen Mord doch nicht selbst aufklären wollen. Wir müssen die Polizei rufen«, schlug Frau Brunner hingegen vor.

»Nein«, sagte Alessandro nur kurz, doch etwas zu laut, zu schroff, so dass Frau Brunner zusammenzuckte.

Nochmals forderte Alessandro die gutmütige Frau auf, ihm zu beschreiben, was sie beobachtet hatte. Er guckte sie dabei ziemlich scharf an, so dass die Ahnungslose eingeschüchtert zurückwich. Er merkte gleich, dass er jetzt etwas zurückfahren musste und wurde weicher: »Verstehen Sie, Frau Brunner, ich habe soeben meine Mutter gefunden, bestialisch ermordet. Mein Gefühlsleben ist durcheinandergebracht.«

»Ja, ich verstehe.« Jetzt war auch Frau Brunner wieder beruhigter und erklärte, was genau sich heute vor einer Woche hier abspielte. »Also es kamen, wie gesagt, drei Polizisten. Zwei Männer und eine Frau. Sie standen vor Eurer Türe und wollten gerade klingeln. Ich hatte sie durch den Türspion gesehen und bin natürlich gleich mal neugierig geworden. Na ja, wenn die Polizei im Haus ist, da wundert man sich doch. Also bin ich rausgegangen und sprach die Leute an. Dann drehte sich die Polizistin kurz zu mir um. Ich sage Ihnen, bei dem bösen, eisigen Blick dieser Frau bin ich so richtig erstarrt. Sie schaute so entsetzlich wütend … als wolle sie mir sagen, dass ich verschwinden solle. Ich habe noch nie solche hellen Augen gesehen. Sie waren so durchsichtig wie Wasser. Der Blick war eiskalt. Die ganze Frau war eiskalt.«

Bei Alessandro schellten in diesem Moment sämtliche Alarmglocken. Er presste die Lippen aufeinander. Er fluchte innerlich, musste sich beherrschen, dass er nicht laut herausschrie ›Du Drecksluder, du elendiges Drecksluder‹. Er besann sich, atmete tief durch und fragte: »Die Männer, können Sie die auch beschreiben?« Er klang ruhig, obwohl er innerlich ziemlich zerrissen war. Diese Frage verneinte Frau Brunner. Sie habe sie nur von hinten gesehen. Bei der Vorstellung, dass sie Mördern gegenüberstand, die sie vielleicht hätten umbringen können, lief es ihr eiskalt den Rücken hinunter. »Kennen Sie die Frau mit den kalten Augen?«, fragte sie unsicher geworden.

Alessandro nickte: »Warten Sie bitte!« Er ging ins Wohnzimmer wühlte in einer Schublade, fand einen Stapel Fotos. Er blätterte die Fotos nacheinander auf die Kommode. Plötzlich stoppte er, nahm das Foto und zeigte es Frau Brunner: »War es diese Frau?«

»Ja, die war es. Etwas älter, als die da auf dem Foto. Aber unverkennbar. Mein Gott. Eigentlich ist sie sehr schön, aber diese Härte in ihrem Blick. Sie lässt einen erschaudern. Wer ist das?«

»Das ist Ginevra Amato. Hören Sie, Frau Brunner, ich muss dringend abhauen. Ich bin in Gefahr. Die kommen bestimmt zurück, um auch mich zu töten.«

Frau Brunner sah ihn ängstlich an. »Um Gottes Willen. Und das in unserem Haus.«

»Bitte sprechen Sie mit niemandem hier im Haus. Wenn ich weg bin, warten Sie etwa eine Stunde. Dann erst rufen Sie die Polizei. Zeigen Sie ihr das Foto und sagen Sie, dass sie nach Ginevra Amato suchen müssen. Ich schreibe Ihnen den Namen auf. Haben Sie mich verstanden.«

Frau Brunner nickte eingeschüchtert.

»Wo gehen Sie denn hin?«

»Das kann ich Ihnen nicht sagen, ich muss einfach weg. Es ist zu gefährlich für mich.«

»Aber wenn Sie zur Polizei gehen, dann sind Sie doch in Sicherheit, oder nicht?«

»Nein«, sagte Alessandro wieder zu schroff, senkte aber gleich wieder die Stimme, »machen Sie, wie ich es gesagt habe.«

Frau Brunner nickte eingeschüchtert. Die Lombardis waren ruhig und immer anständig und freundlich. Sie vertraute Alessandro.

Alessandro packte in aller Eile ein paar Sachen zusammen, strich Frau Brunner sanft über die Wange, blinzelte ihr lächelnd zu, »alles klar?«

Frau Brunner lächelte zurück ob dieser zärtlichen Anwandlung und nickte: »Ja, alles klar.«

Dann verschwand Alessandro.

Er hatte es eilig. Er rannte die hundert Meter zu seinem Auto und stieg hastig ein. Er steckte den Schlüssel, ließ den Motor an, als er plötzlich den Lauf einer Pistole von hinten im Nacken spürte.

»Du hältst schön deine Hände am Steuerrad«, hörte er eine männliche Stimme. Gleichzeitig hörte er den Türknopf klacken, was verhindern sollte, dass er sich aus dem Auto stürzte. »Und jetzt fährst du brav los!«

Alessandro gingen tausend Gedanken durch den Kopf. Warum hatte er nicht auf seine Mutter gehört, als sie sagte er solle sich doch endlich mal ein gescheites Auto kaufen … ›ein neues und nicht so ne alte Liebhaberkiste, in der du auffällst wie ein bunter Hund. In deinem Business darfst du nicht auffallen‹ … wie recht sie hatte, doch er liebte seinen schwarzen Mercedes Benz 190D, mit Lenkradschaltung, die sich jetzt als Hindernis darstelle, weil er seine Hand nicht vom Lenkrad nehmen konnte um nach seiner Waffe zu greifen. Doch er liebte sein Auto wie sein Kind und von seinem Kind konnte und wollte er sich nicht trennen. ›*Später Mama*‹, sagte er immer, ›*später*.‹

Als nächstes ärgerte er sich, dass er Frau Brunner sagte, sie solle eine Stunde warten, bevor sie die Polizei rief. Damit hatte er sich sein eigenes Grab geschaufelt. Scheiße. Dabei wollte er über alle Berge sein, wenn die Bullen kommen.

Er versuchte es dennoch. »Vergesst es, jeden Moment kommt die Polizei. Ich brauche euch ja nicht zu sagen, dass da oben in meiner Wohnung eine Leiche liegt.«

Giulia lachte nur hämisch. »Hältst du uns wohl für so blöd, wie du selbst bist? Du und die Polizei rufen, bei deinem Job. Ha, dass ich nicht lache. Die Bullen meidest du doch wie der Teufel das Weihwasser.«

»Freu dich nicht zu früh, die Nachbarin hat meine Mama auch gesehen.«

»Fahr endlich los!«, sagte Roberto ziemlich scharf.

Der Mercedes setzte sich in Bewegung. Die Zweiergruppe dirigierte ihn in Richtung Salzertwald, Matteo folgte dem Mercedes in einem Mietwagen.

Als die Polizei eine Stunde später in der Hammerstraße auftauchte, um den Fall der ermordeten Fiona Lombardi aufzunehmen, lag deren Sohn Alessandro mit durchschnittener Kehle in seinem Liebhaberauto im Salzertwald.

*

»*U*nd warum rufen Sie uns erst jetzt Frau Brunner? Die Leiche ist doch mindestens eine Woche alt.«

»Na wir haben sie ja erst jetzt entdeckt … um genau zu sein vor einer Stunde.«

»Aha …« sagte Björn Albrecht, und dann etwas ungeduldig geworden fragte er: »Sie verraten uns jetzt sicher auch, wer ›WIR‹ ist? Und Sie verraten uns sicher noch zusätzlich, warum Sie nicht schon vor einer Stunde bei uns angerufen haben?«

Frau Brunner fühlte sich ertappt. Obwohl sie die einzig wahre Unschuldige in diesem Fall war, fühlte sie sich verunsichert und schuldbewusst. Brav erzählte sie, wie sich alles zugetragen hatte, wie der Sohn der Ermordeten, der sich in Gefahr fühlte, sie genau angewiesen habe, eine Stunde zu warten, weil er sich habe verstecken müssen, aus Angst, weil die ihn ziemlich sicher auch ermorden würden.

Albrecht betrachtete das Bild, das Frau Brunner ihm aushändigte. »Hm …«, sagte er, »… noch ziemlich jung.«

»Nein, nein, das ist ein älteres Bild. Die Frau war nicht so jung wie auf dem Foto. Ich habe sie ja gesehen.«

»Und die Männer? Haben sie die auch gesehen?«

»Nein, die sah ich nur von hinten. Die hatten sich nicht umgedreht, wie die Frau.«

Albrecht spürte sofort, dass diese naive Frau Brunner harmlos war. Sie war, wahrscheinlich eingeschüchtert von der ganzen Sache, leicht zu beeinflussen.

Jedoch, dass dieser Lombardi sie eine Stunde warten ließ, bis sie die Polizei rufen durfte, machte ihn in seinen Augen sehr verdächtig. Der hatte doch garantiert etwas zu verbergen. Nun, zumindest hatte Albrecht jetzt einen Namen und ein Foto, eines der mutmaßlichen Täter, genau gesagt einer Täterin.

*

Giulia und ihre beiden Komplizen waren auf der Rückfahrt nach Basel. Sie lehnte sich entspannt zurück. »So, alles ist gesühnt. Meine Misshandlung, der Mord an meinem Vater … alles. Ab jetzt werde ich leben«, sagte sie zufrieden. Sie ließ das Ganze nochmals Revue passieren. Wie Fiona, den Tod vor Augen, jämmerlich um Gnade flehte. Giulia sah der Hexe in die Augen, in diese bösen gierigen Augen, die ihr damals als kleines Mädchen solche schreckliche Angst einflößten. Dieses fiese Gesicht, das ohne Rührung ihr kleines hilfloses Stieftöchterchen an gierige Männer verkaufte. Etwas, das nach so vielen Jahren noch seine Wirkung zeigte. Sie war innerlich zerstört, konnte keine Gefühle zeigen. Ja, den Tod hatte die Hexe verdient. Einen Schönheitsfehler hatte diese Tat jedoch und der ärgerte sie gottsjämmerlich. Sie hasste diese aufdringlichen, ewig neugierigen Nachbarinnen, die immer, wenn sich im Haus irgendetwas tat, am Türspion hingen, um gleich parat zu stehen und ihre Nase in Dinge zu stecken, die sie nichts angingen. Diese blöde Tusse von der Nachbarwohnung … genau wie diese aufdringliche Frau Schröder im Haus in Zürich, wo sie ihre Wohnung hatte. Einfach nur ärgerlich. Das schlimmste, diese Kuh in Lörrach hatte sie genau gesehen, wobei das einzig Beruhigende war, dass sie keinen Namen hatte. Und sie selbst war ja nirgends aktenkundig.

Schon am Samstag, erhielt sie den nächsten Schlag. Matteo brachte vom Kiosk in der Klybeckstraße den ›Blick‹ mit – das ist das schweizerische Pendant zur deutschen Bildzeitung – Auf der ersten Seite war Giulias Konterfei aus jüngeren Jahren abgebildet. Die Schlagzeile war reißerisch: ›**Wer kennt diese Frau, mit** *den eisigen Augen.*‹ Und darunter stand die ganze Geschichte mit dem Mord in der Hammerstraße in Lörrach mit dem man sie in Verbindung brachte. Sie galt als mutmaßliche Mörderin, die mit zwei Komplizen die Tat beging. Aber noch schlimmer, man erwähnte zu allem Übel ihren ursprünglichen Namen Ginevra Amato. Wie man auf ihren Namen kam, konnte sie sich beim besten Willen nicht erklären. Der vermaledeite Hurensohn war doch tot. Der konnte doch nichts mehr gesagt haben. Oder hatte er, bevor er türmte, der Nachbarin den Namen gesteckt? Das musste es sein. Eine andere Erklärung gab es nicht.

Alessandros Leiche schien die Polizei noch nicht gefunden zu haben, in der Zeitung stand, dass nach dem Sohn der Ermordeten, A. Lombardi, der seither spurlos verschwunden ist, noch gesucht wird.

»Scheiße«, war ihr Kommentar, »Hat mich eigentlich hier im Haus jemand gesehen? Ich kann mich zwar nicht erinnern. Als ich ankam, war es ja schon ziemlich spät und dunkel.«

»Nein, ich glaube nicht. Wir sind doch meist in der Wohnung geblieben. Wenn wir weggingen, ist uns nie jemand begegnet. Mach dir keine Sorgen Ginevra, ab jetzt wirst du halt eine dunkle Brille tragen, so dass man deine Augen nicht sieht«, versuchte Matteo sie zu beruhigen. Im nächsten Moment viel ihm ein, dass er wieder ihren richtigen Namen nannte: »Sorry … Giulia natürlich«, korrigierte er sich.

»Ach, jetzt ist ja eh alles egal«, sagte sie resigniert.

»Nein, Giulia, nichts ist egal«, insistierte Matteo, »immerhin ist es der Name, der in der Zeitung steht. Wir müssen die Leute ja nicht unbedingt … ähm …

drauflupfen, zumal dieser Name nicht gerade geläufig ist hier in der Schweiz.« Erst als Matteo Ginevras fragendes Gesicht sah, fiel ihm auf, dass seine Sprache vom alemannischen Dialekt schon leicht beeinflusst wurde und er überlegte: »Ähm, wie sagt man in richtigem Deutsch zu drauflupfen? … also, ich meinte natürlich, wir müssen die Leute ja nicht unbedingt darauf bringen. Lass uns lieber Italienich sprechen … das liegt mir mehr.«

Jetzt wurde Giulia sehr ernst. Sie führte das Gespräch, wie gewünscht, auf Italienisch weiter: »Matteo, wenn alles schiefgehen sollte … ich meine, wenn die mich aufgreifen, dann gib du nichts zu. Bleib dabei, dass du mein Freund aus Kindertagen bist, oder noch besser, dass wir verlobt sind, das zieht noch mehr. Daran halte stur fest. Ich werde dich nicht verraten. Ich werde erklären, dass ich Auftragskiller, die ich nicht persönlich kannte, über meine Connection angeheuert habe. Verstehst du?«

»Es wird nichts schiefgehen, Ginevra. Wir hauen gemeinsam ab«, versuchte Matteo dem skizzierten Szenario die Untergangsstimmung zu nehmen. Er fühlte dennoch das Glücksgefühl, das ihn beflügelte, als Ginevra von Verlobung sprach.

Im nächsten Moment klingelte das Telefon. Es war Roberto: »soso, Ginevra ist der Zweitname von Giulia, den du früher immer nanntest, wenn du sie ärgern wolltest. Also hatte mein Freund mich angelogen. Ich spielte bei dir mit offenen Karten.«

»Sorry Roberto … ja, du hast recht, wir hätten dich vielleicht doch einweihen sollen … aber niemand weiß von Ginevras neuer Identität, genauso, wie Ginevra nichts von deiner wirklichen Identität weiß. Wir haben darüber geschwiegen. Aber alles andere stimmte, da haben wir wahr gesprochen. Das mit dem Missbrauch und dem Mord am Vater, das stimmte alles. Glaube mir. Du brauchst Giulia doch nur anzuschauen, um zu erkennen, dass sie viel durchgemacht hat.«

Diese Erklärung tat ihre Wirkung. »Okay, klar, ich verstehe. Ja und du hast recht. Ginevra kennt ja auch mich nicht. Ich bitte dich … ähm euch … nur um eines, zieht mich nicht mit hinein. Wenn man schon das Aussehen und den Namen von Giulia hat, dann ist es nur eine Frage der Zeit, bis man sie ausfindig gemacht haben wird. Mich jedoch hat niemand gesehen. So soll es bleiben. Niemand kennt mich oder meinen Alias-Namen, und niemand bringt mich mit der Tat in Verbindung. Du hattest mich gebeten und ich habe geholfen, aus Freundschaft … vielleicht um der gebeutelten Giulia, ähm Ginevra, auch ein bisschen zu gerechtem Ausgleich zu verhelfen, das ist alles, auch wenn ich die sanftere Tour mit der Anzeige vorschlug, die sie ja ablehnte. Jetzt werde ich meine Haarpracht wieder wachsen lassen und mich auf meinen Beruf besinnen und mich auf die Seite des Gesetzes schlagen.«

»Versteht sich doch von selbst Roberto. Du wirst anonym bleiben. Niemand wird dich mit der Tat in Verbindung bringen. Du brauchst dir keine Sorgen zu machen.« Er schwieg über seine Bedenken, die sich meldeten, weil die Organisation nach einer Bespitzelung ihre Vornamen kannte, wobei Robertos Name nicht so wichtig war, da er ein Pseudonym war. Ginevra jedoch beruhigte ihn, weil sie wusste, dass die Organisation sich nie selbst in Verdacht bringen würde.

Bei jedem Kiosk in der Schweiz und in Deutschland blickten Ginevras helle Augen von der Titelseite der Boulevardzeitungen die Passanten an. Ebenso schlug Frau Schröder, Giulias Nachbarin, entsetzt ihre Hand vor den Mund. ›*Du meine Güte, eine Mörderin ... in unserem Haus. Dachte ich es mir doch, dass mit der etwas nicht stimmte.*‹

Paolo gab es einen Stich ins Herz. Um Gottes Willen, dieses kleine Miststück. So kurz nur dabei, und schon ist sie drauf und dran unsere ganze Organisation durcheinanderzubringen. Sofort setzte er sich mit Massimo in Verbindung. Dann beeilte er sich, mit Angelina zu Massimos Luxusvilla zu fahren. Der saß mit Emma im Büro und diktierte gerade einen Brief.

Angelina war überrascht, als sie Giulias richtigen Namen erfuhr. »Hattest du das gewusst, Paolo?«

Er nickte.

»Und wer sind diese Lombardis?«

»Keine Ahnung. Vermutlich sind das die Hexe und ihr Bastard, die Mörder von Ginevras Vater, Marco Amato. Francesco warnte mich nur, dass sie sich könnte rächen wollen. Aber wir sollten uns den richtigen Namen von Giulia abgewöhnen. Das ist zu gefährlich. Ich möchte nicht, dass wir mit Ginevra in Verbindung gebracht werden.«

Massimo rief gleich bei Emanuele in New York an, um ihn über Ginevra auszufragen. Was hatte es mit dieser Frau auf sich? Wer waren die Lombardis? Erst als sie die ganze traurige Geschichte von Ginevras Kindheit erfuhren, wurden sie still und nachdenklich. Sie tat ihnen leid, und Paolo hatte schon ein bisschen ein schlechtes Gewissen, dass er ziemlich grob mit ihr verfuhr. Aber er konnte das alles doch nicht wissen. Klar, es kam ihm schon seltsam vor, dass sie mit Männern massive Probleme hatte, außer mit Vaterfiguren. Hätte doch nur jemand mal etwas von ihrer Vergangenheit erzählt, dann hätte man auf sie einfühlsam eingehen und sie auf den rechten Weg bringen können. Auf der anderen Seite: hätte er bei Ginevras Äußerung: ›vielleicht war es eben das Leben, das diesen Menschen aus mir gemacht hatte … weil ich plötzlich erwachsen wurde, viel zu früh erwachsen wurde, als mein Inneres noch gar nicht bereit dazu war‹ nicht hellhörig werden müssen? Es war für ihn jetzt im Nachhinein offensichtlich, was es bedeutete.

Trotz allem Verständnis, verurteilte der Onkel natürlich Ginevras Tat. Er meinte, dass, wenn diese Rache auch eine momentane Zufriedenheit auslöste, ihr Seelenfriede nach der Tat nur von kurzer Dauer sein würde. Er hätte seine Ziehtochter, wie er sie nannte, gerne bei sich in Amerika behalten. »Sie ist eine so intelligente gebildete Frau. Hat einen super Schul- und Studienabschluss hingelegt. Die hätte Karriere machen können.«

Im Moment wusste niemand so recht, wie man sich verhalten sollte. Wenn man Ginevra schnappte, hatte man auch Giulia, und egal mit welchem Namen, sie konnte für die Organisation zur Gefahr werden. Man war ratlos. Auch Francesco in Neapel zeigte sich überrascht von diesen katastrophalen Neuigkeiten.

Emma würde sich natürlich davor hüten, zur Polizei zu gehen, um die erlauschten Namen der beiden Komplizen Matteo und Roberto zu nennen, worüber die Polizei noch im Dunkeln tappte. Sie würde der Organisation nur schaden … nein, das konnte sie nicht. Massimo hatte großes Vertrauen in sie und ihre Fähigkeiten, das würde sie nie enttäuschen. Genauso dachte auch Paolo, der diese Namen von Emma ebenfalls kannte. Schließlich war es nicht seine Aufgabe, den Fall aufzuklären, indem er die Mittäter nannte.

Giulia rief ebenfalls bei ihrem Onkel in New York an: »Hallo, Onkelchen, ich komme zu dir nach Amerika, so wie du es wolltest. Darf ich meinen Freund, ähm meinen Verlobten, mitbringen?«

»Du weißt, Liebes, dass du bei mir immer willkommen bist. Doch mache ich mir große Sorgen.«

»Warum machst du dir Sorgen? Es ist doch alles gut«, sagte Giulia unbekümmert und gutgelaunt, so als wäre nichts gewesen. Dass in ihr ein kleines Erdbeben tobte, und die Angst Oberhand gewonnen hatte, wollte sie auf diese Art verbergen.

»Was hast du getan Mädchen? Eben riefen mich Paolo und Massimo an … Kind, ich bin betrübt.«

›Wieder dieser Paolo, dieser Scheißkerl. Seinetwegen ist Onkel Emanuele jetzt betrübt … das war ihr nicht recht. Ich hasse ihn, diesen Scheißkerl. Warum musste er meinen Onkel anrufen? Ich wäre nach Amerika abgehauen … aus deren Augen, aus deren Sinn, sie wären mich los und alles wäre gut gewesen. Ich hasse ihn‹, dachte sie ungerechterweise, denn es war Massimo, der den Anruf tätigte. Paolo saß nur daneben und war ebenso betrübt wie ihr Onkel.

»Hör Mädchen, Liebes, du musst dich beeilen … wenn man dich per Europol sucht, wirst du es nicht außer Landes schaffen. Da nützt dir auch nicht dein Pass als Giulia Bianchi … Die ergreifen dich, bevor du auch nur ein Flugzeug besteigen kannst.«

Matteo buchte gleichentags via Internet zwei Flugtickets – einfach – via Paris, nach New York, für den nächstmöglichen Termin und das war Montag, 6. Februar um 11:00 Uhr. Giulia hob bei der Bank noch den Rest ihres Geldes ab. Den größten Teil hatte sie schon im Verlaufe der letzten zwei Wochen, etappenweise abgehoben.

Noch am Samstagabend, durchsuchte die Polizei die Wohnung am Rennweg in Zürich, nachdem Giulias Nachbarin, Frau Schröder, eine Aussage machte. In der Wohnung fanden sie Giulias Handy und Fingerabdrücke en masse. Ginevra Amato, alias Giulia Bianchi wurde im europaweiten Fahndungssystem, dem Schengener Informationssystem SIS gespeichert. Dank des Zugriffs auf dieses System, können Kontrollen an den Schengen-Außengrenzen – in der Schweiz sind das die internationalen Flughäfen – verstärkt und die grenzüberschreitende Zusammenarbeit der Polizei- und Justizbehörden intensiviert werden.

Hätte Ginevra von diesen ganzen Aktivitäten etwas geahnt, sie hätte kein Auge mehr zugetan, an Schlaf wäre nicht zu denken gewesen.

Am Sonntag ging bei der Polizei in Lörrach ein Anruf über einen Leichenfund im Salzertwald ein. Ein Bewohner des Salzert-Gebiets nutzte die milden Temperaturen, um nach der Kältezeit endlich wieder frühlingshafte Luft im Wald zu schnuppern. Dort fand er im Dickicht den schwarzen Mercedes mit der Leiche am Steuer. Der Ermordete konnte als Alessandro Lombardi identifiziert werden. Auch diesen Mord lastete die Polizei zumindest vorläufig Ginevra an.

16

Ginevra und Matteo machten sich mit zwei großen Reisetaschen und einem Rucksack auf zum Euroairport Basel-Mulhouse-Freiburg. Die zwei letzten Tage waren sie schrecklich nervös, pausenlos von Angst geplagt. Sie steckten sich gegenseitig mit ihrer Unruhe an. Es war höchste Zeit, dass sie wegkamen. Sie fieberten nur noch auf den Montag hin … endlich wegkommen, sich endlich in Sicherheit wiegen können, das war ihr großes Ziel. Sie betraten die Flugzeughalle, steuerten den Check-In-Schalter an. Ginevra behielt ihre Sonnenbrille auf, obwohl sie wusste, dass das im Moment gar nichts nutzte, solange sie den Pass vorzeigen musste. Sie zählte zumindest darauf, dass man nach einer Ginevra Amato fahndete, nicht aber nach Giulia Bianchi, denn so schnell konnten sie nicht auf ihre falsche Identität gekommen sein.

Die Schalterangestellte fertigte beide höflich ab, wies ihnen das Gate zu, wo ihr Flug starten würde und wünschte ihnen freundlich einen guten Flug. Ginevra hielt während der ganzen Zeit den Atem an. Erst als sie sich auf den Weg zum Gate machten, atmete sie hörbar aus. Ihr Herz klopfte bis zum Hals. Auf dem Weg lächelte sie dann erleichtert Matteo an, der ihr Lächeln erwiderte.

Sie kamen unbehelligt durch die Kontrollen und saßen in der Wartezone des Abfluggates. Jetzt konnte nichts mehr schiefgehen. In zwanzig Minuten war das

Boarding des Fluges Air France AF 1193, New York John F Kennedy Intl. Airport, T1 angesagt. Dann würden sie im Innern des Flugzeugbauches verschwinden und in die Freiheit einem schönen Leben entgegenfliegen. Nach knapp elf Stunden würden sie amerikanischen Boden betreten. Sie freute sich und entspannte sich allmählich.

Endlich kam der ersehnte Aufruf zum Boarding für den Flug AF 1193 ... Ginevra seufzte ... »endlich.« Matteo hörte sie nicht mehr, er hatte es eilig und ist schon vorausgegangen.

Ginevra sah nicht die beiden Männer in Zivil, die auf sie zukamen. Im Gefolge waren zwei uniformierte Beamte. Sie trugen Waffen.

Der größere der beiden Zivilbeamten steuerte direkt auf Ginevra zu und sprach sie von hinten an: »Frau Amato?«

Ginevra drehte sich erschrocken um und blickte durch ihre Sonnenbrille den Mann an: »Sie irren sich. Mein Name ist Bianchi«, sagte sie. Das schien den Herrn jedoch nicht zu interessieren.

»Würden Sie bitte Ihre Sonnenbrille abnehmen!«, forderte er sie auf.

Ginevra nahm ihre Brille ab. Plötzlich sah sie aus den Augenwinkeln, dass Matteo von einem Uniformierten aufgehalten wurde. Sie blickte dem Fremden direkt in die Augen. Dieser zuckte für einen Moment zusammen, als er ihre Augen sah. Auch der kleinere Zivilbeamte, der einen Meter hinter dem ersten geblieben war, zuckte kaum merkbar zusammen. Jetzt erst legitimierte sich der größere, in dem er seine Marke zückte. »Ich fürchte, Frau Amato, Ihre Reise ist hier zu Ende. Wir müssen sie leider mitnehmen.«

Ginevra blickte hilflos um sich. An Flucht war nicht zu denken. Nicht hier … aussichtslos. Sie sah zu Matteo, der ebenso hilflos zu ihr herüberschaute. Sie ließ sich widerstandslos abführen.

Es war aus! Sie hatte verloren. Die einzige Genugtuung war, dass ihre Peiniger das Leben auch nicht mehr genießen durften. »Lassen Sie meinen Begleiter gehen. Er hat nichts getan. Er ist ein Freund aus Kindertagen, und seit neustem mein Verlobter, der mich bei sich wohnen ließ.«

»Wenn er sich nichts zuschulden kommen ließ, wird er wieder auf freien Fuß gesetzt werden. Aber das können wir ganz einfach feststellen, nämlich dann, wenn Sie uns die Namen Ihrer zwei Komplizen beim Überfall auf Frau Lombardi und den Mord an deren Sohn nennen.«

*

Es folgten lange Befragungen. Ginevra blieb dabei, dass ihr Verlobter, Matteo Di Pasquale, mit der ganzen Sache nichts zu tun hatte. Dass es allein ihr Ding gewesen sei, und sie niemals nahestehende Personen mit hineingezogen hätte. Nie würde sie sie in Gefahr bringen.

Namen jedoch nannte sie nicht. Es nutzte nichts. Sie hielten auch Matteo fest. Ginevra hatte Angst, dass er vielleicht seine Nerven verlieren und seine Mitwirkung zugeben könnte.

Was sie aber zum Besten gab, das war die Existenz des ›Lustgartens‹ in der Webergasse, wo Minderjährige zur Prostitution gezwungen wurden und wo ihre

Stiefmutter das Zepter führte und ihr vermaledeiter Sohn die Mädchen organisierte und zuritt, wie er es immer so gerne nannte. Dass ihr Hinweis eine Razzia auslöste und das Nest ausgehoben wurde, erfuhr Ginevra nicht, denn zwei Tage später wurden sie und Matteo den deutschen Behörden übergeben.

Ginevra saß dem Kommissar Albrecht gegenüber, Matteo wurde von Kommissar Reiff verhört.

Für sie war klar, dass das Spiel für sie verloren war. Sie gestand, und sie erzählte auch den Grund. Albrecht war schockiert, als er das alles aus ihrem Mund hörte. Er war es leid, immer wieder mit solchen Fällen, bei denen Kinder die Leidtragenden waren, zu tun zu haben. Was für seelenlose Menschen waren das, die kleine hilflose Kinder und Jugendliche missbrauchten? Automatisch dachte er an Carmen, das unerfahrene Mädchen, das sich in den älteren Geschäftsmann verliebt hatte und keine Ahnung hatte, dass er ein gestörtes, übertriebenes Sexualverhalten hatte.

Er dachte auch an das ausgehobene Nest ›Lustgarten‹ in Basel, wo viele ausländische Mädchen befreit wurden. Man hatte ihn darüber in Kenntnis gesetzt. Dieser Tipp von Ginevra würde ihr bestimmt zugutekommen. Auch Staatsanwalt Faber, dessen Tochter, nachdem sie wochenlang verschwunden war, wieder auftauchte – missbraucht, geschändet, geknickt – wird dieser Frau gegenüber, die sich nur einfach wehrte, Empathie zeigen.

Auch die telefonische Auskunft von Emanuele Amato, bestätigte Ginevras Leidensweg, den ganzen erlittenen Albtraum, der das Kind innerlich tötete. Für Albrecht war nun auch verständlich warum die eigentlich schöne Frau vor ihm, so hart und abweisend wirkte. Was musste sie gelitten haben? Welche Verzweiflung, welche Hilflosigkeit?

»Ich verstehe Ihre Wut, Frau Amato, verstehe Ihren aufgestauten Hass, nachdem Sie durch diese Hölle mussten, aber dennoch können wir Selbstjustiz nicht akzeptieren. Selbstjustiz ist strafbar. Aber, nennen Sie uns die Namen Ihrer Helfer! Sie wollen doch nicht alleine für diese Taten geradestehen müssen«, zeigte Albrecht sich freundlich.

In der Hoffnung, dass Matteo sich nicht weichklopfen ließ und sich an die Abmachung zu schweigen hielt, sagte sie: »Doch, ich muss alleine dafür geradestehen. Es war mein Leid und meine Vergeltung«, widersprach sie, »ja, und ich habe selbst keine Namen. Ich habe Auftragskiller von einem Cybercafé aus über Internet, gesucht, und die beiden Männer wurden mir empfohlen. Sie nannten sich nur Blacky und Brownie, irgendsolche Pseudonyme. Ihre wahre Identität kannte ich nicht, wollte ich auch gar nicht kennen. Ich selbst war bei den Morden nicht dabei, sondern stand nur Schmiere. Wie sie ihren Job erledigten, überließ ich den beiden. Sie waren Profis, die ihren Auftrag kannten und ihn bestens ausführten«, log sie.

»Können Sie mir die beiden Männer beschreiben?«, fragte Albrecht.

»Nein, sie trugen beide identische Bärte, wahrscheinlich waren sie falsch, und sie setzten sich auch immer Sonnenbrillen auf. Ich habe sie auch nie genau ansehen wollen. Ich wollte ihre Anonymität gewahrt wissen. Es war schließlich mein Kampf … die beiden führten nur aus.«

Kommissar Reiff verfuhr nicht so mild mit Matteo. Er führte eine harte Befragung durch. Matteo der sich an Ginevras Worte, stur zu bleiben, erinnerte, verneinte eine Mittäterschaft.

»Wenn Sie aber nichts damit zu tun haben wollen, Herr Di Pasquale, warum wollten Sie dann plötzlich mit Frau Amato nach Amerika abhauen? Dafür gab es für Sie doch gar keinen Grund, wenn Sie so unschuldig sind, wie Sie behaupten.«

»Na ja, ich erfuhr erst aus der Zeitung, dem ›Blick‹, von dieser Tat. Giul ... äh ... Ginevra sagte mir dann, dass sie abhauen müsse und fragte mich, ob ich sie jetzt fallen lassen oder zu ihr stehen würde? Da sie meine innigste Freundin und Verlobte ist, wollte ich zu ihr stehen.«

»Aha, und dann lässt man alles stehen und liegen – Wohnung, Eigentum, Job, alles – und haut einfach ab? Und was mich noch interessiert: mit wem waren Sie denn zusammen? Mit Ginevra oder mit Giulia? Und, warum eigentlich brauchte sie einen falschen Namen?«

»Ja, sie hatte mir erzählt, dass sie inkognito unterwegs sei und dass sie ihre Gründe habe. Ich hab's einfach akzeptiert. Tja, so ist das halt, wenn man liebt. Man lässt alles stehen und liegen und folgt seiner Liebe. Ohne Ginevra wollte und konnte ich nicht leben und ich sagte kurzentschlossen zu. Aber eine Wohnungskündigung hatte ich noch zuvor abgeschickt ... ich wollte ja schließlich korrekt sein.«

»Aah, immer an alles gedacht, was? Sogar an die Wohnungskündigung, weil wir ja so anständig sind«, spottete Reiff, »nur, ich glaube Ihnen kein Wort. Komisch nämlich, dass Ihre innigste Freundin und Verlobte gestanden hatte, dass Sie bei den Taten mitwirkten«, log Reiff, setzte dabei seinen berühmten hämischem Blick auf.

Jetzt hieß es zu pokern. Na ja, Matteo hatte nichts zu verlieren, nur noch zu gewinnen. Er wusste, dass Ginevra nie weich werden würde. Sie war zu hart gesotten und so sagte er: »Nein, Ginevra erzählt nicht einfach etwas, das nicht wahr ist. Sie ist eine Seele von Mensch. Sie würde mich nie mit einer Lüge in ihre Sache mit hineinziehen.«

Diese Aussage kam an. Jetzt war der Ball wieder bei Reiff.

»Sie wissen aber, dass Ihre Handlungsweise Strafvereitelung ist? Und Vereitelung der Strafverfolgung ist nach § 258 Abs. 1 StGB strafbar und wird mit Freiheitsstrafe bis zu fünf Jahren oder mit Geldstrafe belegt.«

Jetzt kam Matteo zum Zug. Er war lange genug mit Roberto alias Riccardo zusammen, um sich ein klein bisschen auszukennen, denn der war glücklicherweise Jurist. »Ich weiß aber auch, dass Angehörige privilegiert sind, das heißt, dass ich, wenn ich eine Tat zugunsten eines Angehörigen verschweige, straffrei bleibe.«

Reiff zog, als Zeichen seiner Überraschung, seine Augenbrauen hoch. Woher wusste dieser italienische Bursche das schon wieder. Er versuchte dennoch, Matteo einzuschüchtern: »Klar bei Angehörigen, aber Sie sind nicht verwandt, ergo kein Angehöriger.«

»Na ja, verlobt sind wir. Niemals würde ich meiner Verlobten meine Hilfe versagen.«

17

Am Mittwoch, den 18. April 2012 wurde die Hauptverhandlung gegen Ginevra Amato in Saal III des Landgerichts in Freiburg eröffnet. Ihr wurde grausamer Mord an ihrer Stiefmutter Fiona Lombardi und deren Sohn Alessandro zur Last gelegt, wenn auch, wie sie erklärte, sie selbst nicht Hand angelegt habe.

Die Polizei ging davon aus, dass hier Profis zugange gewesen sein mussten, denn die Mörder hinterließen keine Fingerabdrücke.

Ginevras Onkel, Emanuele Amato, verpflichtete für seine Nichte den besten Strafverteidiger, den er auftreiben konnte und den er bei der Rechtanwaltskanzlei Gröning in Zwickau fand. Rainer Gröning übernahm den Fall höchstpersönlich und Amato ließ sich diese Wahl ordentlich etwas kosten.

Am Freitag wurde dann nach einem ergreifenden Plädoyer des Strafverteidigers, der das Gericht überzeugen konnte, dass bei seiner Mandantin die Motive Mordlust, Befriedigung des Geschlechtstriebs, Habgier oder sonstige niedrige Beweggründe fehlten, ein relativ mildes Urteil erzielt.

Nicht sie sei es gewesen, die aus niedrigen Beweggrünen tötete, sondern ihr Stiefbruder, Alessandro Lombardi, der ihren über alles geliebten Vater kaltblütig ermordete. Der Vater war der einzige neben ihrem Onkel in Amerika, den seine Mandantin noch hatte.

Aber dazu sollten die Anwesenden hier die traurige Lebensgeschichte seiner Mandantin erfahren.

Dann erzählte er von einer mindestens drei Jahre andauernden schrecklichen Tortur aufgrund körperlichen und seelischen Missbrauchs des Kleinkindes Ginevra Amato, was tiefe Wunden in dessen Psyche hinterließ und es für das ganze weitere Leben geprägt hatte; zu groß war das Leid, zu schwer das Schicksal zu tragen.

Seine Mandantin habe sich einsam und verlassen gefühlt, denn sie habe niemanden mehr gehabt, nachdem dann auch noch ihr Vater ermordet wurde, sie selbst war damals siebzehn Jahre alt und in der Schweiz auf der Schule. Sie erfuhr von der Tat von ihrem damaligen Freund Matteo Di Pasquale, der Augenzeuge des Mordes war. Der Mord sei damals der Mafia zugeschrieben worden, was in Italien ja nichts Ungewöhnliches gewesen sei. »Für die junge Ginevra brach ein weiteres Mal eine Welt zusammen. Und, das wieder verursacht durch ihre Peiniger.«

Göring legte eine kurze Verdauungspause für das Gesagte ein, bevor er weiterfuhr: »Ärzte können ein Lied davon singen, denn sie wissen dass der Mensch ein soziales Wesen ist und dass Einsamkeit ihn belastet. Er weiß, wie ein einsamer Mensch sich fühlt, nämlich wie ein Satellit im Universum, tausende Kilometer entfernt von jeglicher menschlicher Nähe und Zuneigung … und jeder Arzt weiß auch, dass dieses quälende Gefühl erdrückt und Krankheiten heraufbeschwört … ja es erstickt jeden Lebensmut. Es war sogar so schlimm, dass meine Mandantin zeitweise mit dem Gedanken spielte, ihrem Leben selbst ein Ende zu setzen; ich hatte mit ihrem behandelnden Arzt darüber gesprochen, nachdem meine Mandantin ihn von der ärztlichen Schweigepflicht entbunden hatte.«

Der Verteidiger, der spürte, dass seine Rede die Menschen berührte, war so richtig in Fahrt. Er erklärte, dass seine Mandantin sich als Folge des Missbrauchs eine harte Schale zugelegt habe und, ums Leben betrogen, lange Zeit nicht in der Lage gewesen sei, Vertrauen zu anderen Menschen aufzubauen, oder intensive Kontakte zu knüpfen, geschweige denn irgendeine Beziehung zum anderen Geschlecht einzugehen. Zu tief waren die Wunden des Missbrauchs geschlagen. *›Ein Leben ohne intensive Beziehungen entspricht nicht der gesellschaftlichen Norm‹*, habe einmal eine bekannte Soziologin und Beraterin gesagt.

Nur die Liebe ihres damaligen Schulfreundes Matteo, der zu ihr gestanden habe, habe seine Mandantin sachte aus der Isolation herausholen können. Es sei sogar erst kürzlich zur Verlobung gekommen, was ein zaghafter Schritt zur Heilung seiner Mandantin hätte bedeuten können.

Doch dann, als seine Mandantin erfahren habe, dass Stiefmutter und -bruder diesem Business, Missbrauch von Kindern wie schon in Italien weiter frönten, sei alles wieder hochgekommen. Sie habe den Schmerz wieder intensiv verspürt und habe diesen Monstern ihr Handwerk endgültig legen und die Tat an ihr selbst sühnen wollen.

»Sie werden jetzt sicher dagegenhalten, dass eine Anzeige doch auch hätte reichen müssen. Immerhin ist der Laden, der sich Lustgarten nannte, ja mittlerweile aufgeflogen und die dort verbliebenen Täter festgenommen worden, nachdem meine Mandantin der Polizei davon erzählt hatte und übrigens: hätte man sie nicht an ihrer Ausreise gehindert, hätte sie den Hinweis auf jeden Fall anonym von Amerika aus gegeben.

Klar, nüchtern gesehen, würde ich sagen ›ja, korrekt, anzeigen hätte man diese Monster können‹. Aber kann ein so schwer verletzter Mensch, der ein Leben lang litt, indem er mit Schmerz und Wut lebte, alles einfach so nüchtern betrachten? Kann man das wirklich?

Nehmen wir nur einmal die aus dem Lustgarten in Basel befreiten Mädchen, die sich in einem erbärmlichen Zustand befanden, von denen viele unter Drogen standen, und auf diese Weise gefügig gemacht wurden. Oder die, die einfach nur aufgegeben hatten und sich in ihr Schicksal fügten, weil sie sich ohnmächtig gefühlt hatten. Sie wurden ausgebeutet, gequält, gedemütigt. Sie wirkten verstört, nur noch apathisch, waren nicht in der Lage zu sprechen. Am Ende konnten sie gar nicht glauben, dass der Spuk nun endlich vorbei sein sollte.« Dann hob er die Stimme und stellte die Frage wie einen Appell … und er schrie sie förmlich hinaus: »Glauben sie, meine Damen und Herren, dass für solche gepeinigte Menschen nüchterne Betrachtung möglich ist?«, und er gab die Antwort darauf dann selbst: »Nein, meine Damen und Herren, nein, ist es nicht. Es sind nämlich nur Menschen.«

Er legte eine Pause ein, um seine Rede wirken zu lassen, denn er rechnete damit, dass die Befreiung der Mädchen seiner Mandantin zugutekommen würde.

Dann fuhr er wieder mit ruhiger, ja trauriger Stimme fort: »diese Mädchen waren alle mindestens schon zehn Jahre alt und älter. Aber nun stellen Sie sich das kleine unschuldige dreijährige Mädchen Ginevra vor, wie es dasitzt, im süßen Kleidchen, das gesagt bekam es solle schön lieb sein, sonst würde es bestraft. Und dann stellen Sie sich das Bild vor, wie gierige Männerhände diesem kleinen Körper wehgetan hatten, inklusive der große Bruder, der sich an ihr verging. Ich möchte die Details hier gar nicht anführen, denn Sie würden sie nicht verkraften. Glauben Sie mir, ich hatte Tränen in den Augen, als meine Mandantin mir das alles erzählte, was sie erlitten hatte.«

Es ging ein Raunen durch den Gerichtssaal. Manche hatten ebenfalls Tränen in den Augen, die sie mit einem Taschentuch wegtupften.

Dann richtete er die Frage direkt an die Anwesenden: »Wie würden Sie handeln, wenn Ihnen solches Leid widerfahren worden wäre? Bestimmt würde jeder von Ihnen wollen, dass diese Taten streng gesühnt würden. Doch, wir wissen aus früheren Verhandlungen bei Missbrauch, wie die Taten dieser Menschen oft lasch behandelt wurden. Die Täter kamen oft mit mildem Urteil davon, oft aus Gründen, die man mit deren Elternhaus oder Alkoholeinfluss entschuldigte, während die Opfer mit ihrem Trauma allein blieben, ohne dass sich jemand um sie kümmerte. Ich weiß, es hört sich grausam an, wenn ich sage, ich würde diese abscheulichen Ungeheuer in der Hölle schmoren lassen wollen. Aber so ist es eben, und so erging es auch meiner Mandantin.

Hohes Gericht, sehr verehrte Damen und Herren, ich weiß, dass das Gesetz bei Mord eine lebenslange Haftstrafe vorsieht. Bitte bedenken Sie aber, dass meine Mandantin längst eine Strafe verbüßt hat ... sie hatte ihr Leben eingebüßt, ein normales Leben durfte sie nicht führen. Dass sie dennoch eine hervorragende Schülerin war und danach ihr Studium ebenso hervorragend abschloss, ist ihrer Intelligenz geschuldet. Diese hatte sie durch die Misshandlung gottlob nicht eingebüßt. Würde man nun die Höchststrafe fordern, würde meine Mandantin jetzt ein weiteres Mal schwer bestraft werden, und das hat sie nicht verdient. Die Übeltäter, Fiona und Alessandro Lombardi, hatten mit ihrem Handeln so viele junge Menschen seelisch und körperlich zugrunde gerichtet. Nicht zu vergessen, Ginevra Amato hatte mit ihrer Aussage dafür gesorgt, dass die missbrauchten Mädchen befreit werden konnten und hatte damit verhindert, dass in Zukunft noch mehr Leid geschieht. Das sollte ihr hoch angerechnet werden. Ich bitte Sie, die besonderen Umstände meiner Mandantin zu berücksichtigen und bei der Strafbemessung nach §§ 21, 27, 49 StGB Milde walten zu lassen.«

Am Freitag, nach dem Plädoyer vom Vortag, wurde das Urteil verkündet und Ginevra Amato wurde, nach Abwägung aller Umstände des Einzelfalles, zu einer Freiheitsstrafe von sechs Jahren verurteilt.

Ein Stein fiel Ginevra vom Herzen. Was waren sechs Jahre im Vergleich zu dreißig Jahren des Leidens. Sie fiel ihrem Anwalt um den Hals und Matteo rief ihr zu: »Ginevra, ich warte auf dich«

18

Wie damals vor drei Monaten, als Daniela zu Silke Brenneis, alias Gerda Mühlewald, in die Zelle kam, so wurde ihr heute am 20. April Ginevra Amato als ihre Mitinsassin angekündigt. Ihr war das Ganze so vertraut und rief in ihr schmerzhaft ihren Beginn hier in der Haftanstalt in Erinnerung. Sie war zwar, dank Silke Brenneis nicht mehr so nah bei den Tränen, wie damals, aber der Schmerz der Trauer und die Bürde, für eine Tat, die sie nicht beging für so viele Jahre, ohne Aussicht auf Aussetzen der Strafe, einsitzen zu müssen, wogen nach wie vor schwer. Täglich hoffte sie auf Neuigkeiten von ihrer Rechtsanwältin. Täglich vertraute sie darauf, dass Silke Brenneis, die ihr Hilfe versprach, etwas herausfand.

Als Daniela ihre neue Mitgefangene sah, erschrak sie einerseits, auf der anderen Seite war sie fasziniert von dieser großen, schlanken, sportlich-muskulösen Frau. So schön sie war, so hart wirkte sie. Es war ein Widerspruch in sich. Aber nicht nur der Typ war widersprüchlich, sondern auch der Kontrast zwischen ihrem dunklen Teint, zusammen mit dem kurzen schwarzen Haar und ihren unglaublich hellen Augen. Sie zogen sie förmlich in ihren Bann. Solche Augen hatte sie noch nie zuvor gesehen. Sie versuchte sich vorsichtig an die Neue heranzutasten: »Hallo Ginevra, ich bin Daniela.«

»Hallo«, sagte Ginevra nur ganz kurz angebunden.

Diese Reaktion erinnerte Daniela noch zu gut an ihren eigenen Anfang hier. Da sie nicht, wie Silke Brenneis die Aufgabe hatte, ihre Zellengenossin auszuhorchen, ließ sie sie erst einmal in Ruhe. Sie saß schweigend auf ihrem Bett und beobachtete die junge Frau, wie sie ihre Sachen verstaute und dann das Bett herrichtete. Wie alt mochte sie wohl sein? Sicher um einiges jünger als sie selbst. Bei dem Gedanken erschrak sie: in drei Tagen feierte sie ihren 41sten Geburtstag. Was ist in diesem einen Jahr doch alles geschehen!

Sie hatte einen Geliebten, wenn auch immer begleitet von einem schlechten Gewissen, ihr Mann entfernte sich von ihr, hatte dann selbst eine Geliebte … und dann … dann, als sie hoffte, alles könne gut werden, war er tot und sie wurde verurteilt. So viel verlorene Zeit. Zeit, die sie nicht mehr hatte, um mit Philipp einen Neuanfang zu starten. Und nun würde sie unendlich lang werden die Zeit: was, wenn sie die Haft wirklich bis zum Ende absitzen musste? Oh Gott. Sie schüttelte energisch den Kopf; lieber würde sie sich vorher selbst umbringen. Doch im nächsten Moment verwarf sie den Selbstmordgedanken wieder und ersetzte ihn durch einen zuversichtlicheren: ›*nein, nein, ich werde keine 22 Jahre absitzen. Die werden herausfinden, dass ich unschuldig bin. Ja genau, nach ein paar Monaten … na ja, vielleicht nach ein zwei Jahren, allerhöchstens, bin ich hier draußen*‹, dachte sie. ›*Außerdem habe ich im Moment überhaupt nicht zu klagen. Dank der Ratschläge meiner Mitgefangenen …*‹, sie schmunzelte ›*… die sich als Polizeipsychologin entpuppte, habe ich inzwischen ein ganz erträgliches Leben hier drinnen.*‹ So sprach sie sich selbst gedanklich Mut zu.

Leider konnte sie nicht auf die Aussage von Wolfgang Bonhoff hoffen. Bonhoff, so hatte Evelyn ihr geschrieben, sei aus dem Koma immer noch nicht aufgewacht und es gebe keine Hoffnung, dass er je wieder aufwachen würde. ›*Was für Schicksale?*‹, dachte sie, und ›*welches Schicksal hatte dieser Neuen einen so harten Ausdruck verliehen?*‹ Während sie so sinnend dasaß öffnete sich die Zellentüre.

»Frau Crohn, Besuch für Sie«, ertönte eine laute Stimme. Kurz später saß Daniela ihrer Rechtsanwältin Celine Endress im Besuchsraum gegenüber.

Danielas Augen leuchteten. »Gibt es etwas Neues?«, fragte sie ganz aufgeregt.

»Ja, Frau Crohn, zwar nur eine Kleinigkeit, die Ihnen leider für den Moment nicht viel bringt, oder besser gesagt, im Moment gar nichts. Aber meine Vermutung von damals wurde von Frau Brenneis ... ähm ... «, Celine erinnerte sich eben, dass es zwischen Daniela und Silke zur Freundschaft kam, »... von Silke bestätigt, nämlich die Vermutung, dass Angelina Donati, die ehemalige Geliebte Ihres Mannes, in eine kriminelle Vereinigung verwickelt ist. Es war tatsächlich Fügung des Schicksals, dass Frau Donati ihre Wohnung wechselte und zu ihrem jetzigen Geliebten, einem feurigen Italiener namens Paolo Frattini zog, und zwar just zu dem Zeitpunkt, als Silke Beobachtungsposten bezog.«

Obwohl Celines Einleitung für sie wie ein Schlag ins Gesicht war, zeigte Daniela sich jetzt doch überrascht: »Wow, dann hat sie aber nicht lange um ihren geliebten Philipp getrauert ... oder ...«, Daniela machte eine Pause, »… oder sie war am Mord selbst beteiligt«, kombinierte sie weiter.

»Ja, das ist eine Variante, an die wir auch dachten. Wenn die mafiöse Verbindung zur Anzeige kommt, erfahren wir vielleicht darüber etwas mehr. Silke blieb ihnen auf jeden Fall zwei Wochen lang auf den Fersen und stellte fest, dass sie regelmäßig konspirative Versammlungen abhielten. Dergestalt wie wir es in Basel schon kennenlernten, nur in größerem Rahmen.«

»Ist Silke denn nicht zur Polizei gegangen, damit diese das Nest ausheben kann?«, sagte Daniela, ihre Hoffnung ausdrückend, dass dann herauskäme, wer schlussendlich für Philipps Tod verantwortlich war.

»Das wäre unklug, Frau Crohn.«

»Aber warum?«

»Überlegen Sie. Was sollte es Ihnen persönlich bringen, wenn die Schweizer Polizei eine kriminelle Organisation hochgehen lässt? Womöglich gar die Mafia? Wenn es überhaupt etwas dieser Art ist. Dann wären zwar ein paar Banditen aufgeflogen, die vielleicht Geldwäsche und sonstiges betreiben, Dinge halt die bei der Mafia so üblich sind, aber wir hätten immer noch nicht den Mörder Ihres Mannes. Wenn diese Treffen aber harmlos sind, dann stehen wir dumm da. Viel Wind um nichts. Wir müssen da einfach etwas mehr haben. Vielleicht tut sich uns da etwas auf, von dem wir bis jetzt noch keine Ahnung haben. Von sich aus werden die nichts erzählen. Die werden nicht sagen, ›ach übrigens, bei der Gelegenheit … den Mann von Frau Crohn haben wir auch umgebracht‹. Auch wenn Angelina explizit daraufhin angesprochen werden würde. Sie würde sich lieber die Zunge abbeißen, als etwas zuzugeben, was wir ihr nicht nachweisen können. Sie müssen auch wissen, Frau Crohn, dass ein Mord in diesem Zusammenhang nur Sinn machen würde, wenn Philipp eine Zugehörigkeit zur Bande nachgewiesen werden könnte, und er vielleicht, weil er aussteigen wollte, zur Gefahr geworden wäre. Können wir aber nicht. Er ist bis zu seinem Tod einer normalen Beschäftigung nachgegangen. So wie Angelina auch, nur mit dem Unterschied, dass sie nach Philipps Tod, alles aufgab.«

»Ja, okay, ich verstehe. Aber was hat es mit *Cora* auf sich? Angelina hatte erschrocken geguckt, als Sie vor Gericht *Cora* mit dem Mord in Zusammenhang brachten. Das war doch verdächtig, oder nicht? Sie und Herr Kulau waren schon so nah dran.«

»Natürlich hatte Angelina sich mit ihrer Reaktion verraten … aber ich sagte schon, *Cora*, sprich kriminelle Organisation, bedeutet nicht gleichzeitig auch Mord. Angelina könnte nur einfach erschrocken gewesen sein, weil sie Angst hatte, man sei ihrer Mitwirkung beim organisierten Verbrechen auf die Schliche gekommen und dass sie somit für die Organisation zur Gefahr werden könnte. Die machen da kurzen Prozess, wenn jemand zur Gefahr wird. Natürlich konnte der Verdacht durch ihren Umzug zu ihrem Geliebten erhärtet werden.«

»Auf jeden Fall beweist das alles, dass sie etwas zu verbergen hatte. Und eben sagten Sie die Mafia macht kurzen Prozess mit Leuten, die zur Gefahr werden könnten. Vielleicht wurde Philipp zur Gefahr.«

»Jetzt drehen wir uns im Kreis, Frau Crohn. Ich sagte doch, dass wir Ihrem Mann keine Mitgliedschaft nachweisen können, ergo können wir noch nicht annehmen, dass er zu Gefahr geworden wäre.«

»Okay, okay … Sie haben recht. Aber, was sagen Sie zur Theorie, dass er, um zur Gefahr zu werden, gar nicht zwangsläufig ein Mitglied gewesen sein musste. Reicht da denn nicht auch alleine das Wissen darüber, dass es sie gibt? Hatte er vielleicht zufällig mitbekommen, dass seine Geliebte nicht auf dem Weg der Rechtschaffenheit wandelte? Zu viel gewusst, wäre doch auch eine Gefahr und Grund für einen Mord gewesen? Spräche dafür denn nicht auch die Tatsache, dass Angelina sich gleich an einen anderen Mann herangeworfen hatte?«, hielt Daniela dagegen und Celine nickte.

»Ja, korrekt. Das wäre eine Theorie, der wir noch genauer nachgehen müssen«, sagte Celine nachdenklich.

»Wann war Silke denn in Zürich?«, wollte Daniela wissen.

»Das war Ende Januar und sie blieb bis Anfang Februar. Sie konnte bei einer Freundin, die in Zürich lebt, einziehen, damit ihre Hotelkosten nicht zu hoch wurden.«

»Und warum erst jetzt? Ich meine wir haben jetzt April und Silke beobachtete bis Anfang Februar?«, fragte Daniela enttäuscht.

»Sie meinen, warum wir erst jetzt mit unseren Beobachtungen zu Ihnen kommen?«

Daniela nickte.

»Wir wollten nicht mit nichts zu Ihnen kommen … deshalb. Aber passen Sie auf: es gab noch einen anderen Fall und zwar in Basel. Ich wollte eigentlich schon lange darauf zu sprechen kommen. Doch das Thema

Angelina hielt uns zu lange auf«, schmunzelte Celine, »eine junge Frau hatte zwei Auftragskiller auf eine Frau und ihren Sohn angesetzt. Das war eine richtig aufregende Geschichte, die durch alle Medien ging.«

Daniela wirkte gleichgültig ... was sollte eine fremde Frau, die Auftragskiller engagiert hatte, sie interessieren? Und was hatte das mit Philipp zu tun?

Celine entging diese unzufriedene Miene nicht und fuhr dessen ungeachtet einfach weiter: »... und Silke hatte beobachtet, dass genau an dem Tag, als von der Mordtat in der Zeitung berichtet wurde, Angelina und ihr Paolo ziemlich hektisch ihre Wohnung in Zürich-Niederdorf verließen. Sie sollen ziemlich nervös gewirkt haben, und sie suchten jemanden in einer Luxusgegend auf. Vielleicht einen Mafiaboss? Aber hören und staunen Sie: der Name des Typs in der Villa, ist Massimo Carlucci und diesen Vornamen hatte Friedhelm beim Lauschangriff erspitzelt ...«

Ganz plötzlich regte sich etwas ... Danielas Gesicht zeigte wieder Interesse an Celines Nachrichten.

»... und deshalb nahm Silke an, dass beide Fälle in irgendeiner Form eventuell zusammenhängen«, erklärte Celine weiter, »fragen Sie mich bitte nicht, in welche Richtung Silkes Vermutung hinzielten. Sie hatte auf jeden Fall das Gefühl, als würden die beiden diese gesuchte Frau kennen. Silke ist bekannt für ihr gutes Gefühl. Am Flughafen dann wurde die Gesuchte auf der Flucht gestellt. Nun wollten wir, bevor wir mit unseren Nachrichten zu Ihnen kommen, den Prozess abwarten, um zu sehen, ob es über diese Frau Hinweise zum organisierten Verbrechen gibt. Hätte ja sein können. Aber leider kam nichts diesbezüglich heraus.

Die Motive für diese Tat dieser jungen Frau gingen auf eine Zeit vor vielen Jahren in Italien zurück, als die Täterin als Kleinkind missbraucht wurde. Ja, und heute war die Urteilsverkündung ... und jetzt bin ich da, um zu berichten.«

Plopp ... wieder eine Blase ... eine geplatzte Blase.

»Wer ist diese junge Frau?«, fragte Daniela jetzt wieder entmutigt. Ihre Stimme klang betrübt.

»Ginevra Amato«

Daniela erwachte im selben Moment wieder zum Leben.

»Ginevra Amato?«, wiederholte sie, wie elektrisiert, »Ginevra Amato? ... was für ein Zufall! Sie ist meine Zellengenossin.«

»Oh«, war die kurze Reaktion von Celine, während sie erstaunt ihre Augenbrauen hochzog.

»Im Moment ist nichts aus ihr herauszukitzeln, sie spricht nämlich nicht. Ein kurzes, zurückhaltendes ›Hallo‹ war alles. Mehr war ihr nicht zu entlocken. Aber wir werden viel Zeit zusammen haben ... viel Zeit zum Unterhalten«, sagte Daniela fast ein bisschen verschwörerisch, »und ich werde herausbekommen, ob sie Angelina und vielleicht sogar Philipp kennt.« Diese letzte Information machte Daniela wieder etwas zuversichtlicher.

Dann wurde sie in ihre Zelle zurückgebracht. Irgendwie fühlte sie sich heute gut. Sie konnte es sich nicht richtig erklären warum, denn im Prinzip ist sie ihrem Ziel, ihre Unschuld zu beweisen, noch keinen Schritt näher gekommen, aber es fühlte sich gut an.

*J*edoch das ›*Wir werden viel Zeit zusammen haben, uns zu unterhalten*‹ gestaltete sich als schwieriges Unterfangen, schwieriger als Daniela es sich vorgestellt hatte. Mit Ginevra war das nämlich nicht so einfach.

Immer wieder versuchte Daniela mit ihrer Zellengenossin zu sprechen, fing manchmal mit ganz belanglosen Themen an. Aber es kam nichts zurück. Nur mal ein ›*Ja*‹ oder ein ›*Hm*‹ oder ein ›*Weiß nicht*‹, dann war's das auch schon. Daniela überlegte, wie sie es anstellen sollte, Ginevras Interesse für ein Thema zu wecken. Immer wieder versuchte sie es mit Themen über das Gefängnisleben, über Straftaten, über Strafmaß, über Schuld und Unschuld. Nie kam ein richtiges Gespräch zustande. Erst Mitte Mai, es war gerade der Feiertag Christi Himmelfahrt, konnte sie einen kleinen Erfolg verbuchen. Es fing wie immer, erst einmal ganz harmlos an:

»Sitzt du auch unschuldig?«

»Nein.«

»Das heißt, dass du jemanden umgebracht hast?«

»Ja … ähm … nein. Ich habe umbringen lassen.«

»Ich sitze unschuldig.«

»Aha.«

»Ist dir das so egal, wenn du hörst, dass jemand unschuldig zu 22 Jahren verknackt wurde?«, fragte Daniela. Ihre Stimme klang empört.

Ginevra zuckte nur desinteressiert die Schultern.

»Musst du auch 22 Jahre absitzen?«. Daniela wollte nicht aufgeben. Sie hatte es satt dieses Schweigen und diese knappen Antworten. Die Tussi sollte jetzt endlich mal reden, verdammt nochmal.

»Nein.«

»Was, du musst keine 22 Jahre in den Knast für Mord? Wie geht das denn?«

»Durch Mithilfe beim Aufdecken einer anderen schweren Straftat und Abwägung aller Umstände des Einzelfalles«, sagte Ginevra. Es klang zwar noch ziemlich abgehackt, aber das war schon viel, gegenüber der bisherigen Gewohnheit.

»Okay, das mit der Mithilfe das verstehe ich. Aber was bedeutet, Abwägung aller Umstände des Einzelfalles?«

»Kannst du dir das denn nicht denken?«, fragte Ginevra.

Ja doch, natürlich konnte Daniela es sich vorstellen, zumindest ahnte sie es. Aber sie wollte, dass Ginevra endlich dabeiblieb und sprach … sie sollte endlich von sich erzählen, damit Daniela dann allmählich auf ihren eigenen Fall hinlenken konnte. »Nicht so richtig«, sagte sie deshalb.

»Das Motiv, das mich zur Tat verleitete wurde bei der Bemessung berücksichtigt. Genau gesagt, mein langer Leidensweg hatte einen Einfluss.«

»Und wieviel ist das dann in Zahlen ausgedrückt?«

»Was? Die Anzahl der Jahre für meinen Leidensweg, oder die Höhe des Strafmaßes?«, fragte Ginevra. »Na ja, zuerst mal das Strafmaß«, sagte Daniela, angesichts der Tatsache, dass sie für ein gleiches Vergehen 22 Jahre hinter Gittern verbringen sollte.

»Sechs Jahre.«

»Wow, das ist ein guter Deal für Mord«, staunte Daniela nicht schlecht.

»Immer noch genug für dreißig Jahre verpasstes Leben; um deine zweite Frage zu beantworten«, sagte Ginevra.

»Leidensweg? Verpasstes Leben?«, fragte Daniela, jetzt auf Ginevras Schicksal neugierig geworden.

»Ja … ich wurde als Kleinkind aufs übelste missbraucht. Ich litt und leide noch heute darunter.« Daniela vermutete, dass es wohl der Therapie, die Ginevra hier im Gefängnis erhielt, zuzuschreiben war, dass sie darüber sprechen konnte.

»Das tut mir leid, Ginevra. Ja, du hast recht. Im Prinzip hast du deine Strafe viele Jahre lang schon zuvor verbüßt; dann sind sechs Jahre immer noch zu viel«, zeigte Daniela Verständnis, »Jetzt kannst du dir aber sicher auch vorstellen, was für mich 22 Jahre bedeuten, für einen Mord, den ich nicht beging. Sie bedeuten ebenso verpasstes Leben.«

Jetzt wurde Ginevra neugierig, »Und du hast ganz bestimmt nichts mit dem Mord zu tun?«

Mit bewusst deprimiertem Timbre in der Stimme, wollte Daniela ihre Bedrücktheit demonstrieren, einfach um Empathie bei ihrem Gegenüber zu erzeugen, »absolut nichts.«

»Hm. Aber irgendwie sind sie doch auf dich gekommen, sonst hätte man dich doch nicht verhaftet. Aber wie?«, Ginevras Interesse war geweckt und Daniela war höchst zufrieden über den Verlauf des Gesprächs. Endlich war das Eis gebrochen.

»Na ja, sie haben Blutspuren in unserem Haus entdeckt, sie haben das Mordwerkzeug, ein Küchenmesser, gefunden und überall waren meine Fingerabdrücke drauf«, erklärte Daniela.

»Fingerabdrücke in der eigenen Wohnung sind doch nichts Ungewöhnliches … also kein Indiz für eine Täterschaft.«

Daniela war überrascht von Ginevras hervorragender deutscher Ausdrucksweise. Das hatte sie von jemandem mit italienischer Muttersprache gar nicht erwartet. Und vor allem deren Sachverstand verblüffte sie.

»Ja klar, natürlich. Meine Fingerabdrücke waren überall … nur dumm, dass sie auch auf dem Mordwerkzeug waren. Und dann fand man überall Blut, sogar auf meinem frisch gewaschenen Shirt und an den Sohlen meiner Turnschuhe. Ach ja, und dann bin ich auch noch Romanautorin und hatte gerade an einem Buch mit dem Titel ›Bis das der Tod uns scheidet‹ gearbeitet. Darin ging es eben um eine zerrüttete Ehe, die mit einer Bluttat endete. Das belastete mich auch.«

»Also erstens mal zu den Spuren: das mit den Fingerabdrücken, das ist eine Sache. Einzig, dass sich Blut an Shirt und Schuhen befand, das ist natürlich verdächtig. Doch für eine solche Tat braucht es neben Spuren auch ein Motiv. Was nahm man denn als Motiv an? Und, das mit dem Buch; das ist ja wohl ein Witz, den Titel als Indiz zu betrachten, finde ich.«

Ginevra war nun dort, wo Daniela sie haben wollte. Endlich, nach langem Schweigen ein richtiges Gespräch. Jetzt, da es so weit war, konnte sie es fast nicht fassen.

»Wir hatten uns auseinandergelebt. Also, wir stritten fast nur noch; ja und dann lief mir ein Mann über den Weg, in den ich mich verliebte und wir begannen ein Verhältnis. Diese Affäre war aber schon vorbei, als mein Mann umgebracht wurde.«

»Okay, aber das ist für mich immer noch kein Motiv, ob die Affäre nun vorbei oder nicht vorbei war. Da muss es schon etwas mehr gegeben haben. Hatte dein Mann denn von deiner Affäre gewusst?«

»Ich glaubte zuerst, dass er nichts wusste, denn er hatte nie etwas dergleichen angedeutet oder es mich spüren lassen.«

»Aha, zuerst. Wann wusstest du, dass dieser Glaube ein Irrtum war?« Ginevra lief jetzt richtig zu Hochform auf.

»Während der Gerichtsverhandlung erfuhr ich, dass er eine Affäre mit seiner Arbeitskollegin hatte. Und dann bin ich davon ausgegangen, dass er etwas gemerkt haben musste. Auf der anderen Seite, hätte ich auch früher draufkommen können, und zwar in dem Moment, als er wie ein Eisklotz auf meine Annäherung für einen Neuanfang reagierte. Wir hatten uns dann total auseinandergelebt, gingen verschiedene Wege.«

»Bist du eigentlich traurig, dass er tot ist?«

»Natürlich, bin ich traurig. Er war doch mein Mann. Ich hatte immer gehofft, dass wir wieder zusammenfinden würden, denn ich liebte ihn noch immer. Wir hatten schließlich auch gute Zeiten. Das alles vergisst man doch nicht.«

»Mann, das ist Scheiße, Daniela. Das tut mir leid«, bedauerte Ginevra, die jetzt fast nicht wiederzuerkennen war. Erst verschlossen, unnahbar und eiskalt, und dann so mitfühlend. Daniela konnte es fast nicht glauben.

Es war schon ziemlich spät, und sie hätte am liebsten die ganze Nacht hindurch mit Ginevra weitergeredet.

Als sie mit Philipps außerehelichen Affäre fortfahren wollte, klemmte Ginevra abrupt ab: »So, gute Nacht, ich bin müde«, sagte sie ganz unvermittelt. Daniela war enttäuscht.

»Reden wir morgen weiter?«, fragte Daniela besorgt, weil sie Angst hatte, dass morgen vielleicht alles wieder vorbei und Ginevra wieder verschlossen sein könnte. Umso mehr überraschte sie deren Antwort. Sie sprach ziemlich leise: »Ja, wir reden morgen weiter«, und dann gähnte sie demonstrativ. Minuten später konnte Daniela ihren ruhigen regelmäßigen Atem hören. Ginevra schlief.

Daniela blickte noch lange in die Nacht und dachte nach, bis auch sie endlich ihren Schlaf fand.

Ziemlich früh am Morgen, es war 6:00 Uhr, wurde sie geweckt, weil sie einer Arbeit nachging. Die Gefängnisangestellte verhielt sich leise, nicht so brutal mit lauter Stimme ›Aufstehen!‹, wie man das vom Fernsehen her kannte. Ginevra durfte nämlich noch ausschlafen. Irgendwann später würde auch sie eine Arbeit verrichten, und mit ihrem Studium der Kommunikationswissenschaften vermutlich sogar zusammen mit Daniela bei der gleichen Art Arbeit. Aber jetzt hatte sie aufgrund ihres erlittenen Traumas und den regelmäßig stattfindenden Sitzungen mit der Therapeutin immer noch Schonfrist. Ginevra fand diese Sitzungen zwar läppisch, sie brauchte sie nicht wirklich, aber sie waren dennoch eine willkommene Abwechslung.

Daniela selbst war froh, dass sie arbeiten konnte, gab ihr diese Aktivität doch Struktur in ihrem Gefängnisalltag. Sie arbeitete teilweise in der Druckerei, was sie als Schriftstellerin, gerade wegen der Buchherstellung, besonders interessant fand. Es gab aber für sie auch Arbeiten im Büro. Manchmal schrieb sie Gefängnismitteilungen, stellte Ablaufpläne am Computer her, durfte sogar Grußkarten gestalten, wie zum Beispiel zum Geburtstag, zur Hochzeit oder Geburt. Interessant für sie war, dass man ihr eine Fachbroschüre und auch andere Dinge zum Lektorieren gab. Und das Allerbeste war, dass sie stundenweise an ihrem Buch arbeiten durfte. Ihren Roman ›Bis dass der Tod uns scheidet‹ konnte sie so zu Ende bringen und sogar beim Druck von einigen Exemplaren mitwirken. Die Gefängnisangestellten rissen sich um das druckfrische Buch und sie erhielt positives Feedback. Nun war sie an einem neuen Werk ›Unschuldig hinter Gittern‹. Ihre größte Hoffnung natürlich war, dass sie es in Freiheit würde beenden können … ein Buch wie ein Tatsachenbericht.

Sie war dankbar, dass sie Silke im Gefängnis kennenlernen durfte. Deren Tipps hatte Daniela beherzigt, was ihr half, sich im Gefängnisalltag zurechtzufinden und die Welt nicht mehr so düster zu sehen. Sie hatte sich als Schriftstellerin sogar schon einen Namen gemacht. Man brachte ihr Sympathie und Respekt entgegen. Doch trotz allem: 22 Jahre wollte sie hier, fern der Zivilisation, dennoch nicht verbringen.

Am frühen Nachmittag kam sie dann wieder in ihre Zelle zurück … an diesem Tag konnte sie es kaum erwarten, zurückzukommen zu Ginevra, um endlich mit der Unterhaltung fortfahren zu können.

»Hi Ginevra, wie geht's«, begrüßte sie ihre Mitbewohnerin, fast ein wenig überschwänglich. Doch so weit schien Ginevra noch nicht zu sein. Austausch von unbeschwerter Vertrautheit war ihr wohl immer noch fremd, auch wenn sie am Vortag ziemlich aufgetaut war. Sie brauchte wohl noch ein bisschen Anlauf.

»Hi«, antwortete sie nur kurz angebunden. Daniela war enttäuscht. Ging das jetzt wieder von vorne los? Sie ließ sich dennoch nicht entmutigen: »Sicher war es schrecklich langweilig den ganzen Tag. Freu dich drauf, wenn du arbeiten kannst. Dann hast du ein bisschen Abwechslung. Ich bin wirklich froh, dass ich die Arbeit hier habe.«

»Nein«, war Ginevras kurz angebundene Antwort.

»Was nein?«, fragte Daniela verständnislos

»Nein, es war nicht langweilig.«

Daniela sah nicht, dass Ginevra bei dieser Antwort vor sich hin schmunzelte. »Aha, nicht langweilig«, wiederholte sie, »schön für dich.«

Jetzt erst sah sie, dass Ginevra grinste und fragte sie leicht skeptisch, »erzählst du mir jetzt auch noch den Grund für deine Heiterkeit? Welches großartige Ereignis hier hinter Gefängnismauern schaffte es, diese verzückte Miene in dein Gesicht zu zaubern?«

»Klaro erzähle ich dir das«, leitete Ginevra ihre Erklärung ein, »du hast hier auf deiner Buchablage einige schöne Bücher liegen, und ich habe mir erlaubt, sie mal durchzusehen und fand eines mit einem recht interessanten Titel, das mein besonderes Interesse weckte. Tja, und das habe ich heute gelesen. Da konnte mir doch nicht langweilig werden, oder?«

Das war ganz und gar nicht mehr die Ginevra, die Daniela im April kennenlernte. Noch vor Tagen wäre ihr nie in den Sinn gekommen, Danielas Bücherbrett zu durchstöbern. Sie hätte sich gar nicht dafür interessiert. Doch jetzt war alles anders. Sie begann sogar, ein bisschen Freude am Leben zu finden.

Daniela verstand natürlich sofort, um welches Buch es sich handelte und fragte etwas ungläubig: »Hast du das ganze Buch durchgelesen? Das sind doch immerhin 340 auf Deutsch geschriebene Seiten.«

»Yep, habe ich, ich kann nämlich gut Deutsch. Und mein Kommentar dazu: ...«, sie machte eine Neugier heischende Kunstpause, »... du bist eine klasse Schriftstellerin. Eine Schriftstellerin mit Format.«

Daniela bedankte sich für das Kompliment und lachte laut heraus. Ginevra stimmte mit ein.

»Also, Daniela, was war es, das du mir gestern noch unbedingt mitteilen wolltest«, begann diesmal Ginevra mit der Fortsetzung des Gesprächs vom Vorabend. Das kam so unerwartet, dass Daniela ihre Zellengenossin total verblüfft ansah.

»Na, schieß los. Es gab da doch etwas, das du loswerden wolltest«, ergänzte Ginevra, »ähm, wo sind wir gestern stehen geblieben? Ach ja, du wolltest mir von deinem Mann erzählen.«

Daniela kam vom Staunen einfach nicht mehr heraus. Wie war das möglich? Das zeigte doch, dass Ginevra gestern mit all ihren Sinnen, ganz und gar beim Gespräch dabei war. Das zeugte doch von wirklichem Interesse. Sie begann langsam, Ginevra zu mögen, und es sah nach Gegenseitigkeit aus.

»Ja, genau. Du hattest mich gefragt, ob mich der Tod meines Mannes traurig macht, und ich erklärte dir, dass ich ihn trotz allem noch liebte und die Hoffnung nicht aufgab. Jetzt im Nachhinein, da ich weiß, dass er mit seiner Kollegin ein Liebesverhältnis einging, bin ich mir heute nicht mehr so sicher, ob ein Zusammenkommen je hätte möglich werden können.«

Ginevra, zog die Augenbrauen hoch, weil sie im Moment nicht wusste, was sie mit dieser Information anfangen sollte, warum genau diese Information in Danielas Augen für sie so wichtig hätte sein sollen.

Daniela begriff sofort. Dieses Fragezeichen leuchtete ein, deswegen ging sie jetzt gleich aufs Ganze. Sie wollte ja herausbekommen, ob Ginevra Angelina kannte und so wurde sie konkret: »Angelina hatte sich vor Gericht bei der Frage über ihre mögliche Affäre zum Ermordeten ertappt gefühlt, denn Röte stieg ihr ins Gesicht. Sie leugnete es zuerst, doch dann gab sie ihre Liaison zu meinem Mann zu«, erzählte sie und nannte den Namen der Geliebten so beiläufig, so selbstverständlich, als hätte sie zuvor schon zig Mal von ihr gesprochen.

Ginevra reagierte sofort: »Angelina?«

»Ja, Angelina Donati.«

»Aha, interessant.«

»Warum meinst du?«

»Nun, ich kenne Angelina Donati … «, sagte sie, ebenso beiläufig, wie Daniela es tat.

»Du kennst sie?«, fragte Daniela und tat sehr überrascht.

»Ja … aber nur flüchtig und rein zufällig«, erklärte Ginevra, um nicht zu viel preiszugeben. »Nur verstehe ich nicht, wie die mit deinem Mann ein Verhältnis gehabt haben konnte. Angelina lebt doch in Zürich und kann somit doch keine Arbeitskollegin deines Mannes gewesen sein.«

»Na ja, sie lebte zuerst in Basel und ist erst nach Philipps Verschwinden weggezogen. Sie hatte gesagt, dass sie Philipps Tod nicht verkraften konnte und habe ihren Job deswegen geschmissen. Stell dir mal vor, einen guten Job, in dem sie hätte Karriere machen können, zu künden, und das wegen eines Mannes, der ihr nie die Ehe versprach. Sie sagte ja vor Gericht, dass Philipp nie davon sprach, sich von seiner Frau zu trennen und dass sie ihm ja nur Trost habe spenden wollen. Da stimmt doch etwas nicht.«

Daniela nannte den Namen ihres Mannes jetzt erstmals bewusst, einfach um zu erfahren, ob Ginevra diesen Namen auch schon einmal gehört hatte. Doch dem war nicht so, wie sie gleich feststellen konnte.

»Philipp … das war dein Mann?«, hakte Ginevra nämlich fragend nach.

»Ja«

»Dann hat sie aber nicht lange getrauert«, stellte Ginevra lakonisch fest.

»Wieso meinst du?«, fragte Daniela, musste aber innerlich dann doch schmunzeln, weil Ginevra den selben Schluss zog, wie sie selbst, beim Gespräch mit Celine, als diese ihr erklärte, Angelina habe einen feurigen Italiener als Freund. Das hieß auch, dass Ginevra Angelina zumindest so gut kannte, um zu wissen, dass sie mit einem Mann liiert war. Prompt folgte dann auch Ginevras Erklärung

»Na ja, sie ist abgöttisch verliebt in einen Italiener, namens Paolo Frattini.«

»Sind die beiden eigentlich in einer kriminellen Vereinigung, so in der Art wie das organisierte Verbrechen?«, fragte Daniela ziemlich direkt und hoffte, dass sie Ginevra jetzt nicht zu nahe trat, sie womöglich in einen Konflikt brachte.

»Wie kommst du denn darauf?«, fragte Ginevra erschrocken. Sie war sich ihrer Verantwortung der Organisation gegenüber sehr wohl bewusst. Nie würde sie darüber etwas verlauten lassen, das war sie den Leuten schuldig. Das Gesetz der Omertà war ihr heilig. Auch wenn sie diesem Paolo gerne die Pest an den Hals gewünscht hätte, denn ihrer Meinung nach trug er die Schuld, dass alles schief lief, er hatte auf sie eingeredet und er hatte Onkel Emanuele gesteckt, dass sie diese Tat beging. In dieser Wut, war ihr nicht bewusst, dass sie jetzt ungerecht gegenüber Paolo war, dass er nur das Beste für sie wollte. Dass Paolo einem Mann, der sie damals vor vielen Jahren so sehr quälte, ähnlich sah, dafür konnte er schließlich nichts.

»Na ja, die wurden mal in Basel an ihrem Treffpunkt von jemandem bespitzelt, als man den Mord untersuchte, und auch da hatte Angelina komisch reagiert, als sie darauf angesprochen wurde. Nur war da noch nichts sicher, und es wurde auch nicht weiter verfolgt.«

Ginevra wurde jetzt erst einmal vorsichtig. Sie wusste, dass sie aufpassen musste, sich nicht zu verplappern. Sie befand sich in einer Zwickmühle.

Daniela spürte Ginevras Rückzug, und deckte ihre nächste Karte, die sie im Ärmel hatte auf: »Du musst keine Angst haben, Ginevra, dass du zu viel verraten könntest. Angelina wurde inzwischen auch in Zürich aufgespürt. Man hatte ihren Umzug zu Paolo beobachtet. Und dass sie mit diesem Mann weiterhin an konspirativen Treffen teilnahm, ist mittlerweile auch bekannt. Wenn ich richtig verstanden habe warst du bei den Sitzungen nicht dabei, sagte die Beobachterin, weil sie dich nie gesehen hatte; also kein Problem für dich.

Außerdem sagtest du mir auch, dass du Angelina nur flüchtig kennst.«

»Aber wie seid ihr dann auf mich gekommen?«, stutzte Ginevra.

»Na ja, als deine Straftat in Lörrach durch die Boulevard-Zeitungen publik wurde, hatten die beiden ihre Wohnung wie aufgescheuchte Hühner verlassen. Die Vermutung lag nah, dass sie dich kannten. Ich brauchte jetzt nur noch die Bestätigung.«

»Du hast mich also benutzt. Danke vielmal«, sagte Ginevra enttäuscht.

Bei dieser Bemerkung war sich Daniela bewusst, dass sie zu offensichtlich reagierte; es sah nach Berechnung aus. Sie versuchte ihren Fauxpas wieder gutzumachen: »Ginevra, so ist das nicht. Dass du zu mir in die Zelle kamst ist reiner Zufall. Da wusste ich noch gar nichts. Vielleicht erinnerst du dich: es war an deinem ersten Tag hier, als eine Beamtin Besuch für mich angekündigt hatte. Dieser Besuch war meine Rechtsanwältin, die mir erst da von diesen Beobachtungen berichtete. Weder sie noch ich wussten zu dem Zeitpunkt irgendetwas. Sie erzählte mir nur von der Beobachtung und nannte dabei deinen Namen. Sie war selbst überrascht, als sie dann von mir erfuhr, dass du zufällig meine Zellengenossin bist. Klar wollte ich dann wissen, was es mit diesen Beobachtungen auf sich hatte. Irgendwelche mafiöse Verbindungen interessieren mich aber nicht. Nur mein Mann interessiert mich und wer für dessen Tod verantwortlich ist … mehr nicht. Ja, und dazu wollte ich von dir wissen, ob du Angelina kennst und vor allen Dingen ob du je mal etwas von Philipp gehört hast; ob Angelina oder dieser

Paolo vielleicht mal diesen Namen nannten.«

Daniela hoffte inständig, dass ihre Worte bei Ginevra ankamen. Sie wollte nicht, dass sie gekränkt war und sich wieder vor ihr verschloss, jetzt da alles einen so guten Anfang nahm. »Ich will dir doch nicht wehtun, Ginevra, ich will nur wissen, ob die meinen Mann auf dem Gewissen haben. Eine Tat, für die man mich auf 22 Jahre verdonnerte. Kannst du das denn nicht verstehen?«

Ginevra indes hatte Angst. Auf keinen Fall durfte man sie mit der Mafia in Verbindung bringen. Das könnte ihr definitives Aus sein. Sie wollte doch mit Matteo nach Amerika und ein neues Leben beginnen. Onkel Emanuele würde ihr dabei helfen. Er hatte sie immer unterstützt, schon ihr ganzes Leben. Er war sozusagen ihr Papa.

Auch wenn Daniela ihr leid tat, aber sie selbst stand sich dann doch am nächsten. Deswegen sagte sie nur: »Nein, von einem Philipp hatte nie jemand gesprochen. Diesen Namen hörte ich nie.«

»Nie? Wirklich nie? Auch nicht von Angelina?«

»Nein. Ich hatte praktisch keinen Kontakt zu Angelina und schon gar nicht zu Paolo. Ich kannte sie zwar, aber ein richtiger Kontakt kam nicht zustande. Ich kam ja erst im Januar von Italien nach Zürich. Und kurz später war ja die Sache, weswegen ich jetzt hier einsitze.«

Daniela knickte sichtbar in sich zusammen. Jede Hoffnung war zerstört. Was konnte man jetzt noch für sie tun?

19

In Zürich ist längst wieder Ruhe eingekehrt. Die Befürchtungen, wegen Ginevra könne alles auffliegen, hatten sich nicht bestätigt. Die Mitglieder der Organisation waren angenehm überrascht, dass in dieser Beziehung Verlass auf sie war. Ginevra schien sich ihrer Verantwortung bewusst gewesen zu sein. Das großzügige Gerichtsurteil wurde mit Genugtuung aufgenommen. Man vertraute darauf, dass Ginevra nach Verbüßung der Strafe dann definitiv nach Amerika zu ihrem Onkel verschwand. Sechs Jahre sind schnell abgesessen. Außerdem wird Matteo sie vermutlich regelmäßig aufsuchen. Man war beruhigt und fühlte sich wieder sicher.

Im Gegensatz zu Ginevra, die tatsächlich regelmäßig von Matteo Besuch erhielt, hatte Daniela in den letzten Monaten spärlich Besuch bekommen. Zwei Mal sah sie Evelyn und zwei Mal kam ihre Rechtsanwältin, die aber nicht besonders viel zu berichten hatte. »Irgendwann …«, so sagte Celine beim letzten Besuch, »müssen die Schweizer Behörden informiert werden. Silke ist eine Beamtin, wie Sie wissen, und die sagte, jetzt, da man schon so viel weiß in Bezug auf die Mafia, könne man dieses Wissen vor den Schweizer Behörden nicht mehr geheim halten.«

»A-aber … aber wenn die Schweizer das Nest ausheben, dann erfahren wir womöglich nie, was mit Philipp passiert ist. Sie haben doch selbst gesagt, dass es unklug wäre, die Bande hochgehen zu lassen, weil es mir persönlich nichts bringen würde. Wenn die Polizei in der Schweiz eingreifen würde, so sagten Sie, werden wir die Mörder meines Mannes damit nie finden. Und ich werde hinter den Mauern alt und grau.«

»Natürlich sagte ich das«, bestätigte Celine, »aber das war damals. Wir wissen jetzt zu viel über eine mögliche kriminelle Vereinigung, als dass wir drüber schweigen dürften.«

Daniela war nach dem letzten Besuch ihrer Rechtsanwältin deprimiert. All ihre Hoffnung schwand. Sie fühlte sich plötzlich so verlassen, während sie mehr denn je um Philipp trauerte. Alles war so trostlos. Sie war den Tränen wieder nah.

Ginevra fühlte Danielas Trauer und bedauerte sie aus tiefstem Herzen. »Tut mir so leid Daniela, dass ich dir nicht helfen konnte«, sagte sie mit mitfühlender Stimme.

»Ich danke dir trotzdem, dass du schon so viel erzählt hast. Ein bisschen hattest du mir Hoffnung gegeben, so dass ich mich für eine gewisse Zeit richtig gut fühlte, während du selbst ja offensichtlich noch sehr unter deinen Kindheitserlebnissen zu leiden hast. Ich rechne es dir sehr hoch an, dass du überhaupt gesprochen hast, zumal du anfänglich ziemlich schweigsam warst.« Sie stieß einen tiefen Seufzer aus, stand auf und ging zur Kommode … geknickt, deprimiert und traurig über Philipps grausames Ende. Mit ihren alles verzeihenden Gefühlen, holte sie aus der Schublade ihre Akte heraus.

»Was ist das?«, fragte Ginevra.

»Ach, das ist nur mein Fall; alles was ich darüber zusammengetragen hatte«, antwortete sie und holte dann ein Foto von Philipp hervor. Sie stellte es auf ihr Nachtkästchen.

Mit einer Kopfbewegung zeigte Ginevra auf das Bild und fragte: »Ist er das?«

»Ja, das ist Philipp.«

»Darf ich das Foto mal sehen?«

Daniela nickte und reichte Ginevra das Foto.

»Er sah gut aus dein Philipp.« Sie betrachtete es lange und sehr genau. »Moment mal ... das gibt's doch nicht«, sagte sie plötzlich ganz aufgeregt.

Daniela reagierte wie ein aufgescheuchtes Huhn. »Was?«, fragte sie erregt.

»Das Gesicht ... ich kenne dieses Gesicht, aber nicht als Philipp ... hm ... das ... das ... das ist doch nicht möglich. Das kann doch kein Zufall sein«, stotterte sie aufgeregt.

Daniela war von Ginevras Erregung richtig angesteckt. Sie setzte sich neben sie aufs Bett. Beide starrten auf das Bild. »Du hast ihn mal gesehen?«, fragte Daniela jetzt ganz aufgedreht.

»Nein, ich habe diesen Mann vom Bild noch nie gesehen, aber ...«

»Aber?«, hakte Daniela ungeduldig nach.

»Aber einen anderen ... und die beiden sehen sich verdammt ähnlich«, sagte Ginevra, »solche Ähnlichkeiten gibt es sonst nur bei Zwillingen.«

»Wer sieht wem ähnlich? Sag schon, Ginevra«, Daniela zitterte vor Aufregung. Ist zu diesem Fall vielleicht doch noch nicht alles gesagt?

»Na ja, wenn wir dem Philipp hier etwas längere und schwarze Haare, einen Bart und schwarze Augen geben, dann ist das Paolo Frattini, der ehemals vermisste Neffe von Franco Frattini aus Kolumbien. Es ist dieses Schauen, der Gesichtsausdruck, was ich so nur von Paolo kenne, einfach nur dunkler. Unglaublich.«

»Was? Bist du dir da ganz sicher?«

»Mensch, wenn ich dir sage, Daniela. Das ist er.«

»Das heißt … er lebt?«, Daniela konnte es nicht glauben. Alles lief nochmals wie ein Film vor ihrem geistigen Auge ab … wie alles begann. Diese ganzen Blutspuren … VIEL BLUT, und dann ihre Fingerabdrücke, die man überall fand … mein Gott … wie kann ein Mensch so pervers … so durchtrieben sein? Daniela machte es traurig, obwohl sie eigentlich jetzt Grund zu Freude gehabt hätte, weil es wieder einen Hoffnungsschimmer gab.

»Ja Daniela, das heißt es, dass er lebt. Das heißt aber auch, dass er ein übles Stück Scheiße ist, der seine Frau auf schlimmste Art und Weise hintergangen hat. Einer, der sich für tot erklären ließ, um mit seiner Geliebten ein neues Leben zu beginnen. Einer, der seine Frau ins Gefängnis wandern ließ, um selbst frei zu sein.« Ginevra brachte es so wunderbar auf den Punkt. »Mein lieber Scholli. Das is'n Ding. Die wollten, wenn sie genug Geld gescheffelt haben, so habe ich zumindest gehört, nach Südamerika abhauen und dort im Luxus leben.« Ginevra konnte sich gar nicht beruhigen. Zu aufregend war diese Entdeckung. Mein Gott, konnte sie Daniela jetzt vielleicht doch noch zu ihrem Recht verhelfen?

Daniela wurde ganz schwindlig im Kopf. Alles

drehte sich: »Und ich kann ganz sicher sein, dass du dich nicht irrst.«

»Absolut«, bestätigte Ginevra. Sie überlegte einen Moment, dann kam ihr etwas Wichtiges in den Sinn, etwas, das letzte Zweifel vielleicht beseitigen könnte. »Warte mal Daniela ... mir fällt da etwas ein. Da gibt es ein unverkennbares Zeichen. Es ist mir letztes Jahr im September, als ich ihn in Italien kennenlernte, aufgefallen. Es war ziemlich heiß damals und da trug Paolo ein kurzärmliges Hemd. Da sah ich, dass er ein Tattoo an einem Arm hatte, es war der lll-inke Arm, glaube ich; und es war ein ganz spezielles Tattoo, ein nicht alltägliches. Lass mich überlegen, ich komm noch drauf.« Ginevra klopfte sich mit den Fingerknöcheln gegen ihre Stirn, als könne sie so, ihr Erinnerungsvermögen anstacheln. »Ich hab's. Es war ein Schriftzug ... ›Carpe Diem‹ glaube ich hieß es ... ja genau, ›Carpe Diem‹. Ein hübscher Schriftzug.«

Daniela fiel aus allen Wolken, denn das war der letzte Beweis. Ihr wurde im Moment schwarz vor Augen. Alles drehte sich. ›Oh mein Gott‹. Ihr Magen rebellierte. Sie ging zur Toilette und musste sich übergeben.

Sie kam wieder zurück. Ihr Gesicht war aschfahl. Die ganze Enttäuschung, das ganze Unverständnis spiegelten sich in ihrem Gesicht wider »Ich kann es nicht verstehen, Ginevra.«, sagte Daniela matt, »Er hätte es doch einfacher haben können. Eine Scheidung zum Beispiel. Es wäre zwar für mich auch ziemlich hart gewesen, wenn er gesagt hätte, ich liebe eine andere. Weil ich ihn eben immer noch liebte ... aber warum machte er es so? Wollte er mich auf diese folgenschwere Art bestrafen? ... für meinen Fehltritt?«

»Überlege mal Daniela ...«, begann Ginevra die Gründe zu erklären, »... es ging hier nicht nur um das ›Sich-von-dir-trennen‹. Es ging eher um ein ›Abtauchen‹. Er begann ein neues Business, das nicht ganz so sauber war, zumindest vor den Augen des Gesetzes. Und die einzige Möglichkeit, hier richtig Fuß zu fassen und akzeptiert zu werden, ist eine neue Identität, und das geht nur, wenn man das bisherige ICH dafür sterben lässt. Ich muss schon sagen: Respekt, das war ziemlich clever, wie die das angestellt haben. Er bekam die Identität eines Verschollenen aus Kolumbien, und das ging nur über Beziehung und zwar die Beziehung zum Onkel des Verschollenen, der sich ja zum Plan einverstanden erklären musste, was er offensichtlich tat.«

»Er hätte doch auch sterben können, ohne mich damit zu belasten. Hasste er mich denn so sehr, dass er mich ein Leben lang hinter Gitter wissen wollte. Mit so einer Schuld kann man doch nicht leben. Jeder Mensch hat doch schließlich ein Gewissen. Nein, es kann nicht seine Absicht gewesen sein, mich für 22 Jahre aus dem Verkehr zu ziehen, mich in der Hölle schmoren zu lassen.«

»Doch, Daniela ... es musste schließlich einen Grund geben für seinen Tod. Es brauchte jemanden, der eine Vermisstenanzeige aufgab. Und es brauchte Spuren, damit man sicher wusste, dass er tot war. Weißt du, die Leute in diesem Geschäft ticken anders als so brave Zeitgenossen wie du es bist. Die leben nach ganz eigenen Regeln. Dazu gehört zum Beispiel auch, dass Menschen geopfert werden müssen, damit das System funktionieren kann. Ja, und er hat dich geopfert. Und du bist viel zu anständig, um es zu begrei-

323

fen. Du kannst solche Absichten nicht einmal gedanklich nachvollziehen, geschweige denn dir die Realität
davon vorstellen. Leute wie du glauben viel zu sehr an
das Gute im Menschen. Die Menschen sind es aber
nicht. Sie sind korrupt, sie sind gierig nach Geld und
Macht … und nicht nur die kleinen Ganoven oder die
Mafiabosse. Nein, sie haben ihre Vorbilder ganz oben
in den Führungsetagen von Firmen, Politik und kirch-
lichen Institutionen. Dort sitzen auch die Leute, die
kleine Kinder missbrauchen«, kam sie gleich auch
noch auf ihr Trauma zu sprechen.

Ginevra stoppte abrupt ihre Rede, denn wieder mal
war es das schlechte Gewissen, das sie in diesem Moment beschlich, als sie so detailliert von kriminellen
Organisationen sprach … sie hatte jetzt schon viel
preisgegeben … viel zu viel … damit würde sie das
System, das bisher so sicher schien und das auch ihr
Sicherheit geben wollte, der Gefahr aussetzen, aufzufliegen. Doch als sie letztes Jahr wieder nach Europa
kam, interessierte sie weniger das System, als einzig
ihr Racheplan, wobei sie damals noch nicht wusste, wo
sie die Hexe und ihren Bastard suchen musste.

Was das System anbelangte, so wusste sie, dass sie
selbst nicht so sehr gefährdet war, da sie bis jetzt nicht
wirklich hier in der Schweiz aktiv wurde. Sie übernahm bis jetzt keine Aufgaben und sie war auch nie an
den konspirativen Treffen dabei – da kam ja der Mord
an Fiona und Alessandro dazwischen und dafür saß
sie schließlich ihre Strafe im Moment ab – aber alle
anderen, vor allem Massimo, der immer sehr freundlich zu ihr war. Dass er es war, der ihr seine rechte

Hand, namens Emma, zum Ausspionieren hinterherschickte, wusste sie nicht.

Doch dann überlegte sie, welche Skrupel sie zulassen sollte: die Skrupel, eine kriminelle Organisation auffliegen zu lassen, oder die Skrupel, einer aufgrund eines perfiden Plans, den ja alle kennen mussten, unschuldig Verurteilten nicht zu helfen? Sie beschloss ethischen Beweggründen nachzugeben, das hieß Daniela zu ihrem Recht zu verhelfen.

Im Prinzip, so beruhigte sie ihr Gewissen, konnte man ihr den Verrat nicht anlasten. Sie war es nicht alleine, die Insiderwissen bekanntgab, denn von Daniela erfuhr sie, dass die Gruppe ja schon Anfang dieses Jahres im Visier der Behörden war ... schließlich hatte man sie letztes Jahr schon in Basel bespitzelt. Das hieß, deren kriminelle Aktivitäten waren bekannt, bevor sie, Ginevra, je mit jemandem gesprochen hätte. Es war schließlich aufgrund der Beobachtungen über einen längeren Zeitraum nur noch eine Frage der Zeit, bis man endlich zugriff. Damit hatte sie dann nichts zu tun, sie trug dafür keine Schuld, versuchte sie ihr Handeln gedanklich zu rechtfertigen.

Celine Endress, ihres Zeichens Rechtsanwältin und Silke Brenneis, ihres Zeichens Polizeipsychologin fielen ebenfalls wie aus allen Wolken, als sie die Geschichte vernahmen.

Silke besuchte Daniela im Gefängnis. Sie umarmten sich herzlich. »Alles wird gut, Daniela«, sagte sie, »auch wenn die Tatumstände sehr traurige sind und Herzschmerz verursachen. Aber du wirst frei sein.«

Daniela nickte; ja so war es. Dieser Gedanke, dass ihr eigener Mann so durchtrieben war, so bösartig, ihre Vernichtung in Kauf zu nehmen, tat schrecklich weh. Dieser Gedanke zerfraß sie fast.

Silke vergaß auch nicht, Ginevra die Hand zu reichen und ihr dafür zu danken, dass es infolge ihrer Mithilfe möglich war, Daniela zu ihrem Recht zu verhelfen.

Über den neusten Stand der Dinge erstattete Celine auch gleich Bericht an Kommissar Albrecht.

»Dann waren unsere Zweifel über Frau Crohns Schuld also doch berechtigt. Das zu wissen ist ein gutes Gefühl«, sagte er. »Jetzt kommt die Schwester dieses feinen Herrn auch noch auf die Welt. Von wegen *mein Bruder war allen Menschen gegenüber stets anständig und rücksichtsvoll gewesen; ein fürsorglicher, friedlicher und respektvoller Ehemann*'« äffte er die Aussage von Gisela Mahler-Crohn nach, »so viel also zur Person dessen Reputation über jeden Zweifel erhaben war.« Er schüttelte immer wieder den Kopf, »und welche Zufälle, doch manchmal zum Ziel führen. Dass ausgerechnet, diese Italienerin zu Frau Crohn in die Zelle kam. Wow. Nennen wir es das im Unglück Zusammentreffen glücklicher Umstände, die schließlich zum Recht verhalfen.«

»Tja, nicht immer geht es ohne Kommissar Zufall. Mancher Fall hätte ohne ihn keine Chancen gehabt«, fügte Celine bestätigend hinzu.

»Nun, dann werden wir unsere Schweizer Kollegen um Amtshilfe ersuchen. Die werden sich freuen, dass damit gleich zwei Fliegen mit einer Klatsche geschlagen werden ... einmal für unseren Fall und dann das Ausheben eines Nestes der organisierten Kriminalität.«

20

*D*iesmal war es nicht Europol, sondern die amtshilfeleistende Schweizer Polizei, die in Zürich bei Paolo und Angelina an der Haustür klingelte. Der Türsummer ertönte, nachdem die Beamten ihre Namen nannten und sie stiegen die zwei Stockwerke bis zur Wohnung hoch. Angelina stand in der Tür.

»Wie kann ich Ihnen helfen?«, fragte sie höflich.

»Wir möchten zu Paolo Frattini. Ist er da?«, und, nachdem Angelina nur verhalten nickte, »Dürfen wir eintreten?«

Angelina rief ins Innere: »Paolo, kommst du mal bitte!«, denn sie wollte keine Polizei in der Wohnung haben. Und schon erschien Paolo in der Haustüre.

»Bitte?«, wandte er sich auf Italienisch an die Beamten.

»Wir haben mit Ihnen zu sprechen, dürfen wir eintreten?«, wiederholte die Polizei ihre Frage, natürlich auf Deutsch. Paolo trat zur Seite und ließ sie eintreten. Einleitendes Höflichkeitsgeplänkel ging der Befragung voraus. Dann ging es zur Sache.

»Herr Frattini, wir müssen eine Identitätsüberprüfung vornehmen«, sagte der eine Polizist. Angelina wollte sich gerade in ein anderes Zimmer verziehen, als der zweite Polizist erklärte: »Falls Sie vorhaben sollten, bei Massimo Carlucci anzurufen, um ihn zu warnen dann lassen Sie das lieber sein. Dort tauchen eben in dieser Minute gerade zwei weitere Kollegen von uns auf.« Angelina fühlte sich ertappt und lief rot an. Genau das hatte sie nämlich vor.

Der Gesetzeshüter fügte noch erklärend hinzu: »die Polizei fahndet im Zusammenhang mit dem organisierten Verbrechen. Ihre Organisation wurde nämlich just vor einem Jahr, in anderer Sache, im Restaurant Schützenhaus in Basel bespitzelt. Wir erhielten Information über Projekte wie zum Beispiel ›Cora‹, und dieser Sache müssen wir jetzt nachgehen ...«

Jetzt wechselte Angelinas Gesichtsfarbe von rot zu blass. Scheiße. ›verdammte Scheiße ... ich habe es vermutet. Also doch ... diese Rechtsanwältin hatte etwas gewusst. Sie hatte ja bei der Gerichtsverhandlung Cora angesprochen. Warum hatte Massimo meine Warnung nicht ernst genommen?‹

Der Polizist sah Angelinas Nervosität und fuhr gelassen fort: »Unser Auftritt hier dient aber zusätzlich noch einem anderen Anliegen. Wir wurden um Amtshilfe wegen Mords ersucht, deswegen sind wir da.«

Angelina gab sich geschlagen. Es blieb ihr nur noch, das Geschehen, das jetzt folgte, zu beobachten:

»Weisen sie sich bitte aus, mit einem gültigen Papier!«, verlangte der Polizist.

Paolo folgte der Aufforderung und legte seinen Pass vor. Er wusste, dass es ein nahezu perfektes Dokument war, dessen Fälschung schwierig nachzuweisen sein würde.

Der Polizist betrachtete das Dokument sehr lange und intensiv. »Sie kommen aus Kolumbien?«, fragte er.

Paolo nickte.

»Aber Sie sind Italiener?«

Wieder nickte Paolo und ergänzte: »Mein Onkel holte mich, als ich noch ein kleiner Junge war, nach Kolumbien.«

Der Polizist zog voll anerkennendem Staunen seine Augenbrauen hoch und sagte: »Respekt! Eine perfekte Arbeit, dieses Ausweispapier. Würden Sie uns bitte noch ihre Unterarme zeigen, Herr Frattini?«, bat der erste Polizist.

»Wozu?«, wollte Paolo wissen.

»Überlassen Sie es doch einfach uns, Fragen zu stellen. Würden Sie also bitte Ihre Ärmel hochkrempeln!«

Innerlich verspürte Paolo Panik aufsteigen. Er krempelte beide Hemdsärmel hoch. Der Polizist nahm Paolos Hände in seine und drehte die Handflächen nach oben so, dass auf der Innenseite des linken Unterarms ein wunderschöner Schriftzug sichtbar wurde.

Carpe Diem

Dann legte der Polizist seine Karten offen, »Sie können mit dem Theaterspielen jetzt aufhören, Herr Crohn.« Er sagte es just in dem Moment, als Paolo gerade Luft holte und zur Frage ›*Was wirft man mir vor?*‹ ansetzte. Diese Frage hatte sich dann wohl erübrigt.

Beide, Angelina und Paolo, zuckten bei der Nennung des Namens Crohn sichtbar zusammen. In ihrem Innern tobte ein wilder Orkan … sie sahen plötzlich die Falle zuschnappen und damit ihre Felle davonschwimmen. Wie konnten sie sich nur so sicher fühlen.

»Wir müssen Sie beide leider festnehmen«, sagte der erste Polizist immer noch sehr freundlich.

Von den beiden Polizisten eskortiert verließen Paolo und Angelina dann in Handschellen die Wohnung an der Rosengasse.

*D*ann folgten zuerst einmal unendlich lange Verhöre bei der Schweizer Behörde. Dabei ging es um ihre Aktivitäten in einer verbrecherischen Organisation in der Schweiz. Man fragte sie nach Verbindungen zu Italien, Kolumbien, zu Ländern in Südosteuropa. Ein wichtiger Punkt ihres Interesses war, welchen Einfluss das organisierte Verbrechen auf Politik, Wirtschaft, Justiz und Gewerkschaften hatte. Wo waren korrupte Politiker und Behörden, die vom System profitierten?

Philipp und Angelina, die sich auf die Omertà, das Prinzip des Schweigens, beriefen, waren aber nur bereit so viel zuzugeben, was die Polizei bis jetzt ohnehin selbst herausgefunden hatte. Diese Verhöre waren aber erst der Anfang … es folgten noch eine ganze Reihe, denn als nächstes wurden beide den deutschen Behörden überstellt, weil es dort nämlich einen ganz anderen Fall aufzuklären gab.

Es war, als wäre Philipp sich dessen, was er eigentlich tat, erst jetzt richtig bewusst geworden. Es kam ihm im Nachhinein so vor, als habe er in Trance gehandelt. Es war wie ein Spiel … ein verführerisches Spiel, in Gestalt von Angelina und der Aussicht auf Reichtum und ein sorgloses Leben. Er ließ sich einfach nur treiben … es war so verlockend … alles war so leuchtend und schön, er befand sich auf der Sonnenseite des Lebens … und er empfand währenddessen kein schlechtes Gewissen, die Dinge liefen einfach. Er staunte selbst, wie man in eine andere Rolle schlüpfen konnte und nicht entdeckt wurde. Niemand außer Angelina und Massimo kannte seine wahre Identität. Das Schöne war, dass er anerkannt war und man ihm großen Respekt entgegenbrachte. Niemand hatte etwas gemerkt oder niemand hätte auch nur daran gezweifelt, dass es Francos verschollener Neffe war, der urplötzlich wieder auftauchte. Nicht einmal Francesco hatte gemerkt, dass vor ihm ein ganz anderer als Frattini stand, als der zu ihm in die Lehre kam. Einzig Antonio hatte mal ganz dezent Zweifel durchblicken lassen, als er sagte ›*Für einen Sizilianer sprichst du aber nicht gerade die typische Lingua siciliana*‹. Doch Massimo hatte dessen Zweifel gleich mal im Keim erstickt.

Und jetzt? … bei all den peinlichen Fragen, die ihm gestellt wurden, schämte er sich.

Im Moment war er sich nicht im Klaren, ob es die Tatsache war, aufgeflogen zu sein, oder ob es die Schmach war, die wegen seines Verbrechens im Zusammenhang mit seinem Abtauchen, auf ihn zukam, die ihn innerlich verzweifeln ließen.

Es war wohl Letzteres, das ihn mit dem Gedanken spielen ließ, seinem Leben freiwillig ein Ende zu setzen, und zwar bevor es zu einer Gegenüberstellung mit seiner Frau und anschließender Gerichtsverhandlung kam.

Doch, so einfach war das nicht mit dem *Freiwillig-aus-dem-Leben-scheiden*. Dazu gehörte Mut … viel mehr Mut, als es beim Abzapfen seines Blutes zwecks Spurenlegung bedurfte. Nicht einmal da konnte er hinschauen … denn er gehörte zu den Menschen, die unter einer Blutphobie litten und beim Anblick von Blut in Ohnmacht fielen. Da war er einfach ein Sensibelchen.

*

Daniela hatte Albrecht gebeten, beim Verhör ihres Mannes dabei sein zu dürfen.

»Es ist bei uns nicht Praxis, dass neben Polizisten weitere Personen bei einem Verhör im Raum anwesend sind«, entgegnete dieser.

»Ich will ja nicht im Raum sein, ich will draußen bleiben und alles durch den venezianischen Spiegel beobachten.«

Albrecht lächelte als er Daniela aufklärte, »Frau Crohn, Szenen, in denen Delinquenten verhört werden und von Staatsanwälten und Profilern durch den venezianischen Spiegel beobachtet werden, stammen eher aus Krimi-Fiktionen im TV. Sie haben mit der Realität so gut wie nichts zu tun. In Wirklichkeit finden Verhöre in normalen Büroräumen statt. Wir haben zwar einen Raum mit einem einseitig durchsehbaren venezianischen Spiegel, aber der kommt nur in Ausnahmefällen zum Einsatz, und zwar dann, wenn das Opfer einer Sexualstraftat vernommen wird.«

»Können Sie für mich nicht eine Ausnahme machen?«, bat Daniela und blickte den Kommissar flehend an.

Celine, die daneben stand, legte Daniela eine Hand auf den Arm und fragte sie mit mitfühlendem Blick: »Wollen Sie sich das wirklich antun, Frau Crohn? Das sind doch schmerzvolle Aussagen. Sie haben so doch schon Schlimmes durchgemacht.«

Jetzt blickte Daniela Verständnis heischend zu Celine: »Ich möchte ihm ins Gesicht sehen, wenn er erklärt, wie er mir die Falle stellte. Ich möchte seine Mimik sehen, wenn er damit konfrontiert wird, dass seine Frau zu einer lebenslangen Strafe verurteilt wurde «

»Okay«, sagte Albrecht, »dann machen wir diese Ausnahme. Ich sage Ihnen aber, auf eigene Gefahr.«

»Danke ... ich werde es schon verkraften.«

Als erstes jedoch staunte Daniela, weil sie ihn fast nicht erkannte. Diese pechschwarzen und für ihn untypisch langen lockigen Haare, die jetzt etwa fünf Zentimeter lang waren und dann der gepflegte Bart veränderten ihn total. Er wirkte viel jünger. Er schien während seines vorgetäuschten *Todes* förmlich aufgeblüht zu sein, während sie selbst gefühlsmäßig alterte. Seine Augen hatten jetzt wieder die ursprüngliche Farbe. Auch wenn Philipp im Vergleich zu früher um einiges jünger und legerer wirkte, so stand er trotzdem nicht unverkrampft über der ganzen Sache. Sein Aussehen vermittelte zwar Gelassenheit, gar richtige Coolness, doch das war nur Schein. Angesichts der kritischen Situation war er innerlich nervös und fahrig. Einzig seine Augen flackerten und seine unruhigen Hände bewegten sich laufend, mal zum Gesicht, mal zum Ohr, mal strichen sie durch die Haare, mal lagen sie übereinander.

Als Daniela dann aber die Aussagen ihres Mannes hörte, machte es ihr doch mehr zu schaffen, als sie zuvor cool vorgab.

Über eine gewisse Zeit ließ Philipp sich Blut abzapfen, das er in einem Schraubglas verschlossen aufbewahrte, bis er eine ausreichend große Menge für eine erfolgreiche Spurenlegung zur Verfügung hatte.

Für die Spurlegung war der Umstand hilfreich, dass er und Daniela getrennte Wege gingen. Er wurde immer dann aktiv, wenn sie, wie so oft, nicht zu Hause war und sich anderweitig vergnügte. So konnte er Danielas schilfgrünes Shirt aus dem Wäschekorb mit der frischgewaschenen Wäsche herausnehmen, es mit Blut beschmieren, antrocknen lassen und danach wieder waschen. So ähnlich war es mit den Turnschuhen. Alles war bis ins Detail gut durchdacht, so dass er übergangslos zu Paolo Frattini werden konnte.

Die Kontaktlinsen hätten ihm anfänglich Probleme bereitet, sagte er, aber auch an diese Umstellung, Fremdkörper in den Augen zu haben, habe er sich relativ schnell gewöhnt.

Jetzt hielt Daniela es nicht mehr aus. In ihrem Innern schrie es förmlich und sie verließ den Vorraum. Celine folgte ihr.

Draußen musste sie sich erst auf einen Stuhl setzen. Ihren Kopf lehnte sie gegen die Wand. Innerlich bebte sie, und immer wieder schüttelte sie den Kopf. War das wirklich möglich? Sie hatte Tränen in den Augen.

Dann ging die Tür auf und ein uniformierter Beamter führte Philipp aus dem Verhörraum.

Daniela erhob sich, sie stand wie zur Säule erstarrt da. Philipp blieb vor ihr stehen, schaute sie an; der Ausdruck seiner Augen wirkte gequält. Er begann zu sprechen: »Daniela, ich … ich … ich muss …«.

Er kam nicht weiter, denn Daniela schaute ihm nur kurz in die Augen … ihr Blick drückte ihre ganze Enttäuschung über das erfahrende Leid des vergangenen Jahres aus, dann drehte sie den Kopf weg, und wandte sich zum Gehen, ohne abzuwarten was er zu sagen hatte. Vielleicht wollte er sich entschuldigen. Sie wollte es nicht wissen.

Für diese Tat gab es keine Entschuldigung.

Danksagung

Um einen Roman zu schreiben, braucht es Helfer. In diesem Sinne danke ich allen, die in irgendeiner Form am Entstehen mitwirkten. Es sind dies:

… Horst Waterkamp, Oberkommissar im Ruhestand, der mir das Gerüst für die Geschichte lieferte.

… mein Mann, Dieter, der sich, wie gewohnt, als Lektor und wie immer als mein erster Kritiker fungierte; auch das Brainstorming mit ihm brachte mich immer wieder auf interessante Ideen.

… Sylvia Hackl, die sich freundlicherweise zur Verfügung stellte, die Arbeit des Lektorierens mit meinem Mann zu teilen, denn leider war meine äußerst kompetente Lektorin Wiltrud Heinzelmann wegen Krankheit verhindert.

… Aldo Focone, von der ProMedia Werbeberatung GmbH, http://www.promedia-basel.ch, der mich bei der Produktion des Covers nach meinem Wunsch tatkräftig unterstützte.

Und ich danke …

… allen meinen interessierten Lesern, die ungeduldig immer wieder fragten, wann das Buch denn endlich auf den Markt komme; und allen Lesefreunden, die bei der Umfrage zur Coverwahl mitgewirkt hatten. Das Cover muss schließlich den Lesern und nicht alleine dem Autor gefallen.

Danke Euch allen.

Wie hat Ihnen dieses Buch gefallen?

1, 2, 3, 4 oder 5 Sterne?

Bewerten Sie es auf
www.LOVELYBOOKS.de
Das Literaturportal für Leser und Autoren

www.AMAZON.de

www.ELLEN-HEINZELMANN.de

www.BOD.de

- Schreiben Sie Rezensionen
- Tauschen Sie sich mit Freunden aus
- Entdecken Sie Neues

Weitere Bücher von Ellen Heinzelmann

Der Sohn der Kellnerin

ISBN 978-3-7448-0099-0

248 Seiten, Neuauflage 07.2017

Das Leben der Studentin Hannah nimmt eine überraschende Wendung. Unerwartet wird sie schwanger und ein schwerer Schicksalsschlag trifft sie. Doch tapfer stellt sie sich dem Leben mit ihrem Kind, einem ganz besonderen Jungen. Bald stellt sich nämlich heraus, dass der Kleine anders ist, als andere Kinder seines Alters. Er zeigt klare Merkmale eines Genies. Was eigentlich Anlass zu großen Erwartungen und Hoffnungen sein könnte, fordert die junge Mutter auf nicht alltägliche Weise heraus. Sprachlosigkeit und Verwirrung bestimmen ihr Leben. Es gibt sogar Zeiten, da hegt sie Zweifel und fragt sich, wo wohl die Grenze zwischen Genialität und Irrsein zu ziehen sei.

BLUTSVERWANDT

Aus der Markgräfler Buchreihe

ISBN 978-3-7448-1679-3

264 Seiten, Neuauflage 07.2017

Mit dreißig Jahren entdeckt Boris Petrow zufällig, dass sein verstorbener Zwillingsbruder Ilja gar nicht sein Bruder war. Sein wirklicher Zwillingsbruder mit Namen Eric wuchs 60 km entfernt in einer anderen Familie auf und er lebt. Durch seine Recherchen gerät Boris in große Gefahr, denn Adrian, Erics Vater, setzt einen Berufsverbrecher auf ihn an.

Wir seh'n uns in der Hölle

ISBN 978-3-7448-1374-7
264 Seiten, Neuauflage 07.2017

Mario der älteste und auch tüchtigste von insgesamt drei Söhnen der Galanisfamilie hat es mit seiner Steinmetzkunst zu Wohlstand gebracht. Zwanzig Jahre lebt die Familie gut und gerne von Marios Wohlstand. Doch im Hintergrund schwelt der Neid. Die unstillbare Gier führt zu Hass und blinder Zerstörungswut. Und die gierige Gesellschaft merkt nicht, dass sie am Ast sägt, auf dem sie selbst sitzt. Mario wird an den Abgrund seiner Existenz getrieben. Auf der Suche nach dem *'Warum?'*, stößt Mario auf ein dunkles Familiengeheimnis.

Es geschah in der Wolfsschlucht
Der Markgräfler Krimi

ISBN: 978-3-7392-4803-5
300 Seiten; Neuauflage 2016

In der Wolfsschlucht ist so einiges los, wovon niemand etwas ahnt; und dann geschieht auch noch ein Mord. Der Täter, ein Gymnasiallehrer aus Lörrach, ist schnell gefunden, denn alle Spuren führen ganz klar zu ihm, unter anderem der Hinweis eines stummen Zeugen. Doch, ist er wirklich der Mörder?
Doris, seine Schwester, zweifelt daran. Sie möchte die Wahrheit herausfinden und engagiert eine Rechtsanwältin Celine Endress. Celine und ihr ›Matula‹, wie diese ihren Kompagnon, Detektiv Friedhelm Kulau, gerne scherzhaft nennt, nehmen sich des Falles an. Bei der Recherche stoßen sie auf erschreckende, äußerst gefährliche Details.

Verhängnisvoller Deal
Der Markgräfler Krimi

ISBN 978-3-7386-0352-1
248 Seiten; Neuauflage 2014

Joachim Winterstein, Geschäftsführer einer renommierten Firma in Lörrach, war ein erfolgreicher, aber auch ausgekochter Geschäftsmann, dessen Nebengeschäfte und sonstige Aktivitäten vor dem Auge des Gesetzes nicht immer auf Wohlwollen gestoßen wären. Daher sah er sich auch immer wieder mal genötigt, ungeliebte Mitwisser durch großzügige Vereinbarungen zum Stillhalten zu bringen. Doch einer dieser Deals stellte sich als verhängnisvoll heraus.

Maurice
Die Vergangenheit hat einen Namen

ISBN: 978-3-7386-3651-2
240 Seiten, Neuauflage 2016

Während eines Workshops in Montpellier hatte Dr. Norman Falcon eine kurze aber sehr intensive Affäre mit einer Französin, einer außergewöhnlichen Frau. Dass dieses Abenteuer nicht ohne Folgen blieb, erfährt er erst acht Jahre später, nachdem er längst eine Familie mit zwei Kindern gegründet hatte und in sorgenfreiem Wohlstand in der Schweiz lebt. Diese Folgen haben einen Namen: **Maurice**.

Reise in den Tod
Aus der Markgräfler Buchreihe

ISBN: 978-3-7431-8188-5
168 Seiten, Paperback

Es sollte ein Ausflug von sieben Exschülern der damaligen Abiturklasse nach Fuertevenura werden. Sie waren die besten Schüler des Jahrgangs 2005 im Markgräfler Gymnasium Müllheim und ein eingeschworenes Team.

Doch die Reise endete in einem Albtraum. Bilanz dieses Ausflugs: zwei Tote, zwei Verletzte davon einer schwer. Frederik Hartl zerbricht unter der Last des damaligen Geschehens, denn er alleine fühlt sich verantwortlich. Doch, was ist wirklich geschehen? Frederiks Vater und auch Frederiks Verlobte möchten es in Erfahrung bringen, und engagieren einen Detektiv, Friedhelm Kulau.